백상

백상

11

제3부 | 세월의 사닥다리

김동민 대하소설

문이당

차례

제3부 | 세월의 사닥다리

아! 격문

오늘도 상촌나루터의 밤은 남강 물속으로부터 시작되고 있다. 그러면 아침은 비화가 경영하고 있는 나루터집에서 시작된다고 해도 무방할 것이다. 나루터집에 사는 식구들만큼 일찍 하루를 여는 사람들도 드물었다.

이슥한 시각, 판석과 또술, 태용이 나루터집과 붙어 있는 밤골집에 나타났다. 비록 몸은 제각각이지만 혼은 하나로 뭉쳐져 있는 그들이었다. 그래서 세 사람 중의 한 사람이라도 없으면 그들 존재가 유야무야할 것이다.

"쌔이들 오이소."

"벨일은 없으시지예?"

한돌재와 밤골 댁은 반가움과 두려움이 반반 섞인 얼굴로 그들을 맞았다. 지난번 전라도 농민군 거사 사전 발각 사건으로 관아 감시가 더 심해질 것으로 내다보고 당분간 함께 모이지 않기로 했었다. 아무리 가뭄이 심해서 갈증에 부대끼고 있다고 할지라도 뜨거운 소낙비는 우선 피하고 보는 게 상책이었다.

그런데 이날은 여느 때와 달랐다. 그들뿐만 아니라 초면인 사람이 하나 더 왔다. 방으로 그들을 받아들이고 둥글게 빙 둘러앉자, 언제나 그들 가운데서 머리 역할을 하는 판석이 우선 그 낯선 이를 소개했다.

"앞으로 우리가 일을 도모할라쿨 때 없어서는 안 될 분입니더."

"……."

처음 꺼내는 말부터 여간 예사롭지 않았다. 그 방의 유일한 불빛인 호롱불도 그만 몸을 움츠리는 것 같았다. 불빛이 미치지 못하는 어두운 방 벽은 더욱더 그랬다.

돌재와 밤골 댁이 모두 입을 다물고 바짝 긴장하는 빛을 보였다. 판석에게서 이어지는 소리는 한층 듣는 사람 마음을 졸아붙게 만들었다.

"이분 말씀이 곧 우리의 심이고 꿈이라쿠는 거를, 두 분도 아시기 될낍니더. 반다시 알아야 하고예."

부부는 누가 시키지 않았는데도 동시에 등을 빳빳이 세우며 어른 지시를 고분고분 잘 따르는 아이들처럼 말했다.

"예."

"잘 알것십니더."

그는 한눈에 봐도 학처럼 아주 단아한 모습이었다. 풍기는 분위기가 농사꾼 출신인 판석 등과는 사뭇 달랐다. 아직 상세한 신분은 알 수 없지만 어쩌면 임술년에 농민군을 이끌었던 유춘계 같은 몰락 양반이 아닌가 싶었다.

"나광이라고 합니다. 잘 부탁드립니다."

천성적으로 공손함이 몸에 깊이 밴 것 같으면서도 비굴하지 않고 되레 상대를 위압하는 귀골풍인 그는, 불빛이 외부로 새 나가지 않도록 호롱 심지를 낮추어 놓은 그런 어둑한 자리에서도, 믿어지지 않을 만큼 반짝이는 눈빛으로 매우 세심하게 주위를 둘러보더니 다시 말했다.

"이 댁이 우리 비밀집회 장소로 적격일 듯합니다."

일순, 부부 몸이 또 한 차례 사전 약속이라도 있었던 것처럼 움찔했다. 아무리 그렇게 여기지 않으려고 해도 진정 무섭고 두려운 말이 아닐 수 없었다.

비밀집회 장소.

말씨로 미뤄보아 한양에서 낙향한 선비이거나, 아니라면 지금도 한양에 터를 잡고 살고 있는 사람 같았다. 어쨌거나 조금 전 판석이 한 말처럼 범상한 인물은 아니라는 인상을 계속해서 강하게 안겨주었다.

"지가 궁금한 기……."

돌재는 여자같이 하얀 그의 얼굴을 보며 조심조심 입을 열었다.

"보시는 거매이로 저희 집은 장사를 하는 집이라 놔서 날마당 사람들이 짜다라 들락거리쌌는데, 우째서 비밀집회 장소로 좋다꼬 말씀하십니꺼?"

그러자 나광이 빙그레 웃으며 대답했다.

"허를 찌르는 겁니다."

"허를예?"

그렇게 되묻는 돌재가 꼭 허를 찔린 사람 같았다. 나광은 남자치고는 좀 연약해 보이는 고개를 숙였다가 다시 들며 말했다.

"예, 그렇습니다."

판석과 또술, 태용이 서로 얼굴을 마주 보았지만, 누구도 입을 열지는 않았다. 그런 사실 하나만으로도 그들은 나광이란 그 사람을 절대적으로 신뢰하고 있다는 것을 알만했다.

"그기 무신 말씀이라예?"

하지만 밤골 댁도 돌재만큼이나 아리송한 표정을 지었다. 이번에도 나광은 웃음기를 잃지 않은 얼굴로 자신 있게 말했다.

"관아에서도 그렇게 판단해서, 조금도 이집을 의심치 않을 거란 말씀이지요."

판석 등 모두가 한입으로 감탄했다.

"아하, 그렇것네예!"

"우째모 그런 기똥찬 발상꺼정?"

"역시나 나광 나리십니더."

겉보기로는 비록 자그마한 체구에 여자 같은 피부를 가졌지만, 나광은 농민군의 정신적 지주가 되기에 조금도 모자람이 없어 보였다.

"모든 건 사필귀정이라고 봅니다."

문자향이 뚝뚝 묻어나는 목소리였다.

"비록 지금과 같은 때는 세상이 뭔가 잘못돼 있기는 합니다만, 결국은 본래의 모습, 그러니까 반드시 정한 이치로 돌아가게 된다고 믿고 있지요."

밤골 댁은 다른 사람들이 알아채지 못하게 돌재에게 고개를 두어 번 끄덕여 보였다. 그의 이야기를 들을수록 대단한 사람 같다는 표시였다.

"저들 부부한테도 그 이약을 해주시지예?"

또술의 그 말을 듣고 돌재는 금방 알았다. 판석 등이 위험을 무릅쓰고 나광을 이곳까지 데리고 온 것은, 우리 부부에게 정신교육을 시키기 위해서라는 것을.

기실 저 임술년에 생때같은 천필구와 한화주를 비명에 보내야만 했던 우정 댁과 얼이, 송원아에 비하면, 직접적인 피해를 입지 않은 돌재나 밤골 댁은 새로운 농민군에 대한 열의가 자연 낮을 수밖에 없었다. 더욱이 둘이 한 살림을 차려 장삿길로 나가 이제 경제적인 기반까지 어느 정도 닦아 놓은 그들이고 보니, 여전히 못된 악덕 관리들의 부정과 탐학에 시달리고 있는 농민들과는 처지가 달랐다.

"와 그짝이?"

특히 밤골 댁은 처음에 돌재의 농민군 가담을 극구 말렸었다. 우정댁을 보고 그 생각이 달라지긴 했지만, 솔직히 아직도 밤골댁 마음 한구석에는 겨우 잡은 이 행복을 놓치고 싶지 않다는 이기적인 욕망이 숨 쉬고 있었다. 하지만 그렇다고 해서 돌팔매질을 당할 일도 아니었다. 왜냐면 그것은 인간이라면 누구든지 마찬가지일 것이기 때문이었다. 그리하여 돌재 입에서도 점점 농민군 이야기가 줄어들었다.

'그렇다꼬 해갖고…….'

그러나 지금에 와서 그런 눈치를 보일 수는 없었다. 여기서 우리는 그만 발을 빼겠다고 물러나도, 농민군은 자신들의 비밀을 속속들이 알고 있는 두 사람을 그대로 곱게 풀어줄 리가 없었다. 기밀 유지를 위해 무슨 짓을 해올지도 모른다.

'으, 무시라.'

두 사람은 아직 한 번도 그런 이야기를 나눈 적은 없지만, 살을 섞고 뼈를 부딪다 보니 마음도 같이 섞이고 부딪는 듯, 은연중 서로의 그런 염려나 불안한 속내를 알아차렸다. 그러고 보면 부부 일심동체라는 말은 그저 지어낸 게 아니었다.

"제가 두 분께……."

그런데 나광이라는 사람은 은근히 보이지 않는 압력을 가해오기 시작했다. 그곳 밤골집을 농민군 비밀집회 장소로 제공하라고. 돌재나 밤골댁 입장에서 볼 때 그건 결코 예사로운 제안이 아니었다. 농민군 주모자급으로 부각되는 일이었다.

옆에 있는 나루터집이 규모를 크게 불린 것과 마찬가지로, 그때쯤 밤골집도 대지와 건물이 갑절 이상 불어나 있었다. 지금 그들이 모여 있는 방도 영업을 하는 손님방이 있는 바깥채와는 마당을 사이에 두고 새로 지은 안채 쪽이었다.

나루터집과 밤골집은 확장 개축 공사를 같은 건축업자에게 맡겼기 때문에 두 집의 건물 구조가 엇비슷했다. 밤골 댁은 이미 여기를 비밀집회 장소로 확정한 듯 그 안을 이리저리 유심히 둘러보는 그들을 경계의 눈빛으로 지켜보며 궁리했다.

'무담시 살림방을 늘렸는갑다. 방이 없으모 이런 소리도 안 나왔을 낀데.'

그러나 돌재와 밤골 댁의 그런 심경 변화를 알 리 없는 그들 입에서는 혹 남들이 들으면 큰일 날 소리가 쉴 새 없이 흘러나왔다. 방문과 창문이 다 꼭꼭 닫혀 있었지만 그래도 작은 소리라도 새 나갈까 봐 불안하고 초조하기 그지없었다.

'내가 이리싸모 안 되지만도 우짜겄노.'

밤골 댁은 건성으로 흘려듣는 자신에게 혐오감을 느끼면서도 우리가 살기 위해서는 어쩔 도리가 없다고 생각했다. 나 아닌 다른 사람도 그럴 거라고, 그렇지 않은 사람 있으면 어디 나와 보라고, 아무 데나 대고 고함이라도 질러보고 싶었다. 마냥 손가락질할 수 없는 이기심 섞인 갈등인 셈이었다.

"괜찮으시다면 지금부터……."

그의 예리한 직감으로 주인 부부의 그런 속내를 읽은 걸까? 나광이 조심스럽지만 약간 강요하는 투로 부부에게 말했다.

"우리나라 농민 항거 가운데 가장 그 규모가 컸던 저 홍경래 거사에 관해 같이 생각해봤으면 합니다만……."

그러자 돌재가 밤골 댁을 슬쩍 훔쳐본 뒤 말했다.

"우리 거사에 쪼꼼이라도 도움이 될 이약 겉으모 들어봐야지예."

"……."

밤골댁 얼굴이 적잖게 찡그려졌다. 처음에 살림을 합쳤을 때는 그러지 않았는데 갈수록 자기 고집대로 하려는 습성이 또 도지는가 싶었다. 그게 믿음직스럽게 받아들여지는 일도 있었지만 이건 아니었다. 그런데 태용은 모르는 소리는 하지 말라는 듯 무슨 대단한 선심이라도 쓰는 것처럼 이렇게 말했다.

"이런 말씀 다린 데 가갖고는 듣기 심듭니더. 그거를 아이소. 나광 나리나 된께네 알고 계시는 기지예."

그건 사실이긴 했다. 임술년에 일어났던 이 고을 농민 봉기보다 50여 년 전에 있었던 '홍경래의 난'은, 조선 땅을 놓고 볼 때 그곳 남방 고을과는 지리적으로 거의 극과 극이라고 할 만큼 멀리 떨어진 평안도에서 터진 사건이었다. 훗날 책이 보급되면서 백성들 사이에 널리 알려졌지만, 그 당시에는 기껏해야 입으로나 전해지는 정도여서 서민들은 잘 모르는 실정이었다. 나광은 태용 말처럼 그쪽에 남달리 밝아 보였다.

"삼정三政의 문란은 수령들 부정에 불을 붙인 꼴이 되고 말았지요. 어떤 물로도 쉬 끌 수 없는 것으로 말입니다."

이번에는 밤골 댁뿐만 아니라 거기 있는 사람들 얼굴이 전부 보기 싫게 일그러졌다. 삼정의 문란. 그것은 자다가 들어도 치가 떨릴 소리였다. 어쨌거나 이어지는 나광의 말은 더 진지하고 안타깝게 들렸다.

"암행어사를 보내는 정도에서 막을 수 없는 실정인 데다가……."

또술이 고개를 갸웃하며 물었다.

"산천초목이 벌벌 떠는 암행어사라모 몬 하는 일이 없는 줄로 알고 있는데, 그거는 와 막을 수 없다쿠는 깁니꺼?"

나광이 한 많은 여인네처럼 깊은 한숨을 내쉬었다. 어쩌면 그는 꼭 호롱불 때문이라고는 볼 수 없는, 붉어진 낯빛으로 이렇게 대답했다.

"탐관오리들이 중앙 권력과 손을 잡고 있기 때문입니다."

그 말을 들은 밤골댁 머릿속에 곧장 떠오르는 게 저 동업직물의 임배봉과 그의 자식들인 점박이 형제 억호와 만호였다.

'고 몬된 것들도 고을 목사겉이 높은 배실아치들하고 뇌물을 주고받음시로…….'

밤골 댁이 그런 생각을 하고 있을 때였다.

"도치로 그 손목때기를 그냥 탁!"

태용이 잔뜩 화난 얼굴로 말했다.

"이기 모도 세도정치 밑에서 국가 기강이 풀어진 틈을 타서 생긴 패단(폐단)이란 거를 생각하모 복장이 터집니더."

나광이 태용의 말끝을 받았다.

"그래도 기둥을 때리면 서까래가 울리는 법이라고, 못된 이 나라 관리들의 그러한 부정과 탐학이 우리 농민들 의식을 깨우는 훌륭한 계기가 되었지요."

판석이 옳은 말이라며 고개를 크게 끄덕였다.

"우리 농민들이 소극적인 태도에서 벗어나갖고 쪼꼼 더 적극적으로 대갈할 수 있거로 된 것도, 그런 데서 연유를 찾을 수 안 있것심니꺼?"

밤골 댁은 방문 밖으로 귀를 쫑긋했다. 그날따라 그 흔한 수리부엉이나 밤 물새 소리도 하나 들리지 않는 너무나도 괴괴한 밤이었다. 그 미물들도 나광의 출현에 가슴을 졸이며 귀를 기울이고 있는 것일까?

남편 죽고 돌재와 새살림을 꾸리기 이전에 새덕리 마을에서 독수공방하던 기억과 더불어, 비화와 해랑이라는 관기 모습도 잠시 눈앞에 떠올랐다 사라졌다. 정말이지 이런 밤에 혼자 있으려면 지옥 같을 것이었다.

"그렇습니다. 처음에는 농민 항거가 참 미미했지요."

나광은 볼수록 여자처럼 작고 얇은 입술을 깨물며 말을 이어갔다.

"하고 싶은 말이 있으면 고작해야 벽에 쓰거나 써 붙이는 벽서壁書라든지, 익명으로 게시하는 괘서掛書 정도가 전부였지요."

모두 훈장에게서 글을 배우는 학동들같이 나광 말을 되뇌었다. 그것도 그네들 입에 익은 지역 방언이 아니라 나광처럼 아주 한양 말에 가까웠다.

한마음이 되는 그들을 흐뭇하고 감격스러운 눈빛으로 바라보며 나광은 자기 말에 한층 힘을 실었다.

"그건 항거라고 할 수 있지, 봉기는 아니었습니다."

그러자 또다시 한입이 되어 따라 했다.

"항거…… 봉기……."

호롱 불꽃이 항거나 봉기하듯 좀 더 활활 타올랐다. 그때쯤 밤골 댁과 돌재는 혹시라도 불빛이 바깥으로 새 나가지 않을까 하고 우려하던 마음이 많이 사라지고 있었다. 앞으로 나광이라는 그 사람의 영향력이 그들에게 어느 정도로 미칠지 미리 암시해주는 것인지도 몰랐다.

"어떻게 보십니까?"

나광은 깊이 각인시켜주는 어조였다.

"홍경래 거사는 우선 그런 면에서 크게 다르다고 할 수 있겠지요."

"크거로 다리다."

저울에 무엇을 달아보듯 그러던 돌재가 문득 물었다.

"홍갱래는 우떤 사람이었심니꺼? 해나 몰락 양반 아입니꺼?"

그 물음 속에는 나광 당신의 신분도 그렇지 않으냐는 이중적인 뜻도 담겨 있었다. 비록 판석 등이 데리고 오긴 했지만, 솔직히 우리 부부가 어떻게 당신을 믿을 수 있겠냐는 의구심도 밑에 깔려 있는 소리였다.

'저 사람이나 내나 가리방상하다.'

더군다나 돌재는 아까부터 뒤에 앉은 밤골 댁이 못마땅해하며 계속 보내는 뜨거운 눈총을 끊임없이 느끼고 있었다. 왜 농민군에 더 깊이 발을 들여놓으려고 하느냐는 질책 같았다. 그리고 충분히 이해되는 일이기도 했다.

"아, 그분?"

하지만 나광은 돌재가 관심을 보이자 갑자기 기운이 솟는 모양이었다.

"맞습니다. 몰락한 양반이었기에 그는……."

그런데 신념에 찬 목소리로 말하다가 나광은 홀연 입을 다물어버렸다.

'우째서 말을 끝꺼지 안 하고 끊노.'

돌재는 또 신경이 쓰였다. 홍경래가 아니라 바로 그 자신에 관한 이야기가 될 것 같아 그러는 게 아닌가 하고 의심스러웠다.

'암만캐도 넘들이 모릴 큰 비밀에 싸인 인물 겉거마는. 그냥 우리 집에 술 마실라꼬 오는 보통 사내들하고는 상구 달라 안 비이는가베.'

돌재는 나광이란 그 사내가 살아왔을 과거가 무척이나 궁금해졌다. 이상할 정도로 그런 감정이 짙어갔다. 그렇다고 해서 내놓고 그것을 캐물을 수도 없는 노릇이었다.

'벌로 가차이했다가는 내중에 무신 화를 당할랑가도 모린다.'

하여튼 양반 신분으로서 농투성이들과 어울려 거사를 이끌고 있다는 사실은, 그가 결코 범상한 인물이 아니라는 걸 잘 입증해주는 것이다. 반대파의 세력에 의해 정치적 입지가 좁아졌거나, 아니면 그야말로 순수한 열정에서 농민군을 도우려는 것일 수도 있다. 그 어느 쪽이든 간에 그를 가까이한다는 건 위험을 감수하겠다는 것과 같은 맥락이 아닐 수 없었다.

"홍경래 한 분 이야기만 해도 밤을 새우겠지만 말입니다."

굴뚝에서 연기 나오듯 솔솔 피어오르던 돌재 생각은 그때 다시 들리는 나광 말에 의해 속절없이 밀려났다.

"그의 밑에 모여든 계층도 참으로 다양했지요."

"우떤 개청이 말입니꺼?"

그에게 끌려들어 가지 않으려고 잔뜩 경각심을 늦추지 않으면서도 자신도 모르게 또 묻고 있는 돌재였다. 그리하여 사람을 흡입하는 나광의 이야기는 갈수록 그 열기를 더해가고 있었다. 돌재 예상처럼 보통 사람은 아니었다.

"영세 농민과 중소 상인은 물론, 광산 노동자들까지 합세한 봉기였습니다."

돌재는 무척 놀랍다는 얼굴로 판석 등을 둘러보며 탄복했다.

"허, 그러키나?"

나광이 하늘에 대고 묻듯 천장 쪽을 올려다보며 물었다.

"어떻습니까? 대단하다고 생각되지 않습니까?"

돌재는 이번에도 부지불식간에 고개를 끄덕였다. 눈을 빛내던 나광은 시선을 방바닥으로 내리깔면서 얘기했다.

"나는 그게 가장 부럽습니다. 어떻게 그런 사람들을 모을 수 있었는지."

성질 급한 또술이 끝까지 듣지 않고 끼어들었다.

"우리도 그리 될 수 있을 낍니더, 나리."

일행에게 동의를 구하는 목소리로 말했다.

"와 몬 될 낍니꺼?"

그래도 고개를 들지 않고 뭔가 깊은 상념에 잠기고 있는 나광 모습이 이번에는 어쩐지 애처롭게 다가왔다. 여자같이 가냘픈 몸매이기에 더 그럴 것이다. 그렇지만 어쩌면 그게 그의 장점일 수도 있다는 데 생각이 닿으며 돌재는 몸이 오싹해졌다. 그는 누가 살짝 건드리기만 해도 '쾅' 하는 굉음을 내며 터질 폭발물 같았다.

"내 생각도 그렇십니더."

판석도 믿음 가득한 목소리로 말했다. 그럴 때 보니 그는 나광의 판박이였다.

"더 많은 개청 사람들이 심을 합쳐줄 끼라고 봅니더."

그러고 나서 그는 나루터집이 있는 방향을 돌아보며 이런 말도 했다.

"다린 거를 다 떠나서, 저 옆에 있는 나루터집 우정 댁하고 여게 계시는 밤골 댁을 함 보시이소."

과격한 시위꾼을 방불케 할 만큼 주먹까지 크게 휘둘러 보였다.

"여자분들이라도 우리 남자들보담 더 나설라꼬 하시지 않심니꺼?"

"……."

그 말을 듣는 밤골댁 가슴이 바늘 끝에 찔린 듯 뜨끔했다. 그 소리가 발을 뺄 수 없게 강요하는 쐐기처럼 받아들여졌다.

"우정 댁이 그리하기는 하지만도……."

그렇게 혼잣말로 중얼거리는 돌재 낯빛도 난삽했다. 우정댁 외아들 얼이 얼굴도 되살아났다. 그가 받아들이기에도 얼이는 자기 어머니 못지않게 농민군 골수분자가 될 싹이 엿보였다. 하긴 누구 피를 받은 얼이인가? 농민군 주모자로 활약을 하다가 형장의 이슬로 사라진 천필구 모습이 아직도 두 눈에 생생한 돌재였다.

"진정 고마우신 여자분들입니다. 갈수록 이 세상은 남녀 차별이 사라지고 동등한 대우를 받게 될 겁니다."

나광이 돌재를 향했던 눈길을 뒤쪽에 숨듯이 앉아 있는 밤골 댁에게 돌리며 말을 이어갔다.

"아니지요. 여자를 남자보다 더 상위上位에 놓는 시대가 반드시 올 것으로 봅니다. 그건 누구도 거스를 수 없는, 뭐랄까, 시대의 대세 같은 것이라고 해야 할지 모르겠습니다."

밤골 댁은 어안이 벙벙한 얼굴이 되었다. 다른 이야기는 그런대로 수

긍이 가지만 나광의 저 말만은 아무래도 이해가 되지 않고 쉬 납득할 수 없었다.

"여자를 남자보담도 더 우에 놓는 때가 되모, 시상이 우떤 모냥새가 될랑고 내사 토옹 이해가 안 됩니더. 그림이 안 그리진다꼬예."

태용도 비슷한 심정인지 그렇게 말했다. 나광이 태용을 보며 단언하듯 했다.

"방금 제가 말씀드린 것처럼, 그건 어쩔 수 없는 시대적 흐름이 아닐까 합니다."

"시대적 흐름이라꼬예?"

이번에는 또술의 반문이었다. 물론 그건 나광의 말에 대한 불신에서가 아니라, 보다 상세히 알고자 하는 마음에서 나온 것임을 돌재와 밤골 댁은 믿어 의심치 않았다. 나광이 또술을 보며 이렇게 응했다.

"오늘날 우리 조선 땅에 물밀듯이 들어오는 서구 열강들 중에는, 여자가 남자보다 더 우대받는 나라가 적지 않다고 들었습니다."

밤골 댁은 누가 시킨 것처럼 이렇게 묻고 있는 스스로에게 놀라지 않을 수 없었다.

"홍갱래라쿠는 그 사람이 맨 첨에 들고일어난 데가 오데지예?"

"임자?"

그런 밤골 댁을 보고 돌재도 그만 적잖게 경악하는 기색이었다. 역시 나광이란 저 선비는 예사 인물이 아니라는 자각이 또 일었다. 그에게는 사람을 휘어잡는 그 무엇인가가 있다. 판석과 또술, 태용도 나광의 그런 힘에 이끌렸을 것이다. 그러자 그가 존경스러우면서도 또다시 두려워지는 것은 어쩔 수 없었다.

"가산이라는 곳입니다. 그리고 선천, 용천, 정주, 박천 등을 별다른 저항 없이 전부 다 차지했지요."

모두는 기적에 대해 듣는 사람 모습이었다.

"그 많은 곳을 벨다린 저항 없이 말입니꺼?"

돌재가 말했고, 얼굴에 은은한 웃음기를 띠고 있던 나광이 덧붙였다.

"한때는 청천강 이북 지역을 거의 장악하기도 했습니다."

저마다 열린 입을 다물지 못했다.

"그, 그리키나 넓은 땅을?"

"우찌 그기 가능했으까예?"

십 년 묵은 체증이 전부 내려간다는 표정들이었다. 그런데 무슨 연유에서일까? 문득 나광의 안색이 더할 나위 없이 침통해졌다.

"참으로 원통하게도 5개월 만에 평정되고 말았지만……."

그렇게 말끝을 흐리면서 약간 기운이 빠지는 듯하던 나광은, 어느 순간 갑자기 두 눈을 번쩍이면서 목소리를 높였다. 금방 또 사람이 달라졌다.

"우리는 홍경래의 격문을 기억해야만 합니다. 모두 아시겠습니까? 항상 부적같이 마음에 붙이고 살아야 합니다."

격문. 부적.

나광의 이야기를 듣는 사람들 마음마다 악귀나 잡신을 쫓기 위해서 야릇한 글자를 붉은 글씨로 그려 붙인 종이가 펄럭거렸다.

"나는 그 격문을 떠올리기만 해도 언제나 가슴이 뛰고 용광로처럼 피가 끓습니다. 그래서 그대로 앉아 있을 수가 없습니다."

그때다. 밤골집에서 키우는 '나비'란 놈의 울음소리가 마당에서 들려왔다.

'야~옹.'

그 집 주인 부부를 제외한 다른 사람들은 다 흠칫, 놀라는 표정을 지었다. 하지만 단 한 사람, 나광은 그러지 않았다. 상식적으로 보아 알 수 없는 일이었다.

밤골집에 몇 차례 와본 판석 등은 고양이 울음소리를 한두 번은 들었을 것이다. 이날 처음으로 밤골집을 찾은 나광은 아직 듣지 못했을 것이니, 그 반대 반응을 보여야 마땅했다. 그럼에도 나광은 전혀 동요하지 않는 목소리로 말을 이어갔다. 겉으로 보기와는 달리 굉장히 담력이 큰 사내임이 틀림없었다.

"나는 그렇게 떳떳하고 기운찬 글은 아직 읽은 적이 없습니다. 어쩌면 영원히 그럴지도 알 수 없습니다."

"……."

하나같이 입을 봉한 가운데 방안 가득 파도 더미가 넘실거렸다. 그것은 피의 물결이었다. 생명의 나부낌이었다.

"아니지요. 그렇게 훌륭한 격문은 앞으로 영원히 나오지 않을지도 모릅니다. 아니, 아니, 나오지 못할 겁니다."

"영원히……."

그들 눈앞에 영원한 농민군 세상이 나타나 보였다.

"그 격문이야말로 조선 농민들에게는, 저 공자나 맹자 같은 성현의 말씀과 행실을 적은 경전보다도 중요하고 가치 있는 것입니다."

놀랍게도 그는 언제부터인가 주먹까지 막 휘두르고 있었다. 여자같이 작고 하얀 손이 그 순간에는 세상에서 가장 강한 무기로 비쳤다.

"홍경래가 일으킨 농민 봉기는 비록 분하게도 평정되고 말았지만, 그 뒤로도 우리 농민 봉기는 끊이질 않고 일어났습니다."

왠지 모르게 사람을 옥죄는 말, '역사'를 들고 나왔다.

"역사가 그것을 잘 증명해 보이고 있습니다."

상촌나루터의 시간과 공간이 그 역사와 맞물려 돌아가고 있었다. 이미 지나간 역사와 새롭게 쓰일 역사, 그리고 그 사이에 있는 현재의 역사.

"아, 역사가……."

그들은 너나없이 엉덩이를 들썩거렸다. 즉시 일어나 소리를 지르며 방문을 박차고 달려나갈 기세였다. 호롱 불꽃이 한쪽으로 쏠리고 있었다.

"아아, 그 누가 잊을 수 있겠습니까?"

나광은 선동자 모습을 고스란히 띠어 보였다. 어느새 그에게서 여자다운 면모는 깡그리 사라지고 대장부의 기개와 포부가 그대로 전해지고 있었다.

"가까운 저 단성 마을에서 먼저 일어나고, 임술년에는 바로 여기 이 고을에서 일어나지 않았습니까?"

'야오옹!'

나비란 놈이 홀연 큰 소리로 울어대기 시작했다. 그 소리에 온 상촌 나루터가 몸을 털고 일어서는 느낌이었다.

"역사가, 또 다른 새로운 역사를 만들어낸 것입니다."

"……."

그래, 역사. 저 임술년 농민항쟁도 역사다. 역사라고 하면, 그저 굉장히 오래되고 특정한 사람들만 주인공이 될 수 있다고 믿었었다.

그러나 그런 게 아니라는 것이 방금 밝혀졌다. 그들은 지금 그 방에서 화르르 타오르는 호롱불보다도 뜨거운 가슴을 가지게 되었다. 그 석유등 불빛보다도 한층 밝은 눈을 뜨게 되었다.

바로 우리 주변에서 일어났던 일, 우리 주변에 있는 이들이 행했다는 것, 그게 다름 아닌 역사라는 사실을 알게 되었다. 그렇다면…… 우리가 역사의 새로운 주인공이 될 것이다. 그렇다. 우리가 하려는 일이 역사가 될 것이다.

그때 더더욱 경악할 사태가 눈앞에서 벌어졌다. 나광의 입에서 저 임술년에 온 세상을 뒤흔들었던, 유춘계가 우리말로 지은 그 '언가'가 흘러나온 것이다.

이 걸이 저 걸이 갓 걸이
진주 망건 또 망건
짝발이 휘양건
도르매 줌치 장독칸
머구밭에 덕서리
칠팔월에 무서리
동지섣달 대서리

돌재와 밤골 댁은 커질 대로 커진 눈으로 지켜보았다. 나광이 부르는 노래에 판석과 또술, 태용이 서서히 마취되어가고 있으며, 그들도 낮은 소리로 언가를 따라 부르고 있었다.

'아, 저 사람도!'

잠시 후 돌재는 또 한 번 소스라쳤다. 밤골댁 입에서도 언가가 흘러나오고 있지 않은가. 아, 밤골 댁이 지난날 농민군부대가 진군할 때 불러 대던 그 노래를 부르고 있다니? 그 당시 농민군 맨 꽁무니에 붙어서 따라가며 돌재 자신도 목이 터지게 외쳐 대던 그 노래, 언가. 마침내 돌재도 입을 열었다.

"이 걸이 저 걸이 갓 걸이……."

도대체 그들은 언가를 몇 차례나 되풀이해서 부르고 또 불렀을까? 이윽고 방은 동굴처럼 조용해졌다. 드디어 농민군 세상, 평등과 축복이 온누리에 보슬비나 눈송이같이 고요히 내리는 그런 세상이 된 걸까?

"홍경래의 격문을 말해보겠소이다."

나광의 음성에는 태산으로 덮어 누르는 힘이 실렸다.

"이 격문이야말로 후세에 길이 남을……."

그때 또술이 깜빡했다는 듯 큰소리로 이렇게 말했다.

"나광 나리! 잠깐만예. 같이 들어야 할 사람들이 있십니더."

그야말로 뜬금없는 소리가 아닐 수 없었다. 나비란 놈도 그 순간에는 입을 굳게 다무는지 마당이 무척 조용해졌다.

"같이 들어야 할 사람들?"

나광은 그게 무슨 이야기인지 모르겠는 눈으로 또술을 바라보았다. 그러자 돌재가 이번에도 밤골댁 눈치를 보며 또술에게 물었다.

"우정 댁하고 얼이 말이지예?"

그중 신중하고 사려 깊은 판석이 혼잣말처럼 말했다.

"밤이 상구 깊었는데 자고 있지 않으까예?"

맞는 말이었다. 지금은 모두 잠들 시각이었다.

"다린 사람들 겉으모 몰라도……."

태용이 그래도 아니라고 고집 피우듯 했다.

"우리가 왔다쿠모 자다가도 벌떡 일어나서 달리올 모자 아입니꺼? 특히나 오늘은 나광 나리도 오싯고예."

밤골 댁은 자기를 향하는 눈들을 끝까지 모른 척할 수는 없었다.

"지가 함 가 보지예."

그녀는 그림자같이 부스스 몸을 일으켜 방에서 나왔다. 그러고는 지금 대문이 잠겨 있을 텐데 하고 생각하며 나루터집을 찾아가니, 뜻밖에도 흐릿한 달빛을 온몸에 받으며 송이 엄마가 막 집 밖으로 나오는 중이었다.

"아즉도 집에 안 가고 있었소?"

밤골 댁이 반가운 목소리로 물었다.

"내보담도……."

송이 엄마는 당연히 그 야심한 시각에 찾아온 밤골 댁을 알 수 없다는 듯 빤히 바라보며 되물으려고 하다가 이렇게 대답했다.

"오늘 늦게꺼정 손님도 있었고, 또 준서 옴마하고 좀 할 이약도 있어 갖고……."

끝까지 듣지도 않고 또 밤골 댁이 물었다.

"우정 댁은 자요?"

송이 엄마는 살림채 쪽으로 눈을 돌리며 대답했다.

"방금 막 얼이하고 같이 있는 거를 봤는데……."

밤골 댁은 이번에도 이상하다는 듯 쳐다보는 송이 엄마의 말을 잘랐다.

"알것소. 짜다라 늦었는데 쌔이 가 보소. 밤길 조심하고."

"내, 참말로."

송이 엄마가 별 싱거운 여자 다 본다는 듯 씩 웃으며 말했다.

"얼릉 집에 갈라쿠는 사람 먼첨 붙들어 놓은 사람이 누요?"

"그런 이약은 낼 날 밝을 때 하고……."

송이 엄마가 가는 것을 보고 장삿집 건물을 돌아서 안채로 들어가니 우정댁 방에 아주 희미하게 불이 켜져 있다. 장성한 얼이는 딴 방을 쓰고 있다는 것을 밤골 댁도 안다.

"그, 그 사람들이 온 기요?"

"야, 왔소."

"에나 오랜만에 왔거마는."

"그렇소."

"퍼뜩 가입시더."

"내는 신발도 신었소."

"아, 그라고 본께, 내만……."

우정 댁은 죽은 남편 천필구가 살아 돌아온 것같이 반기며 서둘러 앞장을 서더니만 얼이 방문을 두드려 아들도 불러냈다.

"대강 걸치고 퍼뜩 나오이라."

만약 원아가 안 화공과 혼례를 치르지 않았다면 원아도 데리고 갈 것처럼 하는 우정 댁이었다. 그러자 밤골댁 심사가 편치 못했다.

'저 엔내(여편네) 땜새 내가 이 일에서 후딱 발을 몬 빼것거마는. 후우.'

나루터집 가게와 살림채를 구분 짓고 일렬로 서 있는 나무들이 야경꾼이나 파수꾼 같아 보였다.

"갑시더, 밤골댁."

"가고 있소."

우정 댁과 얼이 발걸음이 똑같이 어찌나 빠른지, 그들 모자를 따르느라 밤골 댁은 바로 코 닿을 가까운 거리인데도 숨이 다 가빴다.

'씨~잉.'

강에서 불어오는 바람이 나도 빠질 수 없으니 함께 가자면서 사람들 옷자락이며 머리칼을 붙드는 듯했다.

"천필구 그분의 부인과 아드님을 여기서 만나게 되다니!"

밤골 댁이 나루터집에 간 사이에 돌재로부터 우정 댁과 얼이에 관하여 들은 나광은 감격과 흥분의 빛을 감추지 못했다.

"그분 활약상에 대해서는 익히 들어 잘 알고 있습니다. 참으로 모두가 존경할 만한 분이 아닙니까?"

그의 눈이 우정댁 옆에 붙어 앉은 얼이 몸을 재빨리 훑고 지나갔다.

"아드님도 아버님을 닮아 신체가 대단하군요. 장차 아버님 못지않은 일을 해낼 수 있을 것으로 보입니다."

그 정도 말로는 부족하다는 듯 또다시 말했다.

"아니, 더 큰일을 이루어내리라 기대가 됩니다."

또술이 나광을 재촉했다.

"인자 올 사람은 다 왔은께, 그 객문에 대해 말씀을 해주시지예."

"그렇게 하도록 합시다."

나광이 크지도 않은 등을 꼿꼿이 세워 자세를 바로잡았다. 그 모습이 막 엄숙한 제전을 올리려는 사람을 연상케 했다. 다른 사람들도 흡사 그의 분신인 양 똑바로 앉았다. 호롱 불빛을 받아 바람벽에 일렁이는 그림자들도 질서정연해 보였다.

"자, 그러면……."

나광 입에서 저 유명한 홍경래 격문이 터져 나오기 시작했다. 그것은 이루 말로 다 할 수 없는 그 무엇을 던져주었다.

"평서대원수는 급히 격문을 띄우노니 관서의 부로父老와 자제와 공, 사 천민들은 모두 이 격문을 들으라. 무릇, 관서는 성인 기자의 옛터요, 단군 시조의 옛 근거지로서, 의관(衣冠, 유교 문화를 생활화하는 사람)이 뚜렷하고 문물이 아울러 발달한 곳이다."

'아!'

얼이는 젊은 가슴팍을 차오르는 뜨거운 기운을 억누를 수 없었다. 이제까지 소문으로만 접해오던 홍경래가 지은 그 격문을 그 밤에 듣게 될 줄이야. 갈수록 격문은 활활 잘 타오르는 호롱 불꽃처럼 의분을 북돋우고 있다.

"그러나 조정에서는 관서를 버림이 분토糞土와 다름없다. 심지어 권세 있는 집의 노비들도 서토의 사람을 보면 반드시 '평안도놈'이라고 말한다. 이 어찌 억울하고 원통하지 않을 자 있겠는가."

'억울하고 원통한 자.'

얼이는 피가 배어 나올 만큼 입술을 깨물었다. 눈알을 부라렸다. 농민군 가족이라고 쉬쉬하며 살아온 지난 나날들이었다. 누구도 농민군

하다가 목숨을 잃은 원혼들을 위해 기도해주지 않았다. 그저 자기들에게도 나쁜 불똥이 튈까 봐 몸을 사리기에만 급급했다. 정녕 무정한 게 인간 세상이었다.

"지금……."

나광의 목소리는 한층 더 격앙되었다. 호롱 불꽃이 제멋대로 너울거렸다. 벽의 음영들도 덩달아 흔들렸다.

"임금이 나이가 어려 권세 있는 간신배가 그 세를 날로 떨치고, 김조순, 박종경의 무리가 국가 권력을 오로지 가지고 노니, 어진 하늘이 재앙을 내린다."

'그놈들!'

얼이 눈앞에 임배봉과 점박이 형제가 나타나 보였다. 민치목과 맹쫄도 함께 보였다. 어진 하늘의 재앙이 그놈들에게도 내리고야 말 것이다. 상상만으로도 심장이 터질 것만 같다.

"이제……."

어느새 나광은 격문의 마지막 부분을 말하고 있었다.

"격문을 띄워 먼저 여러 고을의 군후君侯에게 알리노니, 절대로 동요하지 말고 성문을 활짝 열어 우리 군대를 맞으라. 만약 어리석게 항거하는 자가 있으면 철기 5천으로 남김없이 밟아 무찌르리니, 마땅히 속히 명을 받들어 거행함이 가하리라."

그러고는 끝으로 이렇게 말했다.

"대원수."

얼이 주먹이 불끈 쥐어졌다. 우정댁 주먹도 쥐어졌다. 거기 있는 모든 이의 주먹이 하나의 주먹같이 쥐어졌다.

'헉!'

밤골 댁은 놀랐다. 언제부턴가 자기 주먹도 꽉 쥐어있다. 지금, 이 주먹이 누구 주먹인가? 농민군 주먹, 여자 농민군 주먹…….

돌재 얼굴에는 결연한 빛이 흐른다. 판석, 또술, 태용은 당장이라도 세게 자리를 박차고 일어나 봉기를 할 태세다. 그런 방 안의 공기를 천천히 둘러보는 나광의 입가에 엷은 미소가 감돈다.

'저 웃음!'

그런데 왜일까? 어쩐지 성을 내는 얼굴보다도 되레 더 두렵고 무게 있게 느껴졌다. 웃는 모습에서 이런 기분을 맛보다니. 얼이는 이마에 시퍼런 칼이 대인 듯 오싹한 마음으로 생각했다.

'첨 보지만도, 무서븐 사람 겉다.'

나광은 분명히 지도자 자질을 갖추었다. 그의 부드러움은 무쇠의 강함도 이길 듯싶었다. 사람을 더욱 놀라게 몰아가는 건 끝을 모르게 이어지는 그의 설법이었다. 그 가운데에는 최시형이 최초로 행한 설법도 들어 있었다.

"동학을 일으켜 세상을 어지럽히고 백성을 현혹한다는 죄목을 둘러쓰고 처형당한 그 최제우의 뒤를 이은 최시형은 이렇게 말했습니다."

얼이는 최시형과 마주 앉아 있는 것 같은 착각마저 들었다. 참으로 불가사의가 아닐 수 없었다. 그가 누군가를 말하면, 그 자신이 곧 그 누군가가 되는 것이었다.

"사람이 곧 하늘이라."

"……."

적어도 지금 그 자리 그 순간에는 하늘이라고 해도 결코 지나친 말이 아닐 나광이 계속 열변을 토했다.

"그러므로 사람은 평등하며 차별이 없나니, 사람이 마음대로 귀천을 나눔은 바로 하늘을 거스르는 것이다."

아아, 사람은 평등하며 차별이 없다. 그렇게만 되는 날이 온다면, 농민군도 필요 없는 세상이 될 것이다.

"우리 도인은 차별을 없애고 선사의 뜻을 받들어 생활하기를 바라노라."

나광은 호롱 불꽃처럼 이글거리는 눈빛으로 물었다.

"자아, 모두 어떻습니까?"

그의 아담한 어깨에 세상을 얹어도 너끈히 지탱할 수 있을 것 같은 힘이 생긴 사람처럼 활기에 찬 목소리였다.

"새겨들을수록 참으로 놀랄 만한 설법이 아닙니까?"

"……."

너나없이 몹시 놀란 얼굴을 했다. 너무나도 큰 감명을 받은 나머지 금세 울음을 터뜨릴 것처럼 보였다. 그런가 하면, 잠에 취한 사람같이 몽롱한 눈빛들이었다. 나광은 위대한 웅변가요, 또한 모든 사람을 그의 의도대로 전부 끌어들일 수 있는 최면술사였다.

얼이는 나광이 들려주는 「담헌서」라는 것도 가슴 저 깊은 자리에다 꼭꼭 박아 두었다. 스승 권학에게서 듣는 가르침만큼이나 실로 감격스럽고 놀라운 이야기가 아닐 수 없었다. 그것은 인간을 길러주는 최고의 거름이었다. 역시 이 세상에는 대단히 비범한 인물들이 많다는 것을 깨닫게 해주는 자리였다.

우리나라는 본래부터 명분을 소중히 여겨왔다. 양반은 제아무리 심한 곤란과 굶주림을 받더라도 팔짱 끼고 편하게 앉아 농사를 짓지 않는다. 간혹 실업實業에 힘써서 몸소 천한 일을 달갑게 여기는 자가 있으면 모두들 나무라고 비웃기를 노예처럼 무시하니, 자연 노는 백성은 많아지고 생산하는 자는 줄어든다. 재물이 어찌 궁하지 않을 수 있으며, 백성이 어찌 가난하지 않을 수 있겠는가? 과목별로 조항을 엄격히 세워야 마땅할 것이다. 그중에서 사·농·공·상 관계없이 놀고먹는 자에 대해서는 관에서 벌칙을 마련하여 세상에 용납할 수 없도록 해야 한다.

상촌나루터의 밤이 깊어간다. 남강 물처럼 깊어간다. 그리고 그보다도 더 깊어가는 것은 사람들이다. 그래도 그들은 일어설 줄 모른다. 모든 것을 다 잊었다. 잊고 또 잊고 나서야 비로소 또렷하게 기억해낼 수 있을 것이다.

모두는 똑똑히 본다. 언제부터인가 그 방에 들어와 있는 농민군들을. 모두는 똑똑히 듣는다. 농민군들이 주고받는 소리를.

아아아, 나광의 말끝에서 나팔꽃 줄기와도 같이 쭉 뻗어 오르는 농민군 노래여. 봉숭아 꽃씨처럼 탁 터지는 농민군 역사여.

여자 상여꾼

관기들을 중심으로 노래와 춤을 관장하는 교방嬌坊.

교방청은 원래 중국 당나라 때 궁중 안에 설치해 관기들과 악공들에게 가무악歌舞樂을 가르쳤는데, 그것이 뒤에 발해를 거쳐 고려 문종 시기에 들어와 조선조까지 이어졌다고 알려져 있다. 장악원 소속의 좌방과 우방을 교방이라고 불렀다.

옥진이 해랑이라는 기명妓名으로 관기로 있을 당시에 배운 기억에 의하면, 세조 임금 당시 전악서를 장악원으로 개편하고, 좌방은 아악을, 우방은 속악을 맡게 했다고 한다.

해랑이 소속돼 있던 교방은 중대청 서쪽 낭청방 앞에 있다. 중대청은 바로 객사客舍 건물로서, 그 안에 임금을 의미하는 전패를 모셔 놓고, 고을 수령이 한 달에 두 번 배례를 올렸다. 그 객사 근처에 있는 교방의 기녀였던 해랑은, 노래와 춤, 악기 등 각종 예기를 익혀 여러 공적인 연회에 정신없이 불려 다니는 생활을 해왔다. 그럴 땐 그녀는 진정으로 옥진이 아니었다. 오로지 해랑이었다. 옥진이 아니었기에 저 대사지 악몽을 딛고 살아갈 수 있었을까? 아니다. 해랑이 아니었기에 죽지 않았을 것이다.

그러다가 이제 배봉가의 구중궁궐과도 같은 안채에 틀어박힌 신세가 되고 보니 갑갑한 마음을 다스리기 어려웠다. 날개가 있어도 날지 못하는 새, 지느러미가 있어도 헤엄치지 못하는 물고기 신세였다. 그리하여 해랑이 막힌 숨통을 틔울 돌파구로 찾은 게 바로 그 고을 지역에서 나오는 특산품 수집이었다.

장석에 취미를 붙였다. 청동, 황동, 백동으로 만든 것보다도 거멍쇠(무쇠)를 재료로 한 장석이 더 좋았다. 검은 색깔 거멍쇠는 그녀 마음을 안정시켜주었다. 현란한 빛깔보다 어찌 보면 대단히 단조롭고도 어두운 검정색이 그런 역할을 해줄 줄은 몰랐다. 장식용 장석을 한참 보고 있노라면 시간을 잊었다. 물고기나 해오라기 등의 동물 모양 장석도 좋았고, 수복강녕 등 글자 모양의 문자 장석도 괜찮았다.

마음에만 있으면 무엇 하나 못 할 것이 없었다. 목공예품도 그러모았다. 이층장, 삼층장, 애기장, 반닫이에서부터, 기목장롱, 소반, 찻상, 경상, 문갑, 강기판, 괴목 등등 그 종류도 참으로 다양했다. 오동나무, 느티나무, 호두나무, 피나무로 만든 것도 볼품 있었지만, 먹감나무와 가죽나무로 만든 가구가 더 마음에 들었다.

우리나라 전래의 전통을 잘 계승한 이 고을 목공예는, 나무가 지닌 자연적 색상과 무늬 등을 접목하고 상감 기법 등으로 제작한 조각 공예품들로서 그 기품이 흘러넘쳤다. 전통 문양을 지금 시대 사람들 기호에 맞게 만든 생활 공예품은, 장인들이 가진 목공예 솜씨의 진수를 한눈에 보여주었다.

동업직물 집안은 돈이 철철 넘쳐났으므로 고가의 도자기도 내키는 대로 모두 사 모았다. 찬기나 다기는 물론이고 다완, 반상기, 분청사기 등속도 늘어났다. 닥나무를 원료로 하는 한지로 만든 공예품은 생활 소품으로도 썼지만, 장식용으로도 운치가 흘렀다.

해랑의 처소는 이런 가지가지 특산품들로 꾸며져서 한껏 우아미를 자아냈을 뿐만 아니라 숭고미까지도 느낄 만하였다. 세상의 미美란 미는 총출동시켜 놓은 듯싶었다. 그리고 그런 최고의 환경 속에서 해랑은 시나브로 근동 최고 갑부 집안 맏며느리로서의 위엄과 품위가 몸에 배어가기 시작했다. 해랑 주변 사람들은 해랑의 그 놀라운 변신에 두 눈을 비비고 그녀를 다시 보았다.

그랬다. 이제 대사지 옥진은 없었다. 관기 해랑도 없었다. 근동 최고의 대갓집인 배봉가 작은 마님으로서의 해랑, 그 해랑만 있었다.

그러던 어느 날, 억호가 무슨 바람이 들었는지 실로 오랜만에 동업과 재업을 대동하여 바람 쐬러 나가고 집에는 해랑 혼자 있을 때였다.

"마님."

언네가 굉장히 복잡한 얼굴로 해랑에게 접근해왔다. 언네는 방을 가득 채우고 있는 귀한 장식품에는 눈길 한 번 주지 않고 해랑 얼굴만 건방지게 빤히 바라보았다. 해랑은 그런 언네가 불쾌하다기보다 부담스러워졌다. 해랑은 심각할 때 눈동자가 고정되는데, 언네는 팽글팽글 돌아가는 모습이었다.

"어멈이 내한테 할 말이 있는갑네?"

해랑의 목소리도 약간 떨려 나왔다. 집안 다른 비복들이 언네를 매우 두려워한다는 사실을 해랑도 알고 있다. 이제는 운산녀가 그녀 신체 부위를 칼로 도려냈다든지 인두로 지졌다든지 하는 끔찍한 괴담을 꺼내는 일도 없었다. 그런 가운데 누구보다 상전에게 충성을 다하는 종이었기에, 해랑은 언네에게 각별한 마음을 주고 있는 터였다.

"할 이약 있으모 퍼뜩 안 하고 와 그라노?"

해랑은 자신이 지어낼 수 있는 최대한의 부드럽고 친숙한 목소리로 나갔다. 집안에 그녀 편을 들어줄 사람을 하나라도 더 만들어 놓는 게 필요하다는 것을 익히 알고 있었다.

"무신 소리라도 괘안타."

그런데 어인 영문인지 해랑이 그러는데도 계속해서 묵묵부답인 언네였다. 그리하여 모든 것이 상대적이라고, 그 대신 해랑의 말수가 늘어났다.

"시방 내 얼골에 머가 묻은 기가? 그리 쳐다보거로."

상전과 하인의 위계질서가 무너진 듯 언네 시선을 슬그머니 외면했다.

"그런 눈 하지 마라, 똑 모리는 사람매이로."

그랬다. 지금 그 순간의 언네는 달랐다. 생판 낯선 사람과도 같은 그녀 몸에서는 상대방 숨을 턱턱 막히게 몰아가는 어떤 알 수 없는 강렬한 기운이 뿜어져 나오고 있었다. 그 기운에 오랫동안 노출되어 있다가는 무슨 불상사라도 당할 성싶은 묘한 분위기였다.

"무시라. 무섭다 안 쿠나?"

괜한 소리가 아니었다. 위험하고 괴기스럽기까지 한 빛이었다. 벌이나 개미의 암컷 복부 끝에 있는 독바늘에 찔린 느낌이 그러할까?

"그랄라모 고마 나가라."

거멍쇠 장석이 금방이라도 떨어져 나갈 것처럼 위태로워 보였다. 해랑은 참아내기 힘들었다. 무엇보다도 발가락 새에 낀 때만도 못한 하찮은 늙은 종년 따위에게서 이런 기분을 느낀다는 건 자존심마저 걸린 문제였다. 그녀 자신은 아직 나이는 젊지만 나름대로는 산전수전 겪으며 살아왔다고 믿어왔다. 억지로 용기를 가지려고 속으로 욕설을 섞어 쏘아 댔다.

'대매로 때리쥑일 요 쌍년이야? 수챗구녕에 콱 처박아뻴라. 니까짓기 감히 낼로 우찌 보고?'

그 악담 끝에 이런 생각까지도 했다. 관기라는 신분이 어디 예사로운 신분인가? 한 고을 최고 자리에 있는 목사 등 숱한 사내들에게 부대꼈고, 무엇보다 저 대사지 악몽을 딛고 용케 견뎌왔을 뿐만 아니라, 지금은 같은 하늘 아래 머리를 들고 살 수 없을 것 같던 억호 아내가 돼 있지 않은가 말이다. 이런 그녀이기에 어떤 일이 닥치더라도 과감하게 헤쳐 나갈 자신이 있었다.

그런데 막상 부닥치니 그런 게 아니었다. 종년 하나도 감당하지 못한 채 허둥대고 있는 이 형편없는 꼬락서니라니. 언네는 상전의 그런 마음속까지 훤히 꿰뚫어 보고 있는 것 같았다. 하긴 독하기로 둘째가라면 서러워할 운산녀 칼끝에서도 살아남은 모진 여자였다.

'내가 와 이라노? 앞으로 외나모다리겉이 위태위태하고 험난한 시상을 살아감시로 겪어야 할 일들이 남강 모래알매이로 쌔삔 내가 아이가.'

해랑은 자신을 나무랐다. 결코 항심恒心을 놓쳐서는 안 된다. 비록 맏며느리라고 하는 근사하고 허울 좋은 이름으로 앉아 있지만, 이곳은 호랑이 굴이었다. 억호 하나를 빼고는 이리 둘러보고 저리 둘러봐도 모두가 적이라는 강박감을 떨칠 수 없었다.

아니다. 억호도 언제 어떻게 변해버릴지 알 수 없다. 세상에는 일심동체가 되지 못한 채 호적에만 올라 있는 부부도 지천으로 널려 있다. 더욱이 영영 건너지 못할 강처럼 그들 둘 사이에 가로놓여 있는 저 대사지 물결. 대사지를 가로지르고 있는 대사교와 같은 다리는 오직 환상으로만 걸려 있을 뿐…….

'그라모 그렇제, 지년이 오데서?'

해랑은 일단 기氣싸움에서는 이겼다고 안도하고 자위했다. 이쪽에서 침묵으로 나가자 언네가 먼저 입을 열기 시작한 것이다.

"마님, 이년이 천한 종년이라꼬 해서 몰쌍하거로(만만하게) 보시모 안 됩니더."

이날은 처음부터 '새 마님'에서 '새'라는 소리는 빠져 있다. 그것은 해랑이 정식으로 이집 안방마님이 되었음을 인정하는 언네 마음의 징표이기도 했다. 그리고 해랑을 위해서가 아니라 언네 자신을 위한 사전 포석이었다.

"아, 누가 어멈을 몰쌍하거로 봐?"

해랑은 왕비나 사용할 수 있을 것 같은 크고 화려한 거울에 비친 언네를 힐끗 보고 나서 말했다.

"아모도 그리 보는 사람 없다."

해랑은 지난날 새끼 기생 효원에게 그랬듯 갈수록 한층 친근감이 묻어나는 목소리로 이야기했다. 언네도 틀림없이 그런 느낌을 받았을 것이다. 입귀가 더없이 기묘하게 비틀어졌다. 그러자 눈가 주름이 더 심하게 갔다.

'니가 그리 나온다쿠모 내도 생각이 있다.'

그런 얼굴로 언네는 생각했다. 배봉 식솔들을 상대하게 만들기 위해서는 해랑에게 힘을 실어 주어야 한다고. 그 힘은 증오와 위기의식을 통해 길러질 것이다. 해랑이 얼마나 크고 무서운 증오와 위기의식을 가질 수 있느냐에 승산이 달려 있다.

"마님, 쇤네가 말입니더."

이윽고 언네는 여러 날 전부터 혼자서 마음속으로 골백번도 더 넘게 연습해왔던 말들을 천천히 끄집어내기 시작했다.

"마님을 뫼시기 시작함서부텀, 이년 팔자는 그전에 비하모 하늘하고 땅 차이만치나 마이 달라졌십니더."

해랑은 수많은 남녀 종들을 거느리는 상전으로 자신이 해 보일 수 있는 최고 권위와 위엄을 갖추며 말했다.

"그전 이약은 고만두고, 시방 일만 말해라."

"고만두고……."

그렇게 뇌까리는 언네 얼굴에 얼핏 반감의 빛이 떠올랐으나 참아내는 눈치였다. 높직한 삼층장이 그런 언네를 주의 깊게 내려다보고 있는 것 같았다.

"그래 쇤네는 죽어서도 마님 은덕을 몬 잊을 낍니더."

"은덕은 무신?"

거멍쇠 장석의 검은빛이 해랑 마음을 가라앉혀주고 있었다. 기목장롱과 먹감나무로 만든 가구도 나 여기 있다고 손짓을 하는 듯했다.

"내가 이집에 들온 기 올매나 됐다꼬."

해랑은 무척이나 낯선 눈빛으로 안방 안을 휘휘 둘러보는 시늉을 해가며 말끝을 얼버무렸다. 언네는 끈기 있게 제 마음을 전달하려고 했다.

"단 하로를 뫼시도예."

해랑은 끓어오르는 짜증을 억누르며 쏘아붙였다.

"안다, 안다 캐도?"

언네는 어쩐지 사연이 담긴 듯한 눈길로 거기 애기장을 유심히 보고 나서 물었다.

"에나예?"

해랑은 고개를 돌려 거울 속의 언네를 향해 대답했다.

"하모."

그런데 언네가 주름이 간 목을 가로저으며 한다는 소리가 건방졌다.

"에나는 아일 낍니더."

그러자 해랑도 장군, 멍군하듯이 했다.

"그라모 아이다. 인자 됐나?"

언네 안색이 약간 달라졌다. 풀이 죽은 건지 독을 품은 건지 구분이 잘되지 않는 애매모호한 목소리로 말했다.

"모리는 넘들은 이년을 동네 북매이로 여기지예."

줄다리기에 지친 해랑은 일부러 건성으로 듣는 척했다.

해랑은 언네가 시종 변죽을 울리는 중에도 저 다음에 나올 말이 무엇일까 하고 머리가 지끈거릴 정도로 궁리해보았다. 돈이 필요해진 걸까? 늙은 홀아비라도 좋으니 짝을 지어 달라는 것인가? 그 정도라면 한번 생각해보지 뭐.

그런데 막상 본론을 듣는 순간, 해랑은 홀연 저 대사지 못물에 거꾸로 확 처박히는 것 같은 충격에서 벗어날 수 없었다. 지켜보고 있는 눈앞에서 대사지가 한순간에 증발해버린다고 해도 그렇게까지 경악하지는 않을 것이다.

"배봉이하고 만호 고것들이 넘들 모리거로 해쌌던 그 밀담을 마님께 모돌띠리 고해바치것십니더."

"머, 머라꼬? 시, 시방?"

해랑 입장에서는 귀를 의심한다는 그런 말 정도로는 도저히 그때의 심정을 표현할 길이 없었다. 배봉이하고 만호 고것들이라니?

그들을 이야기 대상으로 올렸다는 사실보다도 그들을 그런 식으로 부른다는 게 몇 배나 그녀 마음에 격동을 일으키는 강렬한 자극이었다. 혼잣말이거나 같은 종들과 서로 얘기할 땐 그럴 수도 있을 것이다. 나라님도 없는 곳에서는 욕을 한다고 하지 않은가.

하지만 내 앞에서 저런 말을? 내가 이 집안 며느리인데, 그런 내게 시아버지와 시동생을 싸잡아 '고것들'이라고 하다니. 배봉이, 만호, 하고 함부로 그 이름들을 불러대다니. 아, 어떻게? 제 말처럼 천한 종년 주둥아리로 함부로 말할 수 있는가.

해랑은 바로 눈앞에서 무수한 별들이 충돌하고 있는 아찔한 느낌에 정신을 제대로 차릴 수 없었다. 먹감나무 가구가 쩍 갈라지고, 다완과 반상기가 쨍 깨어졌다. 거울 속에서는 두 여자가 바뀌고 있었다. 종년 해랑과 상전 언네였다.

그런데 언네 입에서 나오는 소리는 갈수록 태산이었다. 이층장 위에 삼층장을 한데 포개 오층장이 만들어지고 있는 것 같다고 해야 할는지.

"인간도 아인 고것들이 우떤 밀담을 나눴는고, 마님은 하나도 안 궁금하십니꺼?"

이번에는 운산녀가 언네를 해했다는 괴담에 나오는 칼과 인두가 눈앞에 보이는 해랑이었다.

"이, 인간도 아, 아인?"

해랑은 몸도 마음도 돌덩이같이 굳어버렸다. 머릿속이 하얗게 비어버리는 느낌이 왔다. 종년이 되어 어찌 제가 모시는 상전들을 그렇게 말할 수 있냐고 나무랄 힘도 없었다. 그러기는 고사하고 숨을 쉴 기운조차 남아 있지 못했다.

"마님도 앞뒤 사정을 아시기 되모 안 있십니꺼."

시퍼런 칼날이 번뜩이는 말들이 계속 먹먹한 해랑 귓전에 떨어져 내렸다. 한마디로 천둥인지 지둥인지 모를 소리였다.

"고것들이 아이라 그눔들, 그자슥들, 할 낍니더."

"그눔들, 그자슥들."

누가 시키는 대로 따라 하는 꼭두각시가 된 것처럼 언네가 했던 말을 고스란히 되뇌는 해랑의 눈동자가 딱 멎어버린 건 벌써부터였다.

"마님, 두 눈 똑바로 뜨시야 됩니더."

언네 눈이 해랑 눈을 집어삼킬 듯이 희번덕거렸다.

"증신 똑바로 채리시고 이년 말씀 끝꺼지 들으시야 합니더. 이거는 마님 운맹이 달리 있는 일입니더. 운맹, 운맹 말입니더."

언제부터였을까, 지독한 운명론자로 변해버린 듯한 언네였다.

"이, 이런 이약을 내한테 해, 해주는 이유가 머신데?"

한참 만에 가까스로 조금 정신을 차린 해랑의 입에서 나온 첫소리는, 그 밀담 내용이 무엇이냐가 아니라 그런 말이었다.

언네 입언저리에 마귀할멈처럼 섬쩍지근한 웃음기가 번졌다. 해랑이 지금껏 모아 놓은 수집품들이 그 웃음에 치를 떠는 것 같았다. 언네는 눈을 가느스름하게 뜨며 말했다.

"방금 말씀 안 드리던가예?"

벽에 붙은 애기장 속에서 밖으로 흘러나오는 것은, 해랑 뱃속에서 열 달을 채우고 피의 물살에 휩쓸려간 아기 울음소리였다.

"마님을 뫼심서부텀 이년 팔자가 천지 차이가 됐다꼬예."

상전과 종의 위치가 또다시 뒤바뀐 것 같았다. 종은 제 할 소리 실컷 다 하고, 상전은 입도 벙긋 못 한 채 듣기만 하고 있다.

"쇤네가 그 은덕을 갚을라꼬 이리쌌는 기지, 다린 뜻은 눈꼽만치도 없심니더."

"다린 뜻은 없다……."

"예."

"그으래?"

해랑은 간신히 마음을 다잡고 언네 얼굴을 유심히 살펴보았다. 하지만 여전히 두 개 세 개로 흔들려 보이는 종년 얼굴에서 그 속내를 짚어낼 수 없었다. 유리를 깨면 거울 속에 있는 언네를 끄집어낼 수 있지 않을까 하는 엉뚱한 망상까지 덤벼들었다.

'우쨌든 끝꺼지 들어봐야것다. 싹 다 들어보고 나모 쪼꼼은 알 수 있것제.'

해랑은 언네를 하판도 목사라고 생각했다. 그러자 역설적이게도 마음의 여유가 좀 생겼다. 해랑은 숨을 골라가며 언네의 다음 말을 기다렸다.

"시간이 벨로 없십니더. 급합니더, 마님."

언네는 깊은 산중에서 사나운 짐승에게 쫓기는 사람 같았다. 어떻게 보면 그렇게 보이기 위해서 가장하고 있는 것이 아닐까 싶기도 하지만, 또 달리 보면 실제 그만큼 상황이 촉박함을 경고하는 것 같기도 했다.

"고것들이 무신 일을 벌이기 전에 이짝에서 먼첨 손을 써야 합니더. 시간쌈이라꼬 들어보싯지예?"

"그보담도 안 있나."

해랑은 조금씩 냉정과 이성을 되찾으면서 그때부터는 당연히 그 밀담이란 게 다른 무엇보다 궁금하고 또 두려워졌다.

"내 아버님하고 시동상이 무신 말을 해쌌던고?"

해랑의 물음에 이번에는 수집품들도 대답을 듣고 싶은지 하나같이 언네를 향해 시선을 보내는 것 같았다.

"그거는, 그거는……."

그런데 또 공기가 변했다. 방금까지 시간 없다며 그렇게 서두르던 언네가 갑자기 바뀌어서 졸리듯이 눈을 끔벅끔벅하며 뜸을 들였다. 그러고는 해랑이 재차 답변을 요구하자 흡사 동문서답하듯 이랬다.

"마님 동서도 같이 이약했십니더."

해랑은 얼른 그림이 그려지지 않았다.

"누?"

창밖 뜰의 나뭇잎을 내다보며 언네가 말했다.

"초록은 동색이라 안 쿠던가예?"

거울에 비친 언네 얼굴이 상녀 얼굴로 보이는 해랑이었다.

"은실이 옴마도?"

해랑 마음이 한층 조급해졌다. 상황은 예상보다 훨씬 심각한 듯했다.

강도가 칼을 들고 머리맡에 서 있는데 그것도 모르고 잠만 쿨쿨 자고 있은 격이었다.

"그기 운젠데? 운제 그라던고?"

"……."

또다시 되풀이되는 언네의 묵묵부답이었다.

"오래돼서 기억이 잘 안 나는 기가? 올매나 오래된 긴데?"

언네는 그것에 관해서도 얼른 답해주지 않았다. 그 대신 머리 굴리기에 바빴다. 해랑이 이 집안에 들어오기 전이냐 들어온 후냐, 하는 시간적인 것도 굉장히 중요하다는 판단에서였다.

해랑이 억호 재취로 들어오기 전이라고 하면, 고것들 밀담은 그 무게가 아주 가벼워지고 말 것이다. 그 시기는 분녀가 건강한 몸으로 맏며느리 역할을 감당하고 있었을 때거나, 가마에서 떨어지는 바람에 허리를 다쳐 반신불수로 누웠을 때거나, 그중 어느 한때일 것이며, 그렇다면 그것은 해랑을 겨냥한 게 아닐 것이다.

그렇지만 해랑이 안방을 차지한 다음에 벌어진 일이라고 하면, 문제는 더할 나위 없이 크고 심각해진다. 분녀냐 해랑이냐가 관건인 것이다. 그런데 한참 후에 언네 입에서는 이런 답이 나왔다.

"마님이 이 집안에 들오시고 올매 안 됐을 땝니더."

그 거짓말은 금방 효과를 드러냈다. 그러잖아도 흰 해랑 얼굴이 선학산 공동묘지에 곧잘 출몰한다는 여자 귀신의 소복만큼이나 새하얗게 변했다.

"내, 내가 이 집안에 들오고 나서……."

끝까지 말할 힘도 없는지 저절로 말끝이 흐려지면서 끊어지는 해랑의 두 눈에는 초점이 없었다.

"기운 채리시소, 마님."

언네는 해랑 앞으로 바싹 다가앉으며 말소리를 한껏 낮췄다.

"쇤네는 들었십니더."

언네 목소리는 오싹하는 느낌을 자아내었다. 해랑은 가까스로 숨이 붙어 있는 사람 같았다.

"으."

언네는 오른쪽 집게손가락으로 제 귓구멍을 찌르는 동작을 해가면서 말했다.

"배봉이가 이리 이약하데예."

그러고 나서 이번에는 경대 속에 비친 해랑의 표정을 탐색하면서 말을 아꼈다.

"동업직물 후계자는 억호가 아이고……."

거울이 와장창 깨어지는 것 같은 소리가 언네 입에서 나왔다.

"만호 니라꼬예."

"그, 그기 무, 무신 소리고?"

해랑 음성은 비명 섞인 울음에 가까웠다.

"그래도 안주 모리시것십니꺼?"

'까~악.'

참새 무리가 포르르 날아가 버린 나뭇가지에서 이번에 들리는 것은 까마귀 울음소리였다. 그 까마귀가 내는 것 같은 소리로 언네가 얘기했다.

"동업직물을 억호 서방님하고 마님께 안 물리주고……."

해랑은 심하게 말을 더듬었다.

"니, 니가 자, 잘몬 드, 들은 거 아, 아이가?"

언네는 수세미처럼 주름진 입귀를 말아 올리며 말했다.

"쇤네 귓구녕이 아즉은 안 썩었십니더, 마님."

바로 그 순간이었다. 해랑이 별안간 심한 발작을 일으키는 여자처럼 꽥 소리를 내질렀다.

"그라모 내 귓구녕이 썩었다!"

언네 귀가 먹먹할 정도였다.

"예?"

해랑이 한 번 더 다그치듯 고함쳤다.

"썩은 거는 내 귓구녕이다, 그 소린 기라!"

처음에는 움찔하던 언네 목청도 강풍에 고개를 빳빳이 치켜드는 잡초처럼 자못 드세었다. 웃전에게 항거하는 전형적인 아랫것들의 모습이 엿보였다.

"누 귓구녕이 썩었는고는, 이년 말씀 모도 끝내고 생각을 해보이시더."

해랑의 눈동자가 아이들이 가지고 노는 굴렁쇠같이 휘휘 돌아가기 시작했다. 언네보다 더 고성을 내질렀다.

"좋다! 쌔이 이약해 봐라!"

그 시퍼런 서슬에는 어지간한 사내종들도 급하게 땅바닥에 엎드리며 넙죽 큰절을 올릴 법도 했다. 하지만 언네는 되레 예상을 뛰어넘는 언동을 보였다.

"쉬잇!"

그런 명령조와 함께 언네는 감히 상전 입술에 미천한 종년 손가락을 갖다 대며 협박하는 투로 나왔다.

"목소리가 상구 큽니더. 귀머거리가 듣고 달리오것십니더. 쪼매 살살 말씀하이소."

"치아라(치워라)!"

해랑은 오른쪽 손바닥으로 제 입술에 닿은 언네 왼손가락을 확 밀쳐냈다.

"손까락을 탁 끊어삘라!"

그러자 언네는 해랑에게 거부당한 그 손가락을 제 눈앞에 바짝 갖다 대고 가만히 들여다보더니 고개를 들면서 소름 끼칠 정도로 천천히 말했다.

"쇤네보담도 더 더러븐 손까락을 가진 인간들이 눈고는 지가 말 안 할랍니더."

해랑은 언네 손가락이 와 닿았던 입술 부분을 자기 손끝으로 연방 닦아내며 매섭게 언네를 노려보았다.

"인간들이? 시방 눌로 보고?"

그러나 언네는 해랑 눈길을 피하지 않고 맞받으며 '흥' 하고 비웃음을 터뜨린 후 말을 이었다.

"노다지(늘) 돈하고 기집들만 만질라쿠는 그노무 손까락 아인가베요."

해랑이 잠자코 있자 언네는 왜 아무 말도 하지 못하냐는 듯 툭 내뱉었다.

"우짤 수 없이 짐승 피를 묻힘서 살아가야 하는 백정들 손까락도 그보담은 칼끗할 낍니더."

해랑은 언네 말을 부정하지 못했다. 그렇지만 목소리는 여전히 낮아지지 않았다. 오히려 마당 나무에 앉은 까마귀가 사람들이 뿜어내는 기세에 질렸는지 울음소리를 낮추고 있었다.

"손까락 이약은 집어치아삐라!"

해랑은 더 말하면 네 손가락을 부러뜨려 놓겠다고 으름장을 내지르듯 했다.

"더 듣기 싫다 고마!"

"그래도 큰소리?"

언네는 숫제 시어미가 며느리 꾸짖듯 했다. 이제는 말도 높이지 않았던 것이다.

"배봉이하고 만호하고 들으라꼬 이리쌌는 것가, 머꼬?"

그러고 나서 언네는 해랑의 입술에 갖다 댔던 그 손가락을 들어 거기 방에 있는 갖가지 장식품들을 가리키며 가르치기까지 했다.

"그라고 또 운산녀 귀때기는, 오데 저 물건들에 붙어 있는 거맹커로 장식으로 달아 논 줄 아는가베?"

해랑은 너무 기가 찬 나머지 입이 얼어붙어 버렸다. 언네 말을 끝으로 둘 사이에는 긴 침묵이 가로놓였다. 공기마저 흐름을 멈춘 분위기였다.

두 여자의 쌕쌕거리는 숨소리만 끊이지 않았다. 그 소리는 비단 벽지로 도배한 방 벽에 부딪혀 노란 장판이 깔린 방바닥으로 흩어져 내렸다.

"동업이 아부지는 알고 계시는 기가?"

이윽고 해랑 입에서 나온 소리였다. 언네는 아주 느리게 고개를 끄덕이더니 또 다른 여자가 된 듯 더없이 공손해진 말투로 고했다.

"서방님께도 쇤네가 모도 말씀드렸십니더."

"모도 이약했다꼬?"

해랑 얼굴은 배신당했다는 기색으로 두 눈에는 도끼날 같은 빛이 서리고 입술을 보기 흉하게 일그러뜨렸다.

"알고 있음서도 내한테는 입 한분 달싹 안 하고……."

"호호호."

문득 언네가 시커먼 동굴 같은 입을 있는 대로 벌리고 마구 웃어 젖혔다. 그러다가 어느 순간 웃음을 딱 그치고는 선언하듯 했다.

"마님이 보기보담 상구 반풍수네예?"

"……."

해랑은 실제로 모자라도 한참 모자라는 여자같이 아무런 대꾸도 하지 못했다. 그건 언네 말이 구구절절 옳았다.

"억호 서방님이 우떤 사람인고, 아즉도 모리시는갑네예."

그 또한 매한가지였다. 솔직히 말해 억호에 대해서도 아는 것보다 모르는 것이 더 많은 해랑이었다. 남녀가 서로 만난다고 해서 마음까지 안다는 건 무리일 수도 있었다. 모든 동물 가운데 가장 믿을 수 없는 게 바로 인간이다. 특히 남다른 연緣의 끈으로 맺어진 억호와 해랑 자신은 더욱더 그럴 수밖에 없었다.

"듣기 싫어도 들으시소."

언네 말이 해랑의 정신을 돌려놓았다.

"마님이 이 집구석에서 믿으실 수 있는 사람은, 언네 이년 하나밖에 없다쿠는 거, 멤에 새기놓으시야 됩니더."

해랑이 마지막 지푸라기를 잡으려는 사람처럼 숨 가쁘게 물었다.

"동업이 아부지가 허새비맹캐(허수아비처럼) 그냥 맥없이 당하고 앉았을 사람은 아이다 아이가?"

언네 말도 빨라졌다.

"아내고 자슥이고 하로아츰에 배신해삘 사람은 맞십니더."

언네는 해랑이 자기 말을 제대로 받아들이지 않는다는 기분이 들었는지 이렇게 말했다.

"조강지처가 죽자마자 우쨌십니꺼? 당장 새 마누래를 맞아들이지 안했십니꺼?"

그 소리가 해랑의 가슴 한복판을 콱 찔렀다. 그렇지만 지금 그녀는 그따위 소리에 감정이 상할 정도로 여유가 있는 게 아니었다. 어쨌거나 억호가 잘못되면 자신도 끝장이었다. 이래서 세상 부부들은 결국 같은 방향을 바라볼 수밖에 없는가 싶었다.

'내가 억호 처가 되기는 된 기 맞거마는. 내가 살아야 되것다 하는 멤

에서이기는 해도, 억호 걱정을 다 해쌌고 말이다.'

해랑은 그 와중에도 소태를 입에 깨문 듯 쓰디쓴 웃음을 지었다. 언네는 해랑의 얼굴을 빤히 바라보며 그 웃음의 의미를 잠시 헤아려보는 눈치였다. 그러다가 무릎걸음으로 해랑에게 좀 더 가까이 다가앉더니 입을 해랑의 귀에 바짝 대고 속삭였다.

"그런께 우쨌든 간에 마님이 상녀하고의 쌈에서 이기시는 기 중요합니더."

해랑은 고개를 비스듬히 꺾어 언네 입에서 자기 귀를 멀리하며 되뇌었다.

"동서하고의……."

그런데 그 말이 떨어지기도 전에 언네가 대책 없다는 듯 짜증 섞인 소리로 말했다.

"그래도 동서?"

해랑도 스스로에게 염증 비슷한 감정을 느꼈다.

"그놈의 동서, 눈깔 빠지것십니더."

그러는 언네에게서 입내가 폴폴 풍겼다. 그만큼 지금 그녀도 속이 타고 긴장해 있다는 증거였다. 해랑은 갑자기 모든 게 부질없다고 여겨졌다.

'머리 깎고 산중으로 들가삐까?'

친자매처럼 지내던 비화와의 싸움. 그것이 그녀 일생의 마지막 싸움이길 바랐다. 아니다. 지금까지의 그것은 단지 전초전에 지나지 않는다는 강박감이 항상 그녀를 피곤하고 지치게 만들었다. 하루도 쉬지 않고 팽팽한 긴장감이 그녀를 포로로 삼고 있다.

"동업이 아부지는 은실이 아부지하고의 쌈이고?"

그렇게 말빚 갚듯이 툭 내던진 해랑은 아주 헤픈 화류계 여자같이 실실 웃음기를 뿌리기 시작했다. 왜 그런지 몰라도 침이 바짝 마르는 입술 사이로 자꾸 헛헛한 웃음만 삐져나왔다.

그러자 그 말을 어떻게 받아들인 걸까, 언네는 지금 그따위 어쭙잖은 감상에 빠질 때가 아니라는 투로 캐물었다.

"동업직물 상호가 은실직물로 배뀔 수도 있다쿠는 생각은 안 해보싯심니꺼?"

해랑이 냉혈동물처럼 차가운 목소리로 반문했다.

"은실직물?"

언네 얼굴 가득 야릇한 빛이 떠올랐다.

"하모예, 은실직물."

해랑 눈동자가 또 딱 멎었다.

"그라모 만호 서방님 담에는 은실이가 사업을 물리받을 수도 있다, 그런 말이가?"

언네가 따지듯 되물었다.

"와예?"

해랑은 성가신 듯 짧게 말했다.

"그냥."

언네는 거울 속 해랑을 째려보았다.

"은실이가 여자라서예?"

거울 속 해랑은 오른쪽에서 왼쪽으로 고갯짓을 하고 있었다.

"똑 그래서 하는 이약은 아이고……."

언네가 해랑 말끝을 가로챘다.

"여자도 잘만 하데예. 나루터집 비화를 보모 아실 꺼 아입니꺼?"

그 찰나, 해랑 인상이 악녀같이 험악해졌다. 목소리도 갓 새끼를 낳아 신경이 예민해진 사나운 암캐가 으르렁거리는 소리와 닮았다.

"그 여자 이약은 내 앞에서 하지 마라!"

순식간에 사람 목숨을 탁 끊어 놓을 수 있는 위험한 칼날이 수백 개는 꽂혀 있는 것 같은 음성이었다.

"주디를 확 찢어삐기 전에 말이다!"

하지만 언네는 해랑이 찢어버리겠다는 그 입을 더 앞으로 쭉 내민 채 노르끄레한 빛이 도는 눈알을 굴리며 말했다.

"마님하고 비화하고는 온 시상이 다 아는……."

해랑이 언네 말끝을 가로챘다.

"모도 예전 이약이다. 니도 알 끼 아이가?"

"예전 이약예?"

"비화 집안하고 우리 집안하고는 철천지웬수라쿠는 거."

아무 억양도 담겨 있지 않은 어조였다. 언네가 굉장히 의외란 듯 도저히 믿을 수 없다는 목소리로 물었다.

"그라모 마님도 그리 생각하신다쿠는 깁니꺼?"

"출가외인이라 캤다."

해랑은 일언지하에 상대 말을 깔아뭉개듯 했다.

"내가 이 임 씨 가문 며누리가 된 이상 당연히 그래야제."

"임 씨 가문 며누리."

언네는 탐색하는 눈빛으로 해랑 얼굴을 유심히 들여다보았다. 그러고 나서 해랑의 의중을 좀 더 확실히 알아야겠다는 듯 이렇게 물었다.

"배봉이하고 만호 부부, 그라고 심지어 억호 서방님꺼정 마님 혼자만 따돌리고 있는데, 그래도 마님은 그라시겄다는 깁니꺼?"

"우짜겄노."

해랑은 천장이 내려앉고 방바닥이 꺼져라 한숨을 내쉬었다.

"암만 니하고 내하고 둘이 있는 대로 심을 합치봤자, 저들하고는 요만치도 상대가 몬 되는데…….”

그 말이 끝을 맺기도 전이었다. 언네가 불쑥 말했다.

“또 한 사람 더 있심니더.”

“…….”

일순, 해랑 눈에 묘한 기운이 번뜩였다. 해랑은 내심 내 판단이 옳았구나! 했다. 그러자 이제까지와는 또 다른 감정으로 인한 전율이 일었다.

‘그렇다모 역시나…….’

언네 뒤에 누군가가 또 있을 거란 예감이 들었었다. 그렇지 않으면 언네 간담이 아무리 덕석만 하다고 해도 이처럼 겁 없이 함부로 굴지는 못할 것이다. 그래 한번 슬쩍 떠본 것인데, 이번에는 언네 쪽에서 말려든 것이다.

“또 한 사람 더 있다꼬? 그 사람이 눈데? 얼릉 말해 봐라.”

해랑은 고삐를 바싹 잡아당겼다. 언네는 금세 후회하는 빛이었다. 하지만 더 이상 숨길 수 없다고 판단했는지 순순히 실토하기 시작했다.

“꺽돌이라꼬, 이전에 이집에서 종살이하던 사람입니더.”

“그라모 시방 설단인가 하는 여종하고 함께 살고 있는?”

해랑 말끝이 더없이 심하게 떨렸다. 그 꺽돌과 언네가 서로 줄이 닿아 있었다니. 어떻게 이런 일이? 참으로 기묘한 게 세상사가 아닐 수 없었다. 그러면 설단과는 어떨까?

그때 언네가 눈을 크게 떠 보이며 감탄하듯 물었다.

“마님이 우찌 그런 거꺼지 알고 계심니꺼? 봉사가 방에 앉아갖고 천리 바깥을 내다본다더이.”

“와? 내가 돗자리를 안 깔아서 그렇제, 돗자리만 깔모 아모도 몬 갔을 기다.”

해랑은 짐짓 그렇게 농담처럼 말하면서 억지웃음을 띠었지만, 머릿속은 복잡하기 이를 데 없었다. 그러고는 극히 짧은 순간이지만 효원에게 천 씨 성을 가진 사내가 나타날 거라는 예언을 했던, 저 촉석문 밖에서 낡은 돗자리를 깔고 앉아 있는 그 사주 관상쟁이 노인의 모습이 떠올랐다 사라졌다.

아무튼, 억호가 집안 어린 여종에게 아이를 배게 했고, 그렇게 해서 태어난 아이가 바로 재업이란 걸 알 만한 사람은 다 안다. 해랑은 기선을 잡은 듯 말머리를 돌렸다.

"꺽돌이라 캤디가?"

언네는 이왕 털어놓은 사실을 더 덮을 생각은 없다는 듯 확인시켜주었다.

"예, 꺽돌이 맞심니더."

해랑은 좀체 믿어지지 않는다는 표정을 지었다.

"그란데 어멈이 우찌 그 사람하고?"

언네는 자신을 향한 해랑의 경계심을 줄일 요량으로 솔직하게 나갔다.

"꺽돌이가 안주 에린 나이에 여게 이 집안 종으로 첨 들왔을 때, 쇤네가 안됐다꼬 쪼매 잘해줬지예."

"그래서?"

해랑이 호기심을 보이자 언네는 동류의식과 함께 더 신이 나는지 얼굴에는 뿌듯한 빛까지 띠었다.

"사내답거로 상구 으리(의리)가 있어갖고 그거를 안 잊아삐고예, 시방도 쇤네를 지 에미매이로 생각하고 있심니더."

"아, 그런 일이 있었거마는!"

해랑은 그제야 이해가 되어 한참 고개를 끄덕끄덕했다. 언네 복수가 아니더라도 억지로 설단을 떠맡게 된 꺽돌로서는, 틀림없이 이 집안에 적잖은 원한과 적개심을 품고 있을 것이다.

"꺽돌이는 기운이 장삽니더, 장사."

언네는 꽉 쥔 주먹을 높이 치켜들어 보이며 제가 기운이 나는 모양이었다. 해랑도 맞장구를 쳐주었다.

"이름부텀 그리 들리거마는, 꺽세고 돌 겉고."

언네는 갈수록 자기 친아들 자랑하듯 늘어놓았다. 나이를 먹어가는 탓도 있겠지만 자식이 없는 처지이기에 더 그럴 것이다.

"심 갖고는 아즉 한 분도 넘한테 지는 거를 몬 봤심니더."

해랑은 어쩌면 앞으로 꺽돌이 버거운 걸림돌이 될지도 모른다는 경계심이 일면서 마음이 유쾌하지는 못했지만, 겉으로는 축하라도 해주는 것처럼 했다.

"그 정도가?"

언네는 거기 들어온 후 처음으로 방안 장식품들을 하나하나 둘러보듯 깊은 눈길을 던지며 장담했다.

"하모예, 만호 정도사 하로아측 해장꺼리도 몬 되지예."

"그, 그."

해랑은 머리털이 쭈뼛이 곤두서고 간담이 서늘했다. 하루아침 해장거리. 그 속에는 만호뿐만 아니라 배봉과 운산녀는 말할 것도 없고, 억호까지도 포함되어 있을 것이다. 뿐이랴. 동업과 재업도 마찬가지일 터이고, 그리고 또…….

해랑은 심한 학질이라도 걸린 것처럼 온몸이 파들파들 떨려왔다. 그렇다면 그다음 표적물은 바로 그녀 자신이 아니겠는가?

해랑은 소스라치며 깨달았다. 내 적은 언네와 꺽돌이라는 것을. 내가 살기 위해서는 이 집안의 사람들도 살아야 한다. 아무리 세상사가 복잡하게 얽히고설킨다고 할망정 말도 되지 않는 이런 논리가 성립될 줄이야.

해랑은 정신을 단단히 차리지 않으면 안 된다고 자신을 채찍질했다. 언네는 이 집안에 얼마나 큰 원한을 품고 있을 것인가. 또다시 운산녀가 언네를 어쨌느니 저쨌느니 하는 그 괴담이 완전히 낭설은 아닐지도 모른다는 생각이 들었다.

제아무리 힘없는 종들이라 할지라도 이토록 강렬한 복수심에 불타는 언네와 꺽돌이 죽기 살기로 힘을 합친다면 결코 만만히 볼 상대는 아니었다. 게다가 그들 뒤에는 언제나 상전들에게 피해의식을 느끼며 한을 품고 살아가는 수많은 종이 있지 않은가. 그런 종들까지 속속 끌어들인다면.

'방심만치 잘몬되고 이험한 거는 없다.'

해랑은 잘 알고 있다. 오래전 저 임술년에 힘도 없는 무지렁이 농투성이들이 무슨 일을 했던가를. 당시는 아직 나이가 어려 상세한 내막을 몰랐지만, 그 후 장성하면서 많은 것들을 자의로든 타의로든 알게 되었다.

'시상에 기적이라쿠는 기 따로 없다 아이가.'

관군들이 가지고 있는 병장기와 비교하면 아이들 전쟁놀이에서나 등장할 것 같은 죽창과 몽둥이와 농기구를 무기로 삼은, 정규 군사 훈련도 받지 못한 초군들이 관아를 습격하고 성을 함락했으니, 종들이라고 해서 반드시 그렇게 하지 못하리라는 법이 어디 있겠는가.

'내가 우쨌노?'

해랑은 동업과 재업만은 끝까지 잘 보호해주리라 다짐했었다. 그녀의 여자로서의 삶은, 자존심과 존재 이유는, 한 번의 임신과 낙태로 깡그리 끝나버렸다. 몰래 한의에게 알아봤더니 혀를 차면서 더는 아이를 가질 수 없는 몸이라고 했다.

석녀石女.

그렇다면 그녀가 자식이란 이름을 붙일 수 있는 사람은 어떻든 동업과 재업밖에 없는 것이다. 그런 의미에서 재업도 동업 못지않게 소중한 존재였다.

해랑은 더 말이 없는 언네 얼굴을 몰래 훔쳐보며 결심했다. 조만간 만사 제쳐 두고 동업이 다니는 서원과 재업이 다니는 서당에 한번 가봐야겠다고 다짐했다. 그동안 내 고통 잊자고 특산품 수집에만 빠져 그 아이들에게 너무나 무심했었다. 설령 나중에 그들이 내게 칼을 겨눌 날이 올지라도 모자지간의 정을 두텁게 쌓아야겠다.

'아이다. 내보담도 비화 심장에 먼첨 칼을 꽂것제.'

하여튼 살아가면서 내가 모성애를 베풀어주면 설마 배신이야 할까? 싶기도 했다. 그리고 앞으로 언네, 저 재주 백 번도 넘는 늙은 백여우 같은 종년과 어떻게 할 것인가는 좀 더 시간을 두고 천천히 생각하면서 대처해나가기로 마음먹었다. 그리고 지금은 언네와 생사고락을 같이할 동지인 것처럼 해보여야 할 것이다.

해랑이 동업과 재업에게 마음을 쏟고 있을 때, 정작 동업의 친모인 허나연의 인생 역정도 질곡의 연속이었다. 한마디로 참 더러운 팔자였다. 어쩌면 태생적으로 한 사내에게 진득이 정을 주지 못하는 성품이기도 하지만, 차라리 사내 없이 혼자 살아가는 게 오히려 평안한 삶을 누리는 길인지도 모른다.

그런데 나연의 가슴에 마지막까지 남아 있는 사내는 비화 남편인 박재영이었다. 물론 그와의 사이에 아들이 하나 있다는 게 큰 영향을 끼쳤다고 할 수도 있겠지만, 굳이 그게 아니더라도 인간적으로 재영만 한 남자가 없다는 사실을 깨쳤다고 해야 할까? 생활력이 좀 약한 듯하고 우유부단한 면이 있긴 해도 그 정도 약점도 없는 사람이 어디 있겠는가 싶었다.

나연이 그곳에 간 것은 순전히 '물 따라 바람 따라'였다. 재영을 비롯해 그녀가 지금까지 사귀다가 헤어진 사내들은 그녀를 보기만 하면 곧바로 달려들어 요절을 내려고 할 것을 알고 있었다. 그래서 가능하면 자신의 얼굴을 모르는 사람들이 있는 먼 곳으로 헤맸으며, 그러다 보니 전혀 엉뚱한 고장에 와 있는 스스로를 발견하고 경악할 때도 많았다.

그러나 아무리 그렇다손 치더라도 '연도'라는 섬에까지 발길이 닿을 줄은 알지 못했다. 아니, 실상대로 털어놓자면 이번에는 좀 의도적인 면이 없었다고는 말하기 힘든 선택인 거였다. 해변에 있는 작고 허름한 밥집에 앉아 허기를 채우고 있는 그녀의 귀에 들려온 소리가 있었다.

"뭐? 남자들은 없고 여자들만 상여를?"

"그렇다는구먼. 여자들끼리만 하는 상여 모습이 어떨지 얼른 연상이 되질 않아."

"난, 상여소리를 더 들어보고 싶은걸."

"그렇지만 슬프고 마음이 아파서 말이지, 보고 싶지 않은 생각도 들어."

"하긴…… 여자 상여꾼이라니……."

"앞소리꾼도 여자가 한다지 않나."

"그럼 남자들은 뭘 하는고?"

처음에는 무슨 얘기인지 퍼뜩 이해가 되지 않던 나연은, 잠시 후 그것에 관하여 그림이 그려지자 걷잡을 수 없을 정도로 마음이 쏠리기 시작했다.

'여자들만 한다 안 쿠나. 남자들 없이도 말이제.'

나연은 속으로 억지 부리듯 했다. 언제부터인가 그녀는 남자 없이 여자 혼자서라도 살아갈 수 있는 생활을 꿈꾸고 있었다. 이제 사내는 지긋지긋했다. 때론 사내가 그립지 않은 건 아니지만, 머리에 상투를 튼 인간들이 내 인생을 깡그리 망쳐 놓았다고 치부했다. 그렇다고 내 잘못이 없는 건 아니지만, 아니 더 많이 있다고도 할 수 있지만, 어쨌든 사내들만 아니었다면 지금과 같은 방랑자 신세로 전락하지는 않았을 거라고 보았다.

"아, 바로 엊그제 초상 난 집이 있으이, 지금 가 보모 볼 수 있을 끼요."

여자 상여꾼 이야기를 나누던 남자 손님들이 그곳을 나가고 나서, 나연이 밥집 쥔 여자에게 그것에 대해 말을 붙였더니 돌아오는 답변이 그러했다.

"저짝에서 배를 타고 들어가모 된다오."

마흔 살 안팎의 키 작고 땅땅한 밥집 여자는, 무척 부럽다는 눈빛으로 나연의 고운 몸매를 위아래로 훑어보며 '연도'라는 섬으로 가는 뱃길을 알려주었다.

"고마버예, 갑니더."

"잘 가소. 또 오소."

"예, 돌아가는 길에……."

그렇게 하여 나연은 무작정 배에 올랐고 그 섬으로 들어갔다. 더구나 나연에게 그 장면을 보여주기 위한 용왕님의 선처라도 있었는지, 때를 맞춰도 그렇게 잘 맞출 수가 없을 만큼 모든 게 절묘했다.

'앞으로도 내가 살아가는 데 요만치만 되모 올매나 좋것노.'

하지만 막상 그 '여자 상여'를 보면서 나연의 가슴은 찢어지는 듯했다. 공연히 여기 왔나 후회도 되었다. 그렇기는 해도 여자인 그녀에게 뭔가 주는 것도 적지 않을 것 같았다.

장례를 치르느라 모두 슬프고 경황이 없는 탓인지 타지에서 온 나연을 눈여겨보는 이는 없었다. 어쩌면 그 장례식에 참석하기 위해 온, 고인과 먼 일가친척쯤 되는 사람이라고 생각했는지도 모르겠다. 나연으로서는 크게 신경을 쓰지 않아도 되어 다행이라고 할 수 있었다.

'아, 증말 여자들만 하네!'

장례 절차를 직접 자신의 두 눈으로 지켜보면서도 나연은 아무래도 쉽게 믿기지 않았다. 상여가 떠날 때 상여 앞에서 지내는 발인제發靷祭에서부터 여자들만 참여하고 있는 것이다. 남자들 손발이 없어도 되었다.

'그렇다모 내도 혼자 몬 살아가라쿠는 벱 없다 고마.'

다시 한번 그런 각오와 다짐을 해보는 나연의 귀에 여자 앞소리꾼이 매기는 소리가 크게 들려왔다.

– 어어화 어어화 어가리 넘자 어어화.

그러자 역시 여자들만으로 구성된 상여꾼들이 그 뒤를 이어 또다시 부른다. 그러고 나서 앞소리꾼이 사설을 부르고 상여꾼들은 그 후렴을 되풀이하고 있다.

– 세상천지 만물 중에 사람밖에 또 있던가.

서럽도록 눈이 부시게 하는 소복 차림의 상여꾼들은 허리에 새끼 끈을 매고 머리에는 흰 베로 된 두건을 둘러썼다. 그와 대조되어 울긋불긋한 조화造花로 꾸민 상여 가까이서 높이 치켜든 크고 긴 붉은 기旗는 더 한층 새빨간 기운을 뿜어내고 있었다.

'바닷가가 끝이 없거마.'

발인제를 지내는 해변은 굉장히 넓었다. 그래서 배도 수월하게 탈 수 있을 것 같은데, 나연은 그런 장소를 택한 이유를 나중에 알았다. 상여를 배에 실어야 하는 것을 미리 감안했다는 것을.

– 높은 산정 고목나무 움 나거든 오실란가. 움이 난들 싹이 난들 온다 소리 할 수 있나 떠나는 이 마당에…….

이윽고 발인제가 끝나고 그곳을 떠나갈 때 부르는 상엿소리도 나연에게 짙은 서러움과 아픔을 맛보게 했다. 그녀와는 아무 상관도 없는 남이지만 마지막 가는 길은 누구에게나 그런 감정을 주는 성싶었다. 그런 속에서 나연은 마음을 꾹꾹 다졌다.

'어차피 혼자 살고 혼자 죽어가는 인생인 기라. 하모, 남자고 여자고 간에 그거는 누구도 몬 면할 자연의 이치 아인가베. 그러이 내도 남은 삶의 길을 혼자 가야제.'

그러자 여자들만으로 구성된 상여 행렬을 보려고 거기 오기 잘했다는 기분이 또 들었다. 그렇지만 또 다른 한편으로는 남자들도 함께하면 훨씬 더 쉬울 거라는 생각은 아무래도 지우기 어려운 게 사실이었다.

'산촌이나 어촌이나 문제는 고놈의 땅인갑다. 농사 지이묵을 땅 말인 기라.'

나연의 마음을 씁쓰레하게 만든 것은 또 있었다. 그 섬에 묘지를 쓰게 되면 경작할 땅이 그만큼 사라지게 되므로 어쩔 수 없이 바다 건너 무인도인 저 '솔섬'이라는 곳까지 가서 묘지를 써야 한다는 것이다. 그래서 상여를 실은 배를 타고 바다를 건너갈 때 부르는 소리는 한층 듣는 사람 가슴을 찢어지게 하는 듯싶었다. 언제 다시 또 오리까 늙고 젊고 내 친구야 신나게도 잘 가구나…….

아무도 나연에게 눈길을 주는 이 없는 가운데 상여를 실은 배는 솔섬에 닿았다. 소나무가 많아서 솔섬이라 하는지 아니면 다른 무엇 때문에 그런 이름이 붙었는지 알 수가 없었지만, 솔섬은 왠지 나연의 가슴에 휑한 공간으로 다가왔다. 그건 아무래도 아무도 살지 않는 섬이라는 데서 비롯된 감정이 아닐까 싶었다.

'후우. 그나저나 섬에 있는 길이 와 이리 가파르노?'

손에 아무것도 들지 않은 몸으로 뒤를 따라가는데도 나연의 숨이 가쁠 정도로 산길은 퍽 험준했다. 조금 전 그 섬에 도착한 배에서 내려 장

지까지 가는 길은 저승길이 이러할까 싶은 생각이 들 정도로 오르기 힘들어서 괜히 왔나 하는 후회가 또 들었다.

'그래도 여자 생이꾼들한테 비하모 상구 낫다.'

위험할 정도로 워낙 산길이 비탈진 탓에 상여를 운구하는 여자들은 이제 사설은 없고 그저 여음만 주고받고 있었다. 앞소리꾼이 '어어화' 하면 상두꾼들도 똑같은 소리를 반복해가면서 허위 넘는다.

얼마나 갔는지 모르겠다. 드디어 장지葬地에 당도했다. 이제부터는 무덤을 만들어야 한다. 산 자의 집이나 죽은 자의 집이나 짓기 어렵고 힘든 것은 매한가지로 보였다. 여자들이 흙과 돌 그리고 떼를 나르는 가운데 앞소리꾼이 '어어여루 가래야' 소리하면, 역군役軍들 또한 그렇게 반복해가며 모두 봉분 작업에 달라붙는다. 흙을 쌓아 올려서 무덤을 만드는 모습들이 나연의 눈에 어쩐지 비현실적이고 환상적으로 비쳤다.

나 또한 지금 죽어 있는 게 아닐까 하는 야릇한 기분에 사로잡히기도 했다. 나 스스로 저 무덤으로 들어가 누우면 그보다 더 편한 게 없을 텐데 하는 망상까지 일었다. 여자인 나 혼자 힘으로 살아갈 용기와 힘을 얻기 위해 그 여자 상여를 따라왔는데…….

마침내 봉분을 다 지었다. 앞소리꾼이 봉분을 돌면서 앞소리를 매기자 상여꾼들이 이내 후렴을 한다.

– XX 망령 들어보소, 우리 친구 떠납니다.

– 쾌지나 칭칭나네.

– 내 누운 무덤 위에 논을 친들 내가 알까.

– 쾌지나 칭칭나네.

그 모든 광경을 지켜보고 있는 나연의 두 뺨 위로 눈물방울이 굴러 내렸다. 그녀 자신의 마지막을 대하고 있는 기분이었다.

'여자 혼자 심으로 살아갈 맴을 묵고 여꺼정 온 내가 자꾸 죽는 거만

떠올리고 있다이, 니 에나 몬났다, 몬났어.'

그러나 그보다 더 나연의 심경을 아프게 하고 어지럽게 몰아가는 건 또 있었다. 그녀는 그곳을 떠나면 또다시 남자를 생각하게 되리라는 것이다. 남자 없이 혼자서는 도저히 살 수도 죽을 수도 없는 더러운 팔자로 태어난 년이 바로 나라는 그 사실이었다.

굴바위와 서원

너우니 쪽에 있는 굴바위다.

칠봉산 능선이 남강을 따라 쭉 길게 이어져 있는데, 그 이름처럼 일곱 개나 되는 봉우리 가운데 한 봉우리의 깎아지른 듯한 벼랑의 중간보다 조금 아래에 균열이 간 것같이 약간 기다랗게 구멍이 동굴처럼 뚫려 있는 바위다.

그 깊숙이 팬 곳은 무슨 짐승이 숨어 있기에 좋은 구멍으로 보인다. 어쩌면 수행자가 도道를 닦기에도 괜찮은 은신처이기도 하지만, 아무래도 그러기엔 그 굴이 좀 작고 좁은 듯하다. 게다가 모래와 자갈이 깔려 있는 이쪽 강가와 그 굴바위 사이에는 강물이 흐르고 있어 건너가기도 쉽지 않을 것이다. 날개라도 달려 있다면 또 모를까 그렇지 않고는 그 벼랑을 타고 올라가 굴에 다다르는 것도 무리일 게 뻔하다.

'누가 운제 저 바구 이름을 굴바구라 지잇으꼬?'

강변에 자라는 갈댓잎을 손으로 휘어잡은 채 호한은 혼자 마음속으로 중얼거렸다. 성 밖 그의 집에서 거기까지는 꽤 거리가 있었지만 때로 그는 강줄기를 거슬러 그곳에 오고는 했다. 굴바위는 딸 비화가 콩나물국밥집을 하는 상촌나루터와 그의 집 중간쯤에 있지 않을까 여겨지기도 하지만, 전혀 잘못된 거리 계산법일 수도 있다.

'내사 마 굴, 굴바구, 그 이름이 좋아서 자조 찾는 덴께네.'

그의 입술에 자조하는 빛이 떠올랐다. 굴바위는 세상으로부터 그 자신을 숨길 수 있는 유일한 곳이 아닐까 하는 참 못난 망상에 시달려온 그였다. 딸자식 비화가 아니었다면 그들 부부는 벌써 어떤 길로 접어들었을지 모른다. 사람들은 굴바위 안에 들어 있는 남녀 두 구의 사체를 영원히 발견하지 못하리라.

'물새들도 여게가 좋은갑다. 저러키 마이도 날라댕기는 거 본께네.'

호한은 기다랗게 이어지는 칠봉산을 배경으로 남강 위를 훨훨 날아다니는 물새들을 한동안 올려다보다가 또 한숨을 폭 내쉬었다. 목울대가 발달하지 못한 탓에 '꽥, 꽤~액' 하는 울음소리가 좀 듣기 싫은 대신, 하얗거나 회색인 털빛이 참 고상하고 보기 좋은 저 물새들이, 인간인 나보다도 훨씬 더 낫다는 생각이 또 들었다.

'임배봉, 이눔! 내 니눔이 장 자랑 삼는 그 비단 필로 니눔 모가지를 졸라서…….'

배봉이 그의 집 소작을 부쳐 먹던 당시가 떠오르면서 근엄한 선친 생강의 모습이 눈앞에 어른거렸다. 아직도 복수를 하지 못하고 있는 이 못난 자식을 얼마나 꾸짖고 속상해하실 것인가? 내가 딸에게 그 어렵고 힘든 일을 떠넘겨야 하다니.

'비화야, 이 애비가, 이 애비를…….'

그가 서 있는 근처에서 물살이 팽그르르 맴을 돌았다. 온 세상이 따라 도는 것 같았다.

'와 이리 어지럽노?'

그러던 어느 순간, 호한은 두 눈을 크게 치뜨고 굴바위를 쳐다보았다. 그 벼랑에 붙어 자라고 있는 자연의 분재와도 같은 허리 굽은 노송, 그리고 이름 모를 작은 잡목들이 그에게 말을 걸어오는 것 같았다. 아니, 그건 돌아가신 아버지 음성인 듯싶었다.

'아, 그날 들었던 아부지 목소리!'

호한은 한층 귀를 기울였다. 그러자 그의 눈앞에서 굴바위가 있는 벼랑이 전라도 어딘가에 있는 절벽으로 바뀌어 보이기 시작했다.

그날 무엇 때문에 부자가 함께 그 먼 곳까지 갔는지, 그리고 그 절 이름은 무언지 잘 기억나지 않지만, 그 절로 들어가는 길 한쪽에 흐르고 있는 내(川)의 이름은 도솔천인가 그랬다. 그리고 도솔천 건너에 산이 솟아 있고 그 절벽에 더할 나위 없이 멋들어진 자태를 뽐내며 붙어 자라고 있던 그 나무, 송악이었다.

"한아, 호한아, 함 봐라. 에나 대단하제?"

아버지 생강이 그렇게 말하며 손가락을 들어 가리켜 보이는 거기에는, 아직 어린 호한의 눈으로 봐도 여간 놀랍지 않은 광경이 펼쳐져 있었다.

"아부지, 저기 무신 나몹니꺼?"

"글씨다. 저 나모를 본께 두릅나모가 생각나기는 하는데……."

아버지는 마침 가까운 곳에서 그들처럼 그 나무를 구경하고 있는 사람들에게 물었는데 다른 이들도 자세히 모르겠다고 했다. 보통 나무들은 해 보일 수 없는 워낙 특이하고 신기한 모습을 하고 있기에 모두 그러는지도 몰랐다.

그런데 그 의문을 풀어줄 수 있는 사람이 나왔다. 모든 이들이 하나같이 그 나무에 대해 궁금해하고 있을 때 머리칼이 허연 어떤 노인이 앞으로 나서더니 설명해주기 시작한 것이다.

"저 나모는 말임시, 그렇게로 그 뭐시다냐, 송악, 송악이라 안 허요.

송악이랑게?"

그 고장에 사는 토박이인지는 잘 모르겠지만 아무튼 전라도 말씨를 쓰는 그 노인은 이런 말도 덧붙였다.

"그라고 또 안 있소잉? 저 나모는 사시사철을 통해 늘 푸른 빛이지라우. 겨울철에 한번 와 보소. 하얗게 내린 눈이 저 녹색 잎하고 어우러져서 참말로 볼 만하당게?"

사람들은 저마다 감탄하는 얼굴로 암벽에 붙어 있는 그 나무에 더욱더 눈길을 보내면서 한입으로 되뇌었다.

"송악, 송악."

호한이 보기에도 줄기 위쪽으로 달린 녹색 이파리들은 정말이지 장관이었다.

"한아, 니도 저 나모매이로 자라야 안 하나. 아모리 나뿐 환경이라 쿠더라도 안 굽히고 저 모냥으로 살아야 하는 기다."

"예, 아부지."

"저렇게만 살아가모, 저렇게만……."

"알것심니더, 아부지."

그런 말을 주고받으면서 부자는 오랫동안 그곳을 떠날 줄 몰랐다. 밑에서 위로 올라가며 여러 갈래로 꾸불꾸불 갈라진 모양이 부채 살대를 방불케 하는 그 덩굴줄기는 아마 영원히 잊지 못할 것이다.

지난 시간을 헤매던 호한의 마음이 송악에서 다시 굴바위로 돌아온 것은, 때마침 상류 쪽으로부터 불어오는 강바람이 그의 뺨을 스치면서 정신이 든 때문이었다.

'저 우에서 아부지는 잘 계실랑가?'

호한은 고개를 뒤로 젖혀 하늘을 올려다보며 선친을 생각했다. 굴바위가 있는 푸른 능선 너머 떠 있는 하얀 구름 조각이 생시에 아버지가 입던 흰 두루마기를 연상시켰다.

'아부지도 저 굴바구가 그리버서 내리다보시는지도 모리것다.'

호한의 시선이 또다시 굴바위를 향했다. 그곳에 반사된 아버지의 눈빛이 저 햇살이 되어 지상으로 돌아오고 있을 것 같은 기분에 젖었다.

산 중턱 평지에 자리 잡은 천강서원.

언네를 대동하고 동업이 다니는 그 서원에 온 해랑은 감개무량하기 그지없었다. 배봉가家 맏며느리가 되기 전 관기의 몸으로 머물렀던 교방이 떠올라서였다.

그곳이야 두 눈을 다 감고도 훤히 그려낼 수 있지만, 선현을 봉사하고 유학을 강학하는 곳에 오게 될 줄은 진정 몰랐다. 내가 정말로 동업 직물 가문 사람이 되었구나 하는 실감이 나면서 온갖 빛깔의 감정이 엇갈렸다.

"마님, 쇤네는예, 안 있심니꺼."

언네도 서원은 처음인 듯 이날은 꼭 봄나들이 나온 처녀처럼 들떠 보였다. 어쩌면, 아니 틀림없이 그것은 허위요 가장일 것이다. 해랑은 모르지 않았다. 바로 어제 있었던 해랑 자신과의 그 무섭고도 심각한 밀고와 음모를 잊은 것처럼, 더 나아가 없었던 것처럼 꾸미기 위한 위장 전술이었다.

'개고리가 포식자로부텀 살아남을라꼬 환갱에 따라 몸 색깔이 배뀐다 안 쿠던가베. 언네 조 야시겉은 년도 딱 그짝이다.'

그날의 글공부를 마치고 홍살문 밖으로 나와 새어머니 해랑에게 자신이 수학하는 그곳을 안내해주는 동업은 이제 어엿한 대장부가 다 된 것 같았다. 아이들이란 집에서 볼 때와 바깥에서 볼 때가 저렇게 큰 차이가 나는 것인지도 몰랐다. 그래서 어른들은 아이들에게 높은 기대와 깊은 관심을 품게 되는 것일까.

그러나 그런 동업을 지켜보는 두 사람 마음은 완전히 상반되었다. 이제 영영 제 자식을 잉태할 수 없게 돼버린 해랑은 동업에게 크나큰 위안과 믿음직스러움을 얻으려 했다. 집안 식구 중에 가장 자신에게 정을 보이는 아이였다. 여자아이처럼 예쁘장하게 생긴 그 아이는 아마도 천성적으로 정이 많은 아이 같았다.

'한팽생 내 친자슥매이로 여김서 살모 되겄다.'

그에 반해 언네는 점점 자라는 호랑이 새끼를 보고 있는 기분이었다. 완력으로는 껵돌 상대가 될 수 없겠지만 머리싸움에서는 결코, 만만치 않겠다는 생각이 들었다. 그러자 차라리 더 어렸을 적에 뒤뜰 우물에 처넣어버렸더라면 좋았을 걸 하는 후회가 일었다. 장성한 다음에 제 출생 성분을 알려주어 배봉 집안에 평지풍파를 일으키게 하려는 계획이 과연 최고 방법인지 모르겠다. 그게 최상의 길인지 회의가 들었다. 언네는 자꾸만 조바심에 싸여갔다.

'시간이 너모 마이 가삣다. 내가 한 살이라도 더 젊을 때 일을 처리해야 할 낀데. 머하는 개가 밤눈 어듭다꼬, 이리 만종기리기만 하고 있다가는 진짜 날 새겄다.'

서원 건물 위로 날아가고 있는 새를 쳐다보며 이런 생각도 했다.

'꾀꼬리란 눔이 춥고 어드븐 밤에는, 날만 새모 집 짓지, 날만 새모 집 짓지, 해쌌다가, 막상 날이 새모 그때 가서는, 에라이, 내 머 봐라, 함시로 휑 날라가 삔다더이, 내가 똑 그런 꼴 아인가 모리겄다.'

그렇게 서로 엇갈리는 감정에 사로잡혀 있으면서도 적어도 겉으로 보기로는 두 여자는 거의 똑같았다. 저마다 동업을 향해 따뜻한 미소와 정다운 말을 건네었다. 관기와 여종 출신인 그들은 전혀 모른다. 동업이 어떻게 해서 거기 서원의 원생이 될 수 있었는가를.

지난날 배봉이 김호한의 벗 소긍복을 이용해 양반 신분으로 상승한 후, 천강서원을 세운 문중에 엄청난 재물을 물 붓듯이 쏟아부어, 그 서원 제향인의 후손 반열에 끼어들었다는 사실을 어찌 알겠는가?

그 일등 공신은 단연코 돈이었다. 언제 어느 곳에서나 무소불위의 힘을 발휘하는. 당시 이런저런 연유로 인하여 국력이 쇠약해지자 외세가 굶주린 늑대처럼 노리고 있는 조선은, 신분제도뿐만 아니라 모든 게 거덜 나기 시작하고 있었다. 그 와중에 가장 큰 기세를 떨치는 게 다름 아닌 금력이었다.

이제 천강서원에 있는 누구도 배봉 일가가 원래는 자기들 동족이 아니었다는 사실을 환기하지 못했다. 동업은 천강서원 원생으로서 동족의 결합과 유대를 다지는 행사에도 다른 원생들처럼 떳떳이 참여했다. 그래서 어떤 눈 밝은 귀신도 진짜와 가짜를 골라내지 못할 만큼 녹아들어 있었다.

해랑이 높다랗게 둘러친 외부 막돌 담장을 넘겨다보고 있는데, 언네가 붉은 칠을 한 홍살문을 올려다보며 감격한 목소리로 말했다.

"아, 요 문은 관아 앞에 서 있는 문하고 가리방상하네예."

그러자 동업이 어른 목소리로 말했다.

"한양 대궐 앞에도 요런 문이 세워져 있다쿠더라."

언네는 필요 이상으로 목청을 높였다.

"하이고! 임금님이 계시는 곳에도예?"

홍살문을 지나서 칸마다 문이 있는 세 칸짜리 외삼문外三門으로 들어서자 꽤 넓은 마당이 나왔다. 거기 버티고 앉은 큰 건물을 손가락으로 가리키며 동업이 일러주었다.

"원생들이 글 배우는 강당입니더."

그곳에는 둥치가 어마어마한 동백나무가 자라고 있었다. 해랑은 아직 그렇게 오래된 동백은 보지 못했다. 그래서 처음에는 동백이 아닌 줄 알았다.

"팽소 스승님이 계시는 곳인데예."

동업은 홍살문 쪽으로 눈을 돌리며 말을 이었다.

"아까 공부 마치자마자 급한 볼일이 있다꼬 나가시는 거를 봤심니더."

해랑의 검은 눈동자가 강당 건물에 딱 못 박혀 있었다. 나도 양반집 도령으로 태어났었다면. 그런 아쉬운 생각을 하는 중이었다. 공부를 잘할 자신이 있었다. 정말 열심히 공부해서 과거시험에 떡 합격하여 목사나 관찰사도 되고 암행어사도 되고…….

그에 비해 언네 눈알은 방정맞을 정도로 팽이같이 팽글팽글 돌았다. 그녀는 도무지 믿어지지 않는다는 듯 그러잖아도 왜소한 몸을 한껏 움츠리며 말했다.

"강당이 에나 커 비이거마예."

동업은 퍽 친절하고 세심한 안내자를 떠올리게 했다.

"대청이 세 칸이나 되고, 왼짝하고 오른짝 온돌방이 한 칸씩이고……."

언네는, 동업이 많이 컸구나! 하는 생각에 자꾸만 주눅이 들었다. 그렇다면 그만큼 언네 자신은 늙었다는 얘기가 될 것이다. 세월이란 반상班常이나 남녀노소 관계없이 똑같이 흐르는 자연의 물 같은 것이었다.

"저 함 보이소, 어머이."

동업은 눈짓으로 건물 중앙 대청 앞 처마 밑에 걸린 현판을 가리켰다.

"우리 서원 이름이 씌어 있지예."

그러고 나서 한 글자 한 글자 띄워가며 천천히 읽었다.

"천, 강, 서, 원."

해랑은 가늘고 긴 고개를 연이어 끄덕였고, 언네는 칠푼이나 팔푼이 같은 얼굴이 되었다.

'눈깔만 붙었던 저기야?'

언네는 또다시 뿌드득 이빨을 갈았다. 호랑이 새끼가 자라도 너무 자라버렸다. 그러다가 그녀는 속으로 중얼거렸다.

'하기사 조것이 쌔이 어른이 돼야, 내 복수가 시작 안 되것나.'

언네 마음이 그런 소리를 내고 있을 때 해랑 마음은 또 다른 소리를 내고 있었다.

'비화한테 무서븐 적이 또 하나 더 생깃다 아인가베. 그러이 앞으로 비화가 상구 에렵고 심들어지것거마.'

해랑은 팔작지붕 익공계 건물로 돼 있는 거기 강당을 물끄러미 올려다보았다. 멋진 팔작지붕으로 만들어진 촉석루가 떠올랐다. 정석현 목사 재임 시절 그곳에서 의암별제를 지내던 일이 아득한 꿈속같이 느껴졌다. 어쩌면 다른 세상을 살았던 것이 아닐까 여겨질 정도로 생경하기까지 했다.

어떻게 보면 그렇게 긴 세월이 흘러간 것도 아니었다. 그렇지만 그동안 모든 것이 참으로 많이 변해 있다. 미천한 교방 관기 신분에서 근동 최고 갑부 맏며느리가 된 그녀. 아니, 그보다도 저 대사지의 검은 악몽 속에 나오는 사내의 아내가 되어 있는 것이다. 그리고 친자매처럼 지내던 비화와의 결별…….

'시방 내가 무신 씨잘데없는 헛생각에 빠지 있는 기고?'

해랑은 머릿속이 꿀렁거릴 정도로 세차게 도리질을 했다. 서원 안 어디선가 그녀를 비웃는 웃음소리가 들려오는 듯했다. 못 배운 사람은 어쩔 수가 없다, 지금이라도 여기 와서 공부하라는 말과 함께.

"문짝도 에나 볼촉시리 맹글었네?"

언네는 대청을 향해 위쪽으로 들어 열게 된 분합문이 무척이나 신기한 모양이었다. 어쩌면 그녀는 동업에 대한 위축감에서 벗어나려고 더 호들갑스럽게 굴고 있는지도 모른다. 하긴 해랑 눈에도 서원이 예사롭게 비치진 않았다.

"저거는 또 머라쿠는 기고?"

대청의 대들보 위에는, 들보 위에 세우는 짧은 기둥인 동자주를 올렸다. 또 그런가 하면, 판잣집 같은 작은 집에서 들보 구실을 하는 저 보아지를 틀어 종두리를 받고 있다. 사다리꼴로 된 정면 초석은 모두 팔각형이다.

"우리 원생들이 묵고 자고 하는 뎁니더."

동업이 이번에는 손을 들어 강당 왼쪽과 오른쪽 건물을 동시에 가리키며 말했다.

"니가 있는 데는 오데고?"

해랑이 묻자 동업은 오른쪽을 보며 자랑스러운 얼굴로 대답했다.

"이짝 동재東齋지예. 저짝 서재西齋에 있는 원생들보담도 지체 높은 자제들이 있는 곳이라예."

"아, 그런 것가?"

해랑은 또다시 놀라지 않을 수 없었다. 배봉 가문이 이렇게 대단한 줄 몰랐다. 서원에 다니는 것만 해도 모두의 부러움을 살 일인데 동재에 들어갔다니.

"에나 조오타!"

"그렇지예?"

얼핏 봐도 동재는 서재에 비하면 사대부가의 사랑채같이 화려한 구조였다. 정면 세 칸, 측면 한 칸에 양퇴를 가진 것은 얼핏 서재와 비슷했지만, 한쪽 칸에 누마루를 마련하고 팔각의 장주초석으로 그 아래를 받쳤다.

“서원이라쿠는 데가 이런 곳인 줄 몰랐다 아이가.”

해랑은 감탄을 금치 못했다. 동업에게 격려처럼 이런 말도 해주었다.

“동업이 니 이리키나 좋은 여건에서 공부 열심히 한께 앞으로 반다시 훌륭한 사람이 될 끼거마는.”

동업이 고개를 숙이며 말했다.

“똑 그리 되거로 노력하것심니더.”

해랑은 옆에 서서 유심히 그들 모자의 대화를 듣고 있는 언네를 한번 보고 나서 말했다.

“하모, 하모. 그래야제.”

동업이 약간 틈이 벌어진 상의 옷자락을 단정하게 여미면서 부탁했다.

“어머이도 곁에서 잘 도와주이소.”

해랑은 너무나 당연한 일이라는 듯 얼른 말했다.

“그거를 말이라꼬 하나?”

그러자 동업은 한층 어른스러운 말투로 감사 인사를 했다.

“고맙심니더.”

해랑은 동업이 정말 자랑스럽기도 하고 부럽기도 했다. 교방 관기들 모습이 떠올라 더욱 그랬다. 기녀들 중에는 불우한 가정에서 자란 사람이 많았다. 북에는 평양 기생, 남에는 진주 기생, 그런 말이 있을 정도로 이 고을 기생이 유명하긴 하지만, 이곳 서원도 그렇다는 사실까지는 미처 몰랐다.

‘그라고 보이, 내가 태어나고 자란 여게가 예사 고을이 아인 기라. 시방꺼지 살아옴시로 너모 싫고 무서븐 때가 많아서, 다린 데로 달아나 삐고 싶었던 적이 한두 분이 아이었는데 말이다.’

예로부터 그곳 영남지방은 이른바 서원의 보금자리였다. 원래 선비들이 많이 살고 있는 지역에 서원이 많이 세워지기 마련인데, 경상도에는 폭넓은 재지在地세력이 단연 많았다. 경상도는 사림세력이 썩 강했으며, 또한 그들이 일찍이 붕당정치 주역으로서 정치 활동을 활발히 했을 뿐만 아니라, 향촌에 강력한 재지적 기반을 가지고 있었던 것이다.

"우리 지역 서원은예, 다린 곳보담도 상구 일쯕 세워졌다데예."

동업 입에서는 해랑이 관기로 있을 때 곧잘 들었던 남명 조식 이야기도 나왔다.

"광해군이 임금이 됨시롱 북인인 정인홍이 세력을 얻은께, 그의 스승인 남맹하고 남맹 문인들을 제향하는 서원이 세워지고, 사액서원으로 승격됐다꼬 배웠심니더."

거기 서원의 공기 속에는 서권향이 묻어나고 있는 듯싶었다.

"우리 동업이 에나 대단타. 남맹 조식맹캐 훌륭타."

해랑은 그런 사실까지도 알고 있는 동업이 한층 돋보였으며 더없이 어른스럽게 느껴졌다. 그런 그녀는 전혀 눈치채지 못했다. 동업이 이런 저런 이야기들을 들려줄 때마다 언네 눈빛이 살벌하게 희번덕거리고 있다는 것을. 살의에 가까운 섬뜩한 기운이었다.

"이짝으로 가보이시더."

동업은 강당 뒤편 내삼문內三門 쪽으로 해랑을 이끌었다. 그 모습이 자연스럽고 정감이 넘쳐 곳곳에 심겨 있는 나무들도 반갑다고 손짓하듯 잎을 살랑거리고 있었다.

"사당으로 가는 문입니더."

"사당!"

그 말을 듣는 순간 해랑 머릿속에 곧장 자리 잡는 게 정석현 목사가 새롭게 단장했던 논개사당이었다. 아무리 오랜 세월이 흘러가도 논개사당은 유적지로서의 높은 명성을 잃어버리지 않을 것이다.

그날의 의암별제. 효원은 요즘 어떻게 지내고 있을까? 한결을 비롯한 여러 다른 관기들도 참 그립다. 너무너무 보고 싶다. 당장 그들에게 달려가고 싶다. 부둥켜안고 실컷 웃고 실컷 울고 싶다.

'아, 영감!'

억지로 가슴 저 밑바닥에 꼭 감추어 두었던 홍우병 목사 얼굴도 선연히 떠올랐다. 그에 대해서는 도무지 뭘 알아낼 방도가 없었다. 지금은 귀양살이에서 풀려났는지, 아니면 유배지에서 일생을 마쳤는지, 아무것도 모른다. 어쩌면, 차라리 알지 못하는 게 더 나을 것이다.

'아픈 기억은 응달에서 자라는 독버섯겉이 사람한테 해가 될 뿐인 기라.'

억호 아내가 되면서 해랑은 그전까지 있었던 모든 것들을 잊으려고 결심했다. 그러기 위해 나름대로 피나는 노력을 해오고 있다. 심지어 모두가 부러움을 넘어 시샘까지 하던 비화와의 관계조차 박절하게 딱 끊어버렸다.

그러나 해랑 자신이 배봉가 사람이 돼 있는 한도 내에서는 그것은 불가능한 일임을 시간이 갈수록 뼈저리게 실감하고 있다. 아니다. 이제까지와는 비교가 아니게 더욱 크고도 무서운 관계, 두말할 것도 없이 저 '악연'이라는 이름의 고리로 엮이기 위한 그늘 속으로 들어가고 있다는 것을 소름 끼치도록 잘 알고 있다.

"사당이 생각했던 거보담은 그리 안 크네예? 지는 고마 실망했다 아입니꺼?"

복잡한 상념에서 좀처럼 헤어나지 못하고 있는 해랑 귀에 언네 목소리가 들려왔다. 선현의 신위를 모셔 놓은 곳치고는 아담하고 검소한 규모이기는 했다. 그런데 동업은 사당 앞에 서자 크게 흥분된 빛이었다.

"우리 원생들이 숭배하는 선핸들 모습을 직접 가차이서 뵐 수가 있어

에나 좋아예. 저 위패도 좀 보이소.”

해랑은 보물찾기를 하는 아이처럼 했다.

“오데?”

세 개의 위패를 모셔 놓았다. 그것만 봐도 선현을 깍듯이 모시고 싶은 마음이 절로 생길 만했다. 해랑은 이런 생각이 들었다. 어쩌면 사람이 사물을 지배하는 게 아니라 도리어 사물이 사람을 지배하는 것인지도 모르겠다.

‘내는 지애비를 그리 뫼시고 있는 기까?’

해랑 눈앞에 이번에는 억호 얼굴이 나타났다. 아니, 그의 오른쪽 눈 아래 박힌 점이 먼저 보였다. 그들 형제에게 당한 후 오랫동안 그 크고 검은 점에 쫓기며 살았다. 꿈에 엄청나게 커진 점 밑에 깔려 숨이 막히기 직전 소스라쳐 눈을 뜨곤 했다. 하지만 그 꿈은 현실까지 좇아와서 해랑이 잠자리에 누운 채 둘러보는 방 자체가 하나의 크고 검은 점이 되어 계속 그녀를 가두려고 하는 것이었다.

‘저 인간.’

해랑은 이제 시동생이 된 만호와 마주할 때면 항상 그 악몽같이 숨결이 가빴다. 형수를 대하는 눈빛이 아니었다. 진득한 기운이 묻어나는 눈빛. 아무리 떼버리려고 애를 써도 검질기게 쩍쩍 들러붙는 눈길. 만호는 분명히 의도적으로 그런 시선을 보내고 있었다. 해랑은 만호 얼굴에서 읽어야 했다.

‘내사 절대 닐로 행수로 인정할 수가 없제. 내 눈에는 니가 내보담도 더 에린 여자로밖에 안 비이는 기라.’

그녀가 미친 듯이 고개를 흔들면 흔들수록 그것은 한층 더 진드기처럼 달라붙기 일쑤였다.

‘내 함 두고 볼 끼다, 니가 운제꺼지 이집에서 버틸 수 있는고.’

실뱀의 눈처럼 가늘게 찢긴 만호 눈은 못 하는 소리가 없었다.

'니가 니 발로 걸어 나갈 날이 꼭 올 끼라. 흐흐흐.'

해랑은 자신이 없었다. 정녕 무서웠다. 만호에게 그런 공갈과 협박을 느낀다는 것은 바로 그녀의 신념과 의지가 그만큼 약해빠졌다는 증거였다.

"마님, 오데 팬찮으십니꺼?"

그때 언네 말이 또 한 번 해랑 정신을 돌려놓았다. 언네는 한의가 환자를 진맥하듯 해랑의 얼굴을 뚫어지게 바라보면서 말했다.

"각중애 안색이 너모 안 좋아 비입니더."

해랑은 급소를 가격당한 사람처럼 소스라치며 스스로 헤아려 봐도 너무나 어설프게 시치미를 떼었다.

"아, 아인데? 내 얼골색이 우때서?"

"지가 봐도 그렇십니더."

해랑의 복잡한 심경을 모르는 동업도 해랑을 보며 걱정했다.

"옴마 얼골이 에나 하얗십니더."

이렇게도 물었다.

"고마 가까예?"

"아이라 캐도? 고마 가기는 와 고마 가?"

해랑은 자신도 모르게 신경질적인 목소리가 되고 말았다. 그러고는 부근에 서 있는 소나무가 놀라 잎을 떨어뜨릴 정도로 큰소리를 질렀다.

"싹 다 보고 갈 끼다, 안 쿠나!"

그러자 동업보다 언네 안색이 더 질려 보였다.

'아즉 나이가 올매 안 돼도, 죽은 분녀보담 더 다루기 에려븐 기집인기라.'

언네는 해랑 얼굴을 슬쩍슬쩍 봐가며 생각했다.

'본디 관기 출신이라 놔서 그런 것가? 생긴 꼬라지는 참말로 이뿌고 순해빠짓는데, 한분 지 멤에 안 들었다쿠모 악녀도 저런 악녀가 없을 끼다.'

언네는 다시 걷기 시작하는 해랑과 동업을 따라가면서도 마음은 자꾸 뒤로 처졌다. 오래된 소나무의 굽은 가지가 덜미를 틀어잡고 놓아주지 않는 것 같았다.

'우짜든지 단디 안 하모 자슥뻘도 안 되는 조거한테 꺼꿀로 당할 수도 안 있나? 그래서는 안 되제.'

언네는 마음 가득 독기를 품었다. 그러자 홀연 그곳 서원 안이 마귀들 소굴처럼 비치기 시작했다. 근엄하고 신성한 곳이긴 해도 어딘가 오싹하는 차고 무서운 기운이 서려 있는 듯했다. 곳곳에 서 있는 여러 형상의 나무들이 기묘한 자세를 취하고 있는 이상한 괴물을 방불케 했다.

'그란데 내 눈이 와 이라노?'

해랑과 동업이 사람 같아 보이지 않았다. 입술에 벌건 핏물을 묻힌 여귀와, 횟가루를 바른 듯 얼굴이 허연 저승사자. 저승사자는 계속해서 무언가를 들려주고, 여귀는 그럴 때마다 웃으면서 응수하고 있었다.

"또 저게는 말입니더."

"아, 그렇다꼬?"

사당에서 제향 할 때 제수를 마련하고 기물들을 보관하기도 하는 제기고祭器庫는 전사청典祠廳이라 한다고도 했다. 전적과 목판 등속을 보관, 관리하고 서적을 간행하기 위해 지은 장판고藏版庫도 보았다. 바닥은 마루구조였는데, 습기를 멀리하고 바람이 잘 통하도록 만들기 위해서인 듯싶었다. 벽은 모두 판자로 막았고 창문은 처마 밑에 조그맣게 살로만 된 형태였다.

"오늘 우리 동업이 덕택에 에나 서원 기경 한분 잘했네."

"아이라예, 어머이."

이윽고 그들은 아까 들어갈 때와는 반대 순서를 밟아 서원에서 나왔다. 언네가 할 일을 다 마치지 않은 사람처럼 물었다.

"집으로 가실라꼬예?"

해랑이 흰 기둥처럼 하늘가에 아주 기다랗게 뻗어 나간 구름을 올려다보며 말했다.

"하모, 인자 가야제."

조금 걷다가 해랑은 문득 생각난 듯 뒤를 돌아보았다. 높다랗게 둘러친 외부 막돌 담장 안에 서 있는 서원 건물이 어쩐지 깊은 사연을 간직한 비밀의 성 같아 보였다.

'시상은 오데로 가나 와 저리 비밀이 짜다라 숨기져 있는 거 겉노?'

해랑은 잠시 걸어가다가 이번에는 언네를 훔쳐보았다. 실로 경계하지 않으면 안 될 대상이었다. 배봉과 운산녀에게 이루 말로 다 못 할 원한을 품고 있는 여종이었다. 정이야 있든 없든 시부모인 그들에게 무슨 일이 생기면 그것은 곧 그 자식들 일이 될 것이고, 결국 해랑 자신도 그 영향권에서 벗어날 수 없을 것이다.

'내가 우짜다가 요런 엉뚱시런 운맹의 길로 내려서기 됐으까?'

그녀가 비화 집안과 철천지원수지간인 배봉 가문 사람이 되었다는 사실은 영원히 그녀를 미궁에 빠뜨리며 곤혹스럽게 몰아갈 것이다. 도대체가 너무나도 긴 악몽을 꾸고 있는 것 같았다. 아니다. 영원히 깨어날 수 없는 악몽이었다. 잠을 자면서 '아, 이건 분명 꿈이야!' 하고 의식하면서도 진구렁처럼 빠져나오지 못하고 또 계속해서 그 꿈속에서 헤매는 양상이었다.

그러나 진정 해랑을 힘들게 몰아가고 불안케 닦아세우는 건 그 정도가 아니었다. 그때가 어느 때인지는 모르겠지만 언젠가는 비화 집안과 한판 승부를 벌일 수밖에 없으리라는 게 바로 그것이었다. 그렇다. 해랑과 비화는 서로의 가슴팍에 칼을 꽂아야 하는 원수다. 누구도 거역할 수 없는 운명의 칼자루는 이미 그들 손에 쥐어졌다.

서원재齋에서 기숙하다가 잠시 집에 다니러 가는 동업 얼굴은 굉장히 상기돼 있었다. 자기가 먼저 다녔던 서당에 나가는 동생 재업을 만날 수 있다는 기대 때문인지도 모른다. 비록 내 배를 열 달 앓고 낳은 자식은 아니지만, 해랑은 동업과 같이하는 날들이 많으면 많아질수록 동업이 좋아졌다. 적어도 해랑의 눈에 비친 동업은, 자기 할아버지 배봉이나 아버지 억호를 참마음으로 따르는 쪽이 아니었다.

동업은 남들보다도 훨씬 먼저 서당 공부를 모두 끝마쳤다. 얼이와 준서가 다니고 있는 서당과는 다른 서당이었지만. 어쨌든 동업은 거기 훈장도 깜짝 놀랄 수재였다. 그 정도 나이에 어찌 저럴 수가 있냐고 혀를 휘휘 내두를 지경이었다. 그런 속에 동업과 재업이 친형제가 아니라는 사실이 새삼스럽게 해랑 가슴을 세게 후려쳤다. 이래저래 복잡하기가 이를 데 없는 가족 구성원이 아닐 수 없었다.

얼마쯤 갔을 때 노상에 짚신을 쭉 늘어놓고 팔고 있는 짚신장수들이 눈에 띄었다. 그런데 짚신을 사거나 구경하기 위해 늘어서 있는 사람들 속에 섞여 있는 한 사람을 보고 해랑은 하도 반가워 숨이 막힐 뻔했다.

아버지 강용삼이다. 길을 가다가 아버지와 비슷하게 생긴 사람만 봐도 가슴이 뛰곤 하는 해랑이다. 그런 아버지를 여기서 만나게 되다니. 시집살이 개집살이라더니, 시가가 구중궁궐도 아닌데 바깥나들이가 왜 그다지도 어려운지 모른다.

"아부지!"

느닷없는 딸의 목소리에 깜짝 놀라 돌아보는 용삼의 두 눈에 금방 눈물이 그렁그렁 괴기 시작했다.

“오, 옥진아! 니가 우찌?”

그러던 용삼은 뒤늦게 딸과 함께 있는 동업과 언네를 발견하고는 이내 얼굴이 돌멩이처럼 딱딱하게 굳어져 버렸다. 그가 평소 이리 쏠렸다가 저리 쏠렸다가 하는 사람이 아님에도 불구하고 순식간에 다른 사람이 된 것 같았다.

용삼은 사돈 집안사람이라면 설혹 그가 종이라 할지라도 잔뜩 긴장하면서 경계하곤 했다. 아니, 저주와 증오라고 해야 할지 모르겠다. 지금도 마찬가지였다.

‘아.’

해랑은 그런 아버지를 보면서 가슴이 미어졌다. 금지옥엽 키운 딸을 주었는데도 왜 여자 집안은 남자 집안 눈치를 살피며 한풀 꺾여야만 하는지 그 깊이를 모를 슬픔과 분노를 동시에 느꼈다. 신부가 교방 관기 출신이라면, 신랑은 이미 한 번 혼례를 치른 몸인 데다가 특히 아이가 둘이나 딸려 있지 않은가 말이다.

“어머이는 잘 계시지예?”

해랑 음성이 밤새 추위에 떨던 잎사귀에 내린 새벽이슬처럼 젖어 있다.

“음식은 잘 낄이(끓여) 잡숫는지…….”

젊은 시절, 눈독을 들이지 않은 사내가 없을 만큼 미모가 뛰어났던 동실 댁이다. 민치목이 아내 몽녀와 서로 견주면서 용삼을 질투하고 지독한 열패감에 젖게 하는 바로 그 동실 댁이다.

용삼은 해랑 왼쪽에 서 있는 동업을 물끄러미 바라보았다. 전에 용삼을 두어 번 본 적은 있지만, 외할아버지라는 생각은 거의 품어보지 못한 동업은, 적잖게 쑥스럽고 부끄러운지 유난히 하얀 얼굴을 살짝 붉혔다.

“되련님!”

눈치 빠른 언네가 동업을 채근했다.

"얼릉 인사 안 올리고 머하심니꺼? 외할아부지 아이심니꺼, 외할아부지!"

"외, 외할……."

하지만 친부 재영을 닮아 내성적인 성격의 동업은 계속 머뭇거리기만 했다. 옆에서 지켜보는 사람이 답답할 판이었다. 아까 서원에서 봤을 때와는 또 달랐다.

"괘안커마는."

결국 용삼이 먼저 입을 열어 무척 감회 어린 얼굴로 말했다.

"그새 몰라보거로 컸거마는. 오데서 둘이서만 마조치모 모리것다."

그러고 나서 조손祖孫이라는 관계를 확인해 보이는 사람같이 물었다.

"글공분 바지런히 하제?"

해랑이 동업에 앞서 말했다.

"공부하고 있는 서원에 가서 데불고 오는 길입니더."

"아, 서원!"

짚신장수들이 서로 남들보다 짚신을 하나라도 더 팔기 위해 오리처럼 꽥꽥 고함을 질러 대고 있었다.

"오소! 오소! 퍼뜩 오소오!"

어떤 짚신장수는 양손에 짚신을 들고 외치는 다른 장사치들보다 더 손님들 눈을 끌어볼 요량으로, 짚신을 입에 물고서도 쥐약 장수처럼 잘도 떠들어댔다.

"이 신으로 말씀드릴 거 겉으모……."

언네가 용삼에게 허리를 크게 꺾어 절을 했다.

"마님을 뫼시는 년입니더."

"아, 그……."

용삼은 고개를 약간 끄덕여 언네 인사를 받았다. 그의 표정이 미묘

했다.

"이리 만내 뵈게 돼서 영광입니더."

언네는 용삼의 기골이 장대한 것에 다소 기가 꺾이는 기색이었다. 비록 중년이지만 아직도 꺽돌이나 억호 심복 양득 못지않은 힘이 있어 보였다. 또한, 그 체구에 어울리게 아주 중후한 성격 같았다.

'저 사람을 본께 생각나거마.'

언네 뇌리에 비화 아버지 김호한이 떠올랐다. 사람들이 '김 장군'이라고 부르는 그였다. 꽤 오래전 일이지만, 한 번은 운산녀가 무슨 말끝에 선가 김호한 이야기를 꺼내자, 배봉이 불같이 화를 내며 운산녀에게 손찌검까지 해댔다.

"요년이 몬 뒤지서 환장을 핸 기가?"

"어이쿠, 어이쿠!"

"내 앞에서 한 분만 더 그놈을 들먹이모 쥑이삔다."

"저, 절대 아, 안 그랄 끼니께 지, 지발 고, 고마하소."

백정이 소 잡듯 했다. 만약 그 당시 언네 자신이 끼어들어 온몸으로 뜯어말리지 않았다면 운산녀는 맞아 죽었을지도 모른다. 지금 와서 뒤돌아보면 괜히 나섰다고 후회되기도 했다. 그대로 두었더라면 죽기까지는 안 했어도 팔다리가 하나쯤은 부러진 병신이 되어 있을 텐데 말이다.

그 사건이 있고 나서부터 배봉이 그녀를 총애하기 시작한 것이다. 또한, 운산녀가 그녀를 못 잡아먹어 마구 으르렁거리기 시작한 것도 그와 비슷한 시기였다. 사람은 구해주면 앙갚음을 한다는 옛말이 그대로 맞아떨어지는 경우이긴 했지만, 기실 운산녀 입장이 되면 누구라도 마찬가지일 것이다.

"그란데, 진아."

언네가 잠시 지나간 일을 회상하고 있을 때, 그녀 귀를 강하게 낚아채는 굵직한 목소리가 있었다.

"요새도 비화하고는 도통 연락 끊고 사나?"

언네는 장사꾼들과 손님들이 내는 시끄러운 소리 속에서 해랑의 답변을 놓치지 않기 위해 잔뜩 귀를 곤두세웠다. 그녀도 꼭 알아야 할 만큼 중요한 사실이라는 생각이 순간적으로 들었다.

"비화하고는……."

해랑은 신경이 쓰이는지 언네 쪽을 살피듯 하며 대답했다.

"인자는 만낼 일도 없고, 또 그라는 기 서로를 위해서 안 좋것심니꺼."

용삼이 적잖이 서운하다는 표정을 지었다.

"내도 김호한이 그 사람 안 만낸 기 너모 한거석 돼갖고 고마 얼굴 잊아삐겄다. 인간 사는 기 본디 이런 거는 아인데 말이다."

해랑은 씁쓰레한 낯빛을 풀지 못했다.

"아부지하고 어머이한테 감정이 안 좋을 깁니더."

용삼이 손을 내저었다.

"신갱 하나도 쓰지 마라. 내 무담시 한분 해본 소리다."

그래도 해랑은 아버지더러 조심하라는 듯 우려스러운 목소리로 말했다.

"지가 동업직물 며누리가 됐은께, 저들 입장에서는 그리하는 기 당연하겄지만도예. 이해가 안 되는 거는 아이고예."

용삼은 눈이 시리도록 짙푸른 하늘을 배경으로 까만 새 몇 마리가 훨훨 날고 있는 먼 허공 어딘가로 눈길을 보내며 말했다.

"사람이 길을 가다 보모, 소도 보고 중도 본다 캤다."

실제로 길에는 수레를 끄는 소도 보이고, 잿빛 승복을 입은 스님도 보였다. 해랑은 신세 한탄을 하는 모양새였다.

"좋은 거보담 안 좋은 거를 더 마이 보는 거 겉어예."

용삼은 안색이 어두워지면서 허탈한 웃음소리를 냈다.

"그런가? 허허."

해랑은 금세 후회했다.

"아부지께는 이런 말씀 안 드리야 되는 긴데."

농사꾼 차림새의 중년 사내 두 사람이 이제 산 짚신들을 신어보며, 잘 어울리느니 참 편하다느니 하는 품이 어린아이들 같았다. 참으로 순진하고 꾸밈이 없는 게 이 나라 백성들이었다. 하지만 또 저 임술년 농민항쟁 같은 일이 벌어지게 되면 당장 호랑이나 멧돼지같이 용감하고 사납게 돌변할 것이다.

"괘안타."

용삼은 넉넉한 웃음을 띤 얼굴로 말했다.

"아부지한테 안 그라모 누한테 그랄 낀데?"

"그래도예, 아부지."

용삼은 새로 산 짚신이 아까운지 신지 않고 손에 들고 가는 그 사내들을 무연히 바라보고 있다가 말했다.

"괘안타 캐도? 할 이약 있으모 더 해봐라."

해랑은 그런 아버지에게서 심한 외로움을 타는 듯한 빛을 발견하고 마음이 더없이 짠해졌다.

"그기예, 아부지."

"음."

오랜만에 만난 부녀지만 이야기가 길어질수록 어둡고 힘든 과거만 되살리고 있다. 어떤 면에서는 차라리 서로 만나지 않는 게 더 나을지도 모른다. 영영 아물 수 없는 상처를 덧내지 않기 위해서는. 갈수록 옹춘마니가 돼가는 걸까?

그런데 해랑 입장에서 무엇보다 마음을 아프고 슬프게 하는 것은, 아버지와 동업이 서로를 대하는 태도였다. 명색 외할아버지와 손자 사이가 지금 해 보이는 저 서먹서먹한 모습들이라니. 주변에 있는 다른 조손祖孫들을 보면 얼마나 귀여워하고 잘 따르는가 말이다.

'죄인은 낸 기라.'

결국, 이 모든 게 너무 못나고 죄 많은 내 탓이란 자책감에, 해랑은 언제나 그리워하던 아버지와도 빨리 헤어지고 싶다는 충동을 느끼며 치를 떨어야만 했다. 부모 자식 사이의 정보다도 더한 게 세상에는 존재하는 것인가?

오광대 놀이판

하늘은 맑고 달도 밝은 밤이다.

지금 봉곡면 타작마당 거리에는 수많은 남녀노소가 개미 떼같이 모여 들고 있다. 오늘 밤 그곳에서 한바탕 거창하게 벌어질 오광대 놀이판을 구경하기 위해서 원근 각처에서 온 구경꾼들이다.

원래는 그저께 공연될 예정이었는데 비가 하도 많이 내리는 바람에 이날로 연기되었다. 지난해에는 그 고을에서 아주 오랜 전통을 자랑하는 소싸움이 벌어지기도 하는 남강 변 백사장에서 연행演行되었고, 지지난해에는 중안면 일동 광장에서, 또 그 앞에는 다른 곳에서 이루어졌다. 그 장소는 달라도 매년 빠뜨리지 않고 하는 연례행사였다.

그런데 공연 시간이 가까워질수록 점점 더 불어나는 그 인파 속에는 뜻밖에도 꼽추 달보 영감과 언청이 할멈 모습도 눈에 띄었다. 말뚝이 역을 맡은 아들 원채를 보기 위해서였다. 원채가 광대패가 될 줄은 부모인 그들도 몰랐었다. 그런 사실을 알았을 땐, 원채는 이미 오광대를 떠날 수 없는 몸이 돼 있었다.

미국 군인을 상대로 싸우다가 자칫 목숨을 잃을 뻔하고 포로가 되기도 하는 등, 남달리 순탄치 못한 삶의 질곡을 헤쳐 온 원채였다. 그런 경험이 원채를 광대패라는 특이한 길로 들어서게 이끈 것인지도 알 수 없다. 어쩌면 몸이 정상적이지 못함에도 불구하고 젊은 시절부터 유난히 흥이 많았던 아버지 피를 그대로 물려받은 유전적인 결과일 수도 있다. 상촌나루터 터줏대감인 달보 영감은 비장한 얼굴로 아들에게 말했다.

"안 했으모 몰라도 이왕지사 광대패로 나간 거, 니보담 먼첨 시작한 사람들보담도 더 잘되거로 해라."

그러자 원채는 크게 신경 쓸 일은 아니라는 듯 이렇게 말했다.

"우리 고을 세시적인 대동놀이로서 아마 영원하거로 이어질 민속놀이가 될 깁니더. 지 적성에 딱 맞고 좋심니더. 그라고 광대패 함서도 생업에 종사할 수도 있은께, 머 큰 문제도 아입니더. 난주 하고 싶은 다린 일이 있으모 고마 나와뻬모 되고예."

달보 영감은 손을 뒤로 돌려 등에 솟은 혹을 만지듯이 하면서 말했다.

"그렇다이 애비도 한시름 놨다."

원채가 소속되어 있는 오광대 패거리들은 광대 짓만 하는 사람들이 아니고 각자 나름대로 생업을 가지고 있었다. 말하자면 취미로 한다는 게 더 들어맞는 이야기였다. 개중에는 오광대 한 가지만 전문으로 하는 이도 없지는 않았다.

"무담시 아부지가 신갱을 쓰시거로 해드릿는가베예. 지가 불효잡니더."

"야야, 아이다. 니 겉은 효자 자슥이 또 오데 있다꼬?"

"아입니더. 지는……."

"도로 내겉이 몬난 부모를 갖거로 해서, 내가 닐로 볼 낯이 없는 기라."

"아, 와 그런 말씀을 하시예?"

"그기 사실인데 우짜것노?"

어쨌든 간에 원채는 건장하고 대범한 성격임에도 불구하고 아직도 전쟁 포로 악몽에서 완전히 벗어나지 못한 채 누가 옆에서 조금만 소리를 크게 질러도 깜짝깜짝 놀라는 반응을 보였다. 다행히 시간이 흘러갈수록 그런 좋잖은 증세는 눈에 띄게 줄어들고는 있었지만, 오광대 놀이판을 벌일 때는 그렇게 그의 마음이 편안해지고 즐거울 수가 없었다. 동료 광대패들은 그더러 천부적인 놀이꾼이라고 추켜세웠다. 그렇지만 그가 '택견'이라는 조선 전통무예의 고수라는 사실은 아무도 모르고 있었다.

"야아, 인자 할랑갑다."

"쉿!"

이윽고 탈놀이가 시작되었다. 휘영청 대낮보다도 한결 더 밝은 보름달 아래 첫째 마당인 '오방신장무五方神將舞마당'이 펼쳐진다. 중앙황제장군中央黃帝將軍을 중심으로 하여 동방청제장군東方青帝將軍, 서방백제장군西方白帝將軍, 남방적제장군南方赤帝將軍, 북방흑제장군北方黑帝將軍이 등장한다.

호수립虎鬚笠을 쓰고 중치막을 입었다. 염불장단에 맞춰가며 느린 굿거리장단에 따라 말없이 진춤을 춘다. 꽹과리, 북, 장구, 징, 해금, 피리, 젓대 등, 많은 악기가 연주하는 굿거리장단이다.

그때 구경꾼들 속에서 누군가가 말했다.

"저거는 오행설에 따른 백사진갱(벽사진경)의 으식무(의식무)라 할 수 있제. 흐음."

그 말귀를 잘 알아들은 사람도, 무슨 뜻인지 생판 모르는 사람도, 그저 다 같이 고개를 있는 대로 끄덕이면서 말했다.

"아, 예."

한마당에 모인 모두가 한마음이었다. 달보 영감과 언청이 할멈도 마찬가지였다. 그네들의 늙은 어깨도 절로 들썩거려졌다. 가슴은 청춘보다도 더 높게 뛰놀았다.

"역시나 중앙황제장군이 최곤 기라! 지 이름값을 한다 아인가베."

누군가의 그 말에 또 다른 누군가가 말했다.

"내 눈에는, 징하고 젓대 갖고 노는 저짝들이 더 잘해 비이는데 머."

다음으로, 둘째 마당인 '문둥이마당'이 이어진다. 신바람이 막 붙는다. 동방청탈, 서방백탈, 남방적탈, 북방흑탈 그리고 중앙황탈을 쓴 오방지신五方地神이 나타나서 정말 갖가지 병신춤을 추고 논다. 누가 병신을 병신이라고 놀릴까 보냐?

"얼씨구, 조오타!"

꼽추 영감 등에 난 혹도 한층 크게 요동친다.

"절씨구, 조오타!"

언청이 할멈 입술에 난 균열도 더욱 깊게 파도친다.

"저 함 봐라."

이번에는 군중 속에서 이런 소리가 달빛을 타고 들려왔다.

"무서븐 질뱅을 부리는 역신을 후차내고 있는 기라."

그 말을 들은 언청이 할멈이 달보 영감 귀에 대고 말했다.

"에나 억울 안 하요. 나루터집 아들 준서한테 딱 붙은 마마신은 와 저리 몬 후차냈는고 모리것소, 영감."

그러자 달보 영감도 몹시 안타깝다는 듯 저주처럼 내뱉었다.

"내 말이 딱 그 말이제. 마마신이 고마 상구 눈깔이 삐삔 기라, 눈깔이. 천하에 몬된 고 배봉이 집구석 새끼들한테나 안 가고?"

그들은 전혀 모르고 있었다. 배봉과 그 식솔들도 지금 거기에 와 있다는 사실을. 만약 그걸 알았다면 달보 영감 혹은 더 불거지고, 언청이 할멈 입은 더 째졌을 것이다.

그곳 수많은 구경꾼 속에는 배봉을 중심으로 그의 좌우에는 점박이 형제와 해랑, 상녀, 동업, 재업, 은실 등이 있었다. 그리고 그들 주변에는 양득과 언네를 비롯한 남녀 종들이 호위하듯 늘어섰다. 마치 그들만의 성곽을 쌓은 듯했다. 그들만의 축제인 것 같았다.

그런데 이상하다. 운산녀는 보이지 않는다. 어쩌면 민치목과 함께 어디 다른 데를 한참 헤매고 다니는지 알 수 없지만, 그래도 뭔가 이빨이 하나 빠진 것 같은 느낌을 준다. 어쨌거나 집 지키는 몇몇을 빼고는 배봉네 권속들이 총출동한 셈이다.

그날 군중이 워낙 많은데다 배봉 일가와는 거리가 다소 떨어진 위치에 자리하고 있어, 미처 그들을 발견하지 못한 달보 영감과 언청이 할멈은, 눈으로는 계속해서 그 놀이판을 구경하면서 입으로는 끊임없이 말을 주고받았다.

"영감, 우리 원채 나올 때가 아즉꺼정도 멀었소?"

"인자 쪼꼼만 더 기다리모 나올 끼거마는."

"이라다가 몬 나오모 우짜요?"

"지발 졸갑쩡(조급증) 좀 내지 말고 진득이 기다리라. 저 문디이들 후차내삐고, 양반들을 놀리묵는 말뚝이 역을 한다쿤께."

"말만 들어도 신이 상구 나겄소."

"그라모 할망구도 나가서 같이 놀아보든지."

노부부는 어서 아들이 나오기를 목을 빼고 기다렸지만, 좌청룡 우백호 남주작 북현무를 상징하기도 하는 오방지신의 춤은 금방 끝나지 않는다. 그래도 지루하지 않고 구경꾼들 박수치는 소리는 갈수록 신바람을 불러일으킨다.

한편, 저만큼 서 있는 배봉은 제 딴엔 유식한 척 며느리들을 돌아보며 잠시도 입을 쉬지 않았다. 지칠 법도 한 그 입에서는 가다 침방울이 튀어나오기도 했다.

"니들도 우리 임 씨 집안 안녕과 팽화를 지키기 위해 몸과 멤을 다해야 할 것이거마는. 알것능가? 으흠!"

상녀가 해랑에게 밀릴 수 없다는 듯 선수를 쳤다.

"그런께네 시방 저 다섯 문디이들이 나쁜 신을 몰아내삐고 안녕과 팽화를 지키는 춤을 추고 있다, 그런 말씀이시지예, 아버님?"

배봉은 어깨춤 추듯이 하며 대답했다.

"하모, 하모."

상녀는 너무너무 감탄했다는 목소리로 말했다.

"하이고, 우리 아버님은 우찌 그리 모리시는 기 하나도 없으십니꺼?"

지금 하늘과 지상을 밝히고 있는 것이 달빛인지 별빛인지 구분이 되지 않았다. 어쩌면 오광대 놀이판을 구경하느라 쉴 새 없이 반짝이는 사람 눈빛인지도 모르겠다.

"내가 모리는 기 하나도 없기는?"

말은 그렇게 하면서도 둥글넓적한 배봉 얼굴 가득히 흡족한 웃음기가 피어올랐다. 하지만, 상녀에게서 해랑 쪽으로 고개를 돌리면서 표정이 싹 바뀌었다.

"큰며누리 니는 와 아모 말이 없노?"

목소리에도 잔뜩 가시가 돋쳤다. 그 흥겨운 장소에서 또 그의 전유물과도 같은 심술보와 공격적인 성향이 불거지고 있는 모양이었다.

"허, 그래도야?"

해랑이 얼른 말이 없자 그는 폭력이라도 행사하려는 태세로 목청을 높였다.

"시애비 말이 말 겉잖은 기가, 으잉?"

문득, 밤공기 속에 무수한 칼과 창이 꽂혀 사람을 겨냥해 마구 날아드는 게 눈에 보이는 듯했다.

"아부지?"

해랑보다 억호 안색이 더 파리해졌다. 그는 괜한 사람 억울한 누명 씌우지 말라는 투로 말했다.

"무신 말씀을 그리하십니꺼? 지 집사람이 본래부텀 입이 쪼매 무거버서 그렇제, 우찌 아버님이 말씀하시는데 그냥 있다꼬 하시예?"

그때 고개를 푹 수그린 채 잠자코 듣고만 있는 해랑 손을 슬그머니 잡는 손이 있었다.

동업이었다. 자기를 바라보는 해랑을 향해 동업은 아주 조그맣게 웃어 보였다. 깜냥에는 위로한다고 하는 짓이겠지만 해랑 눈에는 오히려 그 아이 자신이 더 애잔해 보였다. 그 순간에는 시아버지의 트집과 꾸중이 못 견딜 만큼 두렵지도 않았다.

그리고 해랑은 그 당혹스러운 중에도 동업이가 하루가 다르게 장성해 가고 있구나 하고 실감했다. 지난번 언네를 거느리고 갔던 천강서원에서도 그렇게 느끼던 일이지만 지금 그 자리에서는 더 그랬다. 아이가 어른이 되는 경로가 눈에 보이는 듯했다.

'안 가모 안 되나.'

사실 해랑은 집안사람들과 함께하는 나들이가 싫었다. 온 세상이 자기 하나만 보는 것 같았다. 사람들은 아직도 고을 최고 관기였던 해랑과 근동 최고 갑부 동업직물 후계자 억호의 맺음에 대해서 이러쿵저러쿵 입방아들을 찧고 있다는 걸 잘 알고 있다. 천상에서 내려온 선녀 같은 아내와 산적 두목 같은 남편, 그 부부가 그네들 눈에는 그토록 신기하고 너무나 이물스럽게 비치는 것일까?

그때 마침 말뚝이가 등장했다. 말뚝이가 조금만 늦게 나왔더라면 배봉 입에서 무슨 험한 소리가 튀어나왔을지 모른다. 하지만 다행히 배봉 눈길도 다른 구경꾼들과 마찬가지로 말뚝이에게 가 꽂혔다. 그렇지만 가장 큰 반응을 보인 사람들은 늙은 부부였다.

"여, 여엉가암! 우리 아들이 드, 드디어 나왔소, 나와!"

"고 주디이 좀 몬 다물것나? 넘들 본다, 봐."

"보모 우째서?"

"머라꼬? 시방 요게 사람들 쌔삣다꼬 내가 아모 짓도 몬 할 줄 아는가베?"

말뚝이로 분장한 원채는 손에 쥐고 있는 채찍으로 다섯 문둥이들을 쫓기 시작한다. 바로 셋째 마당인 '양반마당'이다. 구경꾼들이 갈수록 흥분한다. 끝내 다섯 문둥이가 쫓겨나고, 말뚝이의 무식한 주인 생원과 그의 친구들인 옹생원과 차생원이 등장하는데, 천한 하인 말뚝이가 그들을 놀려먹는 것이다.

"잘한다, 잘한다!"

"우리 아들 최고다아!"

달보 영감과 언청이 할멈은 양반의 도덕적 타락과 신분제의 부당함을 신랄하게 풍자하는 아들 원채가 그렇게 자랑스러워 보일 수가 없었다. 그러나 배봉과 점박이 형제 얼굴에는 터지기 직전의 강한 불만과 분노가 서리기 시작했다.

"허어, 저리 몬된 눔을 봤나? 천한 하인 눔이 감히 양반 주인한테 무신 짓을 하고 있는 기고, 으잉?"

배봉은 당장 달려가서 말뚝이 뺨이라도 후려칠 기세였다. 그러자 만호가 배봉 옆에 바짝 붙어 서서 핀잔주듯 말했다.

"아부지, 시방 아부지가 보시는 저거는 진짜가 아이고예, 오데꺼지나 광대패들이 하는 오광대 탈놀음 아입니꺼?"

배봉이 꼬부랑한 눈으로 만호를 째려보며 퉁명스럽게 쏘아붙였다.

“누가 그거를 모리나? 니만 아는 줄 아는가베?”

평소 품고 있던 못 배운 한이 또 시도 때도 없이 머리를 치켜드는 모양이었다.

“후~우.”

만호는 한숨을 폭 내쉬더니 아버지에게 설득조로 나갔다.

“노다지 양반한테 당하는 아랫것들이 저런 놀이판이라도 보고 속을 풀어야제, 오데 가서 그라것십니꺼.”

배봉은 애먼 자식에게 벌컥 화를 냈다.

“참말로 돼도 안 한 것들이 막 해쌌는 꼬라지 본께 상구 뿔따구가 나는 거를 내가 우짤 끼고, 엉?”

상녀가 손가락으로 만호 옆구리를 쿡 찔렀다. 만호는 그만 입을 다물었다. 형보다 점수 조금 더 따보려다가 본전마저 못 건지겠다 싶었던 것이다.

‘사람이 탈은 먼첨 나고 새근(세견)은 뒤에 난다더이, 은실이 아바이가 똑 그렇소.’

만호는 그의 이마에 와 부딪는 아내의 눈빛에서 그런 뜻을 읽었다.

“제엔장!”

배봉이 캄캄한 밤길을 가다가 오물이라도 밟은 사람처럼 구시렁거렸다.

“내 성깔대로 할 꺼 겉으모, 당장 돌아가고 싶다 고마. 이럴 줄 알았으모 도로 집에 누우서 잠이나 잘 거를, 내가 미칫다꼬 요 왔나.”

동업과 재업, 은실은 화를 내는 할아버지가 무서운지 모두 아무 말 없이 잔뜩 눈치만 보았다. 그 바람에 광대놀이도 제대로 구경하지 못할 판국이었다.

‘손주들 보는 데서 우찌 저라노?’

해랑은 생떼 쓰듯 성깔을 부리는 배봉을 물끄러미 바라보았다. 그도 원래는 비화 조부 김생강 밑에서 소작살이하던 천박한 신분이었음을 알고 있다. 공연히 제풀에 그러는 것 같기도 했다. 아니면 상것으로 살 때 양반들에게 당한 기억들이 되살아난 건지도 모른다.

"어? 하매 끝나삔 것가?"

"그라모 밤샘 칠 기가, 안 끝나거로."

"내 이약은, 시방 핸 저거가 젤 멤에 든다, 이건 기라."

"요 담 거는 보도 안 하고 그런 소리 벌로 하모 안 되제."

"니 그 말 듣고 보이, 내가 갱솔하기는 했다."

그러는 가운데 말뚝이와 양반들이 들어가고 넷째 마당인 '중마당'이 뒤를 잇기 시작한다. 소무小巫가 타령장단에 맞춰 손춤을 추고 있는 곳으로, 상좌를 앞세운 중이 나와 그 어린 무당을 유혹하는 춤을 춘다.

'그라고 본께, 몬 본 지도 에나 한거석 됐거마는.'

파계승을 풍자하는 그 장면을 무연히 지켜보고 있던 해랑은 문득 비어사 주지 진무 스님이 생각났다. 나루터집에서도 보았고, 태양이 하루 종일 머물렀다는 애달픈 전설이 서린 솔모루 소나무 밑에서도 만났었다. 유학을 중시하는 가문에서 자란 비화가 무척 존경하는 중이었다.

'해나?'

해랑은 자신도 모르게 구름처럼 모여 있는 구경꾼들 속으로 눈길을 돌렸다. 혹시나 비화도 지금 이곳에 와 있는 게 아닐까 해서였다. 어쩌면 남편 재영과 아들 준서와 함께 가족나들이 삼아 나왔을 수도 있다.

'풍문으로 들으이, 그리 화목한 가정도 없을 기라 글 쌌더마.'

그러나 아니었다. 그 시각 비화는 집에 있었다. 외아들 준서가 마마에 걸려 곰보가 된 이후로 그녀는 거의 두문불출하다시피 했다. 집에 있어도 방에서 나오지 않았다. 장사는 우정 댁과 원아, 송이 엄마에게 다

맡겨버렸다. 팽개쳐버렸다는 게 옳았다.

'이리 살모 머하것노?'

사는 낙이 하나 없었다. 그나마 얼이가 있어 준서를 서당에 보낼 수 있다는 게 얼마나 다행인지 모른다. 만일 그렇지 않았다면 준서 손을 잡고 뒤벼리나 새벼리 절벽에서 함께 뛰어내렸거나 남강 물속으로 걸어 들어갔을 것이다.

'지신地神이나 용왕님도 낼로 보고 멀쿠지는 안 할 끼라.'

어디 준서 일 하나뿐이겠는가? 동업 일도 있다. 준서 일이 너무나 엄청난지라 동업 일은 상대적으로 충격이 좀 줄어들긴 하였지만, 내 남편 아들이 저 철천지원수 집안의 장손이 되었다는 사실 또한 차마 견뎌내기 힘든 고통이요, 절망이었다. 그 역시 인간 참을성의 한계 밖에 있었다. 그렇게 다른 데 일절 한눈팔지 않고 열심히 살아왔는데도 불구하고 도대체 있을 수 없는 일들을 겪고 있다.

'전생에 내가 무신 큰 죄를 그리도 짜다라 지었기에?'

만약 해랑이 이런 사실을 안다면 어떻게 될 것인가는 상상조차 되지 않았다.

'하기사 그기 우떤 의미가 있것노. 모도 다 끝나삐릿는데.'

비화가 끝없는 고통과 실의에 시달리고 있을 때, 어느덧 봉곡면 타작마당 거리에서 한창 벌어지고 있는 오광대놀이는 마지막 마당인 '할미 · 영감마당'으로 접어들고 있었다. 구경꾼들은 타령, 세마치, 도드리, 염불 등 장단 변화가 대단히 많고, 또한 재담과 몸짓, 노래가 곁들여 연회되는 놀이판에 흠뻑 빠진 나머지 시간 가는 줄도 모르고 있었다.

"야아!"

"저, 저, 저런?"

"조 영감태이가 오데 사람이가?"

"기생첩 년은 우떻고?"

할미와 집안까지 내팽개치고 방랑하던 생원 영감이 기생첩을 데리고 오면서 사건은 크게 벌어진다. 샌님이 종만 업신여기는 게 아니다.

배봉을 남몰래 째려보는 언네 눈빛이 야릇하게 변해갔다. 영감은 질투하는 할미를 발로 차서 기절시킨다. 그것을 본 언네는 성하지도 못한 이빨을 뿌득뿌득 갈았다.

'배봉이 니는 우째서 저리 좀 몬 했노?'

이날 그곳에는 오지도 않은 운산녀까지 덤으로 떠올리며 힐난과 저주를 퍼부었다.

'운산녀 고년이 내한테 오만 가지 짓을 한다쿠는 거 뻔히 알아도, 그냥 아모것도 모리는 척했다 아이가.'

말뚝이가 다시 등장한다. 의원을 데리고 와서 쓰러져 있는 할미를 보이지만 치료하지 못하자 이번에는 무당을 데려와 굿을 한다.

'온 동네 굿은 혼자 다 했디제.'

해랑은 무당이었던 희자 어머니가 생각났다. 사람도 일도 모두 바로 어제 사람이나 어제 일 같은데, 나만은 어째서 천년 세월의 동굴을 거쳐 온 것처럼 이렇게도 크게 변한 꼴이 돼버렸는가. 너무나도 멀리 와버린 이 느낌. 돌아갈 수도 없고, 가야 할 길은 더 많이 남아 있고.

문득, 해랑은 남편이고 아이들이고 다 버리고 혼자만 아무도 모르는 더 먼 곳, 더 먼 시간 속으로 떠나고 싶었다. 그러고는 영원히 돌아오고 싶지 않았다.

'우짜모 산다쿠는 기, 미친 굿을 하는 거하고 가리방상 안 하까?'

드디어 생원이 굿을 중단시킨다. 여색을 밝히는 중이 잡혀와 매를 맞는다. 중노릇도 못 하겠다며 자탄가를 부르는 중이다.

너나 모두가 형편없다. 개판이고 소판이다. 막장이다. 그들이 바가지

탈을 둘러쓴 것은 아마 사람들 보기 창피하고 부끄러워서가 아닌가 싶었다. 그렇다면 아무 탈을 쓰지 않고 등장하는 의원과 무당은 그들 가운데서는 떳떳해서일까?

해랑은 얼굴 가득 불을 담아 붓는 느낌이었다. 바가지탈이 아니라 무쇠 탈, 그보다 더한 탈을 둘러쓴다고 할지라도 세상 손가락질을 어떻게 감당하랴. 아니, 그 누구보다 그녀 스스로의 손가락질이 제일 참아내기 힘들었다. 무릇 사람 손끝에도 사람이나 물건 등을 해치는 독하고 모진 기운인 살煞이 있다는데, 그 살에 크게 쏘여 죽어버리고 말 것만 같았다.

'아, 에나 더 몬 보것다, 내는.'

급기야 해랑은 모든 이들이 오광대놀이에 정신이 팔려있는 틈을 타서 살짝 그 자리를 빠져나왔다. 그런 다음 무작정 사람들 뒤로 해서 쓰러질 것처럼 하며 휘청휘청 걸어갔다. 아무도 그녀의 이탈을 알지 못했다. 멋대로 웃고 떠드는 구경꾼들 소리가 조금씩 잦아들었다. 세상 밖으로 나가는 기분이었다.

'아모도 낼로 안 본께 와 이리 멤이 팬하노. 넘들은 내가 이쁜께 누가 봐주기를 바랜다 착각할랑가 몰라도 그기 아인데.'

그런데 넓은 하늘 위에서 놀이판을 기웃거리던 보름달만은 그때 그 광경을 발견한 걸까? 달님은 혼자 쓸쓸히 걸어가는 해랑의 몸을 뿌옇게 비추었다. 마치 가지 말라며 창백하고 하얀 손으로 잡아끄는 성싶었다.

그래서일까, 해랑은 그곳에서 멀리 떨어지지는 못했다. 상상도 하지 못한 엉뚱한 장면과 맞닥뜨린 것이다.

'저거는 머꼬?'

저만큼 바라보이는 골목 안에서 오광대놀이와는 또 다른 어떤 놀이 하나가 한창 벌어지고 있었다. 흥겨운 오광대가 사람들 시선 속에 노출된 상태로 행해지고 있었다면, 그 무서운 놀이는 사람들 눈을 피해 아주

은밀하게 행해지는 중이었다. 온 세상은 거대하고 의뭉스러운 탈을 둘러쓴 얼굴을 하고 있었다.

'들키모 내도 당한다.'

해랑은 반사적으로 골목 입구 쪽 담벼락에 재빨리 몸을 감추고 어둠이 거미줄처럼 드리워져 있는 골목 안을 훔쳐보았다. 심장이 벌름거리고 다리가 후들거렸다.

'저, 저랄 수가?'

해랑은 태어나서 그렇게 잔인하고 비열한 현장은 처음 보았다. 여러 명의 사내들이 합세하여 어떤 사내 하나를 집단으로 구타하고 있었다. 어둠침침한 골목 안이었지만 달빛이 밝아 사내들 모습을 어느 정도 알아볼 수 있었다.

'헉!'

해랑 가슴이 서까래 무너지듯 와르르 내려앉았다. 뭇매를 맞고 있는 사내는 한눈에 봐도 백정白丁이 분명했다. 그리고 폭력을 행사하는 사내들은 양반집 자식들 같아 보였다.

'저런 기 바로 그, 그!'

해랑은 지금까지 말로만 들어왔던 광경에 치를 떨었다. 양반들이 백정을 아무 이유 없이 괴롭힌다는 이야기는 많이 들어왔지만 직접 목격하기는 이번이 처음이었다. 아마도 그 백정은 오광대 놀이판 구경을 왔다가 그만 양반집 자식들에게 끌려가서 당하고 있는 게 확실했다.

"퍽!"

"억!"

때리는 쪽에서 내는 소리와 맞는 쪽에서 내는 소리가 연달아 터져 나오고 있었다. 숨이 끊어져야 그 행위는 멈춰질 것 같았다.

'우짜노? 우짜노?'

해랑은 도시 무엇을 어떻게 해야 할지 몰랐다. 별안간 머릿속이 텅텅 비는 듯한 게 바보 천치가 따로 없었다. 그렇지만 그런 와중에도 저대로 그냥 놔두었다간 백정은 맞아 죽을 거라는 예감만은 그때 하늘에서 반짝이는 별마냥 또렷했다.

도대체 백정이 무슨 죄가 있다는 말인가? 백정으로 태어났다는 죄?

혼자 발을 동동 구르며 안타까워하던 해랑은, 싫어서 떨어져 나왔던 사람들 쪽으로 다시 돌아가지 않을 수 없었다. 어쨌든, 사람들에게 어서 이 사실을 알려야겠다는 일념에 사로잡혀 있었다.

"어?"

그런데 허겁지겁 오광대놀이가 펼쳐지고 있는 곳으로 되돌아오는 해랑을 맨 먼저 발견한 사람은 공교롭게도 달보 영감이었다. 그는 갑자기 소변이 마려워져 그것을 해결할 수 있는 마땅한 장소를 찾기 위해 구경꾼들 속에서 빠져나오던 참이었다.

"아!"

해랑도 이내 달보 영감을 알아보았다. 나루터집에서 두어 번 만난 적이 있는 두 사람은 놀람과 반가움이 뒤섞인 얼굴로 서로를 마주 보았다. 달보 영감이 무어라고 입을 뗄 사이도 없이 해랑이 다급하게 외쳤다.

"크, 큰일 났어예, 영감님! 시방 저, 저서 사람이 두, 두들기 맞고 있어예!"

그 고함은 이쪽에 등을 보인 채 운집해 있는 군중들 벽에 부딪혀 속절없이 부서져 내리는 듯했다.

그러나 달보 영감은 말 그대로 아닌 밤중 홍두깨라는 듯 멀거니 서서 그저 해랑 얼굴만 바라보았다. 해랑은 금방이라도 와락 울음을 터뜨릴 것같이 하며 부랴부랴 다시 그 험한 사실을 일러주었다.

"배, 백정을 야, 양반들이 쥐, 쥑일라쿠고 있어예!"

"머?"

그 순간, 달빛 아래서도 달보 영감 안색이 싹 바뀌는 것이 똑똑히 드러나 보였다. 발세 드센 상촌나루터 터줏대감으로 온갖 세파를 헤치며 살아온 그는 해랑의 말뜻을 곧바로 알아차렸다.

'또 백정을?'

양반 청년들이 백정 청년들을 공공연히 괴롭힌다는 것은 세상이 다 아는 일이다. 그렇지만 감히 뜯어말릴 사람이 없었다. 정의감에 불타 함부로 나섰다간 오히려 크게 당할 위험성도 있었다. 서슬 시퍼런 양반집 자제들, 그것도 하나둘이 아니고 여럿이나 되는 그 세도를 꺾을 자 뉘겠는가?

'그렇다모…….'

그러나 천만다행으로 달보 영감은 익히 알고 있었다. 이럴 때는 어떻게 행동해야 하는가를. 상촌나루터에서 수십 년간 뱃사공 하며 살아오는 동안, 그는 거기 나루터에서 지금 해랑이 본 것과 같은 일을 수도 없이 보아왔다. 그것은 영원히 끊을 수 없는 악순환의 녹슨 고리 같았다. 그리하여 그는 군중들이 있는 쪽으로 황급히 몸을 돌려세우고는 목이 터져라 소리쳤다.

"시방 사람이 맞아죽기 생깃소! 사람이 맞아죽기 생깃소오!"

해랑은 더없이 놀랐다. 그 노쇠한 몸뚱어리 어디에 그토록 엄청난 힘이 숨어 있는 것일까? 혹시 그의 등짝에 솟아 있는 혹에서 나오는 걸까?

어쨌거나 달보 영감의 고함소리를 듣고 오광대놀이에 깊이 빠져 있던 구경꾼들이 일제히 소리 나는 방향을 돌아다보았다. 짧은 순간이지만 오광대놀이마저 멈추는 분위기였다.

"저, 저……."

해랑은 엉겁결에 손을 들어 저쪽 골목을 가리켰다. 그건 마치 어떤 힘에 이끌려서 하는 동작을 연상케 했다.

"살인!"

달보 영감이 또 외쳤다. 단말마 같았다.

"저 골목에서 살인이 날라쿠고 있소! 살인, 살인이오!"

그 말이 떨어지는 찰나, 군중들 속에서 젊은 사내들 몇이 앞으로 달려 나오면서 큰소리로 물었다.

"오, 오데라꼬예?"

해랑과 달보 영감은 똑같이 골목을 손짓해 보이며 안타깝게 절규했다.

"저, 저, 저게!"

"고, 골목 안, 골목 아안!"

밤의 대기를 뒤흔드는 요란한 발걸음 소리와 함께 건장한 장정들이 후닥닥 거기 골목을 향해 내닫기 시작했다. 개중엔 이렇게 소리치는 자들도 있었다.

"우떤 눔이고? 우떤 눔이 사람을 쥑일라쿠노?"

"거 있거라, 이 인간백정 눔아!"

해랑과 달보 영감도 가쁜 숨을 몰아쉬며 바삐 그들 뒤를 따랐다.

"아!"

해랑은 곧 보았다. 골목에서 튀어나와 달아나고 있는 그림자들을. 그것은 바닥에 떨어진 꿀물이나 과자 부스러기에 붙어 있던 개미들이 소나기가 내리자 다급하게 흩어지는 것 같아 보였다.

"오데로 달아나노? 거 몬 서것나, 이눔들아!"

몇몇은 도망치는 그림자들을 뒤쫓았다.

"이보소, 괘안소?"

몇몇은 골목 안으로 뛰어들었다.

"헉헉."

해랑은 숨을 헐떡거리며 골목 쪽을 바라보았고, 달보 영감은 씩씩거리며 추격하는 쪽을 바라보았다.

'아, 우짜모?'

해랑은 심장이 광풍에 부러지는 앙상한 겨울 나뭇가지처럼 '뚝' 소리를 내면서 그대로 멎는 듯했다.

'내가 방충맞은 생각을 하모 안 되는데.'

백정 청년은 벌써 죽어버린 게 아닐까? 우 달려간 사내들이 일으켜 세우려 했지만, 그는 완전히 숨이 끊어진 사람처럼 축 늘어져 있었다. 더없이 초라한 입성은 있는 대로 다 찢겨 나가고 제멋대로 헝클어진 머리칼은 보기에도 섬뜩했다.

그런데 진정 해랑을 놀라고 슬프게 만든 것은, 바로 그다음에 벌어진 상황이었다. 백정 청년을 일으켜 세우던 사내들 입에서 이런 말들이 나왔다.

"어? 배, 백정눔 아이가?"

"맞다. 해 있는 꼬라지가 백정이다!"

"우, 우리가 백정눔을……."

"에이, 더러버라. 내가 백정눔 몸을 만지다이."

그들은 흡사 더러운 물건이나 징그러운 벌레를 만지기라도 한 듯 얼른 백정 청년 몸에서 손을 떼고 주춤주춤 뒤로 물러났다. 그러고는 무어라 욕설을 퍼부으면서 침이라도 뱉을 형세였다. 아니, 당장이라도 발로 걷어찰 기세였다.

"보소, 이 보소!"

그때 언제 달려왔는지 달보 영감이 땅바닥에 쓰러져 꼼짝도 하지 않고 있는 백정 청년 상체를 일으켜 품에 안더니 그의 가슴에 바짝 귀를 갖다 댔다. 그것은 강에서 막 건져낸 사람에게 응급조치하려는 모습과 도 같았다. 가까이 다가간 해랑 귀에 이런 소리가 들렸다.

"후우, 다행인 기라. 아즉 죽지는 안 했다."

"사, 살아 있어예?"

해랑이 기뻐 물었다.

"하모, 실낱 겉은 숨이 붙어 있는 기라."

달보 영감은 백정 청년의 심장 부위에 손을 가져가며 대답했다.

"쪼꼼만 늦었으모 큰일 날 뻔했제."

"아."

끝내 해랑의 두 뺨 위로 뜨거운 눈물방울이 또르르 굴러 내렸다. 그것은 쏟아져 내리는 달빛을 받아 맑은 이슬이나 영롱한 구슬처럼 반짝였다. 백정 청년은 여전히 작은 움직임도 없었다.

미국 다녀온 선비

정석현 목사 재임 시절 의암별제를 지냈던 곳이며, 교방에 소속된 수많은 관기 가운데 단연 돋보였던 해랑이었다.

촉석루 누각에 오르면서 효원이 떠올린 기억이다. 팔작지붕 위에 올라앉은 비둘기 서너 마리가 내는 소리가 그날 악공들이 연주하던 악기 소리를 떠올리게 했다.

하지만 그것은 잠시일 뿐, 효원은 이날 자신이 모셔야 할 두 사람에게 큰 신경을 써야만 했다. 강득룡 목사와 한양에서 내려온 고 씨 성을 가진 젊은 선비였다.

저 아래 남강 물속에 잠겨 있는 의암 쪽으로부터 불어 올라오는 강바람에 가볍게 날리는 효원의 귀밑머리가 보기 좋았다. 날아갈 듯 맵시 있는 팔작지붕 다락집에 마주 앉은 강 목사와 고 선비는, 목을 뒤로 젖혀 거기 걸려 있는 현판에 새겨진 한시를 올려다보면서 이야기를 시작했다.

"아, 목사 영감!"

"왜 그러시오?"

강기슭에 서 있는 붉나무 위로 날아드는 물새의 날갯짓이 좀 서툴러

보였다.

"정을보라면 저 고려조에 찬성사 벼슬을 지낸 사람 아니오니까?"

강 목사가 놀란 고 선비에게 말했다.

"바로 보셨소이다. 그의 본관本貫이 바로 여기 이 고을이오."

고 선비는 옷자락을 여미고 과장되게 자세를 고쳐 앉았다.

"아, 예. 관향貫鄕이 말입니까?"

강 목사가 자랑스레 덧붙였다.

"그래서 후에 그의 군호君號가 청천菁川이 됐지요."

고 선비는 현판 시와 강 목사 얼굴을 번갈아 보며 또 물었다. 이것저것 꽤나 호기심 많은 사람으로 보였다. 효원은 그런 사내를 썩 좋아하지 않는 편이었다.

"청천이라 하심은?"

"저 남강의 고호古號 가운데 하나요."

남강을 내려다보면서 그렇게 설명해주던 강 목사는 그곳에 동석한 효원에게 고개를 돌리며 말했다.

"그건 그렇고, 저기 적혀 있는 한시를 우리말로 멋지게 한번 풀어보심이 어떨지요? 우리 효원이도 듣게 말이외다. 하하."

그러자 효원을 보고 있지 않은 것처럼 하던 고 선비는, 강 목사가 한 그 말이 별로 그럴 소리도 아닌데 왠지 모르게 얼굴을 크게 붉혔다. 그러고 나서 곧바로 목청을 가다듬고 한시를 풀이해나갔다.

"황학으로 이름난 누각 저 한때인데, 소를 매고 고기 낚던 곳 가을 풀은 시들고, 세 줄로 선 기녀들은 옛 노래 부르네."

그런데 거기까지 읊조리던 그는 문득 입을 다물고 효원을 바라보았다. 그러자 강 목사가 의미심장한 웃음을 띠며 물었다.

"갑자기 왜 그러시오?"

"아, 아닙니다."

더듬거리는 고 선비에게 강 목사는 네 속 다 들여다보인다는 투로 말했다.

"예나 이제나 이 고을 기녀들이 아름답다는 것을 실감했소이까? 그걸 제대로 느끼지 못한다면 그건 사내가 아니지요."

이번에는 아예 입을 열지 못하는 고 선비 얼굴이 아까보다 더 빨개졌다. 효원 마음이 한층 편치 못했다. 어쩐지 자꾸 벗어나고 싶고 거부감이 강렬하게 다가오는 자리였다.

"내가 교방에 일러 한 상 거창하게 차려오라 하였으니, 그때까지 우리 저 시들이나 더 감상하십시다."

여유와 넉넉함이 묻어나는 강 목사 말에, 고 선비는 갇혔다가 달아날 구멍이라도 찾은 생쥐처럼 얼른 말했다.

"예, 그러시지요."

강 목사는 강요하듯 동의를 구하듯 했다.

"예사 작품들이 아니지요?"

"그, 그런 것 같습니다."

볼수록 솔직해 보이지 못하는 고 선비였다. 곤란한 처지를 당하면 콩을 팥이라고 할 수 있는 자였다.

"다시 한번 더 드리는 말씀입니다만……."

강 목사는 효원이 어지럼증을 느낄 정도로 상체를 좌우로 크게 흔들며 말했다.

"정말 우리 고장에 잘 오셨습니다. 하하하."

"감사합니다, 영감."

강 목사는 아직 새파랗게 젊은 그를 옆에서 지켜보는 사람이 민망할 정도로 깍듯이 대하고 있었다. 아마도 고 선비는 조정에 큰 권력 줄을 쥐고 있는 듯싶었다. 그렇다면 강 목사는 그에게 접근하여 무언가를 얻으려는 것이다.

효원 가슴이 또 한 번 폭풍우 막 몰아칠 때의 남강같이 요동쳤다.

“옥 술잔을 높이 드니 산에 달은 오르고……”

고 선비가 마저 하지 못한 채 중단했던 그 시의 뒷부분 풀이를 마무리한 강 목사가 은근한 목소리로 물었다.

“민영익을 전권대사로 하는 보빙사절단이 모두 몇 명으로 구성돼 있었다고요?”

효원 귀에는 무슨 다른 나라 말을 듣고 있는 것처럼 받아들여지는 대화였다.

“아, 보빙사절단 말이오니까?”

말에 힘을 싣는 고 선비가 효원 눈에 이제까지보다 좀 더 뺏뺏해 보였다. 목소리도 한껏 점잔을 빼었다.

“열한 명이었습니다. 미국 측 공사 파견에 대한 답례로 미국에 파견되었던 우리 사절단은 말이지요.”

“미국에서 외교관을 보냈던 거구려.”

그들이 주고받는 말의 내용을 제대로 알지 못하는 와중에도 효원은 적잖이 놀랐다. 지금 눈앞에 앉아 있는 젊은 선비가 보빙사절단 일행으로 미국을 다녀온 사람이라니.

“그 일정이 어땠느냐 하면 말입니다.”

그의 입에서는 효원이 상상도 못 할 이야기가 나오기 시작했다. 누각 지붕 위에 와 앉은 새가 내는 소리를 판독하는 것이 더 수월할 것이다.

“우리가 저 샌프란시스코에 도착한 날짜가 9월 2일이었습니다. 그리고 그 광막한 미국 대륙을 가로지르는 기차를 타고 시카고에 닿은 게 12일인데, 얼마나 놀라운 환영을 받았느냐 하면 말입니다.”

샌프란시스코니 시카고니 대륙을 가로지르는 기차니 하는 말들이 효원이 듣기에는 정말 너무나 생경하기만 했다. 아무리 새겨들어도 여전히 외계인들의 말 같았다. 한번 따라 같이해보라고 해도 할 수 없는, 소리를 그대로 내기도 무척 힘든 난해한 말투성이였다.

그런데 강 목사는 효원과는 다른 쪽으로 호기심과 경이의 빛을 드러냈다.

"허, 미국 사람들이 그렇게 환영을 해주더라 그 말이오?"

"예, 그렇고말고요."

저 민영익은 그전에 이미 중국과 일본 등지에도 가본 경력이 있다지만, 그곳 남방 고을 목민관 신분인 강 목사로서는 그런 경험이야 어디 쉬운 일이겠는가?

"호오, 그것 참."

조각 무늬가 멋진 나무 난간의 구멍 사이로 새 드는 강바람 속에는 습한 기운이 배여 있었다.

"그 일도 그렇지만, 우리가 더욱 감격한 것은……."

고 선비는 술상이 오기 전에 모든 이야기를 끝내려는 사람처럼 급한 물살 흘러가듯 아주 빠르게 말을 이어갔다. 효원은 누각에 올라와 있는 게 아니라 흔들리는 배에 타고 있는 기분이었다. 그래서인지 가벼운 멀미마저 덤벼들었다. 음식을 잘못 먹고 체한 것도 아닌데, 왜 자꾸 이런지 모르겠다.

"보빙사가 미국에 머무르는 동안에 미국 신문들이 우리에게 보이는 반응은 참으로 엄청났지요."

이제 노골적으로 자랑하는 투의 고 선비 말에 강 목사는 후렴 치듯 했다.

"허, 미국 신문들이?"

"예."

강 건너편 무성한 푸른 대숲 위로 새까맣게 떼를 지어 날아다니는 것은 멀리서 봐도 몸집이 예사가 아닌 까마귀들이었다.

"어떻게요?"

강 목사가 무릎걸음으로 다가앉을 것같이 하며 물었고, 고 선비는 그다지 좋지도 않은 목청을 '흠흠' 하고 가다듬어가며 말했다.

"들어보세요."

조선을 '꼬레아'라고 표기하면서 조선 국왕과 왕비, 정치 제도, 그리고 사신들의 복장에 이르기까지 항목별로 심층 보도하더라는 것이다. 그 당시 뉴욕 타임스는 9월 18일자 신문에서 이렇게 보도했다.

– 그들의 머리는 이발을 하지 않고 3인치나 되는 상투를 틀고 있었으며, 대부분 수염이 적게 나는 민족이지만, 얼굴에는 긴 머리카락이 늘어져 있었고 또한 콧수염과 턱수염이 드문드문 나 있었다.

"그 사람들 수염은 말입니다. 어휴, 다시 생각해봐도 장난이 아니더라고요."

"코도 여간 아니라더니?"

그날 뉴욕에 있는 한 호텔에서 접견식이 이루어졌다. 보빙사 일행 가운데는 미국인 로웰, 중국인 오례당, 그리고 일본인 미야오카 등도 섞여 있었다. 민영익을 비롯한 조선인들은, 고 선비도 그랬지만, 대부분 개화에 뜻을 둔 젊은이들이었다.

"우리는 커다란 방에 들어서기 전에 말입니다."

고 선비는 두 팔을 앞으로 내미는 시늉을 해 보였다.

"미국 아서 대통령을 향해 일렬로 섰습니다."

강 목사는 약물에 중독된 사람이 헛소리를 하는 형용이었다.

"아서, 아서."

그 소리가 효원에게는 그만두라는 뜻의 이런 소리로 들렸다.

– 아서라, 아서라…….

그때 망진산이 솟은 남서쪽에서 불어온 강바람이 강 목사가 되뇌는 그 소리를 흩뜨리고 있었다.

"그리고 그 나라 백성은 최고 통치자를 대통령이라 부르더군요."

임금이 아니라 대통령이라는 것이다.

"대통령, 대통령이라."

강 목사가 입안으로 또 중얼거렸고, 효원도 그 말이 생소하여 마음속으로 두어 차례 곱씹어봤다. 하지만 그녀는 이내 흥미를 잃어버렸다.

"지금 돌이켜봐도 가슴이 막 뜁니다."

"듣고 있는 본관이 그러니 오죽했겠소이까."

가마우지 울음소리가 남강 위로 크게 여울졌으며, 고 선비 얼굴은 갈수록 상기돼 보였다.

"우리는 상감께 그러하듯, 이마가 땅에 닿을 정도로 아주 서서히 몸을 앞으로 굽히면서 큰절을 했지요."

"그랬더니요?"

어딘지 모르게 조바심을 내는 강 목사였다. 효원이 지켜보기에 그는 아무래도 무슨 목적이 있었다. 그리고 그것이 효원을 불안케 했다. 마치 어디서 불어오는지는 잘 알 수가 없어도 살갗을 파고드는 매서운 기운은 또렷이 느껴지는 칼바람처럼.

"그러자 저쪽 사람들도 우리 사절단을 향해 머리를 깊이 숙여 답례를 했습니다."

두 사람은 앉은 채 맞절하는 자세로 말을 주고받았다.

"허, 그랬어요?"

"예, 그랬지요."

미국인들은 그런 인사 풍습을 매우 신기하게 생각했던지, 뉴욕 헤럴드는 그 희한한 접견 광경을 아주 대대적으로 보도하면서, 우리글로 된 그 사절단의 인사말과 신임장 사본을 게재하기도 했다. 서두는 이렇게 시작되었다.

– 우리는 양국 국민이 영원한 가운데 변함없이 평화와 행복 속에 살기를 바랍니다.

보빙사 이야기에 한창 빠져 있던 강 목사와 고 선비는, 관기들이 술상을 차려왔을 때야 제정신들이 드는 모양이었다. 바람 끝에 묻어나는 음식 냄새가 식욕을 돋울 듯 향기로웠다. 하지만 효원은 하마터면 왈칵 토할 뻔했다.

"금강산도 식후경이라 했거늘, 우선 배부터 좀 채우고 나서 이야기를 계속합시다."

그러고 나서 강 목사는 효원더러 명했다.

"우리 고 선비께서 말씀을 많이 하시느라고 목이 몹시 마르실 게다. 그러하니 어서 한잔 넘치게 따라 올리도록 하라."

"예."

효원은 꽃무늬가 현란한 도자기 술병을 집어 들어 두 사람 잔을 채워주었다. 고 선비는 나중에 온 다른 관기들에게는 관심이 없고 오직 효원에게만 마음이 쏠리는 눈치였다. 그런 고 선비를 보는 관기들 표정이 각양각색이었다.

"효원아, 저리로, 응?"

강 목사도 알아채고는 효원에게 고 선비 옆자리에 가서 앉도록 했다. 효원은 고 선비 쪽으로 자리를 옮기면서 이마에 와 닿은 다른 관기들의 시선을 느끼고 왠지 두 눈이 자꾸만 감기려고 했다.

효원 마음이 맷돌을 매단 듯 무거워졌다. 꼭 어디선가 얼이 도령이 지금 그 광경을 지켜보고 있을 것만 같아 몸이 자꾸만 움츠러들었다.

"우리 교방에서 검무를 가장 잘 추는 관기랍니다."

강 목사 말에 고 선비는 과장되게 놀라는 표정을 지었다. 그러고는 입술에 침도 바르지 않고 말했다.

"그, 그렇습니까? 저도 검무를 좋아하는데……."

강 목사는 고 선비 말이 끝나기도 전에 양념을 쳤다.

"허어, 그래요? 이거 참. 이건 아무래도 보통 일이 아닌 것 같구먼."

효원은 강 목사가 그렇게 원망스럽고 미울 수가 없었다. 아무 말 없이 그녀를 힐끔힐끔 훔쳐보는 고 선비 눈길은 께름칙하기 그지없었다.

'무신 일이 생길라꼬 이라노.'

아무래도 예감이 너무너무 좋지 않다. 강 목사에게는 무슨 꿍꿍이속이 있다는 게 좀 더 분명해졌다. 그는 술기운을 빌려 자기 신분에 걸맞지 않게 지나칠 정도로 천박하고 야한 소리들을 끄집어내기 시작했다.

"본관이 궁금해서 하는 말인데, 미국이란 나라의 여자들은 어떠했소?"

고 선비는 잘 알아듣지 못한 척 슬그머니 말했다.

"미국 여자들 말이오니까?"

강 목사는 은근슬쩍 부아도 치밀고 아쉽다는 빛을 드러냈다.

"내가 미국 남자는 본 적이 있어도, 미국 여자는 만난 적이 없어서요."

갈수록 그 도를 넘어서고 있었다. 암수인 듯 강에서 왜가리 두 마리가 번갈아 가며 내는 울음소리가 소름 끼치도록 싫은 효원이었다.

“하기야 동물도 같지 않은지라…….”

짐짓 혼자 중얼거리는 강 목사 그 말에, 관기들 얼굴에도 부끄러워하는 기색과 함께 호기심이 엿보였다.

‘똑같은 여자 이약하는데, 여자들이 와 저리 관심이 높노?’

효원은 신경이 날카로워진 탓에, 애꿎은 다른 관기들에게 괜히 부아가 났다. 하지만 강 목사는 그런 기녀들이 있어 더 이야기할 맛이 동한다는 기색이었다.

“그렇게 융숭한 대접을 받았다면, 어떻게 다르던가요?”

그러면서 점잖지 못한 웃음기를 뿌렸다.

“그, 그건요.”

고 선비가 의도적으로 답변을 회피하는 것처럼 했고, 강 목사는 한층 재미가 있어 하는 표정으로 계속 물었다.

“왜요?”

물새 소리가 딱 그쳤다. 그 대신 강물 소리는 좀 더 커진 듯했다. 효원은 강 목사와 고 선비의 말을 들을 수 없을 정도로 세상 모든 것들이 한꺼번에 큰소리로 떠들어 주었으면 했다.

“그게, 그러, 니까…….”

고 선비는 선뜻 입을 열지 못하고 더듬거렸다. 효원으로서는 그가 미국 여자와 함께한 일이 없어서 대답하지 못하는지, 아니면 쑥스러워서 그러는 건지는 알 수 없지만, 하여튼 당장 그 자리를 벗어나고 싶은 이야기가 아닐 수 없었다.

“에이, 혼자만 알고 계시지 말고요.”

강 목사가 연방 짓궂게 캐묻자, 이윽고 고 선비가 한다는 말이 이랬다.

“이 몸은 미국 여자들이 싫더이다.”

"아, 뭐라고요?"

기대했던 만큼의, 아니 기대했던 것과는 전혀 상반되는 답변이 나오는 바람에 강 목사는 투덜거리듯 말했다.

"싫어요?"

말도 되지 않는 소릴랑 거둬들이라는 투였다.

"여자가 싫어요?"

고 선비는 보지 않는 척 효원을 보고 나서 대답했다.

"예, 영감."

관기들이 저희끼리 서로 무어라고 속닥거렸다. 그녀들 몸에서 풍기는 화장 냄새가 음식 냄새와 뒤섞여 후각을 둔하게 만들었다.

"허, 여자가 싫다, 여자가."

강 목사는 우스울 만큼 심각한 생각에 잠기는 얼굴로 또 물었다.

"그렇다면 그 이유가 있을 게 아니오?"

고 선비는 또 할끔 효원을 곁눈질한 후 말했다.

"키도 크고 몸집도 크고 코도 크고, 또 여자가 목소리는 왜 그리들 큰지요."

"듣고 보니 우리 고 선비께서 여자를 보시는 눈은 좀, 아니 많이 이상하시구려. 이 사람은 통 이해가 되질 않아요."

강 목사 얼굴은 어느새 불콰했다. 자기 말처럼 아직 한 번도 겪어보지 못한 서양 여자 이야기를 하니 감정이 달라진 탓일까?

"그러면 목사 영감 눈은 어떠하시온지요?"

고 선비는 기분이 언짢은지 약간 퉁명스레 물었다.

"하하핫!"

강 목사는 거기 누각이 흔들릴 만큼 크게 너털웃음부터 터뜨리고 나서 눈을 가느다랗게 떠 보이며 말했다.

"아, 크다고 다 나쁜 건 아니잖소. 가령, 둔부라든가 말이오."

상머리에 둘러앉은 기녀들이 민망하여 고개를 모로 돌렸다. 커다란 상 위에 얹힌 술잔의 술이 출렁거렸다.

"목사 영감께서 하시는 말씀이 농담인지 진담인지 잘 모르겠지만……."

거기서 말을 끊은 고 선비는 단숨에 잔을 비운 후 다시 말했다.

"전, 그래도 아담하고 귀여운 여자가 좋습니다."

강 목사는 무언가를 확인해두려는 사람 같았다.

"아담하고 귀여운 여자라 하시었소, 지금?"

"예."

고 선비는 흡사 학문을 논하는 것처럼 진지한 표정까지 지었다. 그것은 어릿광대가 하는 짓보다도 어설프고 우스꽝스러웠다.

"자고로 꽃과 여자는 작아야 아름답다고 하질 않습니까?"

고 선비는 점점 더 고집스러운 면을 엿보였다. 누각으로 불어온 강바람이 상 위에 가득 차려 놓은 음식물 냄새를 풍기게 했다. 강 목사는 그 냄새를 맡으려는 것처럼 코를 벌름거렸다.

"작은 것이 아름답다?"

"그렇지요. 작은 것이 곱지요."

그러던 고 선비는 이제 막 기억났다는 얼굴로 말했다.

"아, 그러고 보니, 그 나라는 꽃도 엄청 컸습니다. 나무는 말할 것도 없고요."

그 말을 들은 강 목사는 무슨 대단한 것이라도 발견한 사람처럼 얘기했다.

"그렇다면 더 이상 얘기할 필요 없이 고 선비에게는 여기 이 효원이가 가장 잘 어울릴 것 같소이다. 아담하고 귀엽고 말이오. 하하."

"흐음."

고 선비는 나이에 걸맞지 않게 늙은이 같은 기침만 한 번 냈을 뿐 가타부타 무슨 대꾸가 없었다. 그것은 곧 수긍한다는 뜻이리라.

'우짜노? 우짜모 좋노?'

효원은 또다시 온몸을 떨어야만 했다. 갈수록 초조하고 불길한 예감이 강해졌다. 얼이 도령 얼굴이 쉴 새 없이 목전에 어른거렸다. 그의 눈은 굉장히 노한 것 같기도 하고, 퍽 슬픈 것 같기도 했다. 그의 입은 할 말이 많은 듯도 하고, 아무것도 말하지 않으려고 하는 듯도 했다.

"아이, 그런 말씀들은 고만하시고예."

효원은 그들 관심을 다른 데로 돌릴 궁리를 하다가 입을 열었다.

"다린 핸판에 새기져 있는 시도 한분 풀이해주시이소."

그 말이 떨어지기 바쁘게 고 선비가 얼른 현판을 올려다보며 강 목사에게 물었다.

"저 시는 지은이가 정이오라고 돼 있는데, 저 사람은 어떤 사람인지요?"

관기들도 현판을 쳐다보느라 목을 길게 뺐다.

"에잉! 이런 이야기가 더 좋은데……."

강 목사는 이제 막 오르기 시작하려는 주흥을 깨뜨리는 효원과 고 선비가 무척 못마땅한 눈치였다. 하지만 괜히 고 선비 비위를 거스를 필요가 없다고 생각했는지 자제하는 빛으로 대답했다.

"정을보의 현손玄孫이지요."

강 위에는 큰 물새도 보이고 작은 물새도 보이고 그 중간쯤 되는 물새도 보였다. 흡사 몇 대代가 함께 어울려 날고 있는 것 같았다.

"손자의 손자."

멋지게 위로 뻗어 올라간 팔작지붕 모서리에 묻어나는 하늘빛이 고운 듯 서글픈 느낌을 던져주고 있었다.

“그는 이색과 정몽주의 문하생으로, 일찍이 길재와는 친구 사이였다지요, 아마.”

그곳에서 보아 동쪽에 있는 촉석문 위로 드리워져 있는 구름은 아까부터 잠이라도 든 것처럼 움직임이 없었다.

“이 고을에서는 어떤 자리에 있었던가요?”

고 선비는 높직이 걸려 있는 현판을 눈여겨보며 물었다.

“저렇게 시를 남길 정도라면…….”

강 목사가 고개를 흔들었다.

“그가 여기에서 벼슬을 살았던 적은 없지만, 이곳 향교에서 가르친 적은 있었다고 하더이다.”

고 선비는 학문에 뜻이 높은 고고한 선비연한 체했다.

“이 고장은 향교가 또 유명하다고요?”

“그럼요.”

강 목사는 자기가 다스리는 곳을 자랑하는 모습이었다.

“향교뿐만 아니라 이름난 게 넘치는 고을이지요. 여기 사람들이 쓰는 토박이말로 하자면, 쌔삣고 한거석이고 천지삐까리지요. 하하하.”

그의 호탕한 웃음소리가 누각으로 오르는 계단을 함부로 흔들어 대는 듯했다. 고 선비는 정이오의 한시도 근사하게 풀이하기 시작했다.

“가만 있거라. 어, 뛰어난 시로다!”

그는 효원에게 자신의 한문 실력을 뽐내고 싶어 하는 기색이 역력해 보였다.

– 당시 옛일을 아는 이 없는데, 고달픈 나그네 돌아와 허공에 외로이 읊조리네.

그런데 한시 풀이가 막 끝났을 때였다.

"에라이!"

강 목사가 별안간 무슨 기합 넣듯 괴상한 소리를 내지르면서 빈 술잔을 효원 앞에 탁 내려놓아 좌중을 깜짝 놀라게 하더니, 영문을 몰라 눈을 크게 뜨는 효원에게 말했다.

"아무래도 오늘밤은 효원이 네가 고 선비님을 뫼셔야겠다."

"예?"

강 목사는 경악하는 효원을 향해 또 이런 말도 작두날처럼 내리쳤다.

"반가운 게 사람이고, 무서운 게 인연이라."

바람은 짜증이 날 정도로 강에서 누각을 겨냥해 한쪽 방향으로만 불고 있었다. 그 바람 끝에는 매캐한 물이끼 냄새가 묻어났다.

"모, 목사 영감."

효원은 금방이라도 울음을 터뜨리려는 얼굴로 바뀌었다. 그렇지만 다른 기녀들은 재미있다는 건지 부럽다는 건지 '호호' 웃어 대기 시작했다. 이런 소리도 들렸다.

"누는 에나 좋것다."

고 선비는 말술을 퍼마신 사람처럼 낯이 새빨개졌다. 거기 있는 술을 저 혼자서만 들이켠 모양새였다. 강 목사는 손수 술병을 집어 들고 효원의 잔을 철철 넘치도록 채워주며 말했다.

"한시를 두 수나 읊조려주셨거늘, 어찌 보답하지 않을 수 있을꼬?"

효원은 곧장 상 위에 엎어질 사람같이 아주 위태로운 모습을 보였다.

"모, 목사 영감!"

하지만 술병을 상 위에 탁 내려놓으며 강 목사는 고 선비가 들으라는 듯 말했다.

"네가 큰 광영을 입게 된 게야. 아암, 광영도 이런 광영이 없지."

"과, 광영……."

"왕명을 받들어 미국 대통령을 접견까지 하신 분이 아니더냐?"

"흑."

"이제 그만하시지요, 영감. 자꾸 그런 말씀하시면 제가 이 자리에 더 앉아 있지 못합니다."

고 선비는 민망하다는 빛으로 말머리를 돌렸다. 그 행동이 누구 눈에도 가식적으로 비쳤다. 그것은 남을 배려한다거나 겸손해하는 성질과는 한참 거리가 멀어 보였다. 그는 지금까지 여자와는 담을 쌓고 살았을 뿐 아니라 오로지 글만 읽고 세상일에 경험이 없는 백면서생인 양 굴었다.

"여기 누각에 걸려 있는 한시들이 하나같이 참 훌륭해 보입니다."

그곳이 글방이나 서원도 아니고 이제는 그만할 법도 하건만 그게 아니었다.

"그러니 현판에 새겨진 나머지 작품들도 감상해봄이 어떨지요?"

"그, 그럴까요?"

강 목사 스스로도 아직 훤한 한낮인데 수청 드는 이야기는 너무 성급하고 낯간지럽다고 깨달았는지 정색한 얼굴로 현판 하나를 가리켰다.

"그렇다면 좀 읽기 어려운 저 시나 한번 봄이 어떨까 싶소만……."

"한몽삼이 지은 시군요."

"그렇소이다."

남강 쪽으로 면한 야트막한 담장 너머로부터 평소에는 듣기 힘든 새 울음소리가 들리고 있었다. 무슨 희귀조가 날아든 것 같았다. 그래서인지 몰라도 그 소리는 더할 수 없이 난해한 무슨 한시를 읊조리는 것처럼 들렸다.

"여기 시를 지은 이들은 자기들 나름대로는 한 가락 하는 뛰어난 학자들이외다."

강 목사 말에 고 선비가 고개를 끄덕이며 말했다.

"가만, 초서草書라 그런지 과연 읽기가 쉽지 않겠습니다."

그것은 효원 역시 평소 느껴오고 있던 점이긴 했다. 전례篆隷를 간략하게 한 것으로, 흔히 행서行書를 더 풀어 점획을 줄여 흘려 쓰는 그 글씨는 무척이나 독특한 서체書體의 하나였다.

"자, 그럼 시작해볼까요."

"예, 어디 그래봅시다."

이번에는 강 목사와 고 선비 두 사람이 거의 동시에 입을 열어 아주 천천히 풀어나가기 시작했다.

– 천지에 처음 각별한 곳을 열었으니, 어느 해 호사가가 이 다락을 세웠을꼬.

'얼이 되련님, 얼이 되련님.'

효원은 속으로 계속 얼이를 불렀다. 벼슬을 살지 않아도 좋았다. 부평초 같은 몸이 그와 함께라면 영원히 행복하리라 싶었다. 비록 지금은 농민군에 빠져 있지만 언젠가는 내 소원대로 될 것이라 믿었다. 아니, 맹신하지 않으면 안 되었다. 지난 임술년과 병인년이 이 고을 역사에 어떻게 기록될지 알고 싶지 않다.

'그보담도 시방 이 자리를 우짜꼬?'

바로 지금, 이 순간이 문제였다. 강 목사는 그녀에게 고 선비 수청을 들게 하고는, 그 대가로 무엇인가 큰 것을 얻어내려는 게 확실해 보였다.

효원은 자신이 지렁이나 떡밥 같은 물고기 미끼에 지나지 않는다는 사실을 절감했다. 사람, 그것은 그녀의 착각에서 온 망상일 따름이었다. 그렇다. 그녀는 이미 사람이 아니었다. 사고파는 하나의 물건에 지나지 않았다.

'우짜다가 이 내 몸이, 내 몸이.'

권력도 금력도 아무것도 가지지 못한 관기 신분이란 게 이토록 슬프고 참담하고 답답할 수가 없었다. 그래서 세상 사람들은 그저 죽을 둥 살 둥 출세를 꿈꾸고 돈을 모으려 하는가? 얼이와의 사랑을 극구 말리던 해랑이 떠올랐다.

'아아, 해랑 언니는 이런 일이 있을 거라는 거를 미리 알고 그리했던 기까?'

효원은 자신도 모르게 조금 전에 강 목사가 가득 부어준 술을 단숨에 비워버렸다. 본디 술에 약한 체질인지라 금방 핑 돌았다. 속에서 막 불이 나는 기분이었다.

하지만 온 세상이 팽이나 굴렁쇠같이 팽글팽글 돌 때까지 술을 함부로 퍼 대고 싶었다. 그러면 내 정신도 덩달아 돌아버릴 테지. 그래, 미쳐버려라, 아무것도 모르게.

'여게가 똑 상촌나루터 흰 바구 겉네?'

그러다가 효원은 그만 놀랐다. 고 선비가 그녀의 비어 있는 잔을 채워주고 있는 것이다. 효원은 그것도 한 방울 남기지 않고 죄다 입속으로 털어 넣었다.

"어, 효원이가?"

그런 소리와 함께 걱정스러워하는 관기들 얼굴이 보였다. 얼굴 한 개가 두 개 세 개로 보였다. 어지러움에 고개를 흔드니 세상이 덩달아 흔들거렸다. 그곳 촉석루가 풍파에 흔들리는 배 같았다. 금세 토할 것처럼 속이 메슥거리는 게 지독한 뱃멀미에 시달리는 느낌이었다.

"으하하핫!"

홀연 강 목사가 상다리가 들썩거릴 정도로 호방한 웃음을 터뜨렸다.

그 소리는 성벽에다 누樓 없이 만든 저 아래 암문暗門을 통해 강으로 빠져드는 듯했다.

"고 선비! 아직도 중천에 떠 있는 저 해가 원망스럽겠구려?"

그는 하늘이 신는 버선의 코같이 날렵하게 뻗은 추녀 저편 창공의 해를 올려다보고 나서 말을 계속했다.

"효원이 고 선비에게 빠져 저렇게 정신을 차리지 못하고 있지 않소?"

"아, 정신은 제가 더 그렇습니다."

어느 정도 술이 거나해진 고 선비도 이제 더는 쑥스러워하는 빛이 아니었다. 그도 점차 그 본연의 기질을 드러내기 시작했다.

"목사 영감은 양주 맛을 보지 못하셨지요?"

강 목사도 입에서 술 냄새를 폴폴 풍겼다.

"양주?"

고 선비는 상을 찡그렸다.

"예, 저들 술이 얼마나 독하냐 하면 말입니다."

강 목사가 주정 부리듯 했다.

"에잉! 서양 술보다도 서양 여자 이야기나 들려주시오."

치마끈이라도 풀어 떨어지는 해를 꼭 붙들어 매고 싶다더니, 그때 그 자리에서의 효원 심정이 그러했다. 그 천박한 이야기가 뭐 그리 좋다고 연방 헤헤거리는 다른 기녀들 뺨이라도 후려치고 싶었다. 날이 갈수록 관기들 평균 수준이 떨어지는 것 같았다. 그녀가 교방에 처음 들어왔을 당시의 관기들은 그러지 않았다.

"그게 또 이렇습니다."

"어, 그래요? 허허허."

"예, 그뿐만 아니고요."

"저, 저, 저런!"

"아무리 듣기 좋은 꽃노래라고 해도 지나치지 않습니까?"

"그건 그렇소이다."

이윽고 머리카락 노란 서양 여자 이야기도 시들해진 모양인지, 그들은 또다시 현판 시를 쓴 지은이에 대한 이야기로 넘어갔다. 그때쯤 물새도 지루한지 게으른 울음을 울고 있었다. 어떤 면에서는 시보다도 지은이 생애가 한층 더 마음을 사로잡을 것 같기도 하였다.

"그러고 보니, 우리 인생이란 게 참 그런 것 같구려."

강 목사가 뜬금없이 딴 사람 같은 목소리로 말했다.

"그래서 사람은 저런 시라도 써서 그 착잡한 심경을 달래려고 하는 것이겠지요."

고 선비 음성도 금방 남강 수심처럼 착 가라앉아 나왔다. 효원 듣기에는 그 또한 더없이 가식적이고 지조 없는 것으로 와 닿았다.

"맞소이다. 고 선비 말씀이 하나도 틀리지 않아요."

"그렇게 말씀해주시니 자신감이 생깁니다."

한몽삼은 그의 시에서도 노래했듯이 부평초와도 같은 인생이었다. 생원시에 합격했으나 광해군 폐모 사건을 보고 벼슬길을 접었다. 병자호란이 일어나자 의병장이 되어 군사를 모았지만, 화의가 성립되자 해산한 후 함안으로 내려가 석정을 짓고 은거했다.

"결국 숨어 사는 길을 택했군요."

"어쩌면 하늘나라에서도 그러고 있는지 모르지요."

정문부, 임진년 무고한 재앙이 촉석루에 가장 처참했고, 굴릴 수도 없는 돌, 촉석을 이루었다고 읊은 농포 정문부도 파란의 삶을 살다 갔다. 왜란이 일어난 그 당시 회령의 국경인 등이 반란을 일으켜 적에게 투항하니, 깊은 산속에 꼭 숨어 있다가 관민 합작 의병대장이 되어 관북지방을 수복했다. 그렇지만 저 이괄의 난에 연루되어 고문을 받고 죽었다.

"아, 뾰족한 돌이라고 촉석이라 했군요."

"국경인과 이괄 중에 누가 더 그러한지요."

"모든 게 부질없다는 생각이 듭니다, 부질없다는."

"그래서 술과 여자를 더 가까이하는 게 아니겠소이까?"

"지당하신 말씀입니다. 허무한 세상, 그렇게라도 살아야지 어쩝니까."

"암요, 맹감을 따먹어도 이승이 더 낫다고 했거늘."

주색잡기 하는 핑계도 참으로 가지가지다. 어쨌거나 이런저런 대화 끝에 하루해도 저물고 있다. 끝내 그 시각이 다가오고 있는가? 서녘 하늘에 기운 해를 안타깝게 바라보는 효원 마음이 낙조보다 붉게 타들어 갔다.

'도로 이대로 내 몸이 불타 없어지삐모 좋것다. 그래갖고 연기를 타고 훨훨 멀리로 날라가모 원도 한도 없으련만.'

강 목사보다 젊은 고 선비가 더 취했다. 일부러 만취한 것처럼 하는지도 모르겠다. 아니, 틀림없이 그럴 것이다. 물에 빠진 사람이 허우적거리는 듯 그는 연방 두 팔을 놀리면서 몸을 이쪽저쪽으로 막 기우뚱거렸다. 그의 몸뚱이가 마치 하나의 술독인 듯 지독한 술 냄새가 배어 나오고 있었다.

그새 효원은 알았다. 역시 예상한 대로 고 선비는 조정에 큰 끈이 있고, 강 목사는 그 끈을 잡고 하판도 목사같이 한양으로 입성하려는 꿈을 가졌다는 것을. 내 몸이 더러운 흥정판의 희생물로 전락할 줄이야.

"커~억."

"오늘 잘 마셨소이다. 우리 다음에도 또 자주자주 이런 자리 마련합시다."

마침내 술자리가 파하고 모두 촉석루에서 내려왔다. 효원은 천 길 지

하로 내려서는 것 같았다.

"정성을 다해 모셔야 할 것이야."

강 목사가 효원만 들을 수 있게 명했다.

"만에 하나, 그가 기분 상해하는 일이라도 생기면 네 목숨은 없느니. 알겠느냐?"

숨이 붙어 있는지 끊어졌는지 알 수가 없는 효원이었다.

"어허, 내 말이 들리지 않는 게야?"

다른 관기들은 언제 사라졌는지 한 사람도 보이지 않았다.

"잊지 말고, 그대로 행하도록 하라."

고 선비가 앞서 들어가 있는 그 방으로 효원을 강제로 밀어 넣으면서 강 목사는 몇 번이나 단단히 타일렀다. 그런 그가 효원 눈에 사람 같지가 않았다.

여자와 단둘만 있게 되자 고 선비는 완전히 다른 사람으로 바뀌었다. 너무나도 돌변한 모습이어서 아까 촉석루에서 들었던 저 태평양 건너 미국 사내가 아닌가 하고 착각될 지경이었다.

'잘못했다. 내가 잘못했다.'

효원은 붙잡혀 죽는 한이 있더라도 달아나지 않은 게 참으로 후회스러웠다. 그녀의 마음대로라면 이 길로 상촌나루터로 달려가 얼이를 안고 실컷 울고 싶었다. 울다가 지쳐 그대로 숨이 멎어도 좋았다.

'아, 이대로 당할 수는 안 없나.'

그러나 그건 생각뿐이었다. 효원은 이미 포기하고 있었다. 자신의 힘으로는 도저히 빠져나갈 수 없는 호랑이 굴 속에 갇혀버렸다는 것을 알았다.

"이리 와 보라니까? 정말 이럴 거야?"

천장은 끝없이 내려오고 방바닥은 끝없이 올라오고 사방 벽은 붙어버릴 것처럼 끝없이 접근해오고 있었다.

"그렇다면 내게도 생각이 있다고. 그러니 곱게 말할 때 들어."

"……."

가시덤불이나 잡초더미보다도 더 거칠 것이 없어 보였다. 한 고을 최고 목민관인 목사에게서 극진한 대접을 받을 정도의 인물이니 그럴 수도 있을 것이다.

그자는 효원이 흘리는 눈물의 의미를 알아채지 못했다. 어쩌면 다 알고 있으면서도, 아니 그래서 더 그러는지도 몰랐다.

효원은 제 눈물 속에 가득 고여 있는 얼이를 보았다. 얼이 눈물 속에 깊숙이 잠겨 있는 그녀를 보았다. 앞으로 무슨 낯짝을 들고 얼이 도령을 대할 것인가? 그가 이 일을 알게 되면 그 심정이 어떨까?

효원은 끝내 혼절하고 말았다. 그 추락의 순간이 일 년인지 백 년인지 아니면 천 년은 되는지 그녀는 영원히 알지 못할 것이다.

천년의 소싸움

그 고을 주산主山인 비봉산 서편 자락 끝을 가없이 부여잡고 앉아 있는 가매못 안쪽 마을이다.

그곳에 자리한 꺽돌과 설단의 집은 아침 댓바람부터 무척이나 부산하였다. 여느 때와는 사뭇 다른 공기에 휩싸여 있었다. 부부가 연방 마당 한쪽에 있는 외양간을 들락거렸다.

'움~메.'

몸무게가 자그마치 1,300근斤도 더 넘는 갑종 '천룡'이 주인을 보고 반가워 그 큰 몸뚱어리를 가만히 두지 못했다. 흡사 태산이 들썩거리듯 하자 초가지붕이 날아갈 것 같았다.

"천룡이 이눔!"

꼭 사람에게 얘기하는 품새였다.

"오늘이 니눔 날인 기라. 그거 아나?"

못이 박혀 있는, 쇠토막처럼 굵고 단단한 손가락을 꼽아보는 시늉을 했다.

"이날이 오기를 올매나 기다릿노."

평소 기복이 별로 없고 약간 저음인 꺽돌 목소리가 이날은 사뭇 높고 크게 흔들려 나왔다.

"가마이 있거라, 내 닐로 왕맹캐 뫼실 낀께네."

꺽돌이 천룡 등짝을 어루만지며 그렇게 말하고 있을 때, 설단이 물이 가득 담긴 큰 통을 힘겹게 들고 오며 숨 가쁘게 말했다.

"우선에 몸부텀 칼끗거로 씻기 줘야지예."

기운이 센 꺽돌은 종이나 짚으로 만든 물건처럼 가볍게 물통을 받아 들었다.

"이놈 덩치가 하도 커갖고, 당신하고 내하고 둘이서 씻기도 상구 심이 들것거마는. 각오 단디 안 하모 일 나것는 기라."

"시간도 벨로 없는데 돼도 안 한 엄살 고마 피우고 퍼뜩 씻기기나 하이시더."

"내 말이 엄살이라꼬?"

"엄살 아이모예?"

천룡이 말 그대로 그 큰 '황소 눈'을 끔벅거리며 주인 내외를 바라보고 있었다. 눈빛이 믿기 어려울 만큼 깨끗하고 맑았다.

"엄살이 머신고 알고나 하는 소리가?"

"인자 그런 말씀은 고만해예."

설단이 지겹다는 표정을 만들어 보였다.

"무신 말?"

"남자는 다 알고, 여자는 다 모리고, 그런 거예."

그러자 꺽돌은 부러 고생 한번 해보라는 식이었다.

"와 가마이 서 있노? 엄살인가 한분 당해봐라꼬."

설단도 오늘은 마음이 다른 날 같지 않은지 꼭꼭 한 대꾸씩 한다.

"좋아예. 우떤가 오데 함 당해보이시더."

부부는 팔을 걷어 부치고 서둘러 천룡 몸을 씻기기 시작했다.

"아이고, 우리 천룡아! 천룡아!"

꺽돌은 이제 말이 없는데 설단은 계속 새처럼 무어라 조잘거렸다.

"우찌 이리 몸이 겁나거로 좋노? 니 에미 애비가 누고?"

천룡이 대답이기라도 하듯 꼬리를 흔들었다.

"안다는 말가, 모린다는 말가?"

설단 말에 천룡은 앞발을 들어 올리듯이 하며 소리 내었다.

'움~메.'

그들에게 천룡은 짐승이 아니었다. 자식이 없는 두 사람은 소를 자식과도 같이 애지중지 돌보며 살고 있었다. 정갈한 외양간은 아이의 방이었다.

"여보, 우리 천룡이가 저짝 소를 이길 수 있으까예?"

잠시 후에 설단이 걱정스러운 얼굴로 물었다.

"씰데없는 사설 늘어놓지 말고 쌔이 씻기기나 해라."

꺽돌은 그 말만 하고는 천룡 몸을 씻는 일에만 전념했다. 그 모습이 하도 진지해 보여 수도자를 방불케 했다. 적어도 그 순간에는 소가 '신神'이었다.

"그 소 이름이 '해귀'라꼬 했지예?"

설단이 또 입을 열었다. 말이라도 해야 마음이 진정될 성싶은 그녀였다.

"이름만 들어도 무섭다 아입니꺼."

꺽돌은 아무 말도 듣지 못하는 귀머거리 같다.

"바다구신."

"음."

가매못이 내다보일 정도로 야트막한 흙 담장에 붙어 자라는 늙은 감나무 위에서 참새가 그 작은 주둥이가 아프지도 않은지 쉴 새 없이 짹짹거린다. 설단도 따라서 조잘댄다.

"무시라. 그냥 구신도 무서븐데, 바다에 있는 구신이라이."

"치아라 고마!"

끝내 꺽돌이 벌컥 화를 내며 큰소리를 질렀다.

"방정맞은 소리 고만하고, 방에 가서 천이나 안 갖고 오고 머하노?"

그러잖아도 겁이 많은 새가슴인 설단은 화들짝 놀랐다.

"아, 알았어예."

"알았으모 얼릉!"

참새들도 놀랐는지 포르르 창공으로 몸을 솟구치더니 그들이 마음 놓고 쉴 곳은 역시 거기가 최고라고 여겼는지 비봉산 쪽으로 날아가고 있었다.

"가, 가예."

설단은 그런 남편에게서 그 또한 그녀 못지않게 강한 불안과 초조에 쫓기고 있다는 것을 깨달았다. 아니, 그는 그녀보다 모든 것을 더 잘 알기에 더욱 그럴 것이다.

'내는 여자 좁은 생각에 갇히서 지멋대로 말 안 하나.'

그러자 그녀는 비록 살을 맞대고 사는 남편이라도 그의 얼굴을 보기가 미안했고 마음이 한층 조마조마했다.

"비화 마님을 봐서라도 반다시 이기야 하는 기라."

천을 가져오기 위해 마당을 가로질러 방 쪽으로 걸어가는 설단의 등에 대고 꺽돌이 굳게 다짐해 보이듯 던진 말이었다. 그 소리에 마당의 붉은 흙이 들고일어나는 것 같았다. 핏빛을 연상시키는 황토가 많은 마당이었다.

'저이가 와 저리 말하는고 알것다.'

설단은 남편 말을 가슴에 새기며 생각했다. 그랬다. 천룡과 해귀의 싸움. 그것은 곧 비화네와 배봉네 싸움이었다.

비화의 소작인들이 키우는 소 가운데에서 가장 강한 소, 천룡. 배봉의 소작인들이 키우는 소 가운데에서 가장 강한 소, 해귀. 천룡의 주인은 꺽돌이고, 해귀의 주인은 억호 심복 양득이다. 소나 사람이나 제대로 붙었다.

아마 양득도 지금쯤 그들이 천룡에게 하는 것과 똑같이 해귀에게 해주고 있을 것이다. 그 생각을 떠올리며 꺽돌은 혼자 중얼거렸다.

"에나 굿도 굿이 아일 끼라."

오늘 남강 변 백사장에서는 오랫동안 전해져 내려오는 이 고을 전통 민속놀이인 소싸움 결승전이 벌어지게 돼 있다. 일반인들로서는 명확한 수치는 알 수 없지만 대략 잡기로는, 970근 이상인 병종, 1,080근 이상인 을종, 1,240근 이상인 갑종, 이렇게 중량별로 나눠 경기를 치르는 것으로 알고 있다. 그 가운데서도 최고 인기를 끄는 건 단연 갑종이 아닐 수 없다.

근동에서뿐만 아니라 먼 다른 지역 사람들도 전국 제일의 명성을 자랑하고 있는 이 고장 소싸움을 구경하기 위해 떼 지어 몰려온다. 조선팔도 장사치들도 저마다 한몫 잡을 대망을 안고 달려올 것이다. 또한, 그런 행사에는 단골로 등장하는 놀이패와 걸인들 그리고 날치기들도 빠질 리가 없다.

"밤에 봤을 때보담도 밝은 데서 본께, 에나 더 멋있네예."

설단이 가지각색 천으로 정성 들여 꼰 고삐며 천을 두 손에 들고 외양간으로 걸어오면서 말했다. 지난밤 호롱불 밑에서 늦게까지 부부가 이마를 맞대고 만든 고삐다.

"후딱 조 봐라. 우리 천룡이한테 올매나 잘 어울리는고 함 보거로."

꺽돌도 치장한 천룡의 모습이 퍽 궁금한 모양이었다.

"하이고! 쥑이준다 아입니꺼?"

설단이 호들갑을 떨었다. 꺽돌은 흐뭇한 표정을 지었다.

"이만하모 됐는 기라."

아름다운 천으로 꼰 고삐를 맨 천룡은 참 근사했다. 놈의 머리에도 고운 천으로 장식을 해주었다. 굵은 목에는 번쩍거리는 쇠방울도 달았다.

"쇠왕이다, 쇠왕!"

꺽돌이 우뚝 선 천룡의 뿔을 매만지며 말했다. 과연 소의 왕다운 풍채였다.

'움매애애.'

주인 말에 응하듯 천룡이 긴 소리를 냈다. 그 소리는 싸리나무로 만든 사립문을 빠져나가 온 동네로 퍼져 나갔다.

"오늘 우리 천룡이가 이긴다."

꺽돌이 상기된 얼굴로 말했다. 아침부터 술을 마신 사람 같았다.

"해나 지모 우짭니꺼, 여보."

설단이 아까보다 더 걱정스러운 목소리로 말했다. 꺽돌이 더 큰 고함을 질렀다.

"허, 주디이 벌로 놀릴 끼가?"

설단은 서둘러 손으로 제 입을 틀어막으면서도 걱정하는 말을 또 했다.

"그래도 해나 지모……."

꺽돌이 끝까지 듣지 않고 발작처럼 외쳤다.

"이긴다 안 쿠나!"

"예."

설단이 더는 아무 말도 하지 못했다. 꺽돌의 그 큰소리 뒤쪽에 감춰져 있는 불안과 초조를 읽었던 것이다. 꺽돌은 한 번 더 말했다.

"누가 멀싸도 절대 안 진다 고마."

이번에는 천룡이 제 몸에 붙은 장식물이 성가신지 몸을 떨며 '움~매' 울었다.

"그래, 그래, 알것다. 우리 보고 싸우지 마라, 그 소리제?"

그러면서 설단은 작고 부드러운 손으로 천룡의 얼굴을 가만가만 쓰다듬어주었다. 그 모습이 어쩐지 불길해 보여 꺽돌은 자꾸 헛기침을 해댔다.

"인자는 다 됐네예."

싸움소에게 해줄 채비는 다 끝났다. 설단이 꺽돌에게 재촉했다.

"당신도 옷을 새로 갈아입으시야지예."

"그래야제."

천룡 못지않게 굵은 목을 끄덕이는 꺽돌에게 설단은 애정이 담뿍 실려 있는 소리로 당부했다.

"당신도 천룡이매이로 멋지거로 해갖고 가시야지예."

그들 부부가 경작하고 있는 마을 저 뒤쪽 전답으로부터 새소리가 은은하게 들려오고 있었다.

"오늘 주인공은 내가 아이고, 우리 천룡이 아이가."

그러고 나서 꺽돌은 천룡을 향해 이번에도 자식에게 하듯 말했다.

"방에 가서 옷 입고 나올 낀께네, 쪼꼼만 기다리고 있거라이."

꺽돌이 댓돌 위에 신발을 벗어 놓고 좁은 툇마루를 밟고 성큼 방으로 들어가자, 앞서 들어갔던 설단이 윗목에 놓인 작은 장롱에서 그날 남편이 입을 옷을 꺼내주었다.

"자, 함 입어보이소."

행여 곤때라도 묻을까 차마 손을 대기도 아까운 깨끗한 무명옷이었다. 설단이 그야말로 지극정성 마련했다. 황제 옷이나 선녀 옷도 그런

공이 들었을까.

"아따! 옷 하나 입기가 와 이리 심이 드노?"

그때까지 입고 있던 꾀죄죄한 옷을 벗고 그 옷으로 갈아입자 꺽돌은 완전히 딴 사람으로 변했다.

"하이고오!"

설단이 크게 뜬 눈으로 꺽돌을 요모조모 뜯어보며 환호했다.

"시상에? 우리 서방님이 이러키나 헌헌장분 줄은 미처 몰랐는 기라예. 오데 함 보이시더. 똑 과거시험에 장원급제 한 사람 겉어예!"

"사흘 굶은 개도 안 물고 갈 소리 작작하고, 퍼뜩 수건이나 내라 고마."

꺽돌은 방이 좁아 보일 만큼 큰 덩치에 어울리지 않게 쑥스러운지 고개를 돌린 채 짐짓 퉁명스러운 어조로 말했다.

"아, 참. 내가 증신을 오데다가 빼놓고 있노, 수건하고 주머이도 안 내고."

설단은 다시 장롱을 열고 붉은 수건과, 여러 색깔 실로 수놓은 주머니를 꺼냈다.

"이거도예."

꺽돌은 붉은 수건을 머리에 옆으로 비껴 동이고 나서, 오른쪽 허리께에서 무릎까지 닿도록 색깔 주머니를 찼다. 이제 우주牛主(싸움소 주인)나 소나 전투 준비는 다 끝난 셈이다.

"인자는 내 순서네예."

그러면서 설단도 평소에 그녀가 가장 아끼는 노랑 저고리와 감색 치마로 바꿔 입었다.

"오늘 본께 당신도 이쁘거마는."

설단을 곁눈질하며 꺽돌이 그렇게 말하다가 그만 입을 다물었다.

'해필이모 이런 날…….'

도둑놈하고 서로 바꿔서 때려죽일 억호 그놈이 또 떠올랐다. 놈의 눈에도 설단이 지금처럼 예쁘게 보였기에 접근했을 것이다. 언제쯤이나 그놈의 고 더러운 손목때기를 작두로 탁 끊어 시궁창에 던져버릴 날이 올까?

'고 독새매이로 독한 것들 밑에서, 어머이는 잘 지내시는지 모리것다.'

꺽돌은 언네 생각을 했다. 특별한 일이 없으면 오늘 투우장에는 언네도 올 것이다. 그가 어릴 적부터 친자식같이 살갑게 대해주던 언네였다.

'허, 이 중요한 날에 와 이리 벨벨 잡생각이 다 나쌌노?'

이번에는 재업이었다. 그놈은 어떻게 살고 있는지. 꺽돌은 재업에 대한 자기감정을 좀체 짚어낼 수 없었다. 어쩌면 그것은 죽어 저승에까지 짊어지고 가야 할 무거운 화두였다.

아내가 낳은 다른 사내의 자식.

그 아이는 무어라 형언할 수 없는 이중적인 존재로 다가왔다. 금기처럼 생각하기도 싫은, 그렇지만 어쩐지 마음이 쏠리는 불가해한 대상으로. 어쨌든 간에 아내가 이 세상에 퍼뜨려 놓은 유일한 생명이다.

'우리 부부 사이에 자슥이 있다모, 이런 감정은 아이것제.'

설단이 임신을 하지 못하는 원인이 꺽돌 자신에게 있다는 사실을 알고 있는 이상, 적어도 자식에 대해서만은 입이 열 개가 있어도 벙긋하지 못할 쪽이 자기였다. 꺽돌은 설단 몰래 머리통을 흔들었다.

'인자 하나도 득이 안 될 이런 생각은 고마하자. 그랄수록 앞을 내다보고 더 발전적인 생각을 해야 하는 기라.'

내가 이렇게 안이해 빠져서는 안 된다고 자신을 채찍질했다.

'오늘겉이 중요한 날, 다린 거 생각 안 하고 한 가지만 신갱을 써도 우

찌 될랑고 모리는 판국 아인가베.'

이날 벌어질 소싸움은 동구 밖 풀밭에서 기껏 몇이 모여 하는 소싸움이나, 동네 아이들끼리 소 풀 먹이러 가서 심심풀이 삼아서 붙이는 소싸움과는 성질이 다르다. 이번 투우대회에서 최고 강자를 가리는 경기이기도 하지만, 그에 앞서서 비화네와 배봉네를 대표하는 소들의 싸움인 것이다.

'이런 자리는 또 운제 생길랑가 모린다.'

오늘 남강 백사장 투우장에 모두 나올 것이다. 비화네 사람들과 배봉네 사람들이라면 단 하나도 빠짐없이 전부 그 모습을 드러낼 것이다. 그리고 비록 양득이 몰고 나오긴 해도, 해귀는 배봉 그놈이 자기 집안 대표로 내보내는 소다.

'절대 벌로 볼 상대가 아이다.'

이날 치르게 되는 결승전까지 오르면서 해귀가 얼마나 벅찬 싸움소인지는 잘 안다. 놈은 투우장에 들어서기 무섭게 아무런 탐색도 제대로 하지 않고 대번에 상대 소를 거꾸러뜨렸다. 물론 천룡도 대단하긴 하지만 해귀를 대적하기는 버겁지 않을까 입에서 단내가 날 만큼 바싹바싹 애가 탔다.

'우짜든지 이기야 할 낀데.'

꺽돌은 피가 배일 정도로 입술을 꾹 깨물었다. 무슨 일이 있어도 그놈에게 질 순 없다. 아까 설단에게 입으로는 비화 마님을 들먹거리긴 했어도, 비화 때문이 아니라 그 자신 때문에라도 기필코 이겨야 하는 것이다.

소싸움판을 주관하는 도감都監은 검은빛보다 흰빛이 더 많이 섞인 머리칼을 잔주름 간 손으로 쓸어 올리며 넓은 투우장을 둘러보았다.

강변뿐만 아니라 저 위쪽 강둑에까지 빼곡하게 들어찬 구경꾼들 질서를 유지하기 위해 백 미터쯤 되게 사방에 줄을 둘러쳐 놓았다. 다른 말 더 끌어올 필요 없이 한마디로 '경이' 그 자체였다.

'야아, 저게 다 사람 맞나?'

다년간 소싸움판을 주재한 경험이 있는 도감도 이날처럼 많은 인파는 아직 본 적이 없었다. 그의 가슴도 여간 뛰노는 게 아니었다.

'그 두 집안이 대단키는 대단한갑다.'

세상에는 비밀이 없는 법이라더니, 언제 어떻게 알게 되었는지는 모르지만, 지금 거기 온 사람들 가운데 모르는 이가 거의 없었다. 오늘 소싸움은 소들끼리의 단순한 싸움이 아니라, 상촌나루터에서 나루터집을 운영하는 비화 집안과, 읍내 중앙통에서 동업직물을 경영하는 근동 최고 갑부 배봉 집안의 싸움이라는 것이다.

'하기사 오늘 싸울 소들도 예사 소들이 아이기는 하제.'

흥분한 도감은 남들 보기에 이상할 정도로 공연히 혼자서 머리를 끄덕였다가 내젓다가 했다.

'소를 잘 아는 백정들도 이약한 거매이로, 여러 십 년에 우찌 하나 나올랑가 말랑가 할 투우가 아인가베.'

그랬다. 천룡과 해귀의 결승전에 유독 관심이 높은 이유는 또 있었다. 원래 싸움에 붙일 짝소는 그 연령과 체구를 고려하여 비슷한 것끼리 고르고, 또한 싸움은 약한 소들부터 시키는데, 천룡과 해귀는 그중에도 가장 인기 높은 최중량급인 갑종들인 것이다.

'그거는 마 그렇고, 오데 함 보까?'

늙은 도감은 투우장 주위에 빙 둘러서 있는 구경꾼들 속으로 다시 한 번 눈길을 보냈다. 그 두 집안에서 온 사람들이 어디에 있는지 그도 무척 궁금했던 것이다.

'어, 저 있거마는.'

도감의 눈이 찾아냈다. 비화네는 동편에, 배봉네는 서편에, 그렇게 서로 마주 보며 자리 잡고 있었다. 이날은 나루터집도 동업직물도 가게 문을 닫았다. 도감은 목덜미 주름살이 크게 질 정도로 고개를 한껏 뒤로 젖혀 눈부시도록 청명한 하늘을 올려다보았다.

'오늘, 날도 마츰맞기 잘 잡았다. 아모래도 이런 날은 비가 오모 쫌 안 그렇는가베.'

점심때를 막 지나면서 병종과 을종 순서대로 결승전이 먼저 벌어졌지만, 사람들은 갑종 경기에만 관심이 쏠린 나머지 건성으로 구경하는 것 같았다. 그 탓인지 우주들도 투우들도 그냥 맥이 풀린 모습이었고, 승부도 싱거울 만큼 금방 끝이 나버렸다. 구경꾼들은 한순간도 가만히 있지 못하고 시끌벅적 떠들어댔다.

"아, 그리 막바로 끝나삐다이."

"내사 더 좋은데?"

"와? 우째서?"

"갑종 갤성전(결승전) 얼릉 볼 수 있은께."

"그거는 말이 된다."

"그라모 내가 말도 안 되는 말이나 해쌌는 사람인 줄로 알았는가베?"

"그거는 말이 안 된다."

"에이, 씨. 된다 말가, 안 된다 말가?"

"쉬이, 그거는 내중에 소들한테 물어봐라."

"야! 인자 갑종들이 나온다아!"

"기다린다꼬 지루해서 혼났다야."

예서제서 입을 모아 소리 질렀다.

"우! 우!"

드디어 그런 기대의 말과 함성이 터져 나오면서 좀 더 잘 보기 위한 자리다툼도 한층 치열해지기 시작했다. 난리가 따로 없었다. 크고 작은 실랑이도 곳곳에서 벌어졌다.

"보소, 보소."

"내 말이오? 와 그라요?"

"고개 쪼꼼만 옆으로 비키주소. 잘 안 비이요."

"허, 이 사람아! 우찌 비키란 말고?"

"아따, 소리는 와 그리 질러쌌소?"

"머라꼬? 에나 이 사람이?"

"이 사람이라이? 시방 당신 나이가 몇이고?"

"와? 넘 나이는 알아갖고 머할 낀데?"

"그래도 말을?"

"아, 내 입 갖고 내가 말하는데 우째서?"

"진짜로야?"

그러고 있는데 누군가 다른 사람들이 급히 말렸다.

"쉬잇! 고만들 하소. 막 시작될라쿠요."

"소가 시끄럽다꼬 귀 막을라쿠것소."

드디어 갑종 결승전이 벌어질 시간이 다가왔다. 발 디딜 틈 하나 없는 관중석에서 꿀꺽 마른침 삼키는 소리가 들렸다. 소싸움 중계 해설가 목소리도 크게 떨렸다.

"에, 만장하신 여러분……."

이윽고 머리에 비스듬히 붉은 수건을 비껴 동이고, 오른쪽 허리께에서 무릎까지 닿도록 색색가지 실로 수놓은 주머니를 찬 꺽돌과 양득이 동시에 모습을 드러냈다. 그들은 마치 전쟁터에서 본격적으로 싸움이 벌어지기 바로 전에 양쪽 진영에서 한 사람씩 먼저 나와 겨뤄보는 장수들 같아 보였다.

머리는 아름다운 천으로 장식을 하고 굵은 목에 매우 번쩍거리는 쇠방울을 매단 천룡과 해귀를 각각 앞세우고, 사람들이 지켜보는 가운데 나타난 두 사람 얼굴은, 똑같이 긴장감에 싸여 돌멩이처럼 딱딱하게 굳어 있었다.

비화와 재영 사이에 서 있는 준서도 그 순간만은 자기 얼굴에 난 곰보딱지를 잊은 듯, 두 눈을 초롱초롱하게 뜨고 그 광경을 지켜보았다. 맞은편 억호와 해랑 사이에 서 있는 동업과 재업도 마찬가지였다.

호한과 윤 씨, 배봉과 운산녀는 멀리 보이는 서로의 모습에서 시선을 뗄 줄 몰랐다. 실로 오랜만에 만난 그들이었다. 그렇지만 오래된 원한이 좀 삭아 풀어지기는 고사하고 되레 그 세월만큼이나 켜켜이 쌓여 있었다.

그 외에 우정댁, 얼이, 송원아, 안 화공, 송이 엄마 등을 비롯한 나루터집 식구들과, 만호, 상녀, 은실 그리고 언네 등을 비롯한 동업직물 남녀 종들도, 눈 하나 깜짝하지 않고 이제 곧 펼쳐질 한판 승부를 기다리고 있었다.

얼핏 헤아려도 수천 명에 육박할 성싶은 구경꾼들은, 그 두 원수 집안의 사람들과 두 마리 소를 번갈아 보면서 손에 땀을 쥐었다. 투우장을 열 겹 스무 겹 둘러설 정도로 무수한 인파가 운집한 투우장임에도 불구하고 사위는 너무나도 조용했다. 강물도 조심조심 발을 옮겨 놓는 것 같았다. 하얀 모래알은 소싸움 따윈 안중에도 없다는 양 무심한 표정인 것 같으면서도 생각난 듯 반짝거렸다.

천룡과 해귀는 과연 갑종 결승전에까지 오른 관록이 무색하지 않아 보였다. 우선 기선을 제압하기 위해서 상대를 노려보는 눈빛들이 여간 범상치 않았다. 침착성을 잃지 않으면서도 곧바로 달려들 것 같은 맹렬한 기운을 불같이 뿜어냈다. 그 몸 자체가 거대한 불덩이라고 이름 붙일 만했다.

역시 예사롭지 않은 투우들이었다. 싸움을 시작하기 전부터, 이름 그대로 '하늘 용'과 '바다 귀신'의 무섭고 치열한 힘겨루기가 모든 사람을 위축되게 몰아가는 것이다. 하늘 용과 바다 귀신. 세상은 그 두 개의 생명체에서 뻗쳐 나오는 기氣로 철저하게 뒤덮여버리는 분위기였다.

드디어 기대하고 고대하던 투우가 시작되었다. 통상 싸움이 붙는 짝소를 보면, 한 마리가 힘이 세면 한 마리는 몸이 날래고, 한 마리가 성미가 급하면 한 마리는 능글맞고, 한 마리가 공격형이면 한 마리는 수비형인 등, 서로 상대적인 경우가 많았다.

그런데 천룡과 해귀는 그렇지 않았다. 쌍둥이를 방불케 했다. 둘 다 힘이 세고 몸이 날래고, 성미는 굉장히 날카로운 듯하면서도 여유가 있고, 수비형인 것 같으면서도 공격형이고…….

한 가지 다른 게 있다면 몸 빛깔이었다. 천룡은 누렁이였고, 해귀는 검둥이였다. 온 세상은 노란 바람과 검은 바람 속에 깡그리 휩싸여버리는 것만 같았다. 황금 옷의 제왕과 흑의의 제왕이 천하를 놓고 다투는 형세였다.

사람들이 예상한 그대로였다. 막상막하, 난형난제. 그 싸움 기술의 경이로움이라니. 대체 우주들이 소들을 어떻게 훈련시켰다는 말인가? 그건 치열한 다툼이라기보다도 오히려 하나의 예술적인 몸놀림과도 유사했다.

"아!"

"헉!"

처음에는 일정한 거리를 두고서 기회만을 노리던 두 마리가 급기야 '밀치기' 기술로 들어갔다. 서로가 머리를 맞대고 밀어붙이는 이 기술은 소싸움 기술의 기본인데, 튼튼한 체력을 바탕으로 하여 상대방의 움직임을 잘 보고 밀어붙여야 하므로 특히 동물적 감각이 요구되는 기술이다.

"야아."

"후우."

어쩌면 둘의 힘이 그렇게 똑같을 수 있는지. 그것은 살아 움직이는 소들이 아니라 돌이나 쇠로 만들어 세운 소들이라고 해야 마땅할 터였다. 단 한 발짝, 아니 반 발짝도 양보하지 않는 경기였다. 바람도 태양도 사람도 숨을 멈춰버리게 했다.

"……."

구경꾼들이 입을 다물었다. 그렇게 많은 말이 요구되는 때가 일단 지나가고 나면 말이 필요 없는 것임을 입증이라도 하는 듯했다.

얼마나 짧은 듯 긴, 아니면 긴 듯 짧은, 그런 시간이 흘러갔을까? 어느 한순간, 천룡과 해귀가 다 같이 뿔로써 상대 목을 치기 시작했다. 소위 서로 탐색과 신경전을 펼칠 때 이어지는 '목치기'라는 그 기술이다.

'탁탁.'

그러던 두 마리는 뿔치기 등으로 상대를 먼저 흩뜨려 놓기 위해 아주 안간힘을 다하는가 싶더니만, 드디어 해귀가 바늘구멍만 한 허점이라도 드러냈는지, 천룡이 해귀가 자세를 가다듬기 전에 계속 '머리치기' 기술로 공격하기 시작했다.

비화가 있는 동편에서 함성이 터져 나왔다. 그와 때를 같이하여 배봉이 있는 서편에서는 놀란 소리가 새 나왔다. 연이어 공격하면 승률이 높은 '연타' 기술이다. 얼핏 승산이 엿보이는 공기가 흘렀다.

"저, 저것 좀 봐라!"

"어? 어?"

그러나 그 정도 공격을 받고 쉽사리 무너질 해귀는 아니었다. 해귀 머리가 천룡 목에 걸쳐지는가 하고 봤더니 '들치기' 기술로 응수한 것이다. 이 기술은 순발력과 노련미와 체력이 한꺼번에 필요한 기술로서, 어지간한 소들은 감히 구사하지 못하는 고난도 기술이다.

"우, 우!"

"저, 저?"

이번에는 배봉 쪽에서 환호성이, 비화 쪽에서 탄식이 나왔다. 금방 판세가 완전히 뒤바뀐 것이다.

"아!"

천룡은 더없이 위험해 보였다. 자칫 판가름이 날 수도 있는 무서운 '들치기'였다. 그렇지만 천룡 또한 녹록지 않았다. 큰 공격을 당하던 소의 반격이라고는 볼 수 없을 정도로 굉장히 적극적인 공격기술인 '뿔걸이'로 나온 것이다. 이것은 상대 소의 뿔을 제 뿔로 걸어 누르거나 들어 올리는 기술로서, 역시 큰 힘과 기술이 동시에 필요하다.

"히야!"

"씨이."

다시 해귀가 밀렸다. 동쪽에서 아까보다도 더욱 큰 환호가 터지고 서쪽에서 욕설이 마구 튀어나왔다. 화가 잔뜩 치민 양득이 밀리는 해귀를 향해 목이 터져라 힘을 북돋워 주기 시작했다. 그러자 또다시 전세가 역전되었다. 해귀는 천룡의 옆으로 싹 돌아 옆구리 쪽 배를 공격한 것이다.

"헉."

꺽돌 얼굴에 당황해하는 빛이 떠올랐다. 지금 해귀가 매우 능란하게 구사하고 있는 기술은 '옆치기', 또는 '배치기'라고도 불리는데, 그야말로 결정적인 공격기술이다. 만약 이대로라면 천룡은 해귀의 역공을 받아 그대로 즉사하고 말 것이다.

"아."

비화 쪽 사람들은 하나같이 눈을 질끈 감아버렸다. 이제 승부는 끝났다. 구경꾼들 사이에서도 비명소리가 나왔다.

배봉 쪽 사람들이 길길이 기뻐 날뛰며 내지르는 소리가 남강 백사장을 뒤덮었다.

"그래, 그래."

"이깃다, 이깃다."

비화는 감은 눈을 다시 뜰 수가 없었다. 바닥에 쓰러져 누워 흰 모래알을 붉게 물들이며 죽어가는 천룡을 차마 어떻게 볼 수 있으랴. 감아버린 시야 너머로 지옥 불구덩이 같은 시뻘건 기운만 가득했다. 비화는 속죄하는 심정으로 생각했다.

'아모리 말을 하지 몬하는 짐승이라도 저리 죽거로 맹글모 큰 죄를 짓는 기라. 우리 사람들은 그냥 재미로 시키쌌는 소쌈이, 소들한테는 목심이 왔다 갔다 하는 무서븐 일이라쿠는 거를 생각도 안 하고 말이다.'

그런 속에서였다. 비화는 준서가 그녀 손을 잡고 흔들며 외치는 소리를 들었다.

"옴마! 옴마! 저, 저거 좀 봐예! 우리 처, 천룡이가?"

비화는 번쩍 눈을 떴다. '머리치기' 기술로 당당히 해귀와 맞서고 있는 천룡의 모습이었다. 그것은 소싸움 기술의 기본이며 투우 과정에서 가장 많이 볼 수 있는 장면이었다. 짝소가 정면에서 서로 머리를 부딪치는 것이다.

"잘한다! 잘한다!"

"이기라! 이기라!"

관중석에서는 잠시도 응원의 함성이 그칠 줄 몰랐다. 그야말로 투우의 진가를 감상할 수 있는 좋은 기회였다. 허연 침을 흘리면서 점점 기운이 빠져가던 천룡과 해귀도 그 소리에 다시 원기를 회복한 듯했다.

'탁, 타~닥.'

뿔과 뿔이 맞부딪는 소리가 온 장내를 울렸다. 모두가 느끼기에 두 마리 다 뿔들이 성해 날 것 같지가 않았다. 양쪽 진영 선발대 장수들의 칼과 칼, 창과 창이 마주칠 때 나오는 소리 같았다.

씩씩거리며 머리를 맞대고 잠시 소강상태에 빠져드는 투우들이었다. 하지만 그것도 잠시, 다시 기술을 보이기 시작했다. 어디 너만 그 기술을 아느냐, 나도 안다, 하는 듯이, 이번에는 서로가 앞서 걸었던 기술을 바꿔가며 선보이는 것이다. 어떨 땐 동시에 똑같은 기술이 나오기도 했다.

"후우."

"운제꺼지?"

소도 지치고 사람도 지쳤다. 하늘의 해조차도 지쳐버렸는지 서산마루에 비스듬히 몸을 기댔다. 도대체 벌써 몇 시간을 그러고 있는지 모르겠다. 그동안 이번에야말로 승부가 나는구나 싶을 때가 열 번도 넘었다.

"저라다가는?"

"그런께 말이다."

소들도 소들이지만 우주들이 더 빨리 쓰러질 것처럼 위태위태해 보이기도 했다. 그게 아니었다. 관전 꾼들이 먼저 주저앉을 것처럼 비쳤다. 일찍이 소싸움판에서 볼 수 없었던 현장이 아닐 수 없었다.

"흐."

늙은 도감은 바보 같더니만 나중에는 차라리 울고 싶은 표정이었다. 처음 투우가 시작될 무렵에는 동편과 서편으로 갈라져 각각 천룡과 해귀를 응원하던 관중들이, 그때쯤 와서는 누가 이기고 누가 지든 상관없으니 어서 결판이나 났으면 하고 바라는 얼굴들이었다.

"아모래도 이거 안 되것소."

"내 생각도 그래요."

급기야 행사를 주관하는 쪽에서 이런 말들이 계속해서 나오기 시작했다. 모래알이 하나, 둘, 셋, 그렇게 모여 모래밭을 이루듯 하였다.

"여서 고마 쌈을 그치거로 하는 기 우떻것소?"

"하모, 하모. 말리야 하요."

"저리 놔뒀다가는 두 마리 모도 몬 살것다 아이요."

"그 말씀들이 딱 맞소. 한 마리라도 잘몬되모 우리 고장 큰 손실인 기라."

"소도 소지만도, 사람도 죽것거마는. 안 그렇소?"

"와 안 그러까이? 소 곁에 붙어서갖고 서로 심 돋아준다꼬, 하매 저리 몇 시간을 내띠고(설치고) 있었으이."

"참, 그 소에 그 쥔이오. 우찌 사람하고 짐승이 저리 똑같이 독종들인고 모리것소."

"독종이라이? 그거는 상구 말이 잘몬 됐소."

"머요?"

"영웅이라 글 캐야제, 영웅."

"우리가 이리쌌고 있을 때가 아이라쿤께?"

"아이고 기고, 쌔이 쌈부텀 중지시키야 하는 기라요."

그런데 그럴 필요가 없어졌다. 소들이 저희끼리 약속이나 한 듯이 동시에 백사장에 털썩 주저앉은 것이다. 그 바람에 모래밭에 풀썩 큰 먼지가 일었다. 그리하여 사람들 시야를 뽀얗게 가려버렸다.

그러자 우주들도 마찬가지였다. 꺽돌은 천룡 옆에, 양득은 해귀 옆에, 철버덕 허물어지듯 몸을 내려놓더니, 아예 둘 다 얼굴을 하늘로 향한 채 길게 드러누워 버렸다. 아니, 쭉 뻗어 버렸다.

"어?"

"허!"

놀란 소리를 내며 잠시 멍한 얼굴로 그 광경을 지켜보던 관중석에서 갑자기 이런 외침과 함께 박수갈채가 터져 나오기 시작했다.

– 천룡! 천룡!

– 해귀! 해귀!

무승부.

결국 그렇게 끝난 싸움이었다. 나루터집과 동업직물의 무승부였다.

아니다. 아직 싸움은 끝나지 않았다. 이제부터 시작인 것이다. 지금까지의 그것은 하나의 전초전에 지나지 않았다.

비화는 백사장에 쓰러져 움직일 줄 모르는 사람과 소를 바라보다가 배봉 쪽으로 고개를 돌렸다. 그 순간, 배봉도 흡사 무엇에 이끌리듯 비화 쪽을 보았다. 두 사람 눈에서 번쩍! 불꽃이 튀었다.

무서운 섬광. 쇠뿔을 단숨에 잘라버리고도 남을 빛이었다.

시이소오 타는 조선책략

그로부터 여러 날이 흘렀다.

글 읽는 소리가 낭랑하게 흘러나오는 서당이다. 길을 가는 행인들이 한두 번은 걸음을 멈추고 서서 그 소리에 귀를 기울이는 곳이다.

권학이 느닷없이 지금 읽고 있는 서책들을 모두 덮으라고 했을 때 학동들은 무척 놀라고 어리둥절한 얼굴을 했다.

'아, 스승님이 와?'

'우리가 읽는 기 멤에 안 드시는 기까?'

그러나 제자들을 더욱 긴장시킨 건 그 명령보다도 평소와는 너무나 달라 보이는 스승의 표정이었다. 제자들 가슴이 하나같이 두근거렸다.

'스승님이 스승님 안 겉다 아이가?'

그는 자신의 감정을 다스리지 못하는 빛이었다. 언제나 바위 같은 굳건함과 호수 같은 잔잔함을 잃지 않는 그였다.

"……."

얼이와 문대 시선이 마주쳤다. 고개를 갸웃하는 문대 눈에 두려운 기운이 서렸다. 얼이 심장도 떨리긴 마찬가지였다. 넓은 세상에서 무서울

게 하나 없는 한창때의 그들이지만 스승 권학에 대해서만은 달랐다.

"내가 하는 이야기 귀담아들어야 할 것이야."

무릎을 꿇고 앉은 제자들은 그렇게 말하는 스승에게 머리통을 조아렸다.

"예."

잠시 후 권학이 무겁게 말을 이었는데, 신기하기도 하고 어렵기도 한 소리였다.

"이제부터는 김홍집이 제2차 수신사로 일본에 갔을 때 가지고 온, 청나라 외교관 황 쭌셴이 쓴 『조선책략』이라는 책의 유포에 따른 우리나라 유생들의 반응에 대해서 공부해보기로 하겠다."

회칠 되어 있는 그곳 서당 건물의 벽면과도 같이 모두 낯빛들이 하얘졌다. 대체 무슨 말씀인지 모르겠다. 알 수 없는 것보다 사람 마음을 얼어붙게 하는 것은 드물다.

김홍집? 수신사? 일본? 게다가 청나라 외교관 황 쭌셴과 조선책략?

"내 너희들 반응도 좀 알고 싶고 해서다."

고을 번잡한 곳과는 거리를 두어 고요한 기운이 감도는 외곽에 자리하고 있는 서당이긴 하지만, 늘 배움에 목말라 하는 사내아이들로 인해 조금은 떠들썩하고 생동감이 넘치는 그곳이었다. 그런데 지금은 학동들의 깊은 침묵 탓에 먼바다 위에 홀로 떠 있는 외딴 섬 같은 분위기가 감돌고 있었다.

"사람의 주관이란 항상 위험이 뒤따르는 법이다."

"……."

참 생경한 이야기였다. 더군다나 그의 말속에는 그 지역 말씨가 모조리 사라지고 한양 말씨만 남았다. 그런 스승이 제자들에게는 한층 낯설기만 하였다. 심지어는 금방이라도 그들이 지켜보는 앞에서 바람이나 연기처럼 사라져버릴 것도 같았다.

'앞으로는 우리를 안 보실 거매이로 안 하시나.'

그는 젊은 시절에 한양 생활을 오랫동안 해왔기 때문에 자연히 한양 말씨가 아주 입에 배여 있었음에도, 제자들에게 친근감을 주기 위해 일부러 지역 방언을 섞어 쓴다는 것을 이제 학동들도 전부 알고 있다.

그렇다면 지금 스승은 그럴 만한 마음의 여유라든지 경황이 없다는 이야기가 된다. 대체 무엇이 스승을 저렇게 몹시 흥분시켜 평상심平常心을 놓아버리게 한 건지 알 수 없었다. 보통 때 마음이 곧 도道라는 가르침까지 준 그였다.

서당에 다닌 지 얼마 되지 않은 준서와 제일 어린 정우도 더없이 긴장돼 보였다. 그래도 서당에 나오기 시작하면서 준서의 대인기피증이 조금씩은 줄어드는 것 같아 다소 마음이 놓이는 얼이였다. 정우도 처음보다는 준서 얼굴에 많이 익숙해진 듯했다. 물론 얼이의 바람에 비춰볼 때 아직 부족한 점이 없지는 않았다.

"실로 중요한 사안인 바……."

권학 말이 학동들 머리 위에 시종 크나큰 무게로 떨어져 내렸다. 그것이 학동들에게 쉬 고개를 들지 못하게 만들었다.

"잘 들어라."

근엄한 목소리였다.

"예."

자세를 고쳐 앉는 제자들이었다.

"황 쭌셴은 그 조선책략에서, 조선이 아라사를 막는 책략은, 중국과 친하고 일본과 맺고 미국과 이어짐으로써 자강을 도모할 뿐이다……."

만약 저런 내용을 다룬 문제가 과거시험에 출제된다면 백 번을 응시해도 낙방하고 말 것이란 생각이 학동들 뇌리를 스쳤다.

"들었느냐?"

스승은 수십 개 산을 넘고 강을 건너온 나그네처럼 지친 얼굴로 서당 방바닥이 꺼지게 깊은 한숨을 내쉬었다.

"그렇게 적어 놓고 있거늘."

뒤곁 작은 대숲을 흔들며 지나가는 바람 소리가 그날따라 처음 듣는 소리만큼이나 생소하고 아득하게 느껴졌다.

학동들이 여전히 알 수 없어 하는 낯빛을 지어 보이는데, 스승 입에서는 한층 그들 신경을 팽팽하게 잡아당기는 말이 이어졌다.

"그러면 이에 관해 내가 너희들 한 사람에게 한 가지씩 문제를 주겠다."

"예, 스승님."

학동들 안색이 바뀌면서 저마다 몸을 크게 움찔했다. 청국 외교관이 쓴 책 내용에 관한 문제라니 그럴밖에 없었다.

'허, 저놈들 얼굴 좀 봐라.'

그런 제자들을 말없이 둘러보는 권학 심경이 더할 수 없이 착잡하고 복잡다단했다. 어린 제자들에게 이런 어렵고 힘든 질문을 던지는 것이 과연 옳고 바른 일인가? 저들이 얼마나 내 물음에 답을 해올 수 있을 것인가? 심한 비탄과 강한 회의가 일었다.

'내가 공연한 짓을 하려는가.'

그러나 그는 이렇게라도 하지 않고서는 터져버릴 것만 같은 심장을 억누를 길이 없었다. 이황의 후손인 이만손이 중심이 되어 권학 자신을 비롯한 영남 유생들이 조정에 올린 '만인소萬人疏'에 이렇게 썼었다.

– 수신사 김홍집이 가지고 와서 유포한 황 쭌셴의 사사로운 책자를 보노라면, 어느새 털끝이 일어서고 쓸개가 떨리며 울음이 북받치고 눈

물이 흐릅니다.

그렇다. 모든 백성들은 될 수 없겠지만 내 제자들에게라도 이 나라 조선이 나아갈 길을 제대로 가르쳐야 한다. 그러지 않으면 그게 바로 스승으로서의 직무유기가 아니고 다른 무엇이겠는가?

"음."

권학은 심한 갈증에 타는 입술을 깨물며 문대에게 먼저 질문을 던졌다.

"문대야, 아라사를 막기 위해 조선이 중국과 친해야 한다는 그 말에 대해서 너는 어떻게 생각하느냐?"

"그, 그거는……."

문대 안색이 대번에 샛노래졌다. 너무나 어려운 문제가 아닐 수 없었다. 한양에서 무려 천 리나 떨어져 있는 작은 고을 서당에 다니는 일개 학동이 어찌 그 답을 알겠는가 말이다.

글방 가득 숨이 막힐 것 같은 공기가 깔렸다. 대답하지 못하는 문대뿐만 아니라 다른 학동들도 너나없이 식은땀을 흘렸다. 벽면에 붙어 있는 액자 속 흘려 쓴 글씨가 검은빛을 띤 땀처럼 보였다.

그곳 축담 밑에 자라는 난초들도 파르르 몸을 떨고 있는 성싶었다. 화초를 보고 날아들던 나비가 있었다면 필시 멀리 달아났을 것이다. 만약 마당 가장자리에 서 있는 석류나무에 새가 앉아 있었다면 첩첩산중인 줄로 착각하여 글방 안으로 날아들었을 것이다.

재촉하지 않고 계속 눈을 지그시 감은 채 기다리고 있는 스승의 침묵이 그렇게 제자들을 불편하고 두렵게 할 수 없었다. 평소에도 저런 면모를 보였다면 아마도 지금 거기 있는 제자들 가운데 절반은 퇴방退房을 하고 말았을 것이다.

문대는 안절부절못했다. 금방 울음을 와락 터뜨릴 사람처럼 보였다.

어쨌든 무슨 말이라도 고해 올리지 않으면 안 된다. 스승의 성격을 잘 알고 있었기 때문이다.

"말씀을 드, 드리것……."

한참 만에 문대가 가까스로 입을 열었다.

"그, 그 말이 마, 맞는 거 겉십니더."

권학은 눈을 뜨지도 않고 반문했다.

"맞는다?"

문대는 자신도 자꾸만 감기려는 눈을 억지로 뜨고 말했다.

"예."

스승은 얼음장으로 만들어진 것같이 싸늘한 목소리로 물었다.

"그 이유는?"

제자는 더욱더 더듬거렸다.

"예, 예로부텀 주, 중국하고 우, 우리하고는 젤 가, 가찹거로 지내오던 행재 겉은 나라들로서……."

권학이 '흐음' 하고 높은 기침 소리를 냈다. 그 소리는 문대를 비롯한 학동들 심장을 덜컥 내려앉게 만들었다.

그만 썩 그 입을 다물라는 엄한 지시임에 분명했다. 아닌 게 아니라, 스승 낯빛이 거기 집채의 원 칸살 밖에 달아 낸 빛바랜 툇마루같이 흐려 보였다.

'문대가 잘몬 이약했는갑다.'

얼이는 등골이 송연했다. 자기라 해도 그런 답변을 해 올렸을 것이다. 어느 틈엔가 절간 사천왕상처럼 눈을 크게 부릅뜬 권학이 잘못한 제자에게 회초리를 들이대듯이 했다.

"문대 네 대답처럼 그렇게 절친한 사이일진대, 이제 와 새삼스럽게 더 친하고 말고 할 것이 어디 있겠느냐?"

"아!"

학동들 고개가 하나같이 끄덕거려졌다. 듣고 보니 정녕 지당하신 말씀이시다. 더 보태고 더 빼고 할 것도 없는 것이다

"이건 거론하기도 싫은 것이다."

다시는 입을 열지 않을 것 같던 권학이 천천히 말했다.

"참으로 부끄러운 얘기다만, 중국은 일찍이 우리가 신하의 예로써 섬겨온 나라가 아니더냐."

빛바랜 툇마루 위로 어쩐지 좀 건강해 보이지 않는 기운의 햇살이 꼼지락거리고 있었다.

"우리가 신하라면, 저쪽은……."

"예."

학동들은 저마다 부끄러운 얼굴들로 바뀌었다.

"그리하여 말이니라."

실상을 들려주는 권학 음성도 당연히 자랑스럽지는 않았다. 그의 음성은 원 칸살에 부딪혀 더 퍼져 나가지 못하는 것같이 느껴졌다.

"해마다 옥과 비단을 보내는 수레가 요동과 계주를 이었나니."

얼이 뇌리에 상촌나루터를 오가는 수많은 우마차가 떠올랐다. 그러나 이내 그것을 몰아내고 새로 들어앉는 것이 비단이었다. 동업직물 비단.

"모르는 사람이 어디 있겠느냐?"

권학은 탈기하는 모습이었다.

"2백 년 동안이나 신의와 절도를 지키고 속방屬邦의 직분을 충실히 수행해왔다는 것을."

어린 정우도 자기 나름 눈을 반짝이며 하나 배웠다는 뿌듯한 기색이었다. 얼이는 준서 얼굴을 바라보았다. 그런데 준서 얼굴은 백치를 연상시킬 만큼 무표정해 보여 얼이를 곤혹스럽게 만들었다. 자꾸 대조되는

준서와 정우였다.

"다음은 남열에게 묻겠다."

권학의 고개가 이번에는 남열 쪽으로 돌려졌다. 남열의 안색이 몹시 파리해지면서 얼른 그곳에서 도망쳐버리고 싶은 빛을 감추지 못했다.

"조선이 일본과 맺어야 한다는 말을 어떻게 받아들여야 할꼬?"

묻는 말은 대개 끝이 올라가기 마련인데 권학의 말끝은 높지도 않았지만 그렇다고 낮지도 않았다. 그것은 그 답을 스승님 스스로가 벌써 가지고 있다는 암시 같기도 하여 제자들은 침을 꿀꺽 삼켰다. 그런데 대답을 해야 할 장본인인 남열은, 깊이 헤아려보지도 않은 채 고했다.

"그거는 그리 안 했으모 좋것십니더."

"어째서?"

역시 말의 고저가 전해지지 않는 그 물음에도 남열은 즉시 입을 열었다.

"무조건 왜놈들하고는 가찹게 안 지내고 싶십니더."

'어, 저리 이약하모 안 되는데?'

얼이 짐작처럼 이번에도 권학 얼굴에 실망의 빛이 잔뜩 피어올랐다.

"무조건, 무조건이라."

갑자기 버럭 고함을 쳤다.

"네 어찌 그다지도 책임성 없는 소리를 함부로 지껄일 수 있단 말이더냐?"

남열은 몸을 부들부들 떨었다.

"스, 스승님."

툇마루를 비추는 햇살이 좀 더 비스듬하게 길어져 있었다. 비록 퇴락했지만 먼지 한 점 없이 정갈한 툇마루가 그 집 주인의 성품을 그대로 말해주는 성싶었다.

"썩 입 다물고 더 들어라!"

권학이 일갈을 터뜨린 후 말했다.

"길가에 그저 굴러다니는 돌멩이 하나, 들녘에 자라는 이름 없는 풀 한 포기에도, 그들 나름대로 다 사연은 있을 터인즉, 하물며 인간사에 있어서랴."

서당 뒷마당 개나리 울타리 쪽에서 참새들 지저귀는 소리가 들려왔다. 글방 도령들 글 읽는 소리를 많이 들어서인지, 글을 읊조리는 소리를 닮아 있는 듯했다. 그러고 보면, 서당 개 삼 년에 풍월을 읊조린다는 서당 개만 그런 게 아닌 모양이었다. 하지만 삼 년이 아니라 삼십 년을 서당에 다녀도 천자문 하나 떼지 못하는 인간이 없으리라는 법도 없었다.

"자, 잘몬했심니더, 스승님. 잘몬했심니더."

남열은 무조건 용서부터 빌었다. 그러잖아도 왜소한 남열이 엄동설한 추위에 떠는 거지 아이처럼 잔뜩 웅크리자 정우보다 체구가 더 작아 보였다.

"다음!"

권학이 죽비 내리치는 것 같은 소리를 내지르며 철국을 보았다. 철국 또한 앞의 그 두 사람과 마찬가지로 몸 둘 곳을 몰라 했다.

"쯧쯧. 사내대장부라는 것들이 하나같이 이렇게 심약해서야, 원."

권학은 자기 앞에 놓인 서안 위의 책장이 펄럭거릴 만큼 강하게 혀를 차며 실망에 젖은 목소리로 말했다. 그러더니 하늘을 우러러 탄식했다.

"남명 조식 선생이 참으로 부럽고도 존경스럽구나!"

그것은 학동들이 귀에 못이 박히게 들어온 스승 말씀이었다.

"대체 당신은 제자들을 어떻게 가르치셨기에, 저 임진년에 왜놈들을 상대로 싸울 기백을 길러주셨을꼬?"

그러면서 권학은 제자들을 쭉 둘러봤다. 모두 죄인같이 고개들을 푹

숙이고 있다. 아니, 준서만은 그러지 않았다. 뭔가 골똘히 생각하고 있는 준서의 하얀 고개는 죽순처럼 용기 있게 들려져 있었다.

'저놈이, 흠.'

권학은 그런 준서를 의미심장한 눈빛으로 잠깐 바라보았다.

"귀담아들어야 할 것이야."

여전히 지역 방언이 들어 있지 않은 한양 말씨로 스스로 답을 해 보였다.

"원래 일본은 조선에게 매여 있던 나라가 아니더냐?"

그의 음성은 감회에 차 있었다.

"삼포왜란이 어제 일 같고, 임진왜란의 숙원이 채 가시지도 않았도다."

얼이는 다시 한번 바다 저 건너 일본에 비단을 수출한다는 동업직물에 생각이 미쳤다. 임배봉과 점박이 형제는 이미 일본과 맺었다는 것을 부인할 수 없었다.

'그렇다모?'

얼이는 스승 말씀을 빨리 듣고 싶어 안달이 났다. 조선이 일본과 맺었을 때 일어날 수 있는 일들은 과연 무엇일까?

'우짜모 우리 나루터집도…….'

그런데 막상 이어지는 스승 말씀을 듣자 그만 온몸이 한 겨울날의 남강 얼음장처럼 꽁꽁 얼어붙는 느낌이었다.

"임진왜란과 삼포왜란 등을 통해, 저들은 이미 우리 조선 땅을 자기들 땅 못지않게 속속들이 알고 있는 실정이다."

개나리 울타리의 참새들 소리는 멎었다. 대대로 이 땅에서 살아온 그 미물들도 저 왜란의 실태와 참상을 알고 있는 건 아닐지. 툇마루 위에서 꼼지락거리던 햇살도 움직임을 딱 그친 것 같았다.

"그뿐이랴. 수륙 요충 지대를 점거하고 있기도 하다."

거기서 권학은 툇기둥과 안 기둥에 얹힌 짧은 툇보가 떨어져 내릴 것 같이 길게 탄식하며 이렇게 말했다.

"그러하니, 만약 그자들이 우리의 허술함을 알고 함부로 쳐들어오면, 우리는 장차 이를 어떻게 막을 수 있다는 것이냐?"

"아, 예."

학동들은 스승을 다시 보았다. 평소 귀신도 깜짝 놀랄 만한 이야기를 곧잘 들려주시는 스승이지만 이런 듣기 힘든 말씀까지 하실 줄이야. 역시 훌륭하신 스승님이시다. 모쪼록 많은 것을 배워야겠다. 하나같이 그런 빛을 내비쳤다.

"이번에는, 이번에는."

이윽고 권학 눈길이 천천히 얼이에게 돌려졌다. 얼이는 드디어 내 차례구나 싶어 바짝 긴장했다. 스승 물음이 제자 귀를 때렸다.

"중국, 일본 다음으로 어떤 나라를 말했지?"

얼이 목소리도 삭풍에 흔들리는 겨울 문풍지마냥 떨려 나왔다. 동문수학하는 벗들 중에 가장 담대한 그였지만 권학 앞에서는 고양이 앞의 쥐가 아닐 수 없었다.

"미, 미국을 말씀하싯심니더."

"그렇다. 미국이니라."

권학은 시선을 방문 쪽으로 돌리며 지나가는 투로 물었다.

"황 쭌셴은 조선책략에서, 조선이 미국과 어떻게 해야 한다고 적었다던고?"

"거, 거게 적기로는……."

평상시에는 남강 물을 세차게 가르면서 나아가는 나룻배처럼 거침이 없는 얼이도 크게 더듬거리며 고했다.

"이어, 이어져야 한다꼬…… 이, 이어짐으로써……."

"그마안!"

권학이 나루터집 주방 아주머니들이 칼로 무 자르듯 얼이 말을 잘랐다.

"가만 있거라."

열린 방문을 통해 축담 밑 난초가 자라고 있는 곳을 내다보면서 질문을 던졌다.

"다른 것은 놔두고 미국이란 나라에 대해서 얼마나 알고 있는지 우선 그것부터 답해보아라."

얼이는 불호령을 맞더라도 사내답게 나가기로 작정했다. 역으로, 우리 조선에 대해 알고 있는 미국인은 얼마나 되겠느냐고 자위하였다.

"하나도 안 기시고 말씀드리것십니더."

얼이는 두툼한 앞가슴을 쑥 내민 자세로 고했다.

"아는 기 한 개도 없십니더."

얼이 눈에 얼핏 들어왔다. 그의 그 말을 듣고 하얗게 변하고 있는 벗들의 얼굴. 도대체 모르는 게 무슨 자랑이라고 그런 태도를 보이냐는 질책도 분명히 서려 있었다.

"머라?"

스승의 짧은 그 한마디에 호되게 얻어맞은 툇보가 굴러 내리는 것이 얼이 눈에 보이는 듯했다. 얼이는 고개를 흔들어 그 환영을 지워버렸다.

"한 개도 아는 게 없어?"

권학 목소리가 약간 높아졌다. 하지만 얼이는 더 이상 주눅 들지 않고 말했다.

"시방 여게 있는 지 벗들도 모도 다 알고 있것지만, 지는 아즉꺼정 미국 사람도 본 적이 없고예."

권학은 째려보듯 하며 채근했다.

"그래서?"

갈수록 얼이보다도 다른 사람들이 더 겁을 집어먹은 모습들이었다. 그러나 얼이는 그건 당연한 일이지 않으냐는 투로 말했다.

"그러이 지가 우찌 미국이라쿠는 나라를 알 수 있것십니꺼?"

권학 말씨가 갑자기 지역말로 둔갑했다.

"이 쎄가 만 발이나 빠지 죽을 눔아!"

방석 위에 얹힌 엉덩이를 한 번 들었다가 내려놓기까지 했다.

"모리는 기 자랑이다, 자아라앙!"

그러면서 뜻밖에도 입가에 가득 웃음을 머금는 권학은 크게 실망하는 것 같지는 않았다. 문대 생각에, 스승님은 아마도 얼이의 사내다움에 다소 마음이 풀어진 게 아닐까 싶었다. 그렇지만 일깨우고 타일러야 할 것은, 반드시 일깨우고 타일러주는 게 권학이었다.

"적을 알고 나를 알아야 백 번 싸워 백 번 다 이길 수 있다 했거늘."

그렇게 다시 한양말로 돌아갔다.

"한 가지도 알지 못하는 그런 상대방에게 선불리 접근했다가, 그 후에 벌어질지도 모를 사태를 어찌 감당할꼬? 무슨 수로?"

얼이가 떳떳하게, 그러면서도 진지하게 고했다.

"스승님 그 말씀으로, 든 기 없는 지 멤속을 꽉꽉 채워두것십니더. 철철 밖으로 넘치흐리거로 하것십니더."

그러자 권학의 입가뿐만 아니라 얼굴 전체에 환한 미소가 번져났다. 그는 상체를 좌우로 흔들면서 말했다.

"아암, 그래야제."

뒤뜰 개나리 울타리에서 참새 소리가 숨통을 틔우듯 다시 들려오기 시작했다. 기온이 올라 날씨가 생장 조건에만 맞으면, 계절과는 상관없이 아무 때나 노란 꽃을 피우는 개나리를 얼이는 별로 좋아하지 않았다.

거기에는 사연이 있었다.

'지조도 없는 기, 보기만 좋으모 머하노?'

벌써 봄이 온 듯 유난히 포근한 날씨가 지속해서 이어지던 어느 해 겨울날이었다.

한 번은 나루터집 식구들이 오랜만에 상촌나루터 긴 강둑길을 함께 거닐다가 아주 샛노랗게 피어나고 있는 개나리꽃 무더기를 본 적이 있었다.

"옴마야! 이런 겨울철에 우찌 저리?"

꽃이라면 다 좋아하는 원아가 맨 먼저 그 꽃을 발견하고 감탄사를 발했다.

"가마이 있자, 저기 개나리가 맞기는 맞는 기가?"

우정 댁은 좀처럼 믿기지 않는지 연방 두 눈을 깜빡였다. 그러자 그 꽃 더미를 한참 응시하고 있던 비화가 말했다.

"맞아예, 큰이모. 에나 대단한 개나리라예. 아모리 요새 들어서 날씨가 따뜻하다고 해도 저리 되기는 안 쉽지예. 특히 여게는 장 바람이 불어쌌는 강가 아입니꺼?"

그런데 그다음에 나오는 말이 좀 달랐다.

"그렇기는 한데, 지는 똑 좋은 인상만은 아이네예."

우정 댁과 원아가 동시에 물었다.

"그기 뭔 소리고, 조카?"

"그라모, 싫다, 그 이약이가?"

강둑 저 끝을 바라보고 있던 재영이 얼이를 향해 고개를 돌리면서 알 수 없다는 표정을 지어 보였다. 그건 얼이도 마찬가지였다.

다른 꽃들은 더 말할 것도 없고, 같은 개나리들도 앙상한 가지만 남아 찬바람에 떨고 있는 이 계절에, 저렇게 꽃을 피운 개나리는 아무리 큰 찬사와 축복을 받아도 잘못된 것이 아닐 것이다. 그런데 나쁜 인상도 품고 있다니?

"누야, 우떤 점이 안 좋은데예?"

얼이가 물었다. 대체 그 까닭이 무엇인지 답답해서 더 참지 못하고 나선 것이다.

"우리 얼이가, 지 옴마가 하고 싶은 말을 대신해서 해주네?"

우정 댁이 대견스럽다는 듯 말했다. 그러자 원아도 동감을 표했다.

"다린 사람이 그런 이약을 했다쿠모 그냥 벨거 아인 거로 넘어갈 낀데, 우리 조카가 핸 소리라서 반다시 알아야 하겄거마는."

비화는 여전히 개나리꽃 무리에 눈길을 준 채 말했다.

"그냥 지 느낌이 그렇다쿠는 기고예, 넘들은 그리 안 보는 쪽이 상구 더 많을 깁니더."

그 말에 모두가 얼굴을 마주 보면서 한마디씩 했다.

"그 느낌이 우떤 긴고 바로 그기 궁금한 기라."

"개나리도 알고 싶은지 저리 고개를 치키들고 조카를 쳐다보고 안 있는가베?"

"퍼뜩 이모님들한테 말씀드리소, 여보."

그런데 비화는 말하기에 앞서 깊은 한숨부터 폭 내쉬고 있는 바람에 모두는 더욱더 아리송한 빛이 되었다. 이럴 경우에 또 끼어드는 사람이 얼이였다.

"얼릉 이약하고 고마 집으로 돌아가야 안 되것어예? 장마당 울 어머이가 내한테 해쌌는 말씀매이로, 요 뱃속에 걸베이가 백 맹은 더 들앉아 있는지, 내 시방 배가 고파갖고 그냥 픽 쓰러질 거 겉다 아입니꺼."

허기를 핑계로 귀가를 서두르는 것같이 하면서 은근히 답변을 종용

하는 얼이의 그 넉살 좋음에, 재영은 내심 얼이가 너무나 부럽고 심지어 존경스러울 정도였다.

'내가 얼이 처남 저런 점을 반의반만 갖고 있어도 나연이 고까짓 거한테 그리키나 마이 당하지는 안 했을 기다.'

그때 언제나 타인들의 처지나 입장을 잘 이해하고 배려해주는 원아가 하는 소리가 들렸다.

"조카, 이약하기 머하모 하지 말고, 우리 얼이가 픽 쓰러져삐모 안 된께네 쌔이 집에나 들가자 고마."

그러자 우정 댁도 전혀 서운함이 묻어나지 않은 목소리로 말했다.

"하모, 그라자. 우리 조카가 저리 할 때는 무신 사유가 안 있으까이?"

개나리꽃들도 그렇겠다며 일제히 고개를 끄덕이는 것 같았다. 남강저 상류 쪽에서 뱃사공이 부르는 노랫소리가 독촉하는 소리 같기도 하고 만류하는 소리 같기도 했다.

"그라모 인자 돌아가까예?"

그런데 재영이 일행을 돌아보며 그렇게 말했을 때였다. 영원히 입을 봉하고 있을 듯싶던 비화가 문득 이렇게 얘기한 것은.

"잠깐만 그냥들 계시이소. 지가 말씀드리께예."

그 말을 듣자 모두의 얼굴에 떠오른 것은 반가워하는 빛보다도 곤혹스러워하는 빛이었다. 비화의 음성이 저만큼 흘러가고 있는 남강의 강심江心만큼이나 아주 착 가라앉아 있은 탓이었다.

"여보?"

재영이 흔들리는 목소리로 비화를 불렀다.

"아이라예."

비화가 고개를 내저었다.

"무담시 아모것도 모림시로 우리가 물은 땜새……."

그건 혼잣말 가까운 우정댁 말이었고, 원아는 말없이 비화를 바라보기만 했다. 비화의 두 눈은 이제 개나리꽃 무더기를 떠나 길게 뻗어 나간 강둑길 저 끝을 향하고 있었다.

"지가 그런 인상을 받은 거는 말입니더."

언제 나타났는지 온몸이 징그러울 정도로 새까만 가마우지 여러 마리가 강둑을 가로질러 물 한가운데로 날아들고 있었다. 누군가가 말했다.

"부리가 에나 길다."

이제 강에서는 곧 처절한 학살극이 벌어질 것이다. 최고의 물고기 사냥꾼이 바로 저 가마우지라고 알고 있다. 그놈은 부리에 낚시 바늘 같은 것이 있어 한 번 문 먹잇감은 절대로 놓치지 않는다는 말을 해준 사람은, 수십 년 나룻배를 저어온 상촌나루터 터줏대감인 꼽추 달보 영감이었다.

"꿈에, 옥지이하고 둘이 있었어예."

비화 입에서 뜬금없이 옥진이 이름이 나오자 모두는 또다시 난감하고 당혹스러운 기색이 되고 말았다. 한땐 '해랑'이라는 기명妓名을 쓰는 그 고을 최고가는 관기로 있다가 지금은 억호 재취로 있는, 친자매처럼 지내던 비화와 원수지간이 돼버린 그 여자인 것이다.

'각중애 고 몬된 년 이약은 와 하노?'

우정댁 얼굴에 그런 말이 씌어 있었지만, 그 말을 입 밖으로 꺼내지는 않았다. 원아 또한 자제하는 눈치였다.

"천지가 개나리밭인 기라예. 그래갖고……."

거기까지 이야기하는데도 숨이 가쁜지 말이 끊어졌다. 그 자리에 픽 쓰러질 사람은 얼이가 아니라 비화였다.

"여보."

"누야."

재영과 얼이가 걱정스러운 얼굴로 비화를 불렀다. 강에서는 드디어 가마우지들의 물고기 사냥이 시작되고 있는 모양이었다. 시커먼 물체들이 곤두박질치듯 물속으로 잠수했다가 수면 밖으로 솟구쳐 나오기를 반복했다.

"내하고 지하고 둘이서 술래잡기 놀이를 해쌌는데예."

비화는 어느 누가 와서 뜯어말려도 듣지 않고 이야기를 계속할 심산인 듯싶었다. 그런 그녀에게서는 세상을 향한 완강한 저항 같은 것이 전해졌다. 더욱이 그녀 입에서 나오는 기이하기 이를 데 없는 말이었다.

"개나리꽃이 살아서 움직이는 기라예."

전부 제 귀를 믿지 못하겠는 얼굴이었다.

"머라꼬예?"

"그, 그기 무신 이약이고?"

마침내 물고기 사냥에 성공한 가마우지들이 나타나기 시작했다. 그놈들 주둥이에는 은빛 나는 물고기들이 걸려 파닥거리고 있었다.

"내가 술래가 돼서 옥지이를 쫓아댕기는데, 우찌 그러키 안 잽히는고 모립니더."

비화는 숨이 턱까지 차오른 술래처럼 한참 몰아쉬고 나서 말을 계속했다.

"그라다가 내가 죽을 고생을 다 해갖고 옥지이를 딱 잡을라쿠는 바로 그 순간에 말입니더."

모두의 몸이 경직되었다. 비록 꿈 이야기라고 하지만 어떤 현실적인 이야기보다도 더 생생하고 실감이 나는 것이다.

"시상에, 안 있어예? 개나리꽃들이……."

비화는 말을 하기는 고사하고 혼절 직전의 사람처럼 보였다. 가마우지 부리에 낚인 물고기 중에는 벌써 정신을 잃은 듯 꼼짝하지 않고 있는 것도 있었다.

"옥지이하고 내 사이에 팍 끼이드는 기라예."

여자들 입에서 비명 같은 소리가 튀어나왔다.

"개, 개나리가 그, 그리했다, 그 말이가?"

"그기 사, 사람맹캐 우, 움직이서!"

비화 입에서는 듣기만 해도 와락 소름이 끼치는, 누구도 믿을 수 없는 이야기가 연달아 나왔다.

"우떤 개나리 가지는 뒤에서 손을 뻗어 내 목덜미를 확 끌어댕기기도 해서, 내는 고마 뒤로 자빠지삐기도 하고예."

재영과 얼이도 신음하는 소리를 냈다.

"으."

가마우지들의 물고기 사냥은 도시 그 끝을 몰랐다. 어쩌면 그 강에서 물고기 씨가 마를 때까지 멈추지 않을지도 모른다.

"암만 꿈이라 캐도 개나리들이 그랬다꼬?"

그들 가운데 가장 심약한 원아는 손바닥을 가슴에 대고 핏기 사라진 얼굴 가득 공포의 빛을 띤 채였다.

"그란데 또 있어예."

비화는 그다음 꿈 이야기를 또 끄집어내고 있었다.

"요분에는 옥지이가 술래고 내가 달아날 차랜데, 안 있어예."

그게 얼이 귀에는 물고기가 가마우지를 사냥할 차례가 되었다는 소리로 들렸다. 비화는 곧 말을 이어나갔다.

"개나리꽃이 내 앞을 막아서는 기라예, 도망도 몬 치거로."

원아가 애원하는 어조로 말렸다.

"이, 인자 고마하모 안 되것나."

우정 댁도 질린 낯으로 동의했다.

"더 안 하는 기 좋것다."

그러나 못된 개나리 귀신이 들린 걸까, 평소 같으면 그 두 사람 말을 아주 고분고분 잘 따르는 비화가 그 순간에는 전혀 달랐다. 그들이 그러거나 말거나 들은 척도 하지 않고 제 할 소리만 더 늘어놓는 것이다. 어떻게 보면 몽유병자를 방불케 했다.

"우떤 개나리는 지 팔로 내 팔을 잡고, 우떤 개나리는 지 다리로 내 다리를 걸고."

여러 날 따뜻하던 겨울이 이제 그 본색을 드러내려고 하는 걸까? 강둑길 위로 달려오는 바람 끝에는 약간 차가운 기운이 전해졌다. 어쩌면 비화의 꿈 이야기가 너무나 섬뜩하여 그런 느낌이 드는지도 모르겠다.

"내는 올매 달아나지도 몬하고 옥지이한테 붙들리서……."

그런데 그다음이 더 무서웠다. 옥진과 개나리들이 곧장 합세하여 비화 그녀를 땅바닥에 쓰러뜨리고는 손으로 때리고 발로 차고 하더라는 것이다.

"……."

"내는 옥지이보담도 얼골이 노란 황달뱅자매이로 비이는 그 개나리꽃들이 상구 더 겁이 나갔고, 울다가 또 울다가 잠이 깼는데예."

비화 꿈 이야기는 거의 끝나가는 것 같았다. 그러자 가마우지들의 물고기 사냥도 그 바닥을 보일 모양이었다. 강 건너 산등성이 쪽으로 날갯짓을 시작하고 있었던 것이다. 어쩌면 그곳에 그들의 둥지가 있는지도 알 수 없었다. 봄이 오면 또 추운 지방으로 가기 전까지 임시로 정해 놓은 보금자리일 것이다.

"그 꿈을 꾼 담부텀 내는 개나리꽃이 벨로 안 좋아졌어예. 그 꽃은 계절하고는 상관없이 지가 살기 좋거로 날만 따뜻하모, 지조도 없는 선비맹커로 아모 때나 피어난다쿠는 거 땜새 더 멤에 안 들고예."

비화 그 말이 얼이 가슴에 칼이나 창처럼 강하게 날아와 박혔다. 아무 때나 피는 개나리꽃은 지조 없는 선비와 같다.

"어이구, 그 꿈 이약 다 듣고 나이, 우리 조카가 저승에 갔다가 돌아온 거 겉거마."

우정댁 그 말에 얼이가 물었다.

"그기 뭔 말씀이라예?"

"노란 개나리밭이었다 안 쿠더나."

재영도 얼른 연결이 되지 않는다는 빛이었다.

"그기 저승하고 무신 상관이 있심니꺼?"

원아가 우정 댁이 하는 말의 뜻을 알았다는 듯 한층 몸을 떨면서 말했다.

"사람들은 저승을 황천이라꼬 하지예."

얼이는 그 말도 이해가 되지 않는데 재영은 깨달은 듯 이렇게 말했다.

"아, 개나리꽃이 노란 거하고, 저승에는 노란 꽃이 만발하다쿠는 거하고……."

우정 댁이 비화를 보고 말했다.

"개꿈이든지 아이든지 간에, 여하튼 안 죽고 살아 돌아왔으이 다행인기라. 그러이 인자 그 꿈은 싹 잊아삐라 고마. 옥지인지 지옥인지 하는 고년도 더 이상 생각하지 말고."

원아가 집으로 가자고 비화의 등을 밀며 말했다.

"그래도 개나리꽃을 너모 미버하고 싫어하지 않았으모 좋것다. 아나, 사람이? 담 꿈에는 개나리들이 그 반대로 해줄랑가도."

우정 댁이 원아더러 주먹으로 지청구 먹이듯 했다.

"개나리가 그리 하든 저리 하든, 그런 꿈은 더 꾸모 안 된다쿠는 거 동상은 모리는가베?"

원아가 우정 댁에게는 알았다는 듯 고개를 끄덕이면서도 비화에게 한 번 더 말했다.

"꽃 아이가, 꽃."

집으로 돌아가는 강둑길에는 다른 꽃은 보이지 않고 새득새득 마른 풀과 헐벗은 나목들만 작별의 손짓을 하고 있었다.

얼이 정신이 강둑길에서 거기 글방으로 되돌아온 것은, 문득 들려온 권학의 말 때문이었다.

"얼이 니놈은 늘 사내다워서 좋다 아인가베."

이번에는 지역 말과 한양 말이 반반이었다. 그건 그만큼 권학의 감정이 복잡하게 엇갈리고 있다는 증거일 수도 있었다.

"그런 기상을 영원히 간직함서 살아가야 할 것이야. 알것나, 이놈아!"

얼이는 그날의 기억에서 한참 동안 헤맨 탓에 약간 멍한 상태였지만 군인처럼 씩씩하게 대답했다.

"옛! 스승님!"

"두 번만 더 소리쳤다가는 천장 무너지것다. 집 못 쓰거로 돼삐모 니가 싹 다 책임질 수 있는 기가?"

스승 말씀에 제자는 더 목청을 돋우었다.

"조심하것십니더!"

권학 머릿속에 또렷하게 찍혀 나오기 시작했다. 미국과 이어져야 한다는 황 쭌셴의 그 책략에 반발하여 올린 만인소.

– 미국은 우리가 본래부터 모르던 나라입니다. 잘 알지 못하는데 공연히 타인의 권유로 불러들였다가, 혹 그들이 재물을 요구하고 우리의 약점을 알아차려 어려운 청을 하거나 과도한 경우를 떠맡긴다면, 장차

이에 어떻게 응할 것입니까?

권학은 일본과 맺음에 관해 물었던 남열과 철국을 번갈아 바라보면서 말했다.

"지금 당장 조선이 더 경계하지 않으면 아니 될 나라는 미국보다도 일본이니라."

남열과 철국은 가만히 듣기만 하는데 문대가 물었다.

"우째서 그렇십니꺼?"

저만큼 옆으로 밀쳐놓은 권학의 담뱃대와 재떨이도 귀를 세우는 것 같았다.

"잘 물었다. 모르면 물어야 하느니라."

권학은 서안 위에 놓인 서책과 제자들이 덮어 놓은 방바닥의 서책들을 보고 나서 말을 이었다.

"알지 못하면서 알려고 하지 않고 그냥 있는 건 비열하고 비겁한 짓이지."

권학의 눈이 날카롭게 빛났다. 지금 저 나이에도 저 정도인데 한창때에는 어떠했을지 상상만 해도 몸이 떨리는 제자들이었다. 그뿐만 아니라 음성에도 매서운 날이 섰다.

"미국은 설혹 흑심을 품고 있다고 하더라도 그네들 본국은 조선과는 너무나 멀리 떨어져 있어, 무슨 행동이든 선뜻 취하기가 쉽지 않을 게야."

제자들 사이에서 절로 경탄하는 소리가 흘러나왔다.

"아, 그런!"

권학은 담배 연기 들이켜듯 숨을 훅 몰아쉬었다.

"그에 비하면, 일본은 우리 바로 코앞에 있는 나라다."

얼이는 가슴이 졸아붙는 것 같았다. 그의 귀에는 지금 한 그 말씀이, 우리 고을에 있는 저 동업직물이 국제거래를 틔울 수 있을 정도로 가까운 나라가 바로 일본이 아니냐 하는 뜻으로 들렸다. 권학의 안목은 현재에만 국한되어 있지 않고 미래와 과거까지 자유롭게 오가는 듯했다.

"게다가 임진년에 이미 한 번 우리를 넘보았던 자들인 게야."

제자들은 전율했다.

'임진왜란!'

권학 이야기 속에는 제자들을 오싹케 만드는 무엇인가가 들어 있었다. 칼집 속에 감춰진 칼 같았다.

"여전히 그 미련을 버리지 못할 것은 자명한 일이거니와……."

남열이 몸서리를 치며 말했다.

"스승님 말씀을 들은께, 시방 우리나라는 온 사방팔방이 늑대 소굴이라쿠는 무서븐 생각이 듭니더."

얼이와 얼핏 눈이 마주친 문대가 자기도 그런 느낌이란 듯 얼이를 향해 고개를 끄덕거려 보였다. 얼이도 입술을 꾹 깨물어 동감이라는 표시를 보냈다.

"그래서?"

"우떤 늑대한테 잡아먹힐랑고 에나 두렵십니더."

문갑 위에 얹혀 있는 문방사우가 자기들끼리 무어라고 속삭이는 것 같아 보였다.

"못난 소리!"

권학이 일갈을 터뜨렸다. 남열이 움찔했다. 어떤 꾸지람이 떨어질지 간담을 졸이는 빛이 역력했다. 하지만 권학은 더 나무라지는 않고 상체를 대나무처럼 꼿꼿이 세운 채 고개만 두어 번 가로저으며 이렇게 말했다.

"호랑이에게 물려가도 정신만 차리면 산다고 하지 않으냐?"

그새 '짹짹' 하는 참새 소리는 사라지고, '삐, 삐이' 하는 평소에 듣기 쉽지 않은 희귀한 새 소리가 들려왔다. 얼핏 누가 피리를 불고 있는 것으로 착각될 판이었다.

"정신만 온전히 간수할 수 있다면 고래 뱃속인들 빠져나오지 못하랴."

스승의 그 말을 듣는 얼이 머릿속에 선연히 떠오르는 게 언젠가 비화 누이에게서 들었던 '호랑이 나무' 이야기였다. 비화 누이 선조 중에 힘이 장사였던 김신망이라는 사람에 대해서도 들려주었다. 그때 그는, 나도 그 장사처럼 되기 위해 지리산 같은 데 들어가서 수련을 해야 하지 않을까 하는 생각도 했었다.

"그러니 늑대 정도야 정신을 차리면 때려잡을 수도 있을 것이야."

그 말끝에 문득 이런 경악할 소리가 나왔다.

"농민군이 관군을 이긴 역사도 우리는 알고 있느니."

"……."

얼이는 이마에 불덩이처럼 뜨겁게 와 닿는 스승의 강렬한 눈빛을 느끼며 전율을 금치 못했다. 스승은 확신하고 있다. 언젠가는 이 땅에 새로운 농민군 역사가 쓰이게 되리라는 것을. 내가, 이 천얼이가 마땅히 그 주인공이 되어야 하리라.

'내가 잘못 판단하고 있을 수도 있겠지만도…….'

일본과 미국에 대한 스승의 가르침에 대해서는 약간 다른 생각들도 들었다. 우선 가까이 붙어 있는 일본이 미국보다 위험하긴 하겠지만, 세월이 더 흘러 교통수단이 요즘보다 훨씬 더 발달 되는 먼 훗날이 되면, 미국이 움직이는 데 아무런 제약을 받지 않게 됨으로써, 새로운 여러 가지 다른 방법들을 동원하여 우리나라를 압박해 올지도 모른다.

'달보 영감님 큰아드님인 원채 아자씨가, 코 큰 미국 군인들하고 싸우다가 포로가 돼갖고 고생했다쿠는 이약 떠올리모, 내는 미국도 일본맨치로 신갱이 쓰이거마는.'

불현듯 남자다운 그가 보고 싶었다. 효원을 향한 그리움과는 또 다른 모양과 빛깔의 감정이었다.

'원채 아자씨하고 백마산성꺼정 같이 갔던 일도 기억 안 나나.'

흰말의 울음소리가 귓전에 쟁쟁하게 들려오는 듯했다.

'그날 에나 안됐기도 하고 신나기도 하는 이약 마이 들었제.'

얼이가 언제 벗들에게 그 이야기를 꼭 들려주어야지 하고 마음먹고 있는데 권학의 음성이 들렸다.

"준서에게도 한 가지 물어보겠다."

스승은 준서를 지목했는데 얼이 가슴이 철렁, 했다. 차라리 내가 꾸중을 듣는 편이 낫지 준서가 그런 일을 당하는 것은 견딜 수가 없었다.

'그런 거 땜새 준서가 서당에 다시는 안 나올라쿠모 에나 큰일인 기라. 비화 누야하고 재영 매행의 얼골을 우찌 볼 수 있것노?'

그러나 그보다 더 우려가 되는 것은, 그렇게 됨으로써 준서는 까막눈이 되어 평생 하층민으로 밑바닥 생활을 해야 할지도 모른다는 사실이었다. 물론 못 배운 사람이라고 해서 모두 못 살라는 법은 없겠지만, 그래도 아직 얼마 살지 않은 얼이 자신의 경험으로 봐도 거의 그런 식으로 돌아가는 게 인생살이였다.

'지발 준서가 잘 넘어가야 할 낀데 걱정이다.'

그런데 권학의 입에서 곧이어 나오는 소리가 얼이를 아찔하게 했다.

"이건 더 어려운 문제가 되겠다."

얼이는 몹시 놀라고 당황하여 스승을 보았다. 여러 문하생 가운데 나이가 정우 다음으로 어린 데다가 서당에 다닌 지도 얼마 안 되는 준서에게, 나이 더 먹고 서당 공부도 많이 한 다른 학동들에게 던진 질문보다 어려운 것을 물으시겠다니. 이건 당장 서당에서 내쫓길 소리지만, 지금 스승님 정신이 잘못되지 않았나 하는 의구심마저 들었다.

'아, 야단났다.'

그런데 크게 염려가 되어 준서 얼굴을 훔쳐본 얼이는 한층 당혹스러워지고 말았다. 스승 입으로 밝힐 정도로 그렇게 어려운 문제라면 당연히 매우 겁을 집어먹고 어쩔 줄 몰라 해야 마땅할 터인데 그게 아니었다.

얼이 머릿속이 학문에 꼭 필요한 몇 가지 외에는 별다른 장식품이 보이지 않는 글방처럼 텅 비는 느낌이었다. 준서는 황당해하거나 몸을 사리는 게 아니라 오히려 스승이 그렇게 해주길 기다렸다는 표정이 아닌가 말이다. 그런가 하면, 왜 내게는 빨리 묻지 않으시는가 하다가 그 말씀을 듣고 기대에 차는 것 같았다.

'역시나 비화 누야 아들이다, 비화 누야 아들.'

얼이는 내심 감탄했고 준서가 자랑스러웠다. 설혹 스승이 묻는 말에 제대로 답변을 하지 못해 큰 낭패를 당하게 될지라도 우선 당장은 마음이 좋았다. 나아가 준서를 보호해주기 위한 방패가 되기로 작심했다. 준서가 맞을 매를 내가 대신 맞아주고, 준서가 내쳐지게 되면 내가 대신 내쳐질 것을 각오했다.

'누라도 우리 준서 얼골이 빡보라꼬 막 깔보모 큰코다칠 끼다. 내중에 자라모 에나 큰일을 해낼랑가도 모리것다. 아, 모리는 기 아이고 알것다.'

"음."

권학도 퍽 놀라는 눈치였다. 신음 같은 소리가 그의 입술 사이로 새나왔다. 다른 제자들 응답이 하나같이 만족스럽지 못해 어둡던 안색이 준서로 말미암아 조금은 밝아졌다. 준서가 어떤 대답을 하는가가 별 중요한 것 같지 않았다. 준서의 대범함에서 스승은 이미 흐뭇함을 맛보고 있는지도 몰랐다.

"잘 듣고 답해야 할 것이야."

드디어 권학은 기대에 찬 얼굴로 묻기 시작했다. 어떻게 보면 그 자신이 더 긴장하는 것이 아닌가 싶기도 했다. 질문이 떨어졌다.

"아라사에 대해서 어떻게 보고 있는고?"

준서가 응하고 있는 모습을 보고 마음이 좋았던 얼이는, 스승의 그 말을 듣는 순간 좋던 기분이 싹 가시는 듯했다. 그는 속으로 절규하듯 외쳤다.

'아라사!'

물론 스승은 앞에서 다른 나라들을 다 거론했고 이제 남은 것은 아라사 하나이기에 당연히 아라사를 입에 올릴 거라는 짐작을 하지 않은 것은 아니었다. 하지만 그럼에도 막상 아라사가 나오자 그만 그런 반응을 보인 것이다.

'다린 나라들에 대해서도 아는 기 없기는 가리방상하지만도, 그래도 아라사는 상구 더 안 그렇나. 그 나라 이름도 젤 적게 들어왔고 말이다.'

적어도 얼이 입장에서는, 아니 다른 학동들도 엇비슷할 것이다. 학동들만 그런 게 아니고 조선 백성 누구라도 그럴 공산이 컸다.

'이거를 우짜노? 해필이모 준서한테 아라사가 걸릴 기 머꼬?'

얼이가 밖으로 발설하지는 못하고 그저 속으로만 조바심을 내고 있는데, 권학은 또다시 습관처럼 자기 서안에 놓인 책을 한 번 내려다보고 나서 이렇게 덧붙였다.

"그러니까 청국 외교관 황 쭌셴이 조선책략이란 책에서, 조선이 가장 시급하게 막아야 할 대상 국가라고 한 그 아라사 말이니라."

"……."

글방이 그야말로 절간처럼 조용한 가운데 모두의 눈길이 일제히 준서를 향했다. 그런데 그 순간, 얼이는 아주 새로운 사실을 깨닫고 지금까지와는 철저히 다른 면에서 경악했다. 적어도 그때만은 준서의 빡보 얼굴이 전혀 아무렇지 않아 보였던 것이다. 도리어 자기 어머니를 닮아 총기 넘쳐 보이는 눈이 무척이나 매혹적이고 아름다웠다.

'우째서 내가 모리고 있었제? 맨날 같은 집에서 함께 지내왔는데 말이다.'

준서는 참 잘생긴 얼굴이구나! 하고 새삼 느꼈다. 얼마 전 전창무와 우 씨 부부의 아들인 혁노에게서도 그와 비슷한 감정을 맛본 적이 있었다는 사실이 되살아났다. 그 둘은 형제 못지않게 잘 통할 것 같다는 생각도 들었다.

'삐, 삐이~.'

피리 소리 닮은 새소리는 들을수록 듣기 좋았다. 듣기 좋은 꽃노래도 사흘이라지만, 저 새소리는 사흘 아니라 석 달, 아니 삼 년을 내리 들어도 물리지 않을 듯했다.

"시방꺼지 스승님께서 하신 말씀을 종합해본께 이렇심니더."

어쨌거나 얼이가 그렇게 혼자 허둥거리고 있을 때 준서는 잠시 궁리한 끝에 천천히 입을 열었다.

"중국하고 일본은 우떤 사이였던지 간에, 우리나라하고는 무신 상관이 있었다꼬 봐야 되것심니더."

그런 불손한 생각을 하면 지탄받을 일이지만, 사제지간이 서로 뒤바뀐 것 같은 분위기가 되었다. 권학이 준서 말을 그대로 따라 하며 물었다.

"우떤 사이였던지 간에, 그렇게 말했나, 지금?"

준서는 샛별 떨기처럼 또렷한 목소리로 대답했다.

"예, 스승님."

권학은 상체를 약간 뒤로 젖히는 품이 일부러 느긋한 체하는 모습이었다. 그런 자세로 그는 무슨 내기라도 걸듯 했다.

"더 해봐라."

학동들은 모두 쫑긋 토끼 귀를 세웠다. 방바닥에 놓여 있는 서책들도 사람들을 올려다보는 것 같았다.

준서 답변이 이어졌다. 막힘이 없으면서도 전혀 서두르지 않는 기색이었다.

"그란데 미국하고 조선은 서로가 가리방상하이 상대를 잘 모리고 있다, 그리 봐야 할 거 겉십니더."

권학은 자신도 모르게 경직되었던 몸을 한 번 추스르면서 말했다.

"미국은 그쯤하고, 다음은 또?"

문답은 점점 더 중심을 향해 치닫고 있었다. 그리고 거기서 어떤 폭발이 일어날지 그곳 누구도 알 수 없었다.

"그라고 아라사는 우떤고 하모예."

준서는 여전히 나이와는 너무나 어울리지 않게 깊은 상념에 잠기는 철학자처럼 이맛살을 그리고 나서 말을 계속했다.

"우리나라하고 아라사는, 싫어할 것도 좋아할 것도 없이 지내왔던 그런 사이였다꼬 할 거 겉으모 말입니더."

아까 들었던 새 소리가 조금 더 가까운 곳에서 들려오고 있었다. 어쩌면 앞마당의 자귀나무 가지에 앉아 있는 것도 같았다. 밤에는 잎이 오므라드는 그 나무는 도구나 세공재로 쓰인다고 권학이 제자들에게 일러준 적이 있었다.

"창수(창자)도 없는 거매이로 청나라 사람이 이약하는 그대로 따라할끼 아이고, 여러 모로 따지봐야 한다꼬 생각합니더."

권학은 이번에도 준서 말씨 흉내를 냈다.

“창수도 없는 거매이로, 창수도.”

준서는 지켜보는 사람 가슴이 서늘할 만큼 단호한 빛으로 말했다.

“예, 이거는 오데꺼지나 우리나라 일인데 넘의 나라 사람이 하는 말만 듣고 우찌 그대로 할 수 있것심니꺼?”

권학이 과거 시험관처럼 물었다. 아닌 게 아니라, 지금 그 자리가 대과大科를 치르는 과거 시험장을 연상케 했다.

“만약 그렇게 하게 되면 어떤 문제가 발생할꼬?”

준서는 망망대해 거센 파도같이 거침이 없어 보였다.

“그거는 아라사가 조선을 침략할 우떤 핑개를 줄 이험도 높다꼬 봅니더.”

‘허!’

얼이는 도대체 준서가 맞나 싶었다. 원래부터 좀체 그 나이가 믿어지지 않을 정도로 웅숭깊은데다, 얼굴이 그렇게 된 이후로 더욱 어른스러워진 준서이기는 하지만 저런 말까지 할 줄은 몰랐다. 저 마마신은 준서를 얼마만큼 변화시킨 건지 물어보고 싶었다.

“역시! 역시!”

마침내 권학 입에서도 감탄의 소리가 나왔다. 그는 어깨춤이라도 출 사람 같았다.

“신동이로다, 신동. 그 어머니에 그 아들인 게야.”

손바닥으로 서안 가장자리를 가볍게 두드리면서 말했다.

“나루터집 여주인 명성이 결코 헛된 건 아니었어.”

칭찬을 듣는 당사자인 준서보다도 얼이 얼굴이 더 기뻐하는 것처럼 비쳤다. 그것을 보는 문대 표정도 밝았다.

“내가 다년간 많은 학동들을 쭉 가르쳐왔건만, 준서 같은 아이는 여태 만난 적이 한 번도 없었느니.”

남열과 철국의 얼굴 위로 무척 부러워하는 기색이 역력했다. 가장 나이가 밑인 정우는 좀 멍한 표정이었다.

"아마 한양에서도 찾아보기 쉽지가 않을걸."

권학은 준서가 저 '만인소'를 보았던 게 아닌가 싶을 정도였다. 푸른 댓잎같이 지조 높은 영남 유생들이 아라사에 대해 조정에 올린 상소 내용은 어떠한 것이었던가.

'우리는 조선 선비 정신으로 목을 내놓고 글을 올렸었지.'

아라사는 본래 우리와는 혐의가 없는 그런 나라다. 공연히 남의 말만 듣고 틈이 생기게 된다면, 우리 위신이 손상될 뿐만 아니라 만약 이를 구실로 침략해올 경우, 장차 이를 어떻게 막을 것인가? 그렇게 써 올리지 않았던가.

"흠."

권학의 기침 소리가 우렁찼다. 그는 홀연 온몸에 젊은이 못지않은 뜨거운 피가 활화산의 용암만큼이나 크게 흘러넘침을 느꼈다. 남명 조식 부럽지 않게 믿음직한 나의 제자들. 가르침의 즐거움이란 바로 이런 것이다.

'상상만 해도 심장이 터질 것 같도다.'

큰 바윗덩이 뿌리를 그대로 뽑아낼 수 있을 것 같은 얼이의 괴력과, 그 많은 유생들과 맞먹는 준서의 영특한 머리, 그 둘이 합치게 된다면.

지난 임술년 농민항쟁보다 훨씬 더 세상을 놀라게 할 일을 해낼 수도 있을 것이다. 아니, 남방의 일개 목牧 관아 정도가 아니라 임금이 있는 대궐을 향해서도 깃발을 휘날릴 수 있지 않을까.

비화라는 젊은 여주인이 경영하여 한층 알아주는 나루터집의 아들, 아직도 많은 이들이 기억하고 있는 농민군 주모자인 천필구의 아들.

'이런! 이런!'

권학은 오싹 소름기가 돋아났다. 내가 아직도 애송이에 지나지 않은 사내아이 둘을 보고 이 무슨 망상이냐고 속으로 어이없어하면서도, 그러한 예감이랄까 기분만은 해나 달처럼 너무나 또렷했다.

어쩌면 청국이나 일본, 미국, 아라사와도 대적할 수 있을 만한 싹을 보는 것 같다면, 세상 사람들은 이 권학을 완전히 미친 사람 취급할 것이다.

그래도 좋았다. 미친 스승 밑에서 배출된 걸출한 제자들. 씨앗 한 톨이 떨어져 온 세상 대지를 덮는 꽃과 열매를 맺는다면. 그러다가 문득 자각했다.

'내가 제자들 앞에서 이 무슨 망발을?'

확실히 권학 자신이 크게 흥분한 탓에 이성을 놓아버린 상태였다. 이만손이 중심이 되어 대쪽같이 꼿꼿한 영남 유생들이 올렸던 그 만인소는, 그만큼 권학을 비롯한 유생들에게 크나큰 무게를 싣고 다가왔다. 하기야 단 하나밖에 없는 목숨까지도 버릴 각오로 올린 상소였으니 그럴 수밖에 없지 않겠는가.

'자아, 그렇다면 됐다.'

권학은 이쯤에서 저 곽기락의 상소에 관한 이야기를 꺼내도 되겠다고 판단하였다. 그는 곽기락이란 인물에 대해 별로 아는 바가 없었다. 그렇지만 나라에 이익이 될 만한 것은 그냥 취해야 한다는 그자의 주장에는 이가 갈렸다.

'어떻게 그럴 수가 있단 말이더냐?'

조선이 일본과 맺기를 원하는 황 쭌셴의 조선책략에 관하여, 곽기락은 그것이 곧 일본을 견제하기 위한 계책에서 나온 것으로 부득이한 일이라고 하였다. 실로 기가 찼다. 물론 일본이 서양 나라와 사이좋게 지내면서 서양 옷을 입고 서양 학문을 배우는 것은 우리가 금지할 바가 아니라는 말에는 수긍이 갔다.

그러나 곽기락 스스로도 시인하고 있듯이, 황 쭌셴의 글이 바른가 바르지 못한가, 그의 말이 좋은가 나쁜가, 그런 것에 대하여는 진실로 모르겠다면서, 그 대책이라는 것은 바로 우리나라에 긴요한 적국의 정황에 대한 일이라고 주장하는 것이다.

"준서 너에게 한 번 더 묻겠다."

"예, 스승님."

"싫으냐?"

"아입니더."

제자가 스승 앞에서 감히 장군, 멍군, 하는 형용이었다. 하지만 스승의 표정은 더할 나위 없이 흐뭇해 보였으며, 제자의 안색은 시험의 대상물이 되는 것을 오히려 즐기는 빛을 엿보였다.

"우리가 나쁜 감정을 품고 있는 나라의 것들, 흠, 잘 들어라."

권학은 뒤로 젖혔던 상반신을 맞은편의 준서 쪽으로 기울였다.

"예를 들자면, 그네들의 기계에 관한 기술이라든지 농업, 수예樹藝에 대한 책 같은 것 말이다."

준서는 깨끗한 여울에 빠진 구슬인 양 맑게 반짝이는 그 특유의 눈빛으로 말했다.

"예, 스승님."

그는 밤에도 잎이 오므라들지 않는 자귀나무 같았다.

"그게 만약, 만약에 말이니라. 우리 조선에 이익이 되고 조선 백성에게 이익이 된다고 하면, 그러면……."

권학은 거기서 일단 힘을 비축하듯 조금 쉬었다가 천 길 낭떠러지에서 큰 폭포수가 떨어지는 것처럼 단숨에 쏟아내는 물음이었다.

"선택하여 이용해야 마땅하다고 주장하는 자에 대해서는 어떻게 생각하느냐? 네 의견을 듣고 싶구나."

얼이는 더욱 스승을 이해할 수 없었다. 그는 절대 과過한 걸 넘본다거나 정상적인 선線을 무시하는 사람이 아니었다. 어떤 측면에서는 너무나 고리타분하다고 보일 만큼 답답하고 고지식했다.

'그란데 우찌 저런 거꺼정?'

지금 같은 질문은 학동들에게 던질 성질의 것이 아니었다. 그것은 어지간한 식견을 지닌 사람일지라도 결코, 쉽지 않은 문제였다. 설혹 그가 높은 학식의 소유자라고 할지라도 긴 시간을 두고 고민한 연후에 나올 해답이지 즉석에서 나올 수 있는 것이 아니었다.

"지 생각을 말씀올리겄심니더."

그런데 놀랍게도 준서는 대답하기 시작했다. 얼이는 준서가 무슨 마법에 걸려 있는 것 같았다. 귀신이 준서 입을 빌려 사람 말을 하고 있다고 생각했다.

"이익이 될 만하다꼬 해서 무조건 취해야 한다모, 그거는 나쁜 도독하고 친해갖고 그 도독이 훔친 물건을 노놔 가질라꼬 하는 거하고 똑겉다고 봅니더."

권학이 물기 없는 솔가지같이 메마른 손으로 살도 별로 붙어 있지 않은 자기 무릎을 탁, 치면서 확인했다.

"지금 도둑에 비유했겠다?"

준서는 도둑을 잡는 포도청 군사처럼 당당한 목소리로 말했다.

"예, 그랬심니더."

권학이 흥분하여 자리에서 벌떡 일어날 듯이 했다.

"그렇다!"

툇마루 위를 몸이 조그맣고 새카만 개미 두 마리, 아니 세 마리가 살살 기어가고 있었다. 행여 집주인에게 들킬세라 조심조심 움직이는 집단 도둑처럼 보였다.

"현재 우리 조선을 둘러싸고 있는 여러 나라들은……."

담뱃대와 재떨이가 있는 곳으로 눈이 가는 것으로 보아 권학은 지금 담배를 피우고 싶은 게 아닐까 싶었다.

"작은 세간 정도가 아니라 한 나라를 송두리째 훔치려는 도둑들인 게야."

얼이는 준서 얼굴을 보면서 생각을 거듭했다. 만일 빡보가 되지 않았더라도 저렇게 사려 깊은 아이가 되었을까 하고. 잘 모르긴 해도 그건 아닐 것 같았다. 제 혼자서 지내는 그 숱한 시간들이 준서를 '애영감'으로, 나아가 스승이 말씀하신 '신동'으로 만들어가고 있을 것이다. 하지만 그게 꼭 좋기만 한 것인지는 자신이 없었다.

'사람은 그 나이에 맞거로 살아야 된다꼬, 울 어머이가 장마당 말씀 안 하싯나.'

그런 기억이 나면서 얼이의 기쁨과 흐뭇함은 죄다 사라지고 불안해지기 시작했다. 뭔가 서로 아귀가 맞지 않은 것을 보았을 때 느끼게 되는 그 어떤 조바심이나 불안감 같은 게, 밤골집 돌재 아저씨가 상촌나루터 남강에 던지는 쟁이(그물)처럼 얼이를 덮쳐왔다. 위에 긴 벼리가 있고 아래에 납과 쇠 등의 추가 달린 그 그물은 원뿔형으로 된 것이었다. 돌재 아저씨가 그것을 쫙 펴서 물에 던져 물고기를 잡는 것을 지켜볼 때면 그가 온 세상을 건져 올리는 사람같이 비치기도 하여, 앞으로 달보 영감님 뒤를 이어도 되겠다고 받아들여질 때도 있었다.

'이거는 아이다.'

얼이는 쟁이에 걸린 물고기 심정이 이렇지 않을까 싶었다. 그러자 그의 몸이 물고기로 변하는 것 같은 착각이 일었다. 강마을에 오래 살면 사람도 물고기를 닮아간다고 하던 달보 영감 말이 떠올랐다.

그리고 다음 순간, 얼이는 갑자기 나타나 보이는 어떤 환영에 하마터면 비명을 지를 뻔했다. 대범하기로 자타가 공인하는 그였다. 그런 그가 소스라치며 보았다.

몸집이 아주 크고 숯 검댕처럼 새까만 가마우지 수십 마리가 한꺼번에 거기 글방 안으로 날아드는 것을. 심지어 그것들이 날개를 쳐서 내는 파닥거리는 소리까지 들렸다. 더 기겁할 일은, 그 가마우지들이 낚시 바늘 같은 것이 달린 무서운 부리로 사람들을 공격하기 시작한 것이다. 살점이 뜯겨 나가고 피를 철철 흘리며 비명을 지르는 사람들이었다. 죽었는지 바닥에 쓰러져 꼼짝도 하지 않고 있는 사람도 있었다. 그는 가마우지들을 상대로 처절하게 싸웠다. 상처를 입은 몸이지만 가마우지 여러 마리를 죽였다. 한참을 싸우다 보니 그는 농민군이 되어 있었고, 가마우지들은 관군이 되어 있었다.

얼이가 제정신으로 돌아온 것은 권학이 준서에게 또 무어라고 칭찬하는 말을 듣고서였다. 얼이는 기쁘면서도 다른 한편으로 이런 회의를 떨치지 못했다.

'우리 스승님이 아모리 지조 높은 선비이고 뛰어난 학자라꼬 해도 사람인 이상 실수하실 때가 안 있으까?'

스승님은 준서가 똑똑하다고 무척 좋아하시지만, 얼이 자신이 느끼기에는 물가에 내놓은 아이만큼이나 위태로웠다. 준서 같은 아이는 간혹 너무나도 엉뚱한 짓을 저지를 위험이 높았다. 얼이는 고개를 절레절레 흔들었다.

'그리 되모 비화 누야가 올매나 심들어하시겄노.'

더욱이 그게 만약 자기 얼굴에 대한 열등감에서 비롯된 성질의 것이라면? 그렇게 비관적으로 빠져드는 얼이 마음속으로 또다시 가마우지 떼가 날아들고 있었다.

정변政變의 세월

우편 업무를 담당하는 우정총국郵政總局의 개국.

그 축하 연회에 참석한 선비 고인보는, 비록 몸은 한양에 있어도 마음은 천 리나 떨어진 경상우도 남방 고을을 향했다. 아니다. 그곳 교방 관기 효원에게 가 있었다. 예로부터 남진주 북평양이라더니, 그 말이 말하기 좋아하는 자들의 허언은 아니어서 과연 거기 기녀다운 효원이었다.

강득룡 목사 영접을 받아 팔작지붕 웅장한 촉석루에 올라 효원과 함께한 자리에서 현판에 새겨진 한시들을 읊조리던 기억은 영원토록 잊지를 못할 것이다. 어쩌면 그리도 하나같이 뛰어난 작품들이었는지. 그리고 그 한시들보다 훨씬 더 좋았던, 현란한 검무 추듯 치렀던, 작은 꽃송이 같은 여자와의 뜨겁고도 차가운 시간.

'이곳 한양 땅에서도 그만한 여인을 만나기는 쉽지 않을 것이거늘, 도대체 그 고을 지기地氣가 어떠하기에?'

이날 인보에게 한층 더 효원 생각이 새록새록 솟아나도록 만든 것은, 우정총국 개국을 축하하는 연회장에 와 있는 때문이었다. 그리고 그는 본디 다소 엉큼하고 야박스러운 면이 있는 자였지만 효원에게만은 한없이 순수하고 정감 넘치는 연인이고자 했다.

'효원을 향한 불타는 내 심정을 세세히 적어 우편으로 띄워볼거나. 행여나 그 우편물이 나의 열정이 내뿜는 기운에 쏘여 불타버리면 어쩔꼬. 흐흐.'

장차 우편 업무를 담당할 그 우정총국은 인보뿐만 아니라 조선 백성에게는 말 그대로 '꿈의 전령사'가 될 것이다. 조선팔도 어디에 있든 서로의 소식을 주고받을 수 있는 우편을 맡을 관청이 생겼다는 것은 얼마나 가슴 벅찬 일인가. 앞으로는 날개 달린 새가 부러우랴, 아주 먼 곳까지도 날아간다는 민들레 꽃씨를 질투하랴.

'다음에 효원을 만나게 되면 남강에 떠 있던 고니 모양의 그 멋진 놀잇배도 함께 타야지.'

인보는 비록 보빙사 일행으로 미국까지 다녀왔지만, 개인적으로 김옥균이나 박영효 같은 급진개화파들과는 깊은 유대가 없었다. 오히려 그는 당시 급진개화파와 대립 관계에 있던 집권 온건개화파 쪽에 좀 더 가까웠기 때문에, 그즈음 급진개화파 활동에 대해서는 잘 모르고 있었다.

– 청국의 간섭을 어찌 내놓고 거부할 수 있으리오.

– 청나라가 끼어들어 우리 개화 정책이 제대로 이뤄지지 못하고 있으니, 이대로 그냥 두고 볼 수만은 없지 않소이까?

온건개화파와 급진개화파의 팽팽한 주장이었다. 어느 한쪽에서도 뒤로 물러서려고 하지 않았다. 급진개화파 인물 중에서도 김옥균이 가장 열성적이고 안달이었다. 훗날 역사 기록에서도 소상히 밝혀 놓고 있거니와, 그는 일본까지 건너가 차관을 도입하여 개혁자금을 마련하려고 했던 사람이다.

"돈만 있으면 산을 강으로 바꾸고 강을 산으로 바꾸는 일도 손바닥 뒤집기라. 관건은 그 돈을 어떻게 빌릴 수 있느냐 하는 것인 바……."

그러나 그 뜻이 좌절되는 바람에 도리어 자기 계파의 입지를 더욱 어렵게 만드는 나쁜 결과를 가져오고 말았다. 김옥균은 귀국하기 직전 일본의 사상가인 후쿠자와 유키치에게 자신의 심경을 이렇게 털어놓았다.

– 나는 돈이 없이는 아무것도 할 수가 없다. 지금 빈손으로 그냥 돌아가면 분명 집권 사대당이 나를 비판하면서 큰 궁지에 몰아넣을 것이다. 어쨌든 우리 개화당이 극심한 타격을 받을 것이며, 우리 개혁안도 없어질 것이다. 조선은 영구히 청나라의 속국이 될 수밖에 없다. 우리 당과 사대당은 공존할 수 없으므로 아마도 최후의 선택을 할지도 모르겠다.

그가 말한 최후의 선택이 바로 이날 밤 폭약 터지는 소리와 함께 불을 붙이게 돼 있었다. 불 없는 화로 딸 없는 사위라는 말과 불에 탄 개가죽이라는 말도 있지만, 그 불의 의미는 쓸데없는 물건이나 발전이 없고 오그라들기만 하는 데 있지 않았다.

그런데, 그 사이에는 베트남 문제를 둘러싼 청나라와 불란스의 전쟁이라는 중요한 세계사 하나가 가로놓여 있었다. 개인도 나라도 나 혼자 살 수 있는 세상이 아니었다. 불란스와 한판 붙지 않으면 안 될 기운이 보이자, 청국은 조선에 주둔하고 있던 병력의 절반을 빼내어 베트남 전선으로 이동시켰다. 급진개화파는 흥분했다.

"하늘이 우리를 도우고 있소이다. 우리 조선이 청국의 오랜 간섭에서 벗어날 수 있는 절호의 기회가 온 것이오."

"지금 한양에 남아 있는 청군은 1,500여 명밖에 없다는구려."

"아, 그 정도라면 충분히 한번 해볼 만하지 않소이까."

"일단 지켜봅시다, 청국이 이길지 불란스가 이길지."

"여하튼 불란스가 승리해야만 우리가 행동을 개시할 수 있을 텐데 말이외다."

"그렇게 될 것으로 보오이다."

"어서 그날이 왔으면!"

"이 사람 눈에는 오고 있는 것이 보이는 것 같아요. 하하."

"어디 그 눈, 내게 한번 빌려주시오."

세상은 시나브로 급진개화파에게 보다 유리한 방향으로 돌아가고 있었다. 그것은 강물의 흐름이나 연기의 퍼짐처럼 자연스러워 보였다.

그렇다. 불과 수개월 전인 8월에 펼쳐졌던 그 전투에서 불란스 함대가 청나라 함대를 격파시킨 것이다. 게다가 일본도 급진개화파의 요청대로 지원을 약속하였다. 일본은 약삭빨랐다. 급진개화파를 도와 조선침략에 걸림돌이 되는 청국과 민 씨 정권을 내몰고 조선에서 우위를 차지하기 위한 시커먼 속셈이었다.

"내 어찌 이런 자리에!"

"잔치, 잔치, 해도 이런 잔치가 두 번 다시 있을까요?"

초겨울 밤, 우정총국 개국 축하 연회는 바야흐로 무르익어가고 있었다. 고인보 또한 그 열기에 흠뻑 젖어들며 조금씩 효원 생각을 잊어갔다. 모두 술잔을 주거니 받거니 맛난 음식을 먹으면서 그 고급 모임을 실컷 즐겼다. 그것은 얼핏 하늘이 내려 보낸 큰 축복과 영광의 자리처럼 보였다.

한데, 어느 순간이었다. 난데없이 어디선가 이런 소리가 들렸다.

"불이야!"

그 소리, 불이야! 하는 그 단 하나의 소리에 연회장 안팎은 금방 아수라장으로 변해버렸다. 인보도 제정신이 아니었다.

갑신년의 정변은 그렇게 막을 올렸다. 그리고 그날 이후에 일어난 일들은 단지 역사서를 통해서만 알려지고 있을 뿐이다.

그랬다. 그날 그 자리에 있었던 인보는 물론, 다른 사람들도 그 당시에는 무엇이 어떻게 된 영문인지 도무지 몰랐다. 그런 대혼란 속에서 어느 누가 정황을 제대로 파악할 수 있었겠는가? 오직 역사만이 말한다.

김옥균은 창덕궁으로 갔다. 그러고는 형세의 위급함을 알리고 어전을 옮길 것을 권했다. 왕과 왕비는 주저했다. 그때 침전 동북쪽에서 폭발 소리가 들렸다. 누군가가 터뜨린 화약. 때맞춰 터뜨려준 그 폭발 소리야말로 김옥균으로 하여금 왕과 왕비를 손에 넣고 개혁을 위한 제일보를 내딛게 해준 최고의 공훈이었다. 왕과 왕비는 그 소리에 놀란 나머지 엉겁결에 김옥균을 따라나섰던 것이다. 그렇다면 결정적인 순간에 폭약을 터뜨린 일등공신은 대체 누구였던가? 훗날 김옥균은 〈갑신일록〉을 통해 당시 상황을 이렇게 밝히고 있다.

궁녀 모 씨某氏가 화약을 대통에 조금씩 넣어 가지고 있다가, 외간外間에 불이 일어남을 신호로 삼아 통명전通明殿에 불을 지르기로 한다.

궁녀 모 씨.

나중에 어찌어찌하여 그 사실을 뒤늦게 알게 된 인보는 경악을 금치 못했다. 교방 기생 효원처럼 아담하고 예쁜 여자도 좋지만, 남자같이 생긴 여자도 아름다울 수 있다는 것을 처음으로 알았다.

"허, 그래요? 그것 참."

"먼저 다 쓰시고 나면 안 되니까, 감탄은 아껴가면서 하는 게 어떠실는지요."

평소 서로 안면을 틔우고 지내는 중인계급 민홍억과의 대화는 인보를 흥분시키기에 모자람이 없었다.

"그, 그 여자를 말이오니까?"

홍억은 뜻밖에도 궁녀 모 씨를 알고 있었다. 그 여자는 중전이 쫓겨났을 당시에 중전을 가까이서 모신 적이 있는데, 그때 그는 아주 우연히도 딱 한 번 본 일이 있다는 것이다. 하지만 그 한 번이 다른 천번 만번보다 훨씬 값비싼 것이었다.

"인보 나리는 아직 그런 여자를 본 적이 없을 것인뎁쇼."

그런 말을 할 때 홍억은 적잖게 으스대는 인상마저 풍겼다. 비록 혹하는 것이긴 해도 인보는 자기보다 낮은 신분에게 무시당하고 있다는 기분에 말끝이 별로 곱지 못했다.

"허, 본 적이 없는 여자라니?"

"흐음."

그래도 홍억은 약간 건방지게 들리는 기침 소리만 냈을 뿐 얼른 입을 열지 않았다.

"대관절 어떤 여자기에 그러는 것이오?"

인보를 감질나게 만드는 홍억은 사람 마음을 후끈 달아오르게 만드는 말솜씨가 있었다. 인보 또한 그런 점에서는 단연 앞서는 쪽이니 그때 그 두 사람의 만남은, 여우와 너구리의 회합이라고 이름 붙일 만했다.

"소인도 남잔 줄로 착각했으니까요."

그러는 홍억이 같은 남자에게 연정을 품는 동성애자처럼 보여 인보는 구역질이 날 뻔한 것을 겨우 참았다.

"남자요?"

"예."

그게 무슨 말이냐고 되묻는 인보에게 홍억은 별안간 약간 심드렁한 어조로 짧게 대답했다. 내가 가지고 있는 정보의 값을 의도적으로 깎아내리려고 하는 게 아닌가 하고 의혹을 품는 낌새였다.

"난, 남자는 별로 관심이 없는 사람이라오."

효원과의 관계에서도 이미 드러났지만, 겉보기보다 여자를 밝히는 인보였다. 그는 눈에 불을 켜다시피 하고 물었다.

"대체 어떤 여자기에 그러시오?"

그러고 나서 은근히 제 여성 편력을 과시해보이 듯했다.

"미국 여자들보다 더 색다르진 않을 게 아니오."

홍억은 인보를 뚫어지게 바라보았다.

"예? 미국 여자들이라고 하셨습니까요? 중국이나 일본의 여자가 아니고요?"

"나 보고만 자꾸 모른다고 하지 말고 더 들어보시오."

인보 입에서는 양반 체통 구기는 소리가 흘러나왔다.

"서양 여자들이 어떤지나 아시오?"

그러자 홍억은 흥미나 관심을 떠나 어처구니없다는 투로 말했다.

"이건 그런 여자 이야기하고는 비할 바가 아닌뎁쇼."

"한번 해보시오."

"대신에 이야기 값으로 한턱 단단히 내셔야 합니다요?"

"내가 낼 만하면 한턱 아니라 두턱 세턱도 내겠소이다."

그러잖아도 그날 연회장 현장에 있었던 인보는 홍억 이야기에 깊숙이 빠져들 도리밖에 없었는데, 인보를 그야말로 혹하게 한 것은, 놀랍게도 홍억 입에서 효원이 사는 남방 고을 이야기가 나왔기 때문이었다.

"그 궁녀를 처음 보는 순간 소인 머리에 대뜸 떠오른 게, 제 친척 되는 민치목이란 사람이었습지요. 지금 경상우도 진주라는 고을에 살고 있지만요."

하지만 치목에 대해선 전혀 모르는 인보는 고개를 갸우뚱하며 물었다.

"그 궁녀를 보고 민치목이라는 사람을 떠올릴 만한 무슨 특별한 이유라도 있소?"

"있습지요, 충분히."

"여자를 보고 남자를 떠올렸다는 건, 아무래도 이해가 되질 않아요."

"더 들어보시면 알게 될 것입니다요. 소인과 재종간이 되는 치목이 그 사람 덩치가 어마어마하게 크지요. 헌데, 그 궁녀 몸이 그 사람 같더라니까요?"

"여자 몸이 그렇다니, 믿기지가 않구먼."

"소인이 들은 바에 의하면 그 여자가 완력도 어떻게나 대단한지, 혼자서 장정 대여섯은 거뜬히 당해낼 만하다고 하던뎁쇼."

"허, 여자 혼자서 장정 대여섯을 거뜬히 말이오?"

"그래서 본디 고대수顧大嫂로 불렸다는 겁니다요."

"고대수라."

"그 별호別號는 아까 말씀드린 것처럼, 중전이 쫓겨났을 때 가까이서 모셨기에 얻어진 것이라고 합니다요."

"참으로 놀라운 일이 아닐 수 없소."

"나리께서 들어보셔도 그렇지요?"

"폭탄을 터뜨릴 막중한 임무를 부여받은 사람이, 양반도 군인도 아닌 궁녀였다니."

"그러게요."

"도대체 어떤 궁녀인지 그 궁녀에 대해 좀 더 들려주시오."

"그게 말입니다요, 고대수라는 별호 외에는 세상에 알려진 게 없습지요."

"고대수라는 별호만 알려져 있다, 그 말이오?"

"소인 눈에는 아마 나이가 한 마흔 살 정도 돼 보였습니다만, 세상 사람들은 그런 사실조차 모르겠지요."

"참으로 안타까운 노릇이오. 어쩌면 영원히 역사의 뒤안길에 파묻히고 말 궁녀가 되고 말 것 같소이다."

인보 눈에 멀리 사라져 가는 효원의 뒷모습이 보이는 듯하여 당장 달려가 붙들고 싶은 심정이었다.

"저도 그렇게 봅니다만……."

인보는 그렇게 말끝을 흐리는 홍억의 눈에는 무엇이 나타나 보일까 생각했다.

"심히 안타깝고 애달픈 일이외다. 만약 그가 여자가 아니었다면 그렇게까지 되지는 않았을 터인데 말이오."

인보가 홍억에게서 들은 말을 토대로 다시 고대수라는 궁녀를 머릿속에 그려보고 있는데, 홍억은 오랜만에 떠올린 재종이란 듯 입속으로 중얼거렸다.

"그러고 보니 치목이 그 사람 얼굴 못 본 지도 벌써 여러 해가 되었구먼. 그 남쪽 고을이 그리 좋은가?"

"정말 좋은 고을이지요."

인보 입에서 자신도 모르게 그런 소리가 새 나왔다. 그러다가 도둑 제 발 저리다고, 그 고대수가 어쩌고저쩌고해가며 딴청을 부리기 시작했다. 하지만 홍억은 인보의 그 말은 들었는지 못 들었는지, 입이 찢어지게 하품을 하면서 혼잣말을 했다.

"한번 자리 잡고 살더니 영영 눌러앉을 모양일세."

'두 번 다시는 보지 못하려나.'

홍억의 그 소리를 듣자 인보 머리에서 고대수는 사라지고 또다시 그리운 관기 효원 모습이 되살아났다.

'저 남쪽으로 한참 치우쳐 있는 고을에 그런 기녀가 있었다니?'

조그만 꽃봉오리처럼 앙증맞게 귀여운 얼굴, 그렇지만 범 같은 장수가 칼을 마구 휘두르듯이 매섭던 검무였다.

"민치목이란 재종이 살고 있다는 그 고을……."

인보는 관기 이야기는 차마 꺼내지 못하고 그냥 지나가는 말처럼 그 고을 이야기만 슬쩍 내비쳤다.

"얼마 전에 좀 볼일이 있어 내가 그 고을에 며칠간 다녀왔지요."

"예? 그곳을 말입니까요?"

뜻밖이라는 표정을 짓는 홍억에게 인보는 미련이 남아 있는 어조로 얘기했다.

"정말 이름 그대로 진주처럼 보배로운 고을이었소."

까무룩 잠들 것같이 졸려 보이던 홍억 눈이 빛났다.

"진주처럼 보배로운 고을이라고요?"

"어쩌면 그보다 더 그렇지요."

인보 얼굴 가득 아쉬움과 그리움이 흘렀다. 뛰어난 화공이 그림 붓으로 멋들어지게 그어 놓은 듯한, 그 고을을 감돌아 흐르는 남강.

"그래요, 누구든 한번 가보면 그만 정착하고 싶은 고장이 아닐 수 없었소."

효원이란 관기에 대해서는 전혀 알 리 없는 홍억은, 인보가 하는 말이 가슴에 와닿지 않는다는 기색이었다.

"여기 한양을 놔두고 그런 말씀을 하시다니요? 우리 조선국 도읍지를요."

하지만 머릿속이 온통 효원 모습으로만 꽉 차서 다른 것은 들어갈 여지가 없는 인보는 낯까지 찡그리며 말했다.

"나는 지금도 거기 다시 가고 싶어 미칠 지경이오."

홍억은 멀뚱한 표정으로 인보와는 상관없는 치목 가족에 대한 말을 꺼냈다.

"소인 재종이 자기 아내 몽녀, 아들 맹쭐이를 데리고 거기 살면서, 무슨 사업인가를 하여 돈도 꽤 모았다고 하더이다만."

인보는 남의 가족사 따윈 아무 관심도 없다는 듯 상대방 말을 끝까지 듣지도 않고 반쯤은 그 남방 고을 사람이 돼버린 듯했다.

"아마도 그곳은 봉황과 관계가 깊은지라 훌륭한 고을이 된 것 같았소이다. 그 새를 직접 볼 수만 있다면 참으로 좋으련만."

그는 효원과 자신을 봉새와 황새로 연관 지어보고 싶은 건지도 모른다.

"아, 봉황이라면 상상 속에서나 존재하는 새가 아닙니까요?"

홍억이 묻자 인보는 꿈꾸는 얼굴로 말했다.

"그 고을 전체가 상상 속의 세계였소."

홍억은 고개를 갸웃했다.

"상상 속의 세계라고요."

나중에는 인보에게서 이런 소리까지 나왔다.

"무릉도원 말이오."

"무, 무릉도원!"

홍억은 수상쩍다는 눈빛으로 인보를 훔쳐보았다. 아무래도 도가 좀 지나쳐 보였다. 얼마나 마음에 들었는지는 모르겠지만 무릉도원에 견주다니?

"그것도 그렇고, 그 고을에 가니 재미있는 신앙도 있었지요."

인보가 이번에는 신기하다는 표정을 지었다. 어쨌거나 짧은 시간 동안 그 고을에 관해 이것저것 많이도 주워듣고 온 모양이었다. 홍억은 마치 무슨 사이비 종교인을 대하듯 했다.

"무슨 신앙이기에 재미있다고 하십니까요? 신앙을 두고 재미라니요?"

홍억 물음에 인보는 손으로 자기 코를 매만지며 되물었다.

"소코뚜레는 알지요?"

"예, 잘 압니다요. 제 외갓집이 대농大農이거든요."

홍억은 잠시 추억에 잠기는 빛이었다.

"소인이 어릴 적에 자주 시골로 놀러가곤 했습지요. 거기 외양간에는 소들이 있었는데, 소에게 코뚜레를 하는 광경도 구경했고요."

그러면서 홍억은 상대가 더 이상 관심을 가지고 묻지 않는데도 혼자 감회에 젖어, 그가 외갓집 사람들에게서 들은 소코뚜레에 대해서 콩알 새알 늘어놓기 시작했다.

그건 소를 쉽게 부리기 위해 소의 코를 뚫어서 꿰는 긴 고리 모양의 나무다. 주로 노간주나무나 비자나무, 물푸레나무 등을 불에 달궈 휘게 하여, 생후 8개월에서 11개월가량 된 소에게 코뚜레를 한다고 했다.

그러자 듣고 있던 인보가 홍억에게는 다소 엉뚱한 소리를 끄집어냈다.

"그 소코뚜레를 소가 아니라 집에 걸어 놓은 거 봤소?"

"예에? 집에 말입니까요?"

홍억은 난생처음 들어보는 얘기였다. 소 코에 꿰는 것을 집에다 걸다니? 소를 농사짓는 데 쓰지 않고 집으로 사용하는 곳도 있다는 소리는 아닐 텐데.

"그런 소리는 처음 듣지요?"

"그건 소가 들어도……."

"나도 지난번에 그 고을에 가서 알게 된 거요."

"대체 그렇게 하는 이유가 뭐랍니까요?"

"집을 팔려고 내놓았으나 나가지 않으면 그렇게 한다고 들었소."

"그러면 집이 빨리 팔린답니까?"

"그곳에서는 그리 믿고 있었소이다."

그 말끝에 인보는 내심 이런 잔인한 결심까지 굳혔다. 하다가 정 안 되면 소처럼 효원에게 코뚜레를 꿰어서라도 끌고 올 것이다.

참으로 어이없고 난감한 노릇이었다. 홍억이나 다른 사람들은 알아채지 못했지만, 한 여인에게 푹 빠져 있는 인보는, 몽롱한 의식 속에서 아예 이성을 놓아버린 채 하루하루를 죽여가고 있었다. 더욱이 시간이 흐를수록 효원과 떨어져서는 잠시도 살 수 없을 것 같은 그였다. 효원을 올라오게 할 수 없으면 자신이 내려가서 거기 정착해야지 할 정도였다. 그것은 효원에게 더없이 위험하고 불길한 징후가 아닐 수 없었다.

"우리 조선에 그런 고을이 있다는 게 정말 믿기지 않아요."

인보 입에서는 지나칠 정도로 그 남방 고을 이야기가 흘러나왔다.

"그 고을을 다스리는 강득룡 목사에게 들으니, 그곳 진산鎭山은 비봉산飛鳳山이라 하고, 안산案山, 망진산望晋山은 봉이 날아가지 못하는 그물을 뜻하는 측면에서 망진산網鎭山으로 부른다고 하더이다."

"산들도 봉과 연관된 이름들이군요?"

인보와 말상대를 해주면서도 홍억은 여전히 느낌이 묘했다. 저 양반이 그 고을에 대해서 왜 저렇게까지 관심을 보이지? 그곳에 꿀을 발라 놓고 온 것도 아닐 텐데 말이다.

'투기라도 해보려고 거기 땅을 좀 사 놓고 왔나?'

홍억이 그런 억측을 하거나 말거나 인보는 끊임없이 봉 이야기를 늘어놓았다.

"또, 까치를 보면 봉이 날지 못한다 하여, 들 이름도 작평鵲坪이라 하고요."

"작평이라. 좀 어려운 지명인뎁쇼."

그러던 홍억은 자신의 무식을 드러낼 필요는 없다고 여겨 입을 다물었다.

"내가 그 고을에 있을 때 며칠 머물렀던 객사 앞에 있는 누각 이름도,

봉이 운다는 봉명루鳳鳴樓가 아니겠소."

그러던 인보는 아까보다 한층 낮을 크게 찡그렸다.

"헌데, 한양에서 간 지관地官 하나가 그 고을에 무척 나쁜 짓을 했었소."

그러는 품이, 제가 사는 고장을 누가 해코지한 것처럼 보일 지경이었다.

"아, 남보다 집터나 묏자리를 잘 잡는 사람이 말입니까요?"

아연한 표정을 짓던 홍억이 홀연 염려하는 빛을 띤 얼굴로 말했다.

"그 말씀 들으니, 소인의 재종 치목이 걱정됩니다요."

인보는 눈을 끔벅거리며 물었다.

"그건 무슨 말이오?"

홍억은 대답하지 않을까 하다가, 지금 내가 하는 말이 천 리 밖에 있는 치목의 귀에 들릴 리도 없고, 하는 마음에서 털어놓았다.

"솔직히 성질이 난폭한데다, 아무 여인네나 넘보는 못된 습성이 있는 지라……."

"아무 여인네나 말이오?"

인보는 찔리는 구석이 있어 목소리가 바닥에 깔렸다.

"친척을 두고 할 소리는 아니지만, 말도 못 할 위인인뎁쇼."

홍억은 고개를 절레절레 흔들었다. 대책 없는 사람이란 뜻이었다. 하지만 그는 말도 못 하는 게 아니라 주절주절 잘도 주워섬겼다.

"고향에 살 때도 이력이 붙었습지요. 나중에는 자기가 살고 있는 동네에서 그럴 대상이 없어지게 되자 다른 곳으로 진출했다니까요?"

한참이나 그러고 나서야 기억이 나는지 좀 전 이야기를 끌어왔다.

"하온데, 아까 말씀하신 그 지관이 무슨 짓을 했다는 것입니까요?"

인보는 효원을 향한 그리움과 애틋한 감정에 괜히 코를 훌쩍인 후 대답했다.

“남쪽에 있는 남강 변을 통해서 그 고을로 들어오던 길을, 말티고개(마현馬峴)라는 고개의 중간 허리를 파서 그리로 곧장 들어오게 만들면, 예전보다도 인재가 배나 더 나올 거라고 했다는 거요.”

남의 고을에 얽혀 있는 지난 이야기를 잘 안다 싶었지만, 듣고 있으니 자신도 모르게 빠져들고 있었다.

“그런데 무슨 문제가 생겼다는 말씀인뎁쇼?”

인보는 채신머리없다 여겨질 만큼 자기 왼팔을 두어 번 흔들어 보였다.

“강 목사 하는 말씀이, 그 말티고개는 일컫자면 봉황의 왼쪽 날개에 해당하는 곳인데, 음.”

세상에 있지도 않은 봉황의 왼쪽 날개가 어떻고 하는 소리에 홍억은 내심 어이가 없어 쓴웃음을 지었다.

“엉터리긴 해도 신기한 얘기인뎁쇼. 봉황의 왼쪽 날개라.”

“결국, 그곳에 큰길을 낸다는 것은, 봉황 날개의 기운을 끊어 놓는 일이었고, 그러니 어찌 봉황이 힘차게 날아오를 수 있겠소이까?”

실제로 존재하는 새 이야기를 하는 것 같았다.

“그건 결국 지맥을 손댄다는 소린데…….”

홍억도 어디서 주워들은 풍수설이 있는지 그렇게 중얼거리면서 그 장면을 그려보는 눈치더니, 이내 머리를 휘휘 내젓는 품이 아무래도 납득이 되지 않는 모양이었다. 그러나 인보는 자신의 말에 도취된 모습이었다.

‘아, 효원이 내게서 새처럼 훌쩍 날아가 버리면 어쩌나?’

봉황새 이야기를 하다 보니 그런 두려움과 걱정이 앞섰다.

‘영원히 빠져나갈 수 없는 새장을 무슨 수로 만든다?’

제 혼자 고민하는 인보 심정이야 어떻든 홍억은 좀 전에 알고자 했던 것을 다시 물었다.

"그렇다면 무슨 문제가 있었다는 말씀입니까요?"

인보가 시무룩이 대답했다.

"그 후로는 인재가 예전만 못하게 돼버렸다는 사연이었소."

"한양 지관이 왜 속였을까요?"

"생각해보나 마나 샘이 나서 그랬던 게 아니었겠소."

강득룡 목사도 혹여 효원에게 마음을 주고 있는 것은 아니겠지? 문득 그런 의문이 솟구치면서 인보는 잔뜩 샘이 난 얼굴이 되었다.

'효원이 나에게 수청을 들게 한 것으로 보아서는 그게 아닌 것 같긴 한데, 그렇다고 그 능구렁이 같은 강 목사를 완전히 믿어서는 안 되지.'

사람은 한번 검은 마음이 되면 다시 하얀 마음이 되기는 어려운 법이다. 일단 강 목사를 의심하게 되자 인보의 상상은 제멋대로 날개를 달기 시작했다. 그리고 그가 그럴수록 더 위험한 사람은 효원이었다.

'두 가지로 보면 되겠다. 그 하나는, 그동안 데리고 있다가 이제 싫증이 나서 선심이나 쓰자고 나에게 넘겨준 것이고, 또 하나는, 제 곁에다 두고 계속 귀여워해 주고는 싶으나 출세욕에 눈이 멀어 재물로 삼기로 한 것, 그렇게 말이지.'

그러나 어느 쪽이든 간에 효원만 이 인보 첩실로 삼을 수 있으면 만사형통이라고 보았다.

"샘이 나서 말입니까요?"

"그것 말고는 무슨 이유가 있겠소."

"허, 그렇다고 어떻게 그런 짓을 합니까요?"

"사람이라고 해서 다 사람이 아니지 않소."

그들은 새카맣게 모르고들 있었다. 한양에서 천 리나 떨어져 있는 그 남방 고을에 얽힌 옛이야기는 잘도 주고받으면서도, 정작 그 당시 거기 한양 땅에서 벌어지고 있는 일에 대해서는 알지 못했다.

삼일천하. 그렇다. 역사가 일컫기로는 소위 '삼일천하'였다.

우정총국 개국 축하연을 이용하여 민 씨 정권의 고위 관료들을 살해하고 더 나아가 새로운 정부를 수립한 급진개화파. 그들은 곧이어 청나라와의 종속관계를 마감하는 등, 일본 메이지 유신을 본보기로 삼아 근대국가를 세우려고 했다. 그렇지만 청군의 개입으로 사흘 만에 끝나버린 정변이었다.

온건개화파에 속해 있는 인보로서는 그걸 알았든 몰랐든 크나큰 다행이 아닐 수 없었다. 하지만 그는 나랏일도 나랏일이거니와 자신이 사흘 동안 머물렀던 남방 고을에 대한 미련에서 벗어나지 못했다. 공교롭게도 똑같은 3일이었다. 하지만 나라든 개인이든 그 짧다면 짧고 길다면 긴 기간이 끼친 여파는 엄청난 것이다.

그는 어떻게 하면 효원을 한양으로 데려올 수 있을까 하는 그 한 가지 궁리에만 오로지 정신을 쏟아부었다. 강득룡 목사에게 근사한 미끼를 던지면 가능할 것도 같았다. 인보 자신을 사다리 삼아 한양으로의 입성을 꿈꾸려는 야심을 은근슬쩍 드러내 보이기도 한 강 목사였다.

'거기 음식들을 또 먹고 싶어 미칠 것 같아.'

좋게 보면 자기에게서 무엇을 가져가도 좋고, 나쁘게 보면 자기에게 무엇을 갖다 주어도 싫다더니, 효원이 좋으니까 그 나머지 것들도 깡그리 좋은 인보였다.

'그곳 교방 교자상은 그야말로 예쁜 꽃밭을 한 상 받는 것 같았지. 어쩌면 그렇게 오색찬란한 상차림일 수 있을까?'

특히 지금 와서 돌아봐도 입안 가득 군침이 사르르 감도는 것은, 하룻밤 숙성시켜 내놓았다고 강 목사가 대단히 자랑삼던 조선잡채였다. 온갖 해산물에다 쇠고기, 도라지, 고사리, 산채 등속을 겨자에 무친 그 음식은, 여러 날 동안 이어지는 큰 잔치에서 계속 사용할 수 있다고 했다.

'그 술은 또 어땠느냐고. 술을 백락지장百樂之長이라고 하는 까닭을 알게 해주었던 그 술.'

평양 기생과 쌍벽을 이룬다는 그 고을 관기들 가무를 즐기면서, 기녀 효원을 옆에 두고 영웅호걸같이 들이켜던 술맛이라니. 왕이 내리는 어사주御賜酒나 선도仙道를 닦아 도에 통한 사람이 마신다고 하는 신선주神仙酒가 그러할까.

'그런데 아무래도 좀 이상했어.'

인보가 여러 번이나 갖는 의문이었다. 목사의 명이 있었음에도 효원은 순순히 응할 자세가 아니었다. 아니, 그 정도가 아니라 강한 거부의 기운까지 분명 느꼈다.

'혹시 효원에게 따로 마음에 두고 있는 정인情人이 있는 건 아닐까?'

급기야 그런 의구심을 품기에 이르렀다. 그러자 그는 불현듯 더없이 초조해지기 시작했다. 시간이 급하다고 생각했다. 강 목사가 안줏거리 삼아 들려준, 강혼이라는 선비와 그곳 관기와의 사랑 이야기가 되살아나기도 했다.

"이 고을에는 오래전부터 전해오는 '선비와 기녀' 이야기가 있지요."

그런데 어쩐지 강 목사 표정이 떨떠름해 보였다. 인보가 내심 의아해하고 있을 때 강 목사 입에서 그 까닭이 흘러나왔다.

"목사도 함께 등장하는 이야기인데, 솔직히 털어놓자면, 나로선 그 목사가 한 짓이 영 마음에 들지가 않아요."

"목사 영감께서 목사가 한 짓이……."

"사람은 자고로 그 신분 고하를 막론하고, 다른 이들이 싫어하는 일을 자행해서는 아니 될 터."

강 목사 자신은 꼭 남들 마음에 드는 일만 하는 사람처럼 행세했다.

인보는 속으로, 참 여러 가지로 놀고 있네? 하고 빈정거리면서도 겉으로는 그의 이야기에 귀를 기울이는 시늉을 했다.

본관이 진주인 강혼은 월아산 밑에서 태어났다고 전해진다. 김종직의 문인으로 연산군 무오사화 때 유배되었다가, 시와 문장이 아주 뛰어나 연산군의 총애를 받아 도승지가 된 인물이다.

"질곡이 많은 삶을 살다가 간 그였군요."

인보 말에 강 목사는 픽 싱겁게 웃었다.

"누가 본관에게 그 이야기 주인공을 한 사람만 꼽으라면, 나는 남자인 강혼보다도 비록 무명無名이긴 하지만 그 여자를 들겠소."

"아, 예. 그 여자, 그러니까 그 기녀……."

인보는 들을수록 이야기에 빨려들었다. 부처님도 어떻게 하신다는 여자 이야기가 아닌가 말이다. 그럼에도 강 목사는 세상 여자를 저주하듯 했다.

"아무튼 여자, 여자가 문제라니까?"

강혼은 젊은 시절 그곳 어떤 관기와 깊은 사랑에 빠졌는데, 새로 부임한 목사가 기녀들을 점고點考하다가, 하필 강혼의 연인이 눈에 들어 수청 들게 하였다. 이에 강혼은 기녀의 소맷자락에 시 한 수를 써 주었다. 그 시를 발견한 신관 목사는 당장 그 시를 지은 자를 잡아들이라고 호통을 쳤고, 기녀는 물론 아전들도 강혼이 큰 화를 입을 거라고 어쩔 줄 몰라 했다. 그런데 천만뜻밖에도 목사는 주안상까지 차리게 하여 백면서생 강혼을 융숭하게 대접하는 게 아닌가.

"아, 대체 어쩐 연유이기에?"

인보 귀에는 미국인들이 하던 영어같이 도무지 이해할 수 없는 소리가 아닐 수 없었다. 강 목사가 의문을 풀어주었다.

"강혼의 글 솜씨와 호기에 감복한 거지요."

그러면서 강 목사는 딴에는 목청을 가다듬어 「증주기贈州妓」라는 제목으로 문집에 실려 있는 그 시를 들려주었다.

목사라면 삼군을 거느리는 장군인데
나는 고작 글 읽는 선비에 불과하도다.
마음속에는 좋고 싫음이 확실할진대
몸단장은 진실로 누구를 위해서인가.

인보는 효원의 정인이 있다면 고위관리는 아닐 거라는 나름대로의 판단을 내려 보았다. 그렇다면 제까짓 게 이 인보만큼 세도를 부리지는 못할 것이다. 대궐에 줄을 댈 수 있는 그인 것이다. 하지만 또 달리 짚어보면 그게 중요한 건 아니었다.

그 시처럼 효원이 마음속으로 연모하는 사내가 있다면? 삼군을 거느리는 장군인 목사를 마다하고 고작 글 읽는 선비에 불과한 자를 따르려 한다면? 효원의 몸단장이 이 인보를 위해 하는 몸단장이 아니라면?

남자는 겉으로 표현을 하지 않아서 그렇지, 실상은 여자들보다도 질투심이 몇 배 강하다는 말이 사실이었다. 인보는 뿌드득 이빨을 갈았다. 걸리기만 하면 마구 칼을 휘두르고 싶은 심정이었다.

'대체 어떤 작자일까? 내 그놈을 알기만 하면 당장 요절을 낼 것이다!'

인보는 엄청난 시기로 인해 이성마저 잃을 지경에 이르렀다. 연적戀敵을 폄훼하고 나아가 그가 사는 고을까지 얕보기 시작했다.

'제가 아무리 잘났다고 해도 남방 끄트머리에 겨우 붙어 있는 고을의 한갓 이름 없는 백면서생일 것이거늘.'

인보는 알지도 못하는 '그놈'을 향한 증오감이 부글부글 끓어올랐다. 자존심이 크게 상해버린 것도 속일 데 없는 사실이었다. 다른 모든 것을 제쳐두고서라도 명색 황제 명을 받들어 미국이라는 거대한 나라를 다스리는 대통령까지 알현하고 온 그 자신이었다. 지금 이 나라를 통틀어 저 깊고 넓은 태평양을 건너본 사람이 과연 몇이나 되겠는가 말이다. 그런 자 있으면 당장 나와 보라지.

'내가 더 참을 수 없는 것은…….'

끝내 밥이고 죽이고 가리지 않는 인보의 공격 대상은 효원으로 정해졌다. 한양에 비하면 '통시' 같은 그 고을 미천한 관기 따위가 감히 천하의 이 인보에게 해 보이던 행태라니. 귀하신 몸을 모신다고 황감해 해도 뭐할 텐데.

'절대로 포기할 수 없어. 설사 상감의 어명이라도 말이야.'

심지어 이 일은 사사로운 남녀 정분 문제가 아니라 사내대장부 웅지雄志라는 아주 엉뚱한 망상마저 드는 인보였다. 그리고 막바지에는 그 여자에게로 옮겨졌다.

'그런 여장부도 사내에게 순종했거늘.'

우정총국 개국 축하 연회가 한창일 때 화약을 대통에 조금씩 넣어 가지고 있다가, 외간에 불이 일어남을 신호로 삼아 통명전에 불을 지른 고대수라는 궁녀에 생각이 미쳤던 것이다.

그런 최고 여걸도 급진개화파 남자 누군가의 명령을 받아 자기 목숨을 걸고 임무를 수행했을진대, 좀 과장 섞어 한주먹도 안 될 자그마한 관기 따위를 잘난 이 인보가 어찌 손아귀에 넣지 못할쏘냐? 현재의 이 상태를 유지하면서 줄만 잘 선다면 나의 앞길은 꽃길인 것을.

'강혼보다 더한 자라도 효원을 넘겨줄 수 없다. 차라리 내 목숨을 달라고 하라지. 어림 반 푼어치도 없다고.'

그렇게 혼자 속으로 씨부렁거리는 인보 머릿속에는 또 다른 정변 하나가 왕왕 들끓기 시작했다. 강득룡 목사가 내게 효원을 주지 못해 안달 나

할 멋진 미끼나 훌륭한 계략이 없을까? 찾아보면 반드시 있을 것이다.

종로 광통교 옆에 있는 약방에서 일어난 청나라 병사의 총기 사건은 조선 천지에 엄청난 파문을 불러일으켰다. 방방곡곡을 노한 파도 더미처럼 휩쓸었다. 한양에서 천릿길이나 되는 그곳 남방 고을도 예외는 아니었다. 사람들은 옷 입는 것도 밥 먹는 것도 잠자는 것도 잊을 지경이었다.

– 인자 요 나라는 폭삭 망해뻿다. 그리키나 원통절통한 일을 당하고도 반피겉이 있어야 하다이.

– 조상 보기 부끄러버서 우찌 사노? 시상에, 넘의 나라에 들와서 지 안방맹커로 설치고 댕긴다쿠는 기 말이나 되나 오데.

– 약방 쥔 아들을 쥑잇담서? 그래도 주인은 안 죽고 쪼매 다치기만 해서 큰 다행 아이가. 그란데 와 총을 쐈다쿠는데?

– 아, 화적 보따리 털어묵을 눔 아이가? 약값도 안 내고 약을 그냥 가지갈라쿤께 누가 가마이 있겄노.

– 그라모 약값 달라쿤께 고마 총을 갖고…….

– 그거 하나만 봐도 우리가 올매나 그런 것들한테 당하고 있는지 알 것다.

배봉의 이번 부산포행은 그런 위험하고 어수선한 분위기 속에서 이뤄졌다. 나라야 뭐가 어떻게 되든지, 촉석루 기둥을 뽑아 이를 쑤시든지 말든지, 내 한 몸 우리 가정 하나 잘되면 그뿐이라는 극히 이기적인 인간의 표본이라 여길 만했다.

그런데 동업직물을 놓고 볼 때 그 여정은 퍽 중요한 의미를 지니고 있었다. 배봉은 동업 하나만 대동하고 일본 상인들을 만나러 길을 떠난 것이다. 이것은 곧 배봉이 억호, 동업 순으로 사업체를 잇게 하겠다는 후계 구도가 아니고 무엇이겠는가?

그즈음 동업은 서원에서 단연 두각을 드러냈다. 천강서원 간판으로 얼굴을 내밀 만 했다. 다른 원생들은 감히 겨뤄볼 엄두도 내지 못했다. 스승들도 그의 영특함에는 혀를 휘휘 내둘렀다. 말하자면 배봉의 신뢰를 듬뿍 받게 된 것이다.

'돈 말고 또 내 소원 한 개가 더 이뤄질랑갑다. 요새는 에나 살맛나는 기라.'

못 배운 천한 상놈 출신인 배봉은 점박이 자식들이 공부 좀 잘해주기를 그렇게도 소원했지만, 아무리 정성을 들이부어도 학업과는 철저히 담을 쌓은 쪽이었다. 서책을 조상 팔아먹은 원수보다도 싫게 여겼다. 그런 판국에 손자의 학문 실력이 온 고을에 자자하니 그로서는 천추의 한을 푸는 셈이었다.

"동업이 니 요분 기회에 사업을 우찌하는 긴고 똑똑히 봐 놔라. 내중에 써 묵을 밑천을 장만하는 그런 자리가 될 끼다."

배봉은 동행 길에 동업에게 그런 소리도 여러 차례나 했다. 서원 스승들에게서 예의범절 반듯한 제자로 알려져 있는 동업은, 배봉이 보기에도 어디 한 구석 나무랄 데가 없었다. 동업도 이제는 어렸을 때처럼 할아버지를 마냥 두려워만 하는 게 아니라 깍듯이 모시면서도 조손祖孫의 정을 느끼게 했다.

'우리 새 며늘아기 공이 에나 크다.'

덩달아 큰 득을 보게 된 사람이 해랑이었다. 배봉은 날이 갈수록 새 며느리가 얼굴뿐만 아니라 마음까지 예뻐 보였다. 어떨 땐 비단으로 만든 여자 같다는 생뚱맞은 생각까지 할 정도였다. 하지만 그의 착오라고 할 수는 없었다.

동업이 그렇게 훌륭한 젊은이로 성장할 수 있게 된 데에는 해랑의 각별한 가정교육이 있었다. 첫 번째 아이 유산으로 더 임신할 수 없는 석녀의 몸이 돼버린 해랑은, 동업과 재업을 친자식처럼 아끼고 보살폈다. 그리고 사람은 주는 대로 받는다고, 동업과 재업도 해랑을 친모같이 대했다. 될 집은 작대기를 거꾸로 꽂아도 꽃과 열매가 주렁주렁 달리는 나무가 된다더니, 그건 바로 지금 배봉 집안을 두고 필요한 말이었다.

세상사 한쪽이 무엇을 얻으면 다른 한쪽에서는 무엇을 잃게 돼 있다. 벙어리 나간 곳에 귀머거리 들어온다는 말도 있다.

"쯧쯧. 은실 에미는 텍도 안 된다 고마."

배봉은 혀를 크게 차며 애먼 사람에게 저주 퍼붓듯 했다. 시아버지 눈으로 보기에, 둘째 며느리 되는 만호 처 상녀는 골백번 까무러쳤다가 다시 깨어나도 도저히 해랑의 상대가 못 되었다. 그 집안에 들어온 순서 따윈 아무짝에도 쓸모가 없는 기준이라고 치부하였다.

"어이구, 악아이."

"아버님."

"그래, 그래."

"예."

며느리 사랑 시아버지라는 말은, 해랑과 배봉 사이를 두고 생겨난 신조어 같았다. 오는 정 가는 정이라고, 해랑 또한 배봉에 대한 마음 씀씀이가 크게 달라지고 있었다. 친아버지 용삼만큼이나 좋아졌다. 비화로서는 부지깽이로 복장을 칠 노릇이었다.

해랑은 사려 또한 깊은 며느리였다. 배봉이 동업을 대동하고 부산포에 간다고 했을 때, 억호보다 더 기뻐하고 고마워한 사람이 해랑이었다.

"아버님, 잘 생각하싯심니더. 잘 생각하싯심니더."

배봉은 며느리의 깊은 심지에 감동한 듯 흡족한 미소를 띠었다. 노망기 있는 늙은이처럼 굴었다.

"내가 잘한 기제? 그렇제?"

해랑은 길고 가느다란 목이 부러질까 불안해 보일 만큼 세게 끄덕였다.

"예, 아버님. 에나 잘하신 깁니더."

온 집안이 봄날이었다. 꽃가루보다 좋은 황금가루가 날리는 듯했다.

"함 두고 봐라."

배봉은 산 같은 배를 쑥 내밀며 명문가를 입에 올렸다.

"우리 가문이 조선 최고 맹문가가 될 날이 반다시 온다 고마."

"하매 왔십니더, 아버님."

그러고 나서 해랑은 정성스레 꿀물을 타서 내놓으며 이 세상에서 가장 자기 아들 장래를 생각하는 어미처럼 부탁했다.

"동업이도 아버님의 뛰어난 사업 수완을 이어받거로 해주시이소."

배봉은 꿀물이 든 그릇을 아주 맛나게 비우고 나서 말했다.

"아암, 여부가 있것나."

"우짜모 아버님은!"

"아이다, 아이다."

"예?"

"무신 소리고? 내 큰손자 아인가베."

"아, 예. 지는 무신 말씀인지 몰랐십니더."

배봉은 큰 비밀 하나를 넌지시 일러주듯 했다.

"큰손자는 작은손자하고는 또 다린 기라."

"우찌예?"

"그기 무신 뜻인고 니도 내중에 동업이하고 재업이가 커서 장개들어 갖고 손주 보거로 되모 알 끼거마는."

"손주 안 봐도 알것십니더, 시방 아버님 그 말씀예."

"어허, 그런 기가? 허허허."

너털웃음을 터뜨린 배봉은 제 감정에 너무 도취된 탓일까? 하지 말았어야 할 말을 그냥 쏟아낸 것이다.

"암만캐도 안 있나, 우리 동업이가 저러키 잘난 거는 말이다, 천성적으로 지 에미 니 머리를 딱 그대로 닮아서 그런갑다."

"그, 그."

해랑은 눈앞이 아찔해지면서 말을 하지 못했다. 어디서 난데없이 날아온 쇠뭉치에 머리를 호되게 얻어맞은 기분이었다. 머리든 팔다리든 무어든 그들 두 사람이 천성적으로 서로 닮을 유전적遺傳的 인자因子는 온 세상천지를 다 뒤져도 찾을 수 없는 것이다.

"어? 내가 시방!"

비록 나이 들어가도 절간 젓국을 얻어먹을 만치 눈치 하나는 비상한 배봉이었다. 그는 해랑의 돌연한 그 반응을 보는 순간, 당장 사태의 심각한 흐름을 간파하고는, 그 특유의 유들유들한 말투를 구사하기 시작했다.

"악아, 내 이약은, 이 시애비 말뜻은, 어, 들어봐라."

"예……."

"천성이 아이고, 천상, 알제, 처언사앙? 그런께네 동업이 머리가 천상 에미 니 머리다, 그만치 똑! 소리 난다, 그 말인 기라."

해랑은 무슨 응대든 하긴 해야겠는데 별안간 입이 얼어붙어 버린 것 같기도 하고, 그에 앞서 머릿속이 텅 비어 아무것도 떠올릴 수 없는 게 사실이었다. 시아버지가 한 그 말에서 받은 충격이 그렇게 컸다.

"그라고 참, 인자 함 두고 봐라. 재업이도 동업이매이로 될 낀께네."

징그러울 정도로 임기응변에 능한 배봉이 아닐 수 없었다. 그는 재업을 입에 올림으로써 자연스럽게 동업의 이야기에서 빠져나오고 있었다.

"아, 우리 재업이도예?"

그에 힘입어 해랑의 말문도 터졌다. 해랑은 잠시 말을 하지 못한 데서 잃은 것을 만회라도 하려는 사람 같아 보였다.

“아버님도 우찌 지하고 그리키나 똑겉은 생각을 하고 계싯십니꺼? 하모, 맞십니더. 재업이도 그리 될 날이 반다시 올 깁니더.”

“하모, 하모.”

동업 이야기는 그렇게 끝이 났다.

“고맙십니더, 아버님.”

“내가 더 고맙제.”

만약 해랑이 동업의 출생 성분을 안다면 그런 소리를 할 수 없었을 것이다. 비화 남편 박재영과 불륜녀 허나연 사이에서 태어난 아이가 동업이란 사실을 알게 되면, 그 자리에서 까무러쳐버릴 것이다. 그리고 그다음 일은 천지신명조차도 예측하지 못할 것이다.

그건 배봉이나 억호 또한 마찬가지일 것이다. 아니다. 해랑보다 훨씬 더 큰 충격을 받을 인간들이 그자들이었다. 그냥 까무러칠 정도가 아니라 영영 세상과 이별하지 않을까? 그렇게 될 것이다. 그것이 아니다. 원체 독종들인지라 끝까지 살아남을 것이다. 그리하여 지금보다 몇 배 더 강렬하고 모진 독기를 내뿜을 것이다.

어쨌거나 그런 측면에서만 보자면, 최고 우위를 지키는 게 종년 언네였다. 그녀는 동업이 나연의 아들임을 간파했다. 동업직물의 생명줄을 손아귀에 움켜쥔 셈이었다. 그렇지만 언네 역시 동업이 재영의 핏줄이라면 기절초풍할 수밖에 없을 것이다.

그러나 해랑이나 언네, 배봉과 억호, 누구도 죽었다가 다시 깨어나도 모를 것이다. 비화가 이 세상 누구보다 동업에 관해 잘 알고 있다는 사실을.

그뿐만이 아니었다. 양득의 입을 통해 동업이 배봉과 함께 부산포 일본 상인들을 만나러 간다는 것을 알게 된 꺽돌과 설단에게서 그 이야기를 전해 들었을 때, 비화가 받은 충격은 무슨 말로도 나타내기 어려웠다. 그것은 남강 물이 역류하는 정도가 아니라 하늘로 치솟는 것과 같은 일이었다. 비화는 영원히 풀 수 없을 만큼 마구 뒤엉켜 있는 실타래를 망연자실 손에 쥐고 있는 기분이었다. 진실의 함정 같은 것이었다.

'인자 머가 우떻게 되는 기고? 동업이가 저런 식으로 되모 말이다.'

영리한 비화는 배봉이 억호 다음으로 동업을 그의 후계자로 지목할 계획이란 것을 금세 알아차렸다. 그다음 또 그다음 일도 모조리 청사진을 그려 놓고 있을 것이다. 실제로 그렇게 된다면? 상상이 현실이 된다면?

그녀가 밤낮으로 그토록 강하게 부정하고 우려한 대로 준서와 동업은 서로에게 칼을 겨눌 수밖에 없다. 비화 자신과 해랑은 벌써 다시는 돌아올 수 없는 다리를 건너버렸다.

경영수업

앉은뱅이 용쓰는 것 같은 비화의 걱정이나 소망과는 철저히 상관없이, 이미 동업은 배봉과 함께 부산포에 당도하여 일본 상인들을 만나고 있었다.

그것은 전반적으로 보아 상상할 수 없는 엄청난 진전, 아니 반전이었다. 모든 것은 급속도로 변화되고 있었다.

그런데 동업이 서원에서 배우고 있다는 소리를 들은 사토는, 조선의 근대식 교육에 대한 이야기를 꺼내 배봉과 동업을 깜짝 놀라게 했다. 특히 아직은 연소한 동업은 그들과의 첫 대면에서부터 기가 죽는 느낌이었다. 그러잖아도 난생처음 보는 일본인들인데 그런 것까지 안다니 인간이 아니라 유령 같아 보여 몰래 가슴을 쓸어내리기도 했다.

"원산에 가서 그곳 학사學舍를 둘러본 적이 있스무니다."

사토 말에 늙은 여우처럼 의심이 많은 배봉은 미심쩍은 눈빛을 풀지 못했다.

"원산, 그 먼데꺼지는 우찌 가시거로 됐십니꺼?"

"제 말씀을 못 믿으시는 모양이무니다."

그러면서 사토는 빙그레 웃었다. 기분 나쁠 정도로 여유가 넘쳐 보였다.

"그곳 원산은 개항과 동시에 우리 일본인들의 거류지가 만들어지고, 일본 상인들이 상업 활동을 시작한 곳이무니다."

'아, 그랬었구마!'

동업은 좋든 싫든 어느 정도 이해가 되었다. 최소한 처음부터 거짓으로 나오지는 않는다는 걸 알았다는 사실만으로도 조금은 경계심이 엷어졌다. 하지만 그렇다고 긴장이 줄어든 건 아니었다.

"아, 예."

배봉은 원숭이 같은 저 왜놈이 우리 조선에 대해 모르는 게 없구나 싶어 배알이 꼴렸다. 그런데 더 놀라운 소리는 다음에 나왔다.

"저희 회사 직원들도 거기 가 있스무니다. 하하."

배봉은 물론이고 동업도 몹시 놀랐다.

"예에? 그, 그런?"

부산포에만 일본 상인들이 있는 줄 알았다. 언제 어떻게 그런 곳까지 진출했을까? 아니, 그보다도 그들이 게다짝을 디딘 곳이 도대체 몇 곳이나 된다는 말인가?

"그 덕분에 저도 좀 아는 게 있스무니다."

사토는 자랑스러워하는 얼굴로 말을 이어갔다. 어떻게 들으면 한 수 가르쳐준다는 투였다.

"원산 주민들은 상당히 개화된 사람들 같스무니다."

그게 감탄인지 빈정거림인지, 아니면 또 다른 말인지 배봉으로서는 짚어낼 길이 없었다. 그동안 배봉이 겪어본 바에 의하면 좀처럼 속내를 잘 드러내지 않는 게 그네들의 속성이랄까, 더 나아가 민족성이 아닐까 했다.

그에 견주자면, 배봉의 눈에 비친 조선인들은 어리석을 정도로 솔직했다. 그리고 그것은 곧바로 손해나 패배로 이어질 공산도 컸다. 그래서 배봉은 자기는 그렇게 되지 않을 거라고 굳게 다짐했다.

"그렇스무니다."

사토는 또 말했다.

"상공업 분야에서 저희 일본국에 뒤떨어진다는 사실을 알고, 원산학사를 세워 한문 교육뿐만 아니라 신교육도 시키기 시작한 것을 보면……."

"음."

"아, 그런 면에서는 우리 임 사장님도 마찬가지라고 보무니다."

거기서 말을 그친 사토는 식탁 한가운데 올려 있는 크고 화려한 도자기 화병에 꽂힌 꽃을 한참이나 바라보았다. 그전에도 그들과 이런 자리를 한 적이 있는 배봉과는 달리 동업은 처음 경험하는 서양식 오찬 자리였다.

'식사하는 자리도 그렇지만도, 음식도 에나 희한 안 하나.'

납작한 접시에 담겨 나온 맛있는 음식과 목이 기다란 유리잔에 채워진 술 향기가 코끝을 자극하여 절로 군침이 감돌게 했다. 수저와 함께 상 위에 놓여 있는 저 서양 포크와 나이프라는 것도 참으로 신기하기만 했다.

"이번에는 제가 한마디 하겠스무니다."

사토 말이 끝나자 무라마치가 동업을 향해 입을 열었다.

"제 동생이나 조카 같은 생각이 들어서 하는 말씀인데, 다음에 만날 때는 꼭 우리 일본 음식을 대접하고 싶스무니다."

그러자 동업보다 배봉이 먼저 맞장구쳤다.

"어이쿠! 일본 음식을 말이지예?"

동업은 할아버지가 너무 저자세다 싶어 그저 지나가는 투로 물었다. 너희 나라 음식에는 별반 관심이 없다는 것을 우회적으로 나타내듯 하였다.

"일본 음식은 우떤 것들이 있는데예?"

유리잔의 목이 지나치게 길고 가늘어 여간 조심조심 다루지 않으면 탁 깨뜨릴 것 같은 우려 끝에, 동업은 바닥에 떨어져도 잘 파손되지 않는 투박한 조선 뚝배기가 떠올랐다. 또한, 동시에 나오는 생각이, 서양 것이라고 다 좋은 것은 아니구나, 우리 것보다 더 안 좋은 것도 있구나, 하는 거였다.

"아, 종류들이 많스무니다."

그런데 무라마치는 동업의 의도를 읽지 못하고 자랑할 좋은 기회다 여긴 듯, 쭉 빠진 하관을 부지런히 놀리며 잔뜩 늘어놓기 시작했다.

"초밥, 우동, 다꾸앙(단무지), 오뎅(어묵), 단팥죽, 청주……."

사토는 흡족한 표정으로 고개를 끄덕이고 있었다. 늘 보고 먹고 하는 것들이어서 새로울 것도 없을 텐데 그러고 있는 게 가증스러워 보였다.

"허! 에나 천지삐까리거마는."

이번에도 가시 섞인 말을 하는 배봉이었다.

"시간이 없어서 모두 말씀드리지 못하는 것을 양해해주셨으면 하무니다."

입으로는 그러면서 또 계속 늘어놓는 무라마치는 한층 신바람이 붙는 모양이었다. 자기들 물건을 팔아먹기 위해서는 당장 간이라도 빼줄 것 같이 하는 족속들이 바로 저 왜놈들이구나! 하는 생각을 동업은 했다.

"참 맛도 있스무니다."

무라마치 그 말을 들은 사토가 그렇다는 듯 이번에는 좀 더 크게 고개를 끄덕였다.

"하! 맛꺼정도?"

배봉은 입맛을 다시는 흉내까지 냈다. 할아버지와 일본인 중 누구 연기가 더 뛰어난지 판단하기가 쉽지 않은 동업이었다.

"청나라 장사치들이 만들어 파는 그 중국 요리나 만두, 찐빵 같은 것들보다도 몇 배나 더 좋스무니다. 하하."

비겁하게 다른 나라 음식까지 걸고넘어지는 무라마치였다. 하지만 배봉은 중국보다 일본을 더 좋아한다는 걸 노골적으로 드러내 보였다.

"허, 중국 요리보담도 좋다이 존갱시럽십니더."

동업은 들을수록 계산적이고 간악한 자들이란 경각심을 접을 수 없었다. 구태여 청나라 장사치들 이야기를 꺼낼 필요까지 있겠는가 말이다. 조선과 일본 두 나라에 대한 것만 말하면 될 것이다.

"자, 자."

"어서 드시고요."

사토와 무라마치는 내기라도 하듯 서둘러 음식을 권했다. 친절함을 넘어 간사한 구석이 전해졌다.

"그라이시더. 같이 듭시더."

배봉은 일본 상인들에게 먼저 말하고 동업에게도 말했다.

"자, 묵자."

"예, 할아부지."

동업은 아직 술은 마실 수 없고 대신 앞에 놓인 음료수만 자꾸 들이켰다. 깜냥에도 외국인과의 사업 거래가 여간 힘든 게 아니구나 싶어 식은땀이 솟아나려고 했다. 심지어 사람에게 가장 힘든 대상은 귀신이나 호랑이 같은 것보다도 사람이 아닐까 하는 생각까지 들었다.

'사업의 성패는 물건보담도 사람에 있는 거 겉다. 사람과 사람.'

그러자 할아버지가 더할 나위 없이 우러러 보이고 좋아졌다. 지금까지 집에서 보고 생각해왔던 그 할아버지가 아니었다. 그것은 지극히 일부분에 지나지 않았으며, 그의 전체라고 할까, 진짜 면모는 그 자리에서 볼 수 있는 것 같았다.

"그 원산 학사라쿠는 거 안 있심니꺼."

배봉은 먹는 음식보다도 훨씬 고상하고 격조 높은 화제라는 듯, 저 원산 학사 쪽에 더 관심을 나타내는 것처럼 했다. 그렇다면 동업 자신이 크게 잘못 판단했을 수도 있다. 할아버지는 일본인들 앞에서 비굴하게 군 게 아니라 오히려 아주 노련한 솜씨로 그들을 다루고 있었던 게 아닐까.

"우리 손주 댕기는 천강서원하고 가리방상한가 아인가 싶어갖고 말입니더."

배봉의 말을 다시 사토가 받았다.

"제가 아는 바로는……."

배봉은 너도 잘 들으라는 듯 옆에 앉아 있는 동업을 한 번 보고 나서 물었다.

"그 원산 학사라쿠는 데서는 우떤 공불 시키던가예?"

그건 얼핏 봐선 주객전도였다. 조선인이 조선 땅에 있는 학사를 외국인인 일본 사람에게 묻는다는 것은, 아무리 그게 작금의 슬프고도 비정상적인 현실이라 할지라도 그러했다.

그런데 배봉은 설마 그것까지 알까 해서 대충 던져본 소리였다. 하지만 아니었다. 사토는 외우고 있었던 듯 줄줄이 말하기 시작했다.

"에, 우선 필수과목에 산수, 과학, 농업, 기계, 양잠, 채광, 법률, 지리, 세계 역사, 그리고 우리 일본어를 가르치고……."

그는 유독 일본어라는 말을 끝에 따로 떼 내어 그것에 한껏 힘을 실었다. 그러고는 전공과목으로, 문예반은 한문, 무예반은 병서와 무예를 교육시키더라는 거였다.

"우짜모 기억력이 그리도 좋으십니꺼? 하도 많고 복잡해갖고 내사 들어도 금세 모돌띠리 잊아삐것십니더. 글키 대단한 학사를 우찌 세웠는고, 암만캐도 믿을 수가 없십니더."

"저희 회사 직원들 말에 의하면 거기 덕원 읍민, 특히 상인들이 발 벗고 나섰다고 하무니다."

사토의 조선말 실력은 워낙 유창하여 나중에는 두려울 지경이었다. 악착같은 그의 면모를 거기서도 느낄 만하였다. 오죽했으면 동업 생각에 혹시 그는 일본 사람으로 변장한 조선 사람이 아닐까 싶었다. 하지만 그자의 외모라든지 행동거지 등으로 짚어보아 일본인인 것은 확실해 보였다.

"덕원 부사도 관심이 높았던 것 같스무니다."

사토의 말을 듣는 도중에, 동업은 자신이 서원에서 배우는 것과 원산학사라는 곳에서 가르치는 것을 내심 유의 깊게 견주어 보았다. 어떤 내용은 같은 것도 있지만 아무래도 서원보다는 학사 쪽이 서양 문물을 아는 데는 좀 더 나을 듯싶었다.

'우리 천강서원이 최곤 줄 알았더이.'

나는 좁고 얕은 개울물에서 파닥거리는 피라미라는 자각이 드는 동업이었다. 그때 무라마치가 문득 떠올린 듯 배봉에게 물었다.

"청나라 병사가 한양 종로에 있는 약방에서 조선인을 총으로 쏴 죽였다는 사실은 알고 계시무니까?"

배봉이 아주 화난 목소리로 대답했다.

"시방 그일 땜새 우리 조선 사람들이 모도 흥분해서 야단 난리지예."

동업도 그 사건에 대해서 들은 것이 있어 마음이 안 좋아지면서 의분이 일었다. 상 위의 서양 나이프가 이상할 정도로 눈을 사로잡았다. 그건 동업 스스로 짚어 봐도 더럭 겁이 나는 현상이 아닐 수 없었다.

"하! 야단 난리?"

무라마치가 조금 전처럼 신바람 붙은 어투로 되뇌었다. 조선인의 청국에 대한 나쁜 감정에 더 불을 붙이려는 짓임이 틀림없었다.

'저눔이 각중애 떠올라서 물은 기 아이고, 무신 다린 뜻이 있어갖고 미리부텀 딱 계산해놨다가 그 이약을 역부로 꺼낸 기라.'

배봉이 너무 역겹고 가증스럽다는 생각을 굴리고 있는데, 사토가 제 딴에는 크게 깨달았다는 듯 고개를 세로로 저으며 이런 말을 했다.

"역시 신문의 힘이 무섭다는 것을 잘 말해주는 사건이무니다."

"신문?"

배봉이 반문하자 사토는 굉장히 으쓱해하는 모습이었다.

"아, 잘 모르시는 모양이무니다."

"예? 좀."

"한양에 있는 '한성순보'라는 신문에서 그 사건을 보도한 것이무니다."

사토는 조선에서 일어나는 일에 관한 한 속속들이 꿰차고 있다는 태도였다. 그 진위를 떠나 무서운 자라는 것을 동업은 또다시 수긍하지 않으면 안 되었다. 저런 자와 사업을 해도 괜찮을까 하는 의구심이 솟았다.

"한성순보라꼬예?"

배봉도 동업도 듣지 못한 이름이었다.

"청나라가 참 못된 나라이무니다."

또 그 소리였다. 이번에는 내 차례라는 듯 무라마치가 말했다.

"그 신문 보도가 나간 지 한참 지난 후에, 북양대신 이홍장 명의로 된 항의서를 보냈다는 것이무니다."

"으음."

배봉은 억지로 놀라는 빛을 감추려는 모습이었다. 동업도 어쩐지 주눅이 들어 입이 잘 떨어지지 않았다. 무엇에 쫓기는 사람 목소리로 배봉이 물었다.

"그, 그래갖고 우, 우찌 됐답니꺼?"

사토가 그쪽 계통에 썩 밝은 사람처럼 대답했다.

"조선 정부는 그 기사가 잘못되지 않았다는 회답을 했스무니다마는."

"아, 우리 정부에서 말입니꺼?"

배봉이 손에 쥐고 있던 포크를 쟁반 위에 내려놓으면서 동업을 향해 보일락 말락 고개를 두어 번 흔들었다.

'버거븐 왜눔들 아이가?'

그런 무언의 표시였다. 아직 세상 물정 한참 어두운 동업 눈에도 앞에 앉아 있는 자들이 예사로 보이지 않았다. 그는 깜냥에도 이런저런 상념들이 새끼를 쳤다.

장사를 하려면 저렇게 세상 돌아가는 것에도 밝아야 하는구나. 다른 사람들 마음에 대해 명경 알같이 꿰뚫고 있어야겠구나. 과거시험에 급제하여 높은 관리가 되기도 어렵지만, 거상巨商이 된다는 것 또한 쉬운 일이 아니구나.

그런데 그자들이 그 사건을 상세히 아는 이유가 사토에 의해 곧 밝혀졌다.

"실은 그 기사를 작성한 사람이 제 집안과 좀 관계가 있스무니다."

배봉은 놀랍기도 하고 부럽기도 하다는 얼굴로 말했다.

"대단한 집안이거마예."

그런데 사토는 자랑과 울분이 엇갈리는 기색을 엿보였다.

"이노우에라고 한성순보 논설위원인데, 그 사건 때문에 해고되고 말았스무니다."

배봉은 내심 고소했지만, 겉으로는 참 안됐다는 표정을 지었다.

"해고예? 그렇다모 회사에게 쫓기났다쿠는 이약 아입니꺼?"

"그렇스무니다."

동업 귀에 일본인들 말끝마다 붙는 '~무니다'라는 소리가 왠지 크게 거슬리게 들렸다.

"참 나쁜 청나라 아니무니까?"

사토의 말은 꼭 닫혀 있는 갈색 방문과 고상한 무늬의 벽지가 붙은 사방 벽면에 부딪혀 음식이 가득 차려진 커다란 상 위로 흩어져 내리는 듯했다.

배봉은 앞의 자기 직감을 재차 확인했다. 조선 정부에서 펴내는 관보官報에 일본인이 논설위원으로 앉아 있다고 하는 그 소리는, 현재 조선과 일본이 그만큼 친근하다는 것을 은근슬쩍 드러내 보이는 것이다. 그러니 민간인인 너희도 청나라 사람들과 가까이할 생각은 접어버리고 우리 일본인과 더 잘 지내도록 하라는 협박 섞인 회유였다.

배봉은 우선 당장에는 뭐 크게 나쁠 것은 없다고 판단했다. 나중에 사정이 바뀌면 왜놈 장사치 따윈 헌 게다짝처럼 내팽개쳐버리고 중국인과 거래하면 그만이었다. 장사꾼은 상대가 누구든 잇속만 챙기면 장땡이 아니냐? 더욱이 김호한의 딸년 비화가 우리 동업직물을 따라잡을 거라고 저렇게 아등바등 설치고 있는 걸 놓고 볼 때 더 장사에 달라붙지 않으면 안 되는 것이다.

'우리 동업직물 비단이 온 세계를 누비고 댕길 날이 올 때꺼지 말이다.'

그런 속셈 끝에 배봉이 다시 바라본 옆자리의 동업은 아직 나이는 몇 살 되지 않아도 매우 믿음직스럽게 여겨졌다. 아무리 내 손자지만 감탄이 절로 터져 나오려 했다.

'저눔 하는 거 함 봐라.'

저보다 나이 많은 무라마치를 상대로 하여 이야기를 나누는데, 그 모습이 무척이나 안정되고 늠름해 보였다. 오히려 무라마치가 안간힘을 다하고 있는 듯했다.

'어, 맛 조오타!'

배봉은 더없이 흡족해 술이 그렇게 달 수 없었다. 안주도 입에 찰싹 들러붙는다.

'비화 고년 외아들 늙은 빽보가 돼서 바깥출입도 잘 안 할라쿨 낀데, 우리 동업이는 에나 으즛(의젓)하다 아인가베.'

비화 아들 생각에 이어 억호와 분녀 얼굴도 떠올랐다.

'굼베이도 굴림 재조가 있다더이, 장 애만 믹이쌌는 억호 그눔이 그래도 아들 한 개는 우찌 저리키 기똥차거로 잘 맨들었을꼬? 죽은 분녀한테 감사해야 안 하나.'

그 동업이 친핏줄이 아니라 비화 남편 재영의 자식으로서 업둥이라는 사실을 까마득히 모르는 배봉은 혼자 속으로 완전히 결정해버렸다. 만호가 아니라 억호에게 동업직물을 물려주기로. 그리고 동업이 성장하여 그 뒤를 잇게 되면 동업직물은 지금보다도 한층 큰 규모로 성장할 것이다. 동업은 그런 역량을 충분히 갖추었다는 사실이 오늘 이 자리에서 넘치도록 입증되었다.

"보면 볼수록 임 사장님이 정말 대단한 손주분을 두셨스무니다. 똑똑하고 얼굴도 잘생기고 말이무니다."

사토도 무라마치와 당당히 대화를 나누는 동업이 부러운지 그렇게 말하면서도 벌레 씹은 인상을 감추지는 못했다.

"아, 그것도 그렇지만도 안 있심니꺼."

술기운이 얼큰하게 오른 탓일까, 배봉이 그만 결정적인 말실수를 하고 말았다.

"쟈(저 아이) 에미가 에나 미인이지예. 해랑이라꼬 하모, 우리 고을에서는 모리는 사람이 하나도 없……."

일순, 사토와 무라마치가 깜짝 놀란 얼굴로 동시에 입을 열었다.

"해랑? 해랑이라면 관기 아니무니까?"

"맞스무니다, 장인어른. 지난번에 임 사장님께서 말씀하셨스무니다. 다음에 그 기녀를 우리에게 소개시켜주신다고 말이무니다."

절로 코가 벌름거려질 만큼 향기로운 음식 냄새를 풍기던 그곳 공기가 딱 흐름을 멈추는 듯했다.

"아."

경악한 건 단지 일본인들뿐만 아니었다. 동업도 두 눈을 휘둥그레 뜨고 배봉에게 무슨 말인가를 하려 했다.

'으, 내가 무신 망발이고.'

배봉은 손등으로 이마에 솟는 땀을 닦았다. 위기에 처할 때마다 나타나는 오래된 그의 습성이었다.

'크, 큰일 났다. 이, 이 일을 우, 우짜노?'

그야말로 빼도 박도 못하게 돼버렸다. 더군다나 동업이가 있는 자리였다. 눈앞이 캄캄하고 가슴이 덜컹거렸다.

'요눔의 주디가 웬순 기라, 웬수. 맷돌로 싹 갈아뻴라.'

배봉은 궁지에 몰려 쩔쩔 맸다. 하지만 그의 기지는 아직도 녹슬지 않았다. 그는 일부러 '허허' 하고 큰소리로 너털웃음을 터뜨린 후에 이렇게 말했다.

"두 분께서 틀리거로 기억하고 계시네예."

그러면서 배봉은 많지도 않은 턱수염을 손으로 쓰다듬었다. 그 모습이 얼핏 그의 고향에 있는 목 관아를 거쳐 간 목사들을 연상시켰다.

"예에? 틀리게요?"

"뭐가 말이무니까?"

그들은 별로 듣기 좋지 못한 소리라는 거부감을 노골적으로 표현했다. 말끝이 마치 공격 직전의 맹수 꼬리같이 빳빳이 곤두섰다. 드디어 본색을 드러낸다고 해야 할 것이다

"지금 무슨 말씀을 하시무니까?"

사토는 벌게진 얼굴로, 역시 기분 상한 얼굴을 하고 있는 무라마치를 보며 말했다.

"우리 사위나 내가, 기억 하나는 어디에 가나 자랑하무니다."

그러나 배봉의 안색은 조금도 변하지 않았다. 철면피의 전형이 거기 있었다. 그는 서안 앞에 앉은 선비가 서책을 넘기면서 큰소리 내어가며 글을 읽을 때 하는 것처럼, 상체를 좌우로 천천히 흔들면서 이렇게 응대했다.

"우리 조선 속담에, 머도 머에서 떨어진다쿠는 말이 있십니더."

그러고 나서 얼굴에 웃음까지 띠면서 잘못된 것을 자상하고 친절하게 바로잡아주는 사람처럼 했다.

"지가 전에 이약한 그 기녀는 해랑이 아이고 애랑이지예, 애랑."

"애랑?"

사토와 무라마치는 마주 보며 고개를 갸우뚱했다. 그걸 본 동업이 말했다.

"맞십니더. 해랑이라쿠는 분은 지 새어머이지예."

이번에도 두 일본인은 매우 의외라는 듯 한꺼번에 반문했다.

"새어머니?"

'아아들은 크는 줄 모리고 큰다더이.'

배봉은 위기를 넘기는 데 거들어주는 동업이 고맙고 대견스러우면서도, 한편으로는 동업이 위험할 만큼 많이 자랐다는 생각이 들었다. 이러

다가 내가 밀리는 세대가 되지나 않을까 우려가 될 정도였다.

'저 얼골도 함 봐라, 저기 우찌 아 얼골인고.'

그때 동업은 죽은 분녀를 떠올리는지 퍽 슬픈 표정을 짓고 있었는데, 그건 세상 밑바닥까지 모조리 알아버린 사람의 아프고 쓰라린 표정이 아닐 수 없었다.

'우짜다가 지 에미가 그리 일쯕 죽어삐갖고, 에잉.'

동업과 마찬가지로 분녀가 동업의 친모라고 알고 있는 배봉은 스스럼 없이 말했다.

"맏며누리가 죽고 새며누리가 들어왔지예."

사토와 무라마치 낯빛이 당혹스러워 보였다. 그들은 약속이나 있은 사람들처럼 엉덩이 밑에 깔고 앉은 방석을 바르게 하고 있었다.

"그렇다면 새로 들인 며느리라는 말이 아니무니까?"

사토의 그 말을 듣자 집안 약점이라도 드러내 보인 것 같아 기분이 언짢아졌지만, 배봉은 그렇게 말해줄 수밖에 없는 처지였다. 그래서 잃은 것을 좀 만회라도 하고 싶은 마음에 이렇게 말했다.

"그라고 자랑이 아이라, 그 며눌아기가 진짜 음식 솜씨가 기똥찹니더. 특히나……."

거기서 배봉은 또 아차! 싶어 퍼뜩 입을 다물었다.

'허, 내가 실수 연발이다. 오늘 자꾸 와 이라노?'

어느 방에선가 제발 정신 차리라는 듯 사람 소리가 들렸다.

'사업을 번창시킬라쿠는 기가, 사업을 모돌띠리 말아무울라쿠는 기가?'

저 교방 음식 이야기였다. 해랑은 교방 관기로 있을 때 배운 음식 솜씨를 발휘하여 배봉 입을 즐겁게 해주었다. 독한 시어머니 짓을 하는 운산녀도 음식 하나에서만은 해랑을 함부로 꾸짖지 못했다. 지금 동업과 재업 형제가 저렇게 튼튼하게 성장하는 것도 해랑이 만든 음식을 잘 먹기 때문이었다. 오죽하면 집안 남녀 종들 사이에서도 해랑이 요리한 반찬을 '밥도둑'이라고 할까.

그뿐만이 아니었다. 간혹 귀한 거래처 사람들을 집으로 초대하여 해랑이 만든 음식을 내놓으면 사업은 일사천리로 진행되었다. 절대 안 될 거라고 포기하다시피 했던 일도 성사되었다. 앞으로도 거래를 끊지 말자고 저쪽에서 달라붙었다. 물론 음식보다도 해랑의 빼어난 미모가 더 큰 역할을 했다고 할 수 있었다.

어쨌거나 조개, 전복, 낙지, 문어, 가오리 같은 해물로 만든 해물찜과 해물전은 입에 착착 들러붙었다. 칼집 넣은 전복에 야채를 집어넣고 소금물을 부어 살짝 발효시킨 전복 김치도 그 고을 교방이 자랑하는 한정식이었다. 그게 사실인지 아닌지는 잘 알 수 없지만, 한때는 임금님 수라상에도 올랐다는 말도 있었다.

배봉이나 억호뿐만 아니라 심지어 해랑을 형수로 인정하려 들지 않는 만호까지도 해랑이 만든 냉면을 아주 좋아했다. 밥보다 소화가 훨씬 더 잘될뿐더러 무엇보다 치미는 술의 열기를 잘 식혀주었기 때문이다. 술독을 풀어주기로는 조선팔도에서 최고라고 소문이 자자한, 비화가 운영하는 나루터집 콩나물국밥과 비견할 만했다.

밀가루를 반죽하여 바지락 국물에 말아 먹는 밀면은 부추, 숙주, 애호박 등을 고명으로 얹어 한층 더 맛깔나게 하였다. 자라를 껍질째 통째로 여러 시간 걸려가며 푹 끓인 자라탕도 별미였다.

"언제, 미인에다 음식 솜씨도 뛰어난 그 며느님을 꼭 한번 만나보고 싶스무니다."

사토 말에 배봉은 또 한 번 너털웃음을 터뜨렸다.

"그전에 말씀 안 드리던가예? 저희 고을에는 꽃 겉은 기생들이 버글

버글하다꼬예."

배봉은 다시 얼굴이 펴이기 시작하는 사토와 무라마치에게 이런 말을 하여 관심을 다른 곳으로 돌렸다.

"그보담도 지가 드릴라꼬 가지온 선물부텀 기정하시지예."

일본 상인들은 배봉이 그때까지 자기 옆자리에 놓아두었다가 상 위에다 올려놓는 화려한 비단 보자기를 보자 꿀꺽 침부터 삼켰다. 동업 눈에 퍽 게걸스럽게 비쳤다.

"우짜모 기생보담도 이기 더 좋을 깁니더."

그러면서 배봉이 눈부신 비단 보자기를 풀어헤치자 모습을 드러낸 것은 나전칠기로 만든 경대였다. 사토와 무라마치 입이 찢어질 정도로 쩍 벌어졌다.

"이, 이게 뭐, 뭣이무니까?"

사토 물음에 배봉이 천천히 입을 열었다. 발음도 거의 방언이 느껴지지 않을 만큼 무척 정확하게 나오는 게 다른 사람 목소리 같았다.

"나전귀갑문좌경입니더."

일본 상인들이 합창하듯 큰소리로 되뇌었다. 동업 눈에는 그 모습들이 그의 집에서 키우고 있는 거위들처럼 보였다. 말도 사람 말이 아니라 시끄럽게 꽥꽥거리는 거위 소리 같았다.

"나전귀갑문좌경?"

배봉은 또렷또렷한 어조로 일러주었다.

"예, 나전귀갑문좌경."

동업은 자신도 모르게 할아버지를 바라보았다. 조금 전에 느꼈지만, 그 물건에 대한 발음은 너무나 한양 말씨에 가까웠다. 그렇게 하는 의도도 어렴풋이 깨달았다.

'할아부지가 발음 연습을 한거석 하신 기 틀림없는 기라. 무신 효과가 있을랑가 없을랑가 그거는 잘 모리것지만도, 우쨌든 한양 말을 써서 그만치 저 물건 가치가 높다쿠는 거를 알리줄라는 긴갑다.'

동업은 다소 황당하고 어이없다는 기분이 들면서도 그런 추측을 해보았다. 평상시 엉뚱한 데가 많은 할아버지이고 보니 내 판단이 크게 그릇되지는 않을 것이라는 생각도 들었다. 아무튼, 그게 제대로 먹혀들어 갔다.

"하! 하!"

일본인들은 연방 감탄하는 소리를 냈다. 그것은 가식이 아니라 참마음에서 나오는 반응 같았다. 동업이 그렇게 볼 정도이니 배봉이 간파하지 못했을 리가 없었다.

"솔직히 지가 신갱 쪼매 썼지예."

배봉은 좀 더 단단하게 다져둘 양으로 공치사를 아끼지 않았다. 이런 소리까지 했다.

"이거는 국보급입니더, 국보급."

"구, 국보급?"

동업 눈에도 예사로운 화장도구가 아닌 성싶었다. 아버지 억호가 새어머니 해랑을 위해 갖가지 값비싼 규방 가구를 사다 주었지만 지금 보는 것보다는 못하다는 생각이 들었다. 누가 보더라도 참으로 화려하면서도 품위가 있는 좌경이다.

"일본에 돌아가시모 부인께 드리이소."

그것의 용도까지 친절하게 알려주는 배봉 말에 사토 입귀가 늑대처럼 찢어졌다.

"우, 우리 처에게 말이무니까?"

"하모예. 우리 겉은 사업가 부인들 고생이 에나 장난이 아이다 아입니꺼?"

재주를 스무 번도 더 넘는 여우같이 다시 그곳 말씨로 돌아갔다.

"안팎으로 멤 써야 할 일들이 쌔삣고, 머 안 그렇심니꺼."

배봉은 장사든 다른 무엇이든 간에 상대하는 집의 여자를 잘 잡아 놓으면 일은 한결 술술 잘 풀리고 수월해진다는 사실을 터득하고 있었다. 그러고 보면, 이 세상 남자들은 알맹이는 여자들에게 빼앗기고 빈껍데기만 둘러쓰고 앉았는지도 모른다.

"모리기는 몰라도, 일본 황실 왕녀들도 이런 갱대는 없을 낍니더."

배봉은 언제부터인가 달변가로 변해 있었다. 입에 기름 한 말은 발라 놓은 것처럼 참으로 번드르르했다.

"우리나라 황실 왕녀들도 없을 경대라."

무라마치가 중얼거렸다. 별안간 그의 안색이 핼쑥해 보였다. 왠지 모르게 심경도 좀 복잡해지는 듯했다.

"그라모 같이 좀 보까예?"

"예, 임 사장님."

배봉은 경대 하단의 여닫이문을 열었다. 서랍이 있는 작은 직사각형 뒤에는 거울이 붙어 있다.

"자아, 요기 이거를 우짜는고 하모예."

배봉은 뭉툭한 손가락으로 뚜껑을 열어젖히고 비스듬히 세워 보였다.

"잘 함 보시소."

뒷면만 빼고 천판과 좌우 측면, 앞면 전체에 육각형 귀갑문이 자개로 가득 장식돼 있다. 또한 귀갑문 내부마다 다시 작은 꽃무늬로 아름답게 꾸몄다.

"보신께 우떻심니꺼?"

"아, 예."

일본 상인들은 둘 다 그것에만 눈을 주느라 여념이 없고 배봉이 다시 말했다.

“이리 훌륭한 나전칠기 기법을 비이주는 갱대는 에나 만내기 안 쉽지예. 안 쉬븐 정도가 아이고 몬 볼 낍니더, 몬 봐.”

“어디 좀 보겠스무니다.”

사토가 그것에 손을 가져가다 불에 덴 것처럼 급히 거둬들이며 감탄해 마지않았다.

“마, 만지기도 겁이 나무니다. 정말 정말 대단한 물건이무니다. 참으로 놀라지 않을 수 없스무니다. 이걸 보고도 그러지 않는다면 사람이 아니무니다.”

그것을 눈이 빠지게 보고 있던 무라마치가 물었다.

“서랍에 대나무 무늬가 장식돼 있는데, 왜 대나무 무늬인 것이무니까?”

“아, 에나 좋은 질문을 하싯네예.”

배봉은 아까처럼 상체를 천천히 이리저리 흔들어가며 점잖게 얘기했다. 그는 그것에 대해 굉장히 공부도 많이 해온 모양이었다. 그렇다면 동업이 예상한 대로 그 경대 이름에 대한 한양 말씨 연습도 했을 것이다.

“에, 그거는 절조를 상징하는 깁니더.”

“절조?”

배봉 대답에 장인과 사위가 동시에 반문했다. 배봉은 여자에게 각별히 통달하고 있는 것같이 행세했다. 어떻게 들으면 세상 여자들에게 그렇게 하도록 강요하는 말처럼 들리기도 했다.

“여자가 절조 빼고 나모 오데 여잡니꺼?”

사업 길에 나선 이후로 적어도 배봉이 받아들이기에는, 거래하는 상대가 세상 여자들에 관하여 얼마만큼 깨치고 있느냐에 따라서, 그 회사 규모라든지 자산을 판단하는 게 그 바닥 관례였다. 그러니 결국 여기에서도 여자, 저기에서도 여자, 여자의 비밀이 최고라고 여겼다.

“그러고 보니 저도 생각나무니다.”

무라마치는 공동 확인이라도 하려는지 배봉과 동업을 번갈아 보며 말했다.

“조선 여자들의 절조가 굉장히 높다고 들었던 기억이 있스무니다.”

동업은 어쩐지 낯이 부시는 바람에 가만히 있는데, 배봉이 손으로 자기 목을 탁 내리치는 시늉을 하며 말했다.

“그냥 높은 정도가 아이고, 그거를 지킬라꼬 스스로 목심을 끊기도 하지예.”

“아, 목숨까지 말이무니까?”

“지 절조를 범할라쿠는 사내가 있으모, 장 품 안에 지니고 있는 은장도로 콱 찔러 쥑이삐기도 안 합니꺼.”

“주, 죽이기도?”

“그 정도사 우리 조선 여자들한테는 약과라고 봐야 합니더.”

한참 자랑삼아 늘어놓은 배봉은 다시 사토에게 얼굴을 돌렸다.

“부인께서 이거를 쓰시기 되모, 인자 이 시상 우떤 여자들보담도 절개와 지조가 뛰어난 핸처가 되실 낍니더. 하하.”

사토가 되뇌었다.

“현처賢妻?”

실눈을 한층 가늘게 떠 보이며 배봉이 말했다.

“그렇지예.”

무라마치는 나이프로 자른 육고기를 포크로 찍어 입에 넣고 오물거렸다.

“하! 내 아내가 어진 아내로?”

사토가 더할 수 없이 흥분한 얼굴로 경대를 보고 있더니만 엄청난 사실을 발견한 목소리로 물었다.

"가만, 서랍 손잡이에 있는 이 무늬는 박쥐가 아니무니까?"

그 순간에는 동업 눈에 일본인들이 어두운 동굴 속에 살고 있는 음침한 박쥐처럼 보였다. 이렇게 말하는 할아버지 배봉도 그렇게 비쳤다.

"박쥐지예. 박쥐 맞심니더."

사토는 진정으로 탄복하는 빛이었다. 그 자리에서 이제까지 벌써 몇 번을 그렇게 하고 있는지 신물이 날 지경이었다.

"내 일찍이 조선인들의 공예 솜씨가 탁월하다는 사실은 잘 알고 있었지만 어떻게 이리 섬세하게 만들 수 있는지요?"

동업은 갑자기 지금 그들이 앉아 있는 고급 요릿집 별실이 동굴처럼 느껴져 서둘러 그곳을 빠져나오고 싶었다.

"그런 훌륭한 조상님을 두신 임 사장님 같은 분과 상거래를 할 수 있다는 게 저희로서는 너무나 과분한 일이 아닐 수 없스무니다."

"무신 말씀을?"

상대방 말수가 많아지자 배봉은 반대로 극히 말을 아끼는 눈치였다. 그 또한 오랜 사업 경험을 통해 얻어낸 처세술 중의 하나였다. 그는 사토가 밑천을 드러내듯이 계속 지껄이고 있는 소리를 한동안 듣고 있다가 짤막하게 말했다.

"복이지예."

"복?"

일본인들 그 소리가 동업 귀에는 '억' 하는 소리로 들렸다.

"박쥐 말입니더. 그거는 복을 상징하는 기지예."

배봉은 마치 자기가 이 세상 복을 좌지우지하는 것처럼 굴었다.

"박쥐 문양은 안 흔하지예."

사토도 시인했다.

"그래서 드리는 말씀이무니다."

배봉은 경대 모서리와 경첩, 감잡이, 네모 자물쇠판을 골고루 만지며 말을 이었다.

"이기 모도 백동으로 맹글어져 있다 아입니꺼."

배봉은 완벽하게 몸에 익은 습관인 듯 얼마 안 되는 턱수염을 솥뚜껑 같은 손으로 무척 점잖게 쓰다듬으며 말했다.

"백동이 올매나 고급 재료인고는 아시지예?"

"알고말고요."

사토와 무라마치는 갈수록 감격스러워하는 빛이었다. 그러다가 사토는 행여 배봉의 마음이 변하여 주지 않으면 어떡하나 염려가 되어 분명히 확인을 받아두어야겠다고 작정한 모양이었다.

"이리 귀한 것을 우리한테 선물하시겠다는 것이무니까, 임 사장님?"

배봉은 굵고 짤막한 손가락 끝을 들어 채신머리없을 만큼 음식상 가장자리를 톡톡 소리 나게 두드리면서 말했다.

"두 분께 한 개씩 몬 드리서 미안합니더."

그 말을 들은 동업 가슴속에서 뜨거운 무엇인가가 확 치밀어 올랐다. 일본인들이 어떤 표정을 짓고 있는지는 보고 싶지도 않았다.

"그라고는 싶지만서도, 이기 근분 구하기가 하늘 별따기라서예."

그러면서 배봉은 볼 낯이 없다는 듯 스르르 눈까지 감아 보였다. 사토가 제 입에 들어 있는 음식물이 밖으로 튀어나올 정도로 고개를 마구 내저었다.

"아니무니다, 아니무니다."

동업이 들어올 때 보니 손님들이 쉴 새 없이 출입하고 있었는데, 모두 어디에 가서 있는지 사람들 소리는 나지 않고 있었다. 아마도 다른 방들과는 좀 떨어진 별실이어서 그런 게 아닌가 싶었다.

"하나만 해도 얼마나 고마운 일인지 모르무니다."

사토는 선심성 용단을 내리는 얼굴로 말했다.

"좋스무니다. 지난번 계약했던 것보다도 두 배, 세 배, 아니 다섯 배, 그렇스무니다, 다섯 배를 구입하겠스무니다."

그러고는 손가락 다섯 개를 전부 쫙 펴 보였다. 그는 손가락이 더 있으면 더 있는 그만큼 더 사겠다고 할 사람 같아 보였다.

"다섯 배!"

배봉은 벌어지려는 입을 가까스로 숨겼다. 이윤이 단숨에 다섯 배로 뛰어올랐다. 제 키의 다섯 배 높이로 껑충 날아오르고픈 기분이었다.

'시방 저것들이 아아들 반주깨비를 하고 있는 거는 아이것제?'

동업도 기분이 나쁘지는 않았지만 그래도 마음 한구석이 어쩐지 께름칙하면서 썩 유쾌한 것은 아니었다. 무엇보다 사업은 서로 대등한 위치에서 이루어지는 것으로 알고 있는데, 사토는 큰 선심이라도 쓰는 것처럼 구는 게 더욱더 거슬리는 것이다. 그자의 간교함은 거기서 그치지 않았다.

"저희에게 넘기실 그만 한 비단은 있겠스무니까?"

사토가 은근슬쩍 이쪽 사업체 규모가 어느 정도 되는지를 알아보려는 듯 그렇게 물었다. 배봉 또한 자신감 넘치는 목소리로 이런 말 달기를 잊지 않았다.

"남강 물은 말라도 동업직물 비단은 바닥 안 나고, 비봉산 흙은 없어져도 동업직물 비단은 살아남는다쿠는 말이 있십니더."

일본 상인들이 박장대소를 했다.

"우리 임 사장님 입담은 세상에서 당할 자가 없을 것이무니다. 언제 어디서 그렇게 배우셨는지 저희에게도 기회를 좀 주셨으면 하무니다."

배봉은 고고한 선비처럼 아주 정색을 한 얼굴로 말했다.

"천만의 말씀입니더. 그라고 딴 사람한테는 몬 넘기도 두 분께는 안 아끼고 싹 다 넘기것심니더."

동업은 할아버지가 더없이 천박하고 비굴하게 느껴지면서 심지어는 혐오스럽기까지 했다. 일본인들에게 꼭 저렇게 좋은 경대를 선물하면서까지 이 장사를 해야 하는가 하는 거부감마저 일었다. 그러고는 속으로 다짐했다.

'내가 꼭 저거를 우리나라로 도로 가지오고 말 끼다.'

포크와 나이프를 사용하는 소리가 요란했다. 술은 젊은 무라마치보다 나이 먹은 사토가 더 잘 마셨다. 그리고 그들 둘이 들이켜는 술을 다 합친 것보다 배봉 혼자 마시는 술의 양이 많았다.

'저라다가 술이 마이 취하시모 실수할랑가도 모리는데 우짜노.'

동업은 걱정이 되기 시작했다. 그러나 그건 한갓 기우에 지나지 않았다. 배봉보다 사토가 먼저 술 마신 티를 냈다. 그렇다고 해서 술주정을 부리는 것은 아니고 짐짓 더 친근한 관계인 것처럼 나온 것이다. 동업은 씁쓰레한 기분으로 생각했다.

'사업을 할라모 능구렁이 몇 마리는 고아묵어야 하는 모냥이다.'

언제 음식상 이쪽으로 넘어온 것일까, 동업의 어깨를 감싸듯이 해오는 어떤 손이 있었다. 깡마르고 메마른 듯하면서도 엄청난 아귀힘이 느껴지는 무라마치 손이었다.

'오랫동안 무예를 닦아온 자의 손 겉다. 가라데? 유도? 검도? 우떤 쪽이든 간에 고수임에 확실타.'

굵고 강한 쇠사슬이 전신을 옥죄어오는 느낌이었다.

'앞으로 상구 더 조심 안 하모 안 되것다. 우짠지 기분이 안 좋은 기라.'

그런 생각과 함께 오른손을 들어 제 왼쪽 어깨를 움켜쥐듯이 하는 무라마치 손을 슬그머니 떼 놓는 동업의 얼굴에, 이번에는 술기운이 서려 있는 무라마치의 더운 입김이 훅 뿜어졌다.

동업은 당장 벌떡 일어나서 그자의 뺨이라도 후려치고 싶은 충동을 가까스로 억누르며, 정신적으로나 신체적으로나 좀 더 강한 사람으로 거듭나야겠다는 결심을 굳혔다.

탈주, 그 이후

임금을 상징하는 나무패인 궐패闕牌를 모셔 놓은 객사客舍.

왕명을 받고 조만간 조정에서 내려올 관리가 묵을 숙소를 막 둘러본 강득룡 목사는, 지난 초하룻날 궐패에 분향례를 행하던 일을 잠깐 머릿속에 떠올렸지만 이내 씻은 듯이 말끔히 잊어버렸다.

비봉산이 높직이 올려다보이는 곳에 자리 잡은 객사는 그동안 봉직을 했던 어떤 고을 객사보다도 규모가 컸다. 하지만 지금 그의 마음은 어떻게 하면 전임 하판도 목사처럼 한양으로의 입성을 할 수 있을까 하는 사리사욕만으로 꽉 차 있었다. 내가 그 하 목사보다 못한 게 뭐가 있느냐고 자존심 싸움이라도 벌일 태세였다.

'분명히 나에게 기회가 오기는 왔는데…….'

안달이 나서 도저히 못 참을 것 같은 그였다.

'사람이 한평생 살아가면서 딱 세 번의 기회가 온다고 했거늘, 어쩌면 이게 나의 마지막 기회가 될지도 모르겠다.'

객사 중앙 궐패를 모신 오실과 좌우의 익사도 제대로 눈에 들어오지 않았다. 그는 양옆으로 둘러 있는 회랑을 지나 출입문 앞에 있는 다락루

쪽으로 느린 걸음을 옮겨갔다. 봉명루다.

"음."

그가 주위 사람들을 다 물리치고 혼자 거닐고 있는 데는 남모를 사연이 있다. 바로 얼마 전에 이 고을을 다녀간 한양 선비 고인보에게서 군침을 흘리지 않을 수 없는 제안, 아니 뿌리칠 수 없는 유혹을 받았던 것이다. 만약 효원을 자기 첩이 되게 해주면 고위직에 손을 써서 한성부로 자리를 옮기게 해주겠다는 약조였다. 그날 이후로 그는 잠을 제대로 이루지 못했다. 얼굴은 부석부석했고, 심하지는 않았지만, 현기증까지 덤벼들었다.

'에이, 동헌에 가서 더 고민을 해봐야겠다.'

강 목사는 신성한 객사에서 줄곧 제 출셋길 하나만 생각했다. 어떤 면에서 그는 하판도 목사보다도 더 심한 부패 관리였다.

원래 객사라는 곳은 그저 단순한 관영여관이 아니다. 부임한 고을 수령이 망궐례를 드리는 신성한 의식의 공간이다. 그래서 동헌보다도 더 위계가 높은 관청이다. 고을 중심에 자리하고 있다는 것만 보더라도 그렇다. 읍성을 대표하는 얼굴이기도 하다.

'쇠뿔이 내 손아귀에 들어와 있다.'

서둘러 관아로 돌아온 강 목사는 드디어 결단을 내리고 효원을 부를 작정을 했다. 내가 어엿한 이 고을 최고 실권자 목민관인데 관기 하나쯤이야 여겨졌다.

'아니, 나에게 감사해야지.'

효원도 좋아할 것이다. 어디 그런 신분에 있는 사람의 첩살이가 쉬운가 말이다. 손끝에 불을 켜고 하늘로 올라가는 행운인 것이다.

"부르셨사옵니까?"

효원이 이내 대령했다. 오래전 일이지만, 세조 임금 당시 악학도감과 장악서를 계승한 장악원掌樂院 하부의 좌방左坊과 우방右坊을 합쳐 부른 교방. 조선 후기로 들어서서 교방을 지방에도 두었는데, 그 고을 교방 또한 대부분의 다른 고장들과 마찬가지로 읍성 안의 최고 중요한 위치에 있는 관아에 딸려 있어, 관문 밖 객사 근방에 자리하고 있었다.

"그래, 그래. 내가 불렀느니라."

그런데 막상 효원을 눈앞에 앉혀놓고 보니 어쩐지 금방 입이 떨어지려고 하지 않았다. 어린아이가 손에 들고 빨아먹는 눈깔사탕을 빼앗아 먹는다는 것까지는 아니어도, 얼굴에 뭔가 씐 듯 간질간질한 느낌이 들었던 것이다.

"영감."

효원은 여자의 직감으로 심상치 않은 일이 벌어지려고 한다는 것을 느꼈다. 그녀는 놀란 토끼 눈을 하고 강 목사를 바라보았다. 그러잖아도 크고 둥근 두 눈이 그 순간에는 말 그대로 화등잔 같았다.

"네가 누구보다도 뛰어난 기녀로서, 그동안 교방에서 무척 고생을 많이 한 것으로 알고 있나니……."

처음부터 말도 되지 않는 소리였다.

"그, 그거는 아, 아이옵니더!"

효원 스스로 돌아봐도 자기가 다른 관기들보다 더 뛰어난 것도 더 고생한 것도 없었다. 해랑이라면 군계일학과도 같은 기녀였던지라 이런 말을 들을 수도 있다. 효원 입장에서 억지로 들라면, 검무 솜씨가 남보다 돋보였다는 정도였다.

"그래서 내가 이번에 효원이 널 각별히 생각해서……."

강 목사는 한다는 말마다 흐지부지 끝을 흐려버리곤 했다. 평소에는 말버릇이 그런 사람이 아니라는 걸 효원은 잘 안다. 그녀는 온몸에 벌레가 스멀스멀 기어 다니는 느낌을 떨치지 못했다.

“낮이 간지럽사옵니더, 나리.”

그러자 강 목사는 짐짓 장난을 치거나, 더 나아가 너무 어울리지 않게 아양까지 떠는 품으로 나왔다.

“에이, 간지럽기는?”

효원은 자꾸만 불안하고 초조했다. 여기에는 분명히 무엇인가가 있다. 짙은 안개 속에서 발톱을 감추고 있는 괴물과도 같은 그 무엇이다.

“이몸은 그런 대우를 받을 만한 그릇이 몬…….”

효원이 그 말을 끝맺기도 전에 홀연 귀를 먹먹하게 하는 고성이 터져나왔다.

“어허, 잔말이 많구나?”

효원은 흠칫 입을 다물고 소스라치며 몸을 옹송그렸다.

“본관이 그렇다면 그런 줄 알고 국으로 가만히 있을 일이지 왜 건방지게 굴어?”

강 목사는 매우 진노한 얼굴이었다. 그렇게 큰 꾸중을 들어야 할 정도의 말을 고한 것도 아니었다.

‘내는 있는 사실 그대로를 공손하거로 이약한 거 뿐인데.’

그렇다면? 풍성한 그녀의 머리카락이 보이지 않는 손에 의해 뭉텅뭉텅 빠져나가는 기분이 들었다. 강 목사 입에서는 뜬금없는 받은기침이 끊이질 않았다.

“큭, 쿨럭. 큭, 쿨럭. 큭…….”

저건 가식과 허위의 행동이다. 효원은 한층 전전긍긍했다.

‘이거는 작은 일이 아인 기라.’

권력을 틀어쥔 자들의 야비하고 추악한 속성을 익히 알고 있기 때문이다. 그들은 일단 우세한 힘으로 눌러 놓고 시작한다. 짐승을 길들일 때 다짜고짜 몽둥이로 세게 후려 패거나 굶기거나 하여 기가 죽게 만들듯이 사람 또한 그런 식으로 몰아간다. 그러고는 약자가 무슨 판단을 할 틈도 주지 않고 곧바로 일을 끝내 버리려고 한다.

'아, 우짜노?'

한 고을 최고 권력자인 목사와 한갓 관기 사이에 상식적으로는 도저히 있을 법하지 않은 팽팽한 긴장감이 감돌았다.

"이건 네 일생에 단 한 번 올까 말까 한 기회가 아니겠느냐, 그 말이니라. 허허."

강 목사 음성이 또 달라져 이번에는 풀 먹인 베처럼 느긋했다. 웃음소리 끝에는 살랑살랑 부는 봄바람 같은 포근한 기운마저 맺혀 있었다.

'대체 무신?'

효원의 정신이 약간 흩뜨려졌다. 그때까지의 경계심이 호기심이라고 할까 기대감 비슷한 감정으로 바뀐 것이다.

'내 일생에 단 한 분의 기회라이.'

그러자 성격이 내숭스럽지 못한 그녀 기색을 읽어낸 강 목사가 그 허점을 놓칠세라 얼른 털어놓았다.

"네가 수청 들었던 고 선비가 말이니라, 효원이 널 잊지 못하고……."

"예에?"

효원 낯빛이 당장 보리 싹이나 어린 무청같이 새파랗게 질려버렸다. 이게 웬 소리냐? 그 정체가 불확실하고 막연했던 두려움이 현실로 살아나 뛰어넘을 수 없는 큰 바위처럼 그녀 앞을 가로막아 서고 있었다. 그렇다면 고인보 그 사람이 강 목사에게 나에 대한 무슨 이야기를?

"하하. 놀라긴."

"……."

그곳에서 그다지 멀지 않은 황금 자라가 서식하고 있는 연못 쪽으로부터 불어오는 바람 속에는 비릿한 냄새가 섞여 있는 듯했다.

“나는 그때 이미 느꼈느니라.”

“아.”

강 목사 얼굴이 두 개 세 개로 겹쳐 보였다. 그의 목소리도 아련한 메아리가 되어 울리더니 까마득히 멀어져 갔다.

“반드시 고 선비가 다시 널 찾으리라는 것을.”

효원은 입을 제대로 열지 못했다.

“지, 지를 차, 찾…….”

잠시 의뭉한 눈으로 그런 효원을 뚫어지게 응시하고 있던 강 목사는 크게 치하해 주는 말투가 되었다.

“네가 큰 광영을 입게 된 게야, 큰 광영을. 허허허.”

효원은 불침을 맞은 아이 같았다.

“여, 영감!”

강 목사는 무척 졸리는 듯한 눈빛으로 가장한 채 아주 능글능글한 어조로 물었다.

“으응, 왜애?”

그 소리는 ‘왜앵’ 하는 모깃소리만큼이나 작고 가늘게 나왔는데, 또 어찌 들으면 어린아이가 우는 것 같기도 했다. 한 고을을 다스리는 목관민의 체통을 바닥까지 깎아내리는 처사가 아닐 수 없었다.

“무, 무신 마, 말씀이시온지?”

사색이 돼버린 효원 얼굴은 이미 살아 있는 사람 얼굴이 아니었다.

“에이, 모른 척하기는!”

강 목사는 세상에서 가장 포용력 넓은 목민관처럼 행세했다. 효원은 인간 이중성에 부르르 치를 떨었다.

“하기야 사람이란 너무 갑자기 큰 복이 들어와도 정신을 못 차리는 법이지. 아암, 그게 사람이야.”

등이라도 토닥거려줄 사람처럼 보였다.

"지금 네 심정, 십분 이해는 돼."

효원은 한없이 나약하면서 어리석은 여자가 돼 가고 있었다. 하긴 단맛 쓴맛 다 겪어온 노기老妓라도 그런 경우로 내몰리게 되면 어쩔 수 없을 것이다.

"그, 그거는 보, 복이 아이옵고……."

그러나 지금 그 자리에서 그런 말은 그야말로 씨알도 먹혀들지 않을 소리였다. 그리고 효원 귀에 계속 떨어져 내리는 것은 소름 끼치도록 능청스럽고 능갈친 강 목사의 음성이었다.

"그런 게 복이 아니면 또 뭐가 복이야?"

"……."

"이제 효원이 네 팔자는 오뉴월 엿가락 늘어지듯이 쭉 펴이게 되었다, 그 얘기야."

덜 여문 박으로 만든 오그랑쪽박같이 심신이 오그라지는 사람에게 이렇게 말했다.

"참으로, 참으로 부럽구나, 부러워."

효원은 피를 토하며 울부짖듯 했다.

"영감! 영감! 목사 여영가암!"

급기야 마지막 필살의 일격 같은 말이 나왔다.

"어디 한양 사람이 되기 쉬우냐?"

"하, 하, 한양 사, 사람예?"

효원은 금방이라도 죽어 넘어질 여자 같았다. 도대체 이게 웬 날벼락인가? 마치 확인 사살이라도 하려는 듯 이어지는 강 목사 말이 그녀 심장에 예리한 비수가 되어 박혔다. 허옇게 눈이 뒤집힌 채로 죽어 넘어가는 여자가 거기 있었다.

“고 선비가 널 한양으로 데려가고 싶다는구나.”

안 그래도 가슴이 막혀 무어라 말을 꺼낼 수도 없는 효원이 입을 열 틈도 주지 않았다. 개인을 넘어 단체까지 들먹거렸다.

“이건 네 혼자만의 광영이 아니고, 여기 이 고을 교방 전체의 광영이다.”

효원이 마지막 숨을 거두기 직전 숨통 틔우듯 할 수 있는 소리는 하나뿐이었다.

“영감.”

강 목사는 시집갈 딸자식을 단속시키는 아버지같이 굴었다.

“모두가 널 자랑스럽게 여길 터인즉, 더욱 몸과 마음을 단정히 해야 마땅할 것이야.”

“지발…….”

“어떠냐?”

“흑.”

감정은 늘 앞선다더니 말보다도 울음이 먼저 터졌다.

“너도 이런 과분한 은총이 내려질 줄은 꿈에도 몰랐을 것 아니냐? 아, 이건 꿈이 아니라 현실이지.”

눈알에 힘을 잔뜩 넣었다.

“그러니…….”

그러나 강 목사 말은 칼날 같은 효원 말에 의해 싹둑 동강 났다.

“아니 되옵니더!”

강 목사는 뒤통수를 얻어맞은 모양새였다.

“아니 돼?”

“싫사옵니더!”

“싫어?”

강 목사 말꼬리와 눈꼬리가 한꺼번에 치솟았다. 하지만 효원 목소리는 그보다 훨씬 높게 나왔다.

"저는 하늘 두 짝이 나도 한양에 몬 가옵니더!"

강 목사 안색이 대번에 확 달라졌다. 공기가 역류하는 듯했다.

"무어라?"

"……."

북쪽 비봉산 쪽에선가 새가 소리를 냈다. 마치 새의 그 밝은 눈으로 다 지켜보고 있다는 것 같았다.

"너 다시 한번 더 말해 보거라."

갈수록 강 목사 목소리는 발악에 가까웠다.

"뭐가 어떻다고? 하늘이 뭐 어째도?"

효원은 어둠 속의 암고양이처럼 몸을 사린 채 두 눈에 샛노란 불을 켜고 더욱더 큰소리로 고했다.

"죽어도 이 고을을 떠날 수 없사옵니더!"

강 목사는 기가 차는 모양이었다. 심한 말더듬이 같았다.

"너, 지, 지금 그 말?"

감히 목사 말을 절단내듯이 하며 효원이 저주를 퍼붓는 것처럼 했다.

"한양 아이라 천국이라도 싫사옵니더!"

강 목사 목소리에 서릿발이 섰다.

"본관의 명령인데도?"

어명이라 할지라도 받들 수 없는 효원이었다.

"그래도 우짤 수 없사옵니더!"

문득, 새소리가 딱 멎었다.

"허어, 이리 요망한 것을 봤나?"

강 목사 턱이 덜덜 흔들리는 게 금방 빠져버릴 듯싶었다. 그의 얼굴은 어떻게 보면 잘못 만들어진 광대탈을 닮았다.

"뉘 안전이라고 감히 눈깔 시퍼렇게 뜨고 소릴 질러, 소릴 지르긴?"

이빨 다 나간 늙은이처럼 입에서 침까지 튀었다.

"안 되겠다."

효원은 자신의 몸이 물 위에 둥둥 떠 있는 기분이었다. 그것은 일찍이 느껴본 적이 없는 영혼 이탈과도 유사한 것이었다.

"그동안 내가 좀 귀여워해 주었더니, 이것이 눈에 보이는 게 없구나!"

주위를 둘러보는 게 즉시 관졸들을 부르려고 하는 것처럼 보였지만, 그도 켕기는 게 있는지라 그러지는 못하고 혼자 입속으로만 곱씹었다.

"내 당장 이 요사스러운 것을 물고를 내어……."

제 성깔대로 하지 못해 곧 미쳐 날 사람 같았다. 그것은 단순히 상대를 겁 먹이기 위한 가장은 아닌 듯했다. 역설적이게도 그 순간만은 허세를 부리지 않는 가장 솔직한 인간다운 인간으로 돌아가 있었다.

'멋대로 하시오, 영감.'

효원은 그래도 어쩔 수 없다고 생각했다. 아니, 목숨을 버릴 작정이었다. 얼이 도령 곁을 떠나다니. 남강 모래밭에 혀를 콱 처박고 죽으리라. 뒤벼리나 새벼리로 달려가서 단숨에 뛰어내릴 것이다.

"이년이, 이년이?"

강 목사는 계속해서 씨근거리면서 효원을 집어삼킬 듯이 노려보기만 했다. 옛말에, 무는 호랑이는 뿔이 없다더니, 그때 강 목사 형용이 딱 그러했다.

다른 일로 저렇게 나온다면 앞뒤 잴 것도 없이 당장 형틀에 묶으라고 명하겠지만 이건 완전 성질이 달랐다. 수령이 자기가 다스리는 고을 관기를 권력자에게 첩으로 상납하는 일이다. 누구 눈에도 모양새가 너무 좋지 못하다. 될 수 있는 한 세상이 모르도록 비밀리에 행할 일이다. 그래서 효원이도 이렇게 관아에서 가장 구석지고 후미진 방으로 불러들인 것이다. 그가 부를 때까지는 아무도 그 근처에 얼씬거리지 못하도록 미리 단단히 단속시켜 놓았다.

"너에게 하문하노니."

강 목사는 애써 마음을 추스르며 음성을 낮춰 물었다.

"이실직고하렷다! 네가 필시 마음에 두고 있는 사내가 있는 게지?"

"헉!"

효원 안색이 대번에 파리해졌다.

"으으."

앓는 소리를 내며 효원을 가만히 노려보던 강 목사는 곰이 으르렁거리듯 했다.

"내 눈이 틀림없다."

더없이 위험한 공기가 우 몰려들었다. 그 속에는 수도 헤아릴 수 없이 많은 창과 칼과 화살이 꽂혀 있는 듯했다.

"관기 주제에 마음에 둔 사내가 있어."

그는 곧바로 달려들어 효원의 머리채라도 확 낚아챌 기세였다. 발로 효원의 복장을 냅다 걷어찰 품새였다.

"이런 고얀 년 같으니라고!"

시뻘건 그의 눈알이 괴물의 눈알과 다름없었다.

"당장 고하라! 당장 고하지 못할까?"

"흐."

아무리 옆과 뒤를 둘러봐도 도와줄 사람 하나 찾을 수 없는 구석으로 내몰려진 효원이었다.

"그놈이 누구냐, 엉?"

그는 진노와 질투심에 이성을 모조리 잃어버린 백면서생으로 전락해버렸다.

"썩 밝히지 못하겠느냐?"

"아."

효원은 그만 두 눈을 모두 질끈 감아버리고 말았다. 제 눈에 보이지 않으면 다른 사람도 볼 수 없다고 생각하는 어린아이 같았다.

"네 이녀언!"

온 천지가 캄캄해진 것 같은 가운데 분기충천한 고함소리가 그녀 귀를 사나운 짐승처럼 물어뜯었다.

"그놈 이름을 말하기 전에는 이 자리에서 단 한 발짝도 움직일 수 없을 것이니 그리 알라!"

효원은 작심했다. 차라리 이 자리에서 죽어 돌이 되리라. 이 자리에서 굳어 망부석 같은 돌이 되리라. 돌로 치면 돌로 치고 떡으로 치면 떡으로 치리라. 비록 바위의 조각이지만 모래보다 큰 것이 돌이다.

그러자 얼이와 더불어 밀애를 나누던 상촌나루터 흰 바위가 생각나서 그녀는 더 돌아버릴 것 같았다. 이제 두 번 다시는 그 흰 바위를 볼 수 없을지도 모른다. 그 바위 밑동에 와 부딪던 노래 같은 물살 소리도 영영 들을 수 없을 것이다.

'잘 사시이소, 되련님.'

가슴에 창을 꽂고 입에 칼을 무는 자신의 모습을 보았다.

'이 효원은 죽어서라도…….'

꼭 이쪽 마음을 들여다본 사람처럼 하는 강 목사였다.

"죽는 게 그렇게도 소원이라면 어쩔 수 없지."

한참 성을 내기도 하고 을러대기도 하던 강 목사는, 이래서는 안 되겠다 싶었는지 이번에는 살살 구슬리기 시작했다.

"생각을 잘해보거라, 응?"

그날 했던 이야기를 한 번 더 상기시켜주었다.

“고 선비는 고종 황제 폐하의 명을 받들어 저 미국 대통령까지 알현하고 온 아주 귀한 분이니라.”

무섭게 보이도록 인상을 팍 썼다.

“산천초목도 벌벌 떤다는 암행어사보다도 더 무서운 인물이라는 걸 왜 몰라?”

그러나 온갖 살과 뼈를 붙여 무슨 소리를 해도 효원은 요지부동이었다. 상촌나루터 흰 바위 같았다.

“지는 미국 대통령이라쿠는 사람이 직접 와도 싫사옵니더.”

한참 만에 효원이 하는 소리가 그랬다.

“흐~읍.”

강 목사는 억지로 마음을 가라앉히느라 연방 가쁘게 숨을 몰아쉬었다. 그러더니 나중에 크게 후회하게 된다는 투로 나왔다.

“그렇게 대단한 신분의 사람을 네 어찌 감히 가까이에서 모실 수 있는 기회를 두 번 다시 얻을꼬?”

효원은 골이 울렁울렁하도록 머리를 세게 흔들었다. 그러고는 다른 사람이 아니라 그녀 자신의 마음에 새기듯 했다.

“아모리 대단해도 아이옵니더.”

강 목사는 최후의 통첩처럼 명했다.

“그러니 쓸데없는 고집 부리지 말고 그만 본관 말을 따르도록 하라.”

“영감!”

효원 말은 천장같이 높았고 강 목사 말은 바닥같이 낮았다.

“그렇게 하는 것이 신상에 좋을 것이야.”

“영감! 목사 영감!”

급기야 허옇게 뒤집힌 눈을 치뜬 효원이 피맺힌 소리로 고했다.

"지발 지발 이년을 여 그대로 있거로 해주시이소. 지는 딴 데로 가서는 단 하로도 몬 사옵니더."

강 목사는 그 자리에서 방방 뛸 사람처럼 했다.

"허, 이, 이런 미련퉁이를 봤나? 굴러온 복을 차버리려고 하다니."

효원은 두 손을 싹싹 비비기 시작했다.

"나리! 이년 소원대로, 소원대로……."

이미 효원의 말을 끝까지 들을 인내심이 없어져 버린 강 목사는, 텁수염이 흔들릴 정도로 또다시 고함을 쳤다. 얼핏 밀고 밀리는 시합을 하는 모양새로 비쳤지만 아무래도 일방적인 흐름일 수밖에 없는 정황이었다.

"네 이녀언!"

효원이 그를 대적할 수 있는 유일한 무기는 그것 하나뿐이라는 듯 또 울었다.

"에잇!"

그 모습을 한참이나 노려보고 있던 강 목사가 끝내 자리를 박차고 냉큼 일어섰다. 일어선 그의 몸은 강풍에 금방 떨어져 나갈 듯이 덜컹거리는 문짝을 방불케 했다.

"오냐, 좋다!"

효원의 몸을 위에서 짓누르듯 하는 목소리였다.

"어디 네년 하고 싶은 대로 해봐라."

결과에 대한 모든 책임을 효원에게 떠맡기려고 하는 빛이 엿보였다.

"그리고 나중에 후회는 말거라. 원망도 말거라."

강 목사가 씩씩거리는 숨소리를 뒤로 남기고 가버린 자리에서 효원은 혼자 바닥에 엎드린 채 끝없이 오열했다.

"흑, 흑흑."

얼마나 그렇게 울었을까? 눈물도 메말라버리고 목이 꽉 잠겨버렸다.

고개를 들고 잠시 허공 어딘가를 무섭게 노려보고 있던 그녀 눈빛이 어느 찰나 이상야릇해졌다. 귀기마저 서렸다. 굳게 깨문 꽃잎 같은 입술에서 터져 나온 붉은 핏물이 박처럼 하얀 턱을 타고 앞가슴으로 흘러내렸다.

그러던 어느 한순간, 효원은 갑자기 벌떡 몸을 일으켰다. 그러고는 미친바람에 실린 가랑잎같이 어디론가 마구 내닫기 시작했다. 그러자 세상은 온통 한 기녀가 함부로 추는 검무에 휩싸여버리는 듯했다.

그것은, 광녀의 춤이었다.

효원이 서당 공부를 마치고 혼자서 털레털레 집으로 돌아오고 있는 얼이와 마주친 곳은 상촌나루터 강가였다.

그것은 그 두 사람만의 시간을 주기 위한 참으로 오묘한 신의 섭리라고 해야 할지. 아무튼, 소름이 끼칠 만큼 정교하게 맞춰 놓은 그 무엇이 아닐 수 없었다.

여느 때 같으면 얼이가 호위무사로 자처하면서 항상 함께 다니는 준서도 응당 그 자리에 같이 있었을 테지만, 그날은 마침 읍내에 볼일이 있어 온 재영이 준서를 데리고 성 밖에 있는 처가에 들른다고 해서, 준서는 제 아버지를 따라가고 얼이만 그렇게 귀가하는 중이었다.

그때 하늘에는 쉬 보기 힘들 정도로 아주 희귀하여 장차 세월이 더 가면 멸종할 위기에 처할 수도 있다고, 강마을 사람들이 안타깝게 얘기하는 '호사비오리' 새가 날고 있었다. 남강에서 흔히 발견되는 '비오리'와는 같은 비오리라도 좀 달랐다. 그런 새가 나타난 것이 아무래도 예사로운 징조가 아니었다.

"우, 우짠 일로?"

얼이는 더없이 반가운 빛을 감추지 못하면서도 다른 한편으로는 크나

큰 불안감에 흔들리는 모습을 보였다. 한눈에 봐도 효원은 평소의 그녀가 아니었다. 그는 효원이 입을 열 때까지 기다리지 못하고 또 물었다.

"각중애 여게는 우찌?"

그러나 효원은 그 어떤 말도 하지 않고 무작정 얼이를 흰 바위 있는 곳으로 데리고 갔다. 그곳은 평상시와 마찬가지로 인적이 드물었다. 강바람이 수초를 약간 흔들고 있었으며, 흰 물새들 울음소리가 애처로웠다. 그들은 흰 바위에 털썩 주저앉아 한참 동안 가쁜 숨만 삼켰다.

"무, 무신 사고가 난 기지예?"

이윽고 얼이가 사뭇 떨리는 목소리로 묻자 효원은 와락 울음부터 터뜨렸다.

"흑!"

그 소리에 그 큰 흰 바위가 움찔하는 것 같았다.

"효원!"

얼이가 깜짝 놀라 그녀를 불렀다.

'끼룩, 끼르르.'

효원 또한 그때 들리고 있는 물새들 울음소리처럼 구슬픈 소리로 얼이를 불렀다.

"되련님, 얼이 되련님."

그러다가 한다는 소리가, 얼이에게는 흰 바위가 쩌억 갈라지는 듯한 엄청난 충격이 아닐 수 없었다.

"우, 우리 도, 도망가예!"

"예에?"

효원은 한 번 더 말했다.

"도, 도망예!"

"……."

그저 바보 같은 표정을 짓는 얼이에게 효원이 울부짖듯 말했다.

"지, 지가 한양에 부, 붙잡히가거로 됐어예!"

"예에? 아, 시방?"

얼이는 순간적으로 방금 자기가 무슨 말을 들었는지 도무지 알 수가 없었다. 다만 거의 반사적으로 외쳤다.

"하, 한양!"

강바람에 쏠리는 물풀같이 효원에게 상체를 기울며 얼이가 큰 소리로 물었다.

"그기 무신 소립니꺼, 예?"

그런데 얼이를 계속 경악과 당혹으로 몰아가는 일이 벌어졌다. 효원은 미친 여자가 괴성 지르듯 했다.

"그, 그들이 자, 잡으로 오기 전에 쌔이 내, 내빼야 해예!"

그러면서 연방 그들이 지나온 곳을 돌아다보는 효원 얼굴은 사색이 돼 있었다.

"효, 효원!"

얼이는 두 손으로 그녀의 양쪽 어깨를 잡아 흔들며 물었다.

"처, 천천히 이약해보이소. 누가 잡으로 온다는 깁니꺼?"

효원은 못 볼 것을 보고 쫓겨 온 여자 같았다. 심한 경련이 일듯 온몸을 부들부들 떨면서 대답했다.

"가, 강 목사예!"

얼이는 한 번 더 귀를 의심했다.

"강 목사?"

얼이 눈에 비친 효원은 더는 앞뒤 헤아릴 여유가 없는 막다른 곳까지 다다른 여자였다. 발악하듯 내뱉는 말이 상상으로도 할 수 없는 소리였다.

"지를 한양에 사는 선비한테 처, 첩으로 줄라 캐예!"

"처, 처, 첩?"

일순, 얼이 얼굴도 효원 못지않게 팍 질려버렸다.

"그, 그기, 그기?"

"시, 시간이 없어예!"

흰 바위에서 발딱 일어선 효원은 두 발을 동동 구르며 더없이 다급하고 안타까운 목소리로 얼이를 독촉했다.

"하, 하매 쪼, 쫓아오고 있을지 모, 몰라예!"

얼이 역시 귀신에게 쫓기는 사람 형용이었다. 단말마 같은 효원 목소리가 이어졌다.

"재, 잽히모 끄, 끝이라예!"

"끄, 끝……."

어느새 일어선 얼이도 어쩔 줄 몰라 하며 마구 울상을 지었다.

"오, 오데로 도, 도망갑니꺼?"

"아, 아모 데라도예!"

무엇인가에 목이 졸린 듯한 왜가리 울음소리만 높았다.

'웩! 웨~액!'

효원이 공포에 질린 얼굴로 소리쳤다.

"가, 강 목사가 우리를 쥐, 쥑일라쿨 끼라예!"

얼이는 도주는커녕 금방이라도 흰 바위에 그대로 주저앉을 사람처럼 보였다. 흰 바위 밑동을 세게 때리는 물살이 와그르르 소리를 내며, 입에 거품을 빼문 채 발작을 일으키는 동물같이 흰 포말을 일으키고 있었다.

"그, 그러이 어, 얼릉예!"

강둑길에 서 있는 수목들이 그들을 잡으려고 달려온 관졸들 같았다. 잉어라는 놈이 수면 위로 몸을 솟구쳤다가 잠수하면서 내는 '첨벙' 소리에 두 사람 가슴이 덜컥 내려앉았다.

"되련님! 되, 되련님!"

'이래갖고는 안 되것다.'

얼이는 침착하지 않으면 안 된다고 자신을 다독거렸다. 상세한 내막은 모르겠지만 상황은 더없이 위급한 것만은 확실했다. 지금 효원은 이제까지 그가 보아오던 그 효원이 아니었다. 자기 혼이 빠져나가고 다른 혼이 들어가 있는 여자 같았다.

우선 어디로든 피신해야 한다. 효원 말처럼 벌써 추적해오고 있을 것이다. 하지만 즉각 떠오르는 곳이 없었다. 세상은 결코 넓거나 깊은 곳이 아니었다. 갑자기 머릿속이 텅 빈 박속처럼 하얗게 비어버렸다. 사람이 바보 천치가 되는 것은 한순간의 일인지도 모른다.

얼이는 알고 있다. 관아가 얼마나 무서운 곳인가를. 관리들이 얼마나 잔혹한가를. 나약한 백성들이 얼마나 속수무책으로 당할 수밖에 없는가를.

'꿈에 나타날까 두렵다 아이가.'

세월이 흘러 요즘은 기억에 아슴푸레하지만, 지난날 어머니와 단둘이 있는 죽골 집으로 들이닥쳐 아버지가 숨어 있는 장소를 어서 대라며 곧 죽일 듯이 협박하던 장졸들을 잊을 수 없다. 그들 모자가 며칠 동안 갇혀 있던 뇌옥도 마찬가지였다.

'아, 에나 시껍 묫는 기라. 겁나데.'

아버지 천필구도 원아 이모 연인 한화주도 그리고 농민항쟁을 총지휘하였던 유춘계를 비롯한 농민군 주모자들도, 한 사람 남김없이 모조리 체포되어 차가운 형장의 이슬로 사라져야 했던, 비극적인 참상이었다. 그 지옥과도 같았던 기억이 남아 있었다.

'질이 없으까, 질이.'

어디에도 길은 없는 듯했다. 강 목사가 마음만 먹으면 관기 하나 찾아내는 일 정도는 속옷에 들어 있는 이 한 마리 잡아내기보다도 손쉬울 것이다. 손톱으로 누르면 납작하게 죽어가는 이. 그들이 바로 그 이의 신세로 전락할 것이다.

그러나 그것은 나중 일이다. 설혹 붙잡혀서 목숨을 잃는 한이 있더라도 우선은 도망쳐야 한다. 바보처럼 앉아서 당할 수만은 없다. 도망치다가 최악의 극한 형편에 부닥치게 될 때는 싸운다. 싸우다가 죽을 것이다. 비겁하게 순순히 목숨을 내주는 일은 없을 것이다. 우리 아버지들은 결코, 그러지 않았다. 우리 어머니들도 그러지 않았다.

'아, 그래!'

마침내 얼이 머릿속에 떠오르는 사람 하나가 있었다. 상촌나루터 터줏대감이었던 꼽추 달보 영감 큰아들 원채였다.

그라면 무슨 수를 알고 있을지도 모른다. 그가 겪어온 숱한 경험들을 헤아려보면 그렇다. 생사가 종이 한 장 두께와 같이 맞닿은 전쟁터에서도 죽지 않고 목숨을 지켜낸 그다.

"가이시더, 얼릉!"

그렇게 급하게 말하면서 얼이는 효원의 손목을 힘껏 잡고 흰 바위에서 함께 뛰어내렸다. 그들 발밑에서 모래알들이 사방으로 튀었다.

"오데 숨을 데가 있어예?"

효원은 끌려오다시피 따라오며 물었다. 얼이가 대답했다.

"모리것십니더."

평소의 직설적인 그답지 않게 얼이 대답이 애매모호했지만 효원은 더 묻지 못했다. 제 마음에도 그게 걸렸던지 얼이가 양해를 구하듯 말했다.

"일단은 거 가보이시더."

이번에도 효원은 물고기처럼 벙어리가 되었다. 얼이는 자신에게 주입

시키듯 한 번 더 덧붙였다.

"우선간에는예."

호사비오리가 사라진 하늘에는 참매 한 마리가 줄곧 선회하고 있었다. 무서울 만치 시퍼런 하늘을 배경으로 날아다니면서 그놈이 노리고 있는 사냥감은 무엇인지 모르겠다.

"헉헉."

이윽고 숨이 넘어갈 것같이 하면서 곧장 나루턱으로 달려간 두 사람은, 마침 비어 있는 나룻배에 올라타자마자 어서 강 건너편으로 데려다 달라고 부탁했다.

"그거는 벨로 안 에려븐 일인께, 그라모 되는데 안 있나."

평소 안면이 있는 구릿빛 피부가 탄탄해 보이는 지공달이라는 중년 뱃사공이 먼저 얼이를 보고 물었다.

"얼이 총각이 우짠 일고?"

그다음에는 효원 쪽으로 눈을 돌리더니 또 물었다.

"그라고 이 처녀는?"

그러자 효원은 급히 고개를 숙여 그가 자기 얼굴을 똑똑히 보는 것을 피하려 했다. 그냥 무덤덤한 표정으로 가만히 있으면 될 것을, 자기가 지레 주눅이 들어 저러면 도리어 더 의심을 사게 될 텐데 싶어, 얼이는 가슴이 답답해지면서도 그런 효원이 너무 가련하여 자꾸 눈물이 나오려고 했다.

"아자씨, 난주 모도 말씀드리께예."

얼이는 황황한 목소리로 사정했다.

"시방은 급해서 그런께, 노나 쌔이 저어주이소."

뱃전에 부딪는 물살이 뽀얀 물거품을 일으켰다. 저 멀리 덕유산 옹달샘에서부터 막 달려 내려온 강물이 지친 나머지 입에 거품을 물고 있는 것 같았다. 효원과 나도 저렇게 지치도록 끝없는 도주를 해야 할지 모른다는 생각을 하니 얼이는 모든 게 그저 막막하고 허허로웠다.

"머가 그리 급한고?"

주변머리를 빡빡 민 지공달은 효원 쪽을 한 번 더 보고 나서 말했다.

"알것네."

그의 절벽 머리는 위험을 느끼게 할 정도로 너무 가팔라 보였다. 그만큼 지금 얼이 눈에는 단 하나도 안전하고 평화로워 보이는 게 없었다.

"쌔이예, 아자씨!"

얼이는 그들이 이제 막 떠나온 나루턱 쪽을 불안한 눈으로 살피며 쉴 새 없이 지공달을 재촉했다.

"아, 알것거마는."

지공달은 그러고 나서 농을 걸기도 잊지 않았다.

"그리키 서둘어쌌다가 심 넘어가모 우짤라꼬? 내가 아이고 요 배, 배가 말인 기라. 하하."

지공달은 효원의 미모에 마음이 이끌리는지 얼이 부탁대로 급히 노를 저으면서도 계속해서 효원 쪽을 힐끔거렸다.

처음에는 얼이와 마찬가지로 두려움과 경계심을 담은 눈빛으로 강 저편을 노려보던 효원은, 배가 강 가운데쯤 이르자 뱃전에 걸터앉아 가만히 눈을 감았다. 가까스로 사지死地를 빠져나온 사람처럼 너무나도 힘들고 지친 모습이었다. 그녀의 꼭 감은 눈 저쪽으로 노랗고 검고 붉은 기운들이 제멋대로 뒤섞여 정지했다가 움직이는 듯했다. 그건 이 세상에는 없는 무슨 아지랑이나 연기 같았다. 그러자 불현듯 그녀 뇌리를 스치는 생각이었다.

'내가 하매 저승에 와 있는 기까?'

이제 모든 건 운명, 그렇다, 오직 운명에 맡길 도리밖에 없다. 지금쯤

강 목사는 광인처럼 길길이 날뛰며 야단 난리를 벌이고 있을 것이다. 그렇게 명했는데도 아무 말도 없이 교방을 나가버린 그년을 어서 잡아들이라고 침을 튀기며 호통을 쳐댈 것이다. 그의 명을 받은 관졸들이 두 눈에 시퍼렇게 쌍심지를 켜고 온 고을에 쫙 깔렸을 것이다. 아직 상촌나루터까지는 떠올리지 못하고 있을지 모르지만, 그것도 시간문제였다.

'시방 보이 흰뺨검둥오리맹캐 뺨이 하얗다 아이가. 겁이 나서 핏기가 다 없어져삔 탓이것지만도.'

그 위급한 와중에도 얼이는 그의 눈에 비친 효원의 뺨을 보며 그런 생각을 했다. 몇 해를 강마을에서 살아오고 있지만, 아직도 청둥오리와 청머리오리를 잘 구분하지 못하는 그였다. 하지만 여러 종류의 오리들 중에 그곳 남강에 가장 많이 서식하고 있는 오리가 흰뺨검둥오리라는 것은 알고 있다.

분점分店을 꿈꾸다

"이기 누고?"

하늘의 도우심일까, 조상의 음덕인가? 마침 원채는 혼자서 산등성이에 자리한 오두막집 뒤에 있는 작은 텃밭을 일구는 중이었다. 흙냄새가 싱그럽고 볕이 좋은 곳이었다. 지금 효원이 처해 있는 급박한 상황 때문이기도 하겠지만 거기가 그렇게 안온하고 평화롭게 느껴질 수가 없었다.

"아부지하고 어머이는 으원한테 가싯네."

얼굴에 산그늘 같은 음영이 지고 있었다.

"또 아부지 몸이 쪼매 안 좋아서 말이제."

그러는 원채는 효원을 한 번 힐끗 바라보기만 했을 뿐, 그녀가 누구며 또 무슨 일이냐고 묻지는 않았다. 뱃사공 지공달과는 아주 대조되는 언행이었다.

"급합니더, 아자씨."

얼이는 다짜고짜 부탁의 말부터 꺼냈다.

"사람 하나만 숨기주이소."

저 아래 남강에서 까맣게 날아오르고 있는 것은 물닭 무리였다. 어쩌면 흑고니들일 수도 있겠지만 그것들은 몸이 하얀 고니와는 달리 그 수가 적기 때문에 아무래도 물닭일 것이다.

"이 처녀 말인가베?"

이번에도 원채는 이유는 묻지 않고 그렇게만 말했다. 얼이는 새삼 느꼈다. 그는 가슴이 매우 크고 넓은 사람일 것이다.

"오데 안전한 데가 없것심니꺼?"

얼이는 염치고 체면이고 모두 남강 물속에 던져버리고 온 사람 같았다.

"글씨, 안전한 데라."

원채 얼굴에 얼핏 난감한 빛이 감돌았다. 얼이 마음이 한층 더 초조해지고 애타게 달아올랐다.

"아모 데고 괘안심니더."

얼이는 두 손을 모아 빌 것처럼 했다.

"진짜 부탁합니더, 예?"

햇볕이 텃밭의 흙 알갱이를 부드럽게 어루만져주고 있는 것 같았다. 원채가 텃밭 속에서 골라내어 텃밭 가장자리에 모아 놓은 크고 작은 돌멩이들에도 햇볕은 똑같이 내리비치고 있었다.

"이런 부탁 두 분 다시는 없을 깁니더."

얼이는 어느새 두 손을 몸 앞으로 공손하게 모은 자세였다.

"음."

아까부터 고개를 푹 수그린 채 서 있는 효원을 가만히 지켜보기만 하면서 신음 비슷한 소리를 내던 원채가 이윽고 입을 열었다.

"그런 데가 한군데 있기는 한데……."

원채 그 말이 미처 떨어지기도 전이었다.

"이, 있어예?"

얼이 목소리가 거기 텃밭을 쩡 울렸다.

"문제는……."

원채는 텃밭 가장자리에 모아둔 돌멩이 무더기 옆에 막 날아와 앉는 작은 참새들을 보며 말했다.

"저리 귀하거로 생긴 처녀가 그런 곳에서 과연 올매나 견딜 수 있을랑가 하는 것이제."

그러면서 약간 주저하는 기색을 보이자 안달 난 목소리로 얼이가 달려들듯 물었다.

"거가 오덴데예, 아자씨?"

원채는 흙 묻은 손으로 옷에 묻은 흙을 대충 털어내며 말했다.

"방에 들가서 이약하까? 손님을 너모 오래 바깥에 세와놨다."

그러고 보니 그새 햇볕도 약간 자리를 옮겨 잡은 것 같았다.

"그거는 아모 상관없고예."

얼이가 효원을 보고 나서 다시 말했다.

"그냥 여서 말씀해주이소."

얼이는 저 밑 남강에서 올라오는 물새들 소리 말고는 다른 소리 하나 들리지 않는 주변을 둘러보며 계속 재촉했다.

"듣는 사람도 없고, 또 상구 급하고 한께네예."

그러자 원채는 얼이가 사는 나루터집이 있는 강 건너편을 바라보며 물었다.

"우리 집도 불안한가베?"

얼이는 솔직한 성품 그대로 말했다.

"예, 맞심니더."

참새 한 마리가 포르르 날자 나머지 다른 것들도 일제히 같은 동작을 취했다. 깊은 산과 넓은 들에서 보는 참새와 강 근처에서 보는 참새는 어쩐지 다른 느낌을 주었다.

"얼이 자네……."

원채 목소리가 천천히 하강하는 물새처럼 낮아지기 시작했다. 신뢰감이 느껴지는 굵직한 저음이었다. 그런데 다소 뜻밖의 이야기가 나왔다.

"내가 오광대하고 함께 댕긴다는 거 알고 있제?"

촌각을 다투는 이런 상황에서 왜 갑자기 저런 말을 꺼내는가 하고 의아해하면서도, 얼이는 빠른 목소리로 자기가 알고 있는 대로 답하고 물었다.

"그런 소리는 들었십니더. 아자씨는 말뚝이 역을 하신담서예? 그란데 오광대는 와예?"

원채 눈길이 또 효원을 향했다. 명확한 전달을 위해서인지 이번에는 좀 더 높은 어조가 되었다.

"그 오광대 패거리가 모이갖고 합숙하는 집이 있거등."

얼이는 여러 다른 가족들이 한데 모여 생활하고 있는 나루터집을 생각했다.

"예, 지도 그런 집에서 살기는 합니더마는."

본성을 어찌할 수는 없는 모양이었다. 드디어 참새들이 공중을 어지럽게 날아다니면서 몸집에 어울리지 않게 큰소리로 재재거리기 시작했다.

"장 그런 거는 아이고, 공연할 때가 되모 같이 모이서 연습도 하고 하제."

하지만 그는 말은 꺼내 놓았지만 여전히 망설이는 기색이었다.

"그란데 집이 너모 행핀없어갖고……."

얼이는 끝까지 듣지도 않고 확인했다.

"아, 그런께 그 집에?"

원채는 잠자코 고개만 끄덕였다. 거기 능선 위로 불어오는 강바람이 그리 세지는 않았다. 집이 비록 초라하기는 해도 집터는 잘 잡은 듯했다.

"보통 때는 그냥 비워 두는 집인갑네예?"

얼이가 기대에 찬 얼굴로 물어오자 원채는 아무래도 썩 마음이 내키지는 않는다는 빛을 숨기지 못했다.

"그런 데라도 괘안을랑가 모리것네."

강 위에 점점이 떠 있는 나룻배들을 내려다보며 혼잣말을 했다.

"사실 남자들도 불팬해하는 숙소라 놔서 말인 기라."

그러자 효원이 처음으로 얼굴을 똑바로 들며 입을 열었다.

"지는 아모 데라도 괘안아예. 숨어 있을 수만 있다모 다 좋아예."

그런 쫓기는 처지에 내몰려 있으면서도 고운 음성이었다. 얼이가 급하고 괴로운 표정을 동시에 지으며 말했다.

"맞심니더. 시방 이리 따지고 저리 따지고 할 때가 아이라예."

"그래도……."

얼이는 선뜻 결정을 내리지 못하는 원채를 또 독촉했다.

"됐심니더, 아자씨. 거가 좋것심니더."

효원도 애간장이 타는 목소리로 사정했다.

"퍼뜩 거 데리다주이소."

강 이편에서 보는 상촌나루터는 늘 오른쪽에서 보아오던 사람의 얼굴을 왼쪽에서 보고 있는 것 같은 느낌을 주고 있었다.

"두 사람 생각들이 정 그렇다모 알것네."

원채는 젊은 연인들이 안됐다는 얼굴로 조용히 말했다.

"내가 이런저런 내막이사 모리것지만도 상황이 좀 그런 거 겉은께 그래보지 머."

언제 다시 땅으로 내려왔는지 모를 참새들이 사람들 눈치를 보는지 살살 텃밭 가운데로 들어가기 시작했다.

"아조 부족한 곳이지만도 우선에 거라도 있다가, 난주 가서 더 좋은 데가 나오모 그리로 엥기기로(옮기기로) 하고 말일세."

강 위를 날아다니는 물새들이 자유분방한 날갯짓을 하고 있었다.

"고, 고맙심니더. 에나 고맙심니더."

"감사해예."

일단은 살았다 싶은 두 사람은 동시에 고개를 깊숙이 숙이면서 깊은 고마움을 표시했다. 그러자 원채는 가만가만한 미소를 띠며 말했다.

"우리 사이에 인사는 무신?"

그러고 나서 집 쪽을 보며 말했다.

"쪼꼼만 기다리고 있으모, 내 대강 옷만 바꿔 입고 나오것네."

원채도 얼이나 효원처럼 농작물을 해치려드는 참새 따윈 눈에 들어오지도 않는 듯했다. 얼이는 이번에도 고개를 숙여 보였다.

"예, 아자씨."

원채가 방으로 들어간 사이 두 사람은 그대로 서서 서로 얼굴을 마주 보면서 소리 없는 미소를 주고받았다. 안도감과 불안감이 엇갈리는 웃음이었다.

한편 그 시각, 관아는 그야말로 난리통이었다.

효원을 당장 붙잡아 들이라고 울림장과 함께 관졸들을 내보낸 강 목사는, 이번에는 교방 관기들을 죄다 모이도록 했다.

"강 목사가 각중애 와 이라노?"

"그런께 말이제. 우쨌든 가 보모 안 알까이."

영문도 모른 채 모조리 동헌 마당에 불려 나온 기녀들 머리 위로 청천벽력 같은 소리가 떨어졌다.

"효원이 도망쳤다."

관기들이 크게 술렁거리기 시작했다.

"아, 효원이가?"

"머 땜새 그리?"

불호령이 터져 나왔다. 동헌 기둥이 흔들리는 듯했다.

"이 시각 이후로 누구든 그년을 보면 즉시 내 앞에 끌고 와야 할 것이야."

"……."

이번에는 모두가 입을 딱 다물었다. 숨소리도 잘 들리지 않았다.

"만에 하나, 그럴 리는 없을 것으로 생각하지만, 그년을 보고도 모른 척한다거나 몰래 숨겨주거나 하는 자가 있으면, 그 지위고하, 남녀노소를 막론하고 극형에 처할 것이니 그리들 알라!"

그렇게 하명을 내리면서도 길길이 날뛰는 강 목사에게 노기老妓 하나가 무척 조심스럽게 물었다.

"효원이 무신 죄를 저질렀기에 달아난 것이옵니꺼?"

효원에게 검무에 대해 들려주는 등 해랑 못지않게 잘 대해주던 여귀분이었다.

"무슨 죄?"

강 목사 얼굴에 당혹스러워하는 빛이 얼핏 떠올랐다 사라졌다. 그런 감정을 감추기 위한 듯, 그는 동헌 서까래가 내려앉도록 목청을 있는 대로 돋우었다.

"이유는 나중에 말해 줄 것이다. 지금은 우선 고년부터 잡아들이는 게 더 시급하다."

솟구치는 감정을 도저히 주체하지 못하겠는지 온몸을 부르르 떨었다.

"모두들 알겠느냐?"

"예."

강 목사는 한 번 더 말했다.

"목소리가 작다. 모두들 알겠느냐?"

"예!"

관기들은 억지로 목소리를 높이면서도 강 목사 서슬이 하도 시퍼런 탓에 절로 온몸이 움츠러들었다.

"이런! 이런!"

턱수염이 칼끝처럼 빳빳이 선 강 목사가 혼자 그런 소리를 내고 있다가 한 번 더 엄명을 내렸다.

"그러니 너희들도 그년이 갈 만한 곳을 샅샅이 뒤져 보거라."

"예, 목사 영감."

관기들은 감히 더 묻지는 못하고 강한 궁금증과 걱정스러움이 한데 뒤엉킨 서로의 얼굴만 마주 보았다.

도대체 효원은 왜 교방에서 탈주했으며, 지금은 어디에 숨어 있는 걸까? 바보가 아닌 한 그것이 어떤 결과를 가져올지는 불 보듯 빤한 일인데도 말이다. 그들 상식으로는 있을 수 없는 일이 벌어진 것이다.

"우짜지예?"

"대, 대체 이기 무신 망쪼고?"

관기들은 솔개 그림자에 놀란 병아리 무리처럼 옹기종기 모여 서서 어쩔 줄을 몰라 했다. 그런 기녀들 머리 위에 또다시 강 목사의 다그침이 무섭게 작열했다.

"모두 뭣들 하고 서 있는 게야?"

"헉!"

관기들이 기겁을 했다. 강 목사는 입에서 침을 튀기며 명했다.

"어서 그년을 썩 찾아 나서지 못할까?"

그런 일에는 너무 익숙하지 못한 관기들은 얼른 행동으로 옮길 생각은 하지 못하고 계속 우왕좌왕했다.

"예? 예."

그 고을에는 '중앙통에서 뺨 맞고 뒤벼리 모티이에서 눈 흘긴다'는 말이 있다. 다른 데서 당해 놓고 정작 분풀이는 엉뚱한 곳에다 한다는 것을 비꼬는 말이다. 그런데 지금 강 목사가 바로 그 짓을 하고 있다.

"그년을 잡아오지 못할 시에는 너희들도 포졸들과 마찬가지로 중벌을 면치 못할 것이니 그리들 알라!"

관기들 입장에서 할 수 있는 것은 단 하나뿐이다. 고을 최고 실권자를 상대로 그게 무슨 억지냐고 싸울 수도 없고, 그렇다고 해서 같은 기녀인 효원을 잡으러 나서겠다고 소매를 걷어붙일 수는 더 없는 노릇이고, 결국 그녀들이 할 수 있는 것은 묵묵부답이었다.

"이것들이 그래도?"

당연히 강 목사는 한층 열불이 오를 수밖에 없고, 관기들은 엉뚱한 불똥이 어디로 튈지 몰라 전전긍긍했다.

"아, 알것사옵니더."

"예, 예."

허둥지둥 강 목사 앞을 돌아 나오는 관기들 등에 이빨 가는 듯한 소리가 들러붙었다.

"내 효원이 고년을 불인두로 다스릴 것이다!"

관기들은 머리에 활활 불이 붙는 것 같았다. 난장판에서나 튀어나옴직한 상소리가 그곳 붉은 기둥을 흔들었다.

"가랑이를 쫙쫙 찢어발길 년! 눈알을 빼내어 시궁창에 던져버릴 년!"

난데없는 바람이 동헌 마당을 휩쓸었다. 키 큰 나무들이 흔들렸다. 구름 한 조각이 놀란 듯 달아나버리고 없는 하늘이 사대부들 서슬처럼 무섭게 푸르렀다.

그 고을 읍내 장에 괄목할 만한 변화가 일어났다.

얼이, 준서와 동문수학하는 정우의 아버지 이명환이 관장하는 읍내장 채소공판장이 땅값 저렴한 다른 곳으로 옮겨가고, 대신 그 자리에 상가 건물이 새로 들어선다는 소문이 온 고을에 파다하게 퍼진 것이다.

'아, 우짜모? 역시!'

얼이는 내심 놀라면서도 사뭇 감탄했다.

'비화 누야가 구신이다, 구신.'

언젠가 비화가 얼이에게 했던 그 예언이 그대로 맞아떨어진 것이다. 상인들은 물론이고 그때까지 상업에 종사하지 않던 사람들도 거기 점포를 분양받기 위해 열을 올렸다. 그 파장은 결코 작지 않을 조짐을 보였다.

– 돈이 눈앞에서 벌이나 나비맹캐 핑핑 날라댕긴다 아인가베.

– 당첨만 됐다쿠모 땡이 잡는 기다. 그것도 그냥 땡이 아이고 장땡이.

– 요럴 때 우리 조상들은 머하고 있노? 몬사는 자손들 좀 안 도와주고. 그라모 요 담부텀 제사상에 고래 괴기도 턱 올리놓을 낀데.

– 하모, 내가 딱 그 소린 기라. 그리만 되모 무덤도 최고 맹당(명당) 자리에다 떠억 다시 잡아서 왕릉맹커로 맨들어 줄라쿤다.

– 오데 무덤만 그라까? 다린 것도 다 그라제.

– 우째서 이리 맹물 들이킬라는 사람이 천지삐까리고. 이리쌌다가 시상 맹물이 모도 바짝 말라삐것다야.

– 맹물? 맹물이 아이라 금물인 기라, 금물!

– 무신 금물 말고? 설마 하지 말라꼬 금한다쿠는 그 금물은 아이것제?

투자 가치도 엄청 높을 것이라며 다른 지역 사람들도 잔뜩 눈독을 들였다. 돈이 나오는 자리에는 시간과 공간의 경계가 없었다. 역시 무소불

위의 돈이었다.

“당연하지예. 장사에 요만치라도 눈이 뜨인 사람이라모, 그 자리가 읍내장터에서도 최고 노랑조시가 될 끼라는 거를 알 깁니더.”

비화 말에 우정 댁이 초조한 얼굴로 물었다.

“그렇다모 우리도 함 나서 봐야 안 하까?”

비화보다 원아가 먼저 입을 열었다.

“여게 장사는 우짜고예?”

갈수록 머리숱이 줄어든다고 푸념을 늘어놓는 우정 댁이, 자칫 빠져나갈 뻔했던 비녀를 뽑아 다시 끼우며 말했다.

“아, 그것도 그렇네? 여게도 근분 안 바뿌나.”

원아는 일찌감치 포기하잔 식이었다.

“아깝지만도 우짤 수 없지예. 우리하고는 인연이 없는 물건物件이라꼬 생각해삐모 속이 안 팬하까예.”

우정 댁도 자위하는 어투가 되었다.

“하모, 누가 용상 자리를 준다 캐도 요기를 떠날 수는 없는 기라.”

원아는 손바닥으로 귀밑머리를 빗질하듯 쓸었다.

“인자 그 이약은 고만하고 우리 장사에나 멤 쓰이시더.”

“그라기는 하것지만, 그래도 그렇거마.”

말은 그렇게들 하면서도 두 사람 얼굴에는 무척 아쉽다는 빛이 스쳐갔다. 앞으로도 쉽게 나지 않을 노른자위임은 누구도 부인하지 못할 것이다.

“이모님들예.”

그때 잠자코 듣고 있던 비화가 두 사람을 불렀다. 그런데 그다음에 나오는 말이 듣는 사람 귀를 번쩍 틔게 했다.

“여도 살리고 거서도 장사를 할 수 있는 길이 있심니더.”

두 사람이 굉장히 놀라고 기쁜 얼굴로 물었다.

"그, 그런 길이 있다꼬?"

"우, 우찌, 조카?"

그러자 비화는 두 사람을 번갈아 보며 스스로에게 다짐받듯이 야물게 생긴 입술을 질끈 깨물며 말했다.

"분점分店을 내는 깁니더. 분점 말입니더."

"분점?"

두 사람이 한꺼번에 반문했다.

"그라모 가게를 쪼갠다 그 말가?"

비화가 천천히 계획을 들려주었다.

"상촌나루터에 있는 여게 이 나루터집을 본점本店으로 하고예, 읍내 장터에는 나루터집 1호 분점을 낸다, 그런 이약이지예."

"나루터집 1호 분점?"

또 그렇게 함께 되뇌며 두 사람은 멀뚱멀뚱 얼굴을 마주 보았다.

"예, 그래예."

비화 입에서는 갈수록 다른 사람들이 예기치 못한 소리가 흘러나왔다. 비화 몸속에는 외계인이 들어가 있는 게 아닌가 싶을 판이었다.

"그라고 가게가 더 커지모 2호 분점, 3호 분점, 4호 분점, 이런 식으로 해서 여러 군데 나루터집 유통점을 늘리갈 작정을 하고 있십니더."

이번에도 두 사람은 한입으로 복창했다.

"나루터집 유통점?"

비화는 한순간의 즉흥적이고 충동적인 제안이 아니고 꽤 시간을 두고 깊이 생각한 끝에 내린 결론이 분명해 보였지만 그래도 그게 예의라는 듯 진지하게 물었다.

"이모님들 생각은 우때예?"

두 사람은 한참 동안 열린 입을 다물지 못했다.

"우찌 그리 기똥찬 사업 구상을 다 하고……."

"그 정도 갖고는 지 성에 안 찹니더."

정말 대단하다고 하는 원아에게 비화가 열띤 목소리로 이야기했다. 매우 비장하게 느껴질 정도였다.

"함 두고 보이소. 동업직물만 일본에 진출하라쿠는 벱 있어예?"

"그, 그거는."

배봉이 경영하는 동업직물 이야기가 나오자 우정 댁과 원아의 안색이 똑같이 납빛으로 변했다. 언젠가는 반드시 따라잡아야만 할, 영원한 경쟁상대로 점찍고 있는 동업직물 비단의 일본 수출은, 나루터집 식구들 마음마다 병이면서 또 약이기도 했다. 좌절을 주는 동시에 사업을 부흥시킬 원동력이 되기도 하는 것이다.

"그라모?"

잠시 후 우정 댁이 반신반의하는 얼굴로 물었다.

"우리 나루터집도 일본에, 아이지예, 일본뿐만 아이고 청국, 아라사, 미국, 불란스 겉은 나라에도 진출할 날이 올 기라예."

자신감 넘치는 얼굴로 그렇게 장담해 보이는 비화가 우정 댁과 원아에게는, 방금 비화가 말한 그런 생소한 나라의 이국인들처럼 비칠 지경이었다.

"그런께네 세계적인 회사가 될 끼다, 그런 말입니더."

비화 두 눈에는, 나루터집 식구들 가운데 아침마다 가장 빨리 일어나 마당을 쓸곤 하는 우정 댁이 자주 보곤 하는 샛별 같은 빛이 반짝이고 있었다.

"아, 미국, 불란스도 말이가?"

"세, 세계적인 회사!"

두 사람 반응이 지나치게 큰 것을 본 비화가 분위기를 조금 누그러뜨리려는 듯 이렇게 덧붙였다.

"하여튼 꿈은 그렇는데 실제로 그리될랑가 안 될랑가는 함 두고 봐야 것지예. 시방보담도 몇 배 더 열심히 뛰어야 하것고예."

그 소리가 떨어지기 무섭게 우정 댁이 하는 말이었다.

"그런 걱정일랑 쪼꼼도 하지 마라. 내가 처녀 적부텀 뜀박질 하나는 온 동리가 알아줬다 아인가베."

"그랬어예?"

비화는 입가에 배시시 웃음을 빼물었다.

"하모, 산에 가모 토까이도 맨손 갖고 잡았다쿤께?"

우정댁 말에 원아가 여전히 매혹적인 눈을 살짝 흘기며 가볍게 퉁을 주었다.

"애먼 토까이는 와 잡아예? 불쌍하거로."

"내가 보선짝(버선짝) 다 벗어 던지고 막 달릴 끼다, 그 말이다."

우정 댁은 실제로 신발을 벗는 시늉까지 해 보였다. 그것을 본 원아 또한 말리는 흉내를 냈다.

"하이고! 우리 성님 고마하소."

오랜만에 나루터집 식구들이 모든 걸 훌훌 털어버리고 동심의 세계로 돌아간 모습들이었다.

"고마하기는?"

"그라다가 맨발로 일본꺼정 달리가것소."

원아 만류에도 우정 댁은 도리어 한술 더 떴다.

"와? 내가 그리 몬 할 꺼 겉나? 일본 아이라 그보담 상구 더한 곳도 한다모 하는 사람이다, 내가."

"섭천 쇠 웃는 소리가 안 들리예?"

"필요하모 속곳도 벗어던지삔다."

"머도예? 참말로 남살시럽거로."

"남의 살이고 내 살이고!"

그대로 두고 보면 언쟁이 날을 샐 것 같아 비화는 빙그레 웃으며 끼어들었다.

"우선에 급한 거는 점포를 분양 받는 깁니더."

"점포 분양."

"그기 안 되모 우리끼리 암만 앉아갖고 아흔아홉 칸 집을 지이봤자 소용없지예."

비화 그 말에 두 사람은 금세 한마음이 된 모습을 보였다.

"그렇제, 임을 봐야 뽕도 따제."

"에나 갱쟁이 치열할 끼라 안 쿠던가베."

비화 얼굴에 긴장하는 빛이 수초가 지우는 그림자처럼 드리워졌다. 날이 갈수록 세상은 무한경쟁시대로 돌입하고 있다는 것을 실감하는 요즘이었다.

"준서 옴마가 장사 복은 타고났은께, 딱 당첨 안 되까이."

원아 말에 이번에는 우정 댁이 눈을 흘겼다.

"또 알랑방구 뀐다?"

그로부터 얼마 후 원아 말이 맞았다는 게 입증되었다.

"보이소, 성님. 내 예상이 딱 맞았다 아입니꺼?"

"질거리에 돗자리 깔고 가서 앉아라."

"돗자리 깔고 앉아서 콩나물국밥 팔아라꼬예?"

촉석문 밖에 낡은 돗자리 깔아 놓고 앉아 있는 사주 관상쟁이 노인이, 천 씨 성을 가진 사내와 교방 관기 효원이 만날 운명임을 예언했다는 사실을 그네들이 알면 어떤 심정들이 될까.

"장사 오래할 거 몬 되겄다."

"와예?"

"그리 얌전했던 그 송원아가 시방 말하는 거 좀 보라 캐도?"

"그라모 장사하는 사람은 모돌띠리 몬 얌전타 그거라예?"

"싹 다 그런 거는 아이제. 딱 한 사람은……."

"딱 한 사람예? 그 사람이 눈데예?"

"와? 우정 댁이 아이고 비화라꼬 말하고 싶어서?"

"내 보고 알랑방구 뀌고 있다더이."

"하이고, 앞발 뒷발 다 들었다 고마!"

"옆발은 안 들고예?"

좋으니까 말들이 많아지는 모양이었다. 어쨌거나 우정 댁과 송원아 이름으로 적어낸 것은 떨어지고, 김비화 이름으로 올린 것만 뽑힌 것이다. 그것도 종합상가 건물 중 가장 목이 좋은 한가운데 점포였다.

"대박을 터뜨릿다, 대박!"

"왕건이다, 왕건이! 왕건이를 잡았다 아이가?"

"그거는 그란데, 와 요럴 때 왕건이를 잡았다꼬 하는고, 그 이유를 알고 이약하는 기가?"

"잘 모리지. 히히."

나루터집 식구들은 저마다 환호했다. 가게 옆을 흐르는 남강과, 그 강에 서식하고 있는 물새들도 덩달아 감격의 소리를 지르고 있는 듯했다. 어쩌면 물고기들도 물속에서 지느러미를 놀리며 기쁨의 춤을 추고 있는지도 모르겠다.

"야아, 나루터집 1호 분점! 상상만 해도 조오타!"

"살다가 본께, 이런 일도 다 있네예."

그런데 세상사 전부 길한 것과 흉한 것이 형제처럼 나란히 함께 붙어 다닌다던가.

"아, 에나가?"

"우짜노, 이거를?"

뜻밖의 아주 좋지 않은 일도 생겼다. 그곳 점포들은 넓고 기다란 통로를 사이에 두고서 양쪽으로 서로 마주 보도록 지어졌는데, 참 공교롭게도 비화 명의로 얻은 점포의 정면 맞은편에 배봉의 점포가 들어서게 될 줄이야.

"이거는 지 느낌이지만도, 안 있어예."

그 사실을 안 비화는 남강 자갈처럼 딱딱한 얼굴로 말했다.

"무신 비리가 있는지도 모리지예."

"비리?"

모두들 아리송한 표정을 지었다. 비화 얼굴에 가증스럽다는 빛이 엿보였다.

"배봉이라모 우짜든지 좋고 나쁜 수단 방법 한 개도 안 가리고, 지가 목적하는 바를 반다시 차지할 인간인께네예."

그러더니 비화는 늘 균형 감각을 놓치지 않는 그녀답게 이런 말도 했다.

"우리맹캐 운이 좋아갖고 그리 됐을 수도 있것지만서도예."

그 내막이야 어떻든 몹시 신경이 뾰족하고 날카로울 수밖에 없는 사정이었다. 사람에게는 예감이라는 촉수가 있는 것이다.

"머 벨일이야 있것십니꺼?"

"아이다, 아모래도 기분이 상구 안 좋은 기라."

"안 괘안으까예? 우리는 우리 일만 하모 될 낀께네예."

"오데 시상 일이, 지 일만 한다꼬 되더나?"

비화는 어서 결론이라도 내려 달라는 듯이 자기 얼굴을 향하는 나루터집 식구들 눈길을 의식하며 말했다.

"우리가 여태꺼지 해온 거맹커로만 하모, 아모 다린 문제는 없을 끼라고 봐예."

그러나 불안과 걱정에 사로잡히는 나루터집 식구들에게 비록 말은 그렇게 했지만, 비화 얼굴에는 강가 버드나무가 지우는 음영 같은 짙은 그늘이 졌다.

그랬다. 나루터집 식구들이 염려할까 봐 내색은 하지 않았지만, 나중에 그녀 혼자 있게 되었을 때 비화 심경은 터질 듯 복잡하기만 했다. 본디 호사다마라고, 좋은 가겟집 하나 더 장만했다고 마냥 꿈에 부풀어 기뻐만 할 일이 아니었다.

'시방꺼정도 안 그랬던 거는 아이지만, 우쨌든 앞으로가 큰 문젠 기라.'

자칫 무슨 좋지 못한 일이 발생하게 되면 결과적으로 분점 낼 발상을 한 자체부터 잘못이었다. 나중에는 이런 생각까지 들었다.

'진무 스님께서 장 그라지 말라꼬 타일러 주싯는데, 내가 쪼꼼 더 귀담아 안 듣고 너모 성급하거로 군 기까?'

사태는 우정 댁과 원아가 우려하는 것보다 훨씬 더 심각하게 느껴졌다. 늑대 발톱 앞에 온 격이었다. 그동안 끈질기게 끌어온 탐색전이 끝나고 드디어 최후의 결전이 눈앞에 닥친 것인가 싶기도 했다.

남들은 그저 비화 집안과 배봉 집안이 오래전부터 개와 원숭이 사이라는 정도로만 알고 있다. 그 후에 일어난 일에 대해서는 모른다.

비화 남편 재영이 바람을 피워 낳은 자식이, 동업직물 장손 동업이란 사실은 상상도 할 수 없을 것이다. 그 동업과 여종 설단의 아이 재업을 같이 거둬 키우고 있는 해랑이, 남편 억호와 나란히 점포를 드나드는 모습을 어떻게 볼까.

'그뿌이 아인 기라.'

아버지와 어머니가 딸네 가게에 들렀다가 배봉과 점박이 형제 부자와 딱 마주치게 될 일이 한두 번이 아닐 것이다. 똑같이 남편 핏줄을 타고 난 준서와 동업이 서로 원수의 눈으로 노려보는 것을 무슨 수로 지켜볼 것인가. 그리고 그럴 때 남편은 누구 쪽에 설까.

끝도 없이 솟구치는 이런저런 잡생각에 쫓겨 비화는 안정을 찾지 못했다. 도저히 일손이 잡히지 않았다. 다른 식구들 보는 앞에서 안 그런 척 가장하는 것도 그녀의 직성에는 맞지 않는 노릇이었다.

그렇다고 뒤로 물러설 순 없다. 저 철천지원수가 두려워 나루터집 분점 확장을 포기하랴. 만약 여기서 실패한다면 제2, 제3의 분점은 애당초 글러먹은 일이다. 그리고 그것은 곧 폐업이나 다를 바가 없는 것이다.

'비화야, 비화야. 니가 요 정도 그럭밖에 안 됐더나?'

비화는 자기 속에 있는, 비화와 비화 같지 않은 비화에게 말했다.

'니가 비화라모 이리쌌지 말고, 비화 아이라모 이래라.'

어차피 몇 번은 더 치러야 할지 모를 통과의례다. 이런 날이 닥치리라는 걸 예상치 못한 것도 아니다. 도리어 빨리 오기를 기다렸다. 그 자리에 그대로 있는 것은 동업직물이고, 그쪽으로 다가가고 있는 것은 나루터집이었다.

숨은 꽃, 숨은 나비

한편, 배봉 집안도 뒤숭숭하기는 매한가지였다.

비화가 상촌나루터에만 만족하지를 않고 읍내장터까지 진출할 줄은 몰랐다. 그것도 동업직물이 새로 더 낸 점포와 딱 마주 보는 그런 위치에 말이다. 잡귀신이 장난을 치지 않고서야 어떻게 이런 일이 벌어질 수 있을까. 그런데 황당해하는 점박이 형제와는 달리 배봉이 나중에 해 보이는 반응은 좀 예외였다.

"잘 걸릿다. 여하튼 앞으로 재미나기 생깃다. 낄낄."

배봉은 심심하던 차에 이거 참 잘됐다, 하고 도리어 신이 나 하는 모습을 보였다. 역시 배포와 간담이 큰 인간임은 틀림없었다.

"이참에 비화 고년 기를 팍 쥑이갖고 영영 우리 앞에서 대가리 몬 치키들거로 본때를 비이줘야겄다."

솥뚜껑 주먹으로 두꺼운 가슴팍을 소리 나게 탁탁 두드려 보이며 말했다.

"이 배봉이가 올매나 무서븐 사람인고 똑똑히 알거로 해줄 끼다. 흐흐흐."

음흉한 웃음소리 끝에는 섬뜩한 살기마저 매달렸다. 그의 몸 가까이 있는 공기는 다른 사람 근처의 공기와는 그 밀도부터 다른 것 같았다.

"그러이 너거들도 각오 단디 해라."

배봉은 점박이 형제를 앞에 앉혀 놓고 단단히 타일렀다. 억호는 뭔가 깊은 상념에 잠겼고, 만호가 고개를 갸웃하며 말했다.

"그란데 쪼매 이상합니더, 아부지."

배봉이 입에 물고 있던 담뱃대를 떼 내며 물었다.

"이상하다꼬?"

만호는 아버지에게 다가앉을 것같이 했다.

"예."

"머가?"

배봉과 억호가 동시에 만호를 바라보았다. 만호는 미심쩍다는 눈빛을 풀지 못했다. 그는 팔을 뒤로 돌리며 말했다.

"비화 고것도 우리매이로 뒤짝에서 손을 쓴 거는 아일까예?"

"허, 쉿!"

배봉이 황급히 나무랐다.

"고 주디 고마 몬 닥치것나? 해나 누 들으모 우짤라꼬?"

약간 심드렁한 표정으로 듣기만 하고 있던 억호가 반대를 위한 반대처럼 입을 열었다.

"아일 끼다, 그거는."

"아이라요?"

당장 눈이 꼬부랑해지는 만호를 보며 억호는 기선을 제압하려는 듯 이렇게 말했다.

"고년이 상촌나루터 바닥서는 콧바람 쪼매 셀랑가 모리것지만도, 아즉 뒷구녕으로 손쓰고 그리할 심꺼지는 없다."

"성이 그거는 우찌 아요?"

형에게 대들듯이 하는 만호였다.

"하모, 그랄 심이 없제."

억호보다 앞서 배봉이 한 말이었다. 그는 만삭의 임산부처럼 더없이 위태위태해 보이는 배를 앞쪽으로 쑤욱 내밀면서 거드름을 피웠다.

"내는 시방 성하고 이약하고 있는 긴데……."

그러면서 아버지가 또 형의 편을 드는 것 같아서 못마땅해하는 빛을 보이는 만호를 힐끗 보고 나서 배봉이 말했다.

"맞다. 천하의 이 임배봉이 아이모, 누가 감히 그런 손꺼정 쓸 끼고?"

만호가 상판대기를 있는 대로 찡그린 채 입속으로 무엇인가 구시렁거렸다. 그러거나 말거나 배봉은 담뱃대의 재를 재떨이에 대고 툭툭 털면서 단언했다.

"임배봉이 말고는 그런 손 없다. 황금 손 말인 기라."

배봉 두 눈에 매우 탐욕스러운 기운이 넘쳤다. 눈도 황금 눈인 듯 노리끼리했다. 말에도 황금이 들어가지 않으면 말이 안 되는 모양이었다.

"요분에 우리가 손에 넣은 황금 점포는 앞으로 부리는 기 값일 끼거마."

그러고 보니 그들이 모여 있는 배봉의 사랑방도 황금 천지인 것처럼 비쳤다. 온통 돈으로 도배해 놓은 양상이었다. 사방 벽지며 장판지도 그렇거니와 그 방에 넘치도록 있는 가구며 장식품들은 눈이 부실 형국이었다.

"그기사 비화 집구석도 가리방상하다 아입니꺼?"

여전히 비화를 입에 올리는 만호를 향해 배봉이 눈을 매섭게 치뜨며 말했다.

"그런께 그 점포도 우리가 더푼(덥석) 주우묵자 이건 기라."

"비화 고년을 몰쌍하이(만만하게) 보모 안 됩니더."

긴장과 경계심이 담겨 있는 억호 말에 만호가 꼬투리를 잡은 양 시비를 걸어왔다.

"시방 무신 소리요?"

"와?"

억호 말도 곱지 못했다. 만호 입에서는 점수 따려는 속셈이 빤히 내보이는 소리가 나왔다.

"자슥이 돼갖고 아부지를 그리 몬 믿소?"

억호가 낯을 붉히며 언제나처럼 문갑 위에 장식용으로 올려놓은 문방사우가 기겁을 할 정도로 소리쳤다.

"무조건 부모 듣기 좋은 소리만 하는 기 효도 아이다!"

만호 또한 결코 한 걸음도 뒤로 물러서지 않았다. 하긴 덩치가 형보다 더 커서 밀치기를 하면 밀리지 않을 것이다.

"그라모 머가 효도요?"

억호는 이렇게 무식한 인간을 봤나 하는 투로 빈정거렸다.

"그거도 모리나?"

만호는 오로지 돌진만 하는 멧돼지처럼 굴었다.

"모리요."

그들에게 철철 남아도는 게 시간인 모양이었다. 억호는 사냥개가 야생동물을 보고 짖듯 했다.

"머? 몰라?"

그때부터 죽은 조상이 와서 말려도 듣지 않을 형제간 말싸움이 벌어졌다. 지금 앉아 있는 자리가 아버지 방이라는 것도 전혀 아랑곳하지 않는 그들이었다. 갈수록 자식들 감정이 금세 폭발할 것처럼 격해지자 배봉이 나섰다.

"됐다, 됐다. 인자 고마해라, 고마해! 씰데없이 심 빼지 말고. 생각하모 억울해서 피를 한 바가치 토할 일인 기, 먼젓번에 남강 백사장에서 해귀하고 천룡이가 싸와갖고 무승부가 난 그긴 기라."

그래도 아직 앙금이 남아 서로 집어삼킬 것같이 하며 씨근거리는 자식들에게 벌컥 화를 냈다.

"에나 이랄 끼가, 으잉? 그래 요분에는 반다시 요절내라꼬 하늘이 우리한테 기회를 주신 긴데 그거를 모리고 이리쌌나?"

그러자 점박이 형제는 다음에 보자는 듯 더러운 눈길로 상대를 한참 째려보고 나서, 아버지 앞에서는 실로 오랜만에 한목소리로 물었다.

"비화 집구석을 요절내삘 무신 좋은 수가 있심니꺼?"

햇살이 험악한 분위기가 감도는 방 안까지는 들어오지 못하겠는지 그냥 창틀에서만 어슬렁거리고 있었다.

"우짜는고 하모 말이다."

배봉은 한껏 낮춘 목소리로 얘기했는데 그 말이 누가 듣기에도 참으로 야릇하고 기묘했다.

"억호 각시를 이용할라쿤다."

뜬금없이 그랬던 것이다.

"해랑이를예?"

억호가 깜짝 놀란 얼굴로 물었고, 만호 역시 도무지 알 수 없다는 목소리였다.

"해랑이, 아니 행수를 우찌예?"

해랑을 형수로 인정한다는 건지 안 한다는 건지 아리송했다.

"아부지, 지 말씀 한분 들어보이소."

만호를 옆으로 밀치듯이 하며 따지는 억호 얼굴은 거친 발길질에 쭈그러진 양철통같이 팍 일그러져 있었다.

"이용한다쿠는 소리가 쪼매 듣기 안 좋거마예."

"듣기 안 좋다?"

"하모예, 아모리 아부지 말이라 쿠더라도 그렇십니더."

그러고는 기분이 상한다는 낯빛으로 좀 더 반발조로 나왔다.

"지 집사람을 이용한다꼬예?"

만호가 봐도 억호 얼굴이 영 말이 아니었다. 그의 오른쪽 눈 아래 박혀 있는 크고 검은 점이 씰룩거렸다.

"아, 그, 그거는, 더 들어봐라."

배봉이 얼른 손사래를 치면서 자기 잘못을 인정했다.

"애비가 말이 빠지서 이빨이, 아, 이빨이 빠지서 말이 고마 헛나와뻿다."

"내가 오데 한두 살 묵는 아압니꺼?"

억호는 그따위 변명은 아예 집어치우라는 듯 천하 후레자식 같은 말도 서슴지 않았다. 배봉 음성이 가파르게 높아졌지만, 자식과 더 이상 소모전은 펼치기 싫고 또 그럴 여력도 없는지 뒤로 물러섰다.

"그기 아이라 캐도?"

만호는 잘됐다는 심산이 역력하게 말리기는 고사하고 회심의 미소를 띠고 가만히 듣기만 했다. 억호는 조금 전 만호처럼 입안으로 구시렁거렸다.

"이빨 하나는 젊은것들 안 부럽다꼬, 그리 자랑해쌀 때는 운제고 인자 와서는?"

그런데 배봉은 그 소리는 듣지 못했는지 듣고도 못 들은 척하는지 이렇게 말했다.

"이용한다쿠는 기 아이고, 머라캐야 되것노."

잠시 적절한 용어를 떠올리느라 궁리하는 눈치 끝에 말했다.

"도움, 그래 도움을 요청할라쿤다는 소리가 고마 그리 나와뿟다."

그러다가 제풀에 부아가 나는 품새였다.

"아, 이용이모 우떻고 도움이모 우떻노? 지도 인자 우리 건구(한 집안 식구)가 됐은께 맨발 벗고 동참해야제."

그 말을 하다가 배봉은 너무나 가난하여 한겨울에도 맨발로 다녀야 했던 지난날이 되살아나서 입맛이 썼다. 저들은 아비 잘 만나서 못 먹고 못 입는 설움을 겪지 않고 오늘 이때까지 잘 살아온 것들이 그 은덕은 모르고 후레자식이 되어 대들기까지 하는 것이다.

"누가 건구가 된 거는 모립니꺼?"

그러나 억호는 여전히 못마땅하고 시무룩한 낯빛을 지우지 못했다. 야윈 말이 삐침 잘 탄다고, 해랑이 본처라면 이렇게까지 하지 않을지도 모른다.

"짐승도 한집에 같이 살모……."

말투도 시종 시비를 걸거나 따지는 것처럼 나왔다.

"해랑이가 비화하고 친자매겉이 지냈다쿠는 거는 아부지도 아시지예?"

그 말이 떨어지기 바쁘게 만호가 꼬투리를 딱 잡았다는 듯 눈알에 잔뜩 힘을 넣고 말했다.

"그래서 행수가 아부지 맹넝을 거역할 수도 있다, 그런 소리요, 시방?"

"이 쌔끼가? 시방 누 앞에서 흰창 허옇기 드러내는 기고?"

앉은 자리에서 그대로 몸을 날려서 만호에게 앞발차기를 할 것 같은 억호였다.

"쌔끼? 흰창?"

그것을 익히 알고 있는 만호는 통나무 같은 두 팔로 방어할 자세를 취하면서 큰 소리로 응수했다. 둘 다 도저히 형제라고 볼 수 없었다.

"그래, 쌔끼야! 젓가락 갖고 콱 쑤시삘라!"

아버지에게 더 어쩌지 못한 억호는, 화풀이 대상으로 동생을 당장 구타할 것처럼 굴었다. 그렇다고 제대로 형 대접을 해주며 순순히 뒤로 물러설 만호도 아니었다.

"머요? 젓가락 갖고 우째요?"

그러자 억호는 손가락으로 만호 눈을 찌르는 시늉을 하며 응수했다.

"눈깔을 콱 쑤시삔다캤다, 와?"

만호도 욕설을 퍼부으며 한판 붙을 태세로 나왔다. 이제 내가 너보다 덩치가 더 좋으니 이길 승산이 높다고 보는 것 같았다.

"흐흐, 흐흐흐."

배봉의 낯판에 음흉한 웃음기가 번지더니 자식들이 알아듣지 못하게 입속으로 중얼거렸다.

"내가 그거를 알고 있기 땜새 하는 말인 기라, 이것들아."

억호는 만호 대거리에 화가 머리끝까지 치밀어 씩씩거리는데, 만호는 더욱 억호 성깔을 건드리기로 작심했는지 배봉 쪽으로 고개를 돌리며 말했다.

"우찌 이용하실 낀고 퍼뜩 이약해주이소, 아부지."

"그런께네 이 애비 이약은 이렇다."

배봉은 억호 쪽은 외면하고 만호 쪽만 보면서 얘기했다.

"은실이 에미한테는 쪼매 미안한 소리지만도, 내가 요만치도 안 기시고 말하자모, 은실이 에미는 니 행수한테 대모(비교하면) 한거석 처지는 기 사실 아이가? 얼굴도 좀 그렇고, 몸매도 좀 그렇고, 모도 다 말이다."

응당 그 소리에 성을 내야 할 사람은 만호고, 기분 좋아할 사람은 억호다. 한데 실상은 그렇지가 않았다. 억호는 대체 내 아내를 어떻게 하려고 저러나? 하고 잔뜩 반감을 품은 낯빛이고, 만호는 오히려 능글능글한 웃음을 띠며 맞장구를 쳤다.

"맞심니더. 툭 까놓고 이약해서 우리 은실이 옴마는 아모 데도 쓸 구석이 없지예."

실눈으로 억호를 슬쩍 보고 나서 덧붙였다.

"이용할 가치가 하나도 없다, 그 뜻입니더."

만호는 '이용'이란 말에 힘을 실었다. 그 '이용'이란 말을 한두 번에 그치지 않고 자꾸 '이용'하려는 심사로 보였다. 배봉도 의외였는지 눈을 멀뚱멀뚱했다.

"거 비하모 말입니더."

만호는 한술이 아니라 몇 술은 더 떴다.

"그 지체 높으신 고을 목사들도 여럿이나 모싯것다, 행수는 여러 모로 이용할 만한 가치가 높은 분이지예."

꽉 쥔 억호 주먹이 부르르 떨렸다.

'저늠이 저런 소리꺼정?'

하지만 반복해서 그런 이야기를 입에 올리게 되면 손해를 보는 건 나라는 판단에서 억지로 참고 있는데, 만호는 또다시 형제지간 완전히 의절義絶할 사람처럼 나왔다.

"행수 이용 방법 쫌 쌔이 말씀해보이소."

억호는 심장이 폭발하는 듯했다. 형수 이용 방법.

배봉도 억호의 예사롭지 않은 기색에 신경이 쓰이는 듯했지만, 그보다도 한층 더 중요한 게 이번 계획이란 쪽으로 생각을 굳히는 모양이었다.

"그런께 애비 말을 요약하모 이런 기다."

거기서 일단 숨을 몰아쉰 배봉은 단숨에 말해버렸다.

"니 행수한테 말이다, 우리 동업직물 비단 갖고 맨든 옷들을 입히갖고, 점포 앞에 서 있거로 하자쿠는 기라."

"예에?"

일순, 그 자리는 공기가 흐름을 멈춰버리는 것 같았다. 점박이 형제는 둘 다 얼이 빠져나가 버린 모습을 보였다. 그럴 땐 얼굴 점만 아니라 모든 면에서 쌍둥이를 연상케 했다. 평상시에도 저렇게 하면 형제로서 아무 손색이 없고 또 도와가며 살아가는 우리 가문이 될 수 있을 텐데, 하는 욕심이 생기는 배봉이었다. 그렇지만 자식들은 아버지가 기대하는 것과는 전혀 다른 방향의 길로 들어서 버린 지 오래다. 지금 그 순간만 하더라도 마찬가지였다.

해랑에게 동업직물 비단옷을 입혀 점포 앞에 서 있게 한다.

도대체 이게 무슨 귀신 씻나락 까먹는 소리냐? 도무지 그림이 그려지지 않는 말이 아닐 수 없었다.

"아, 아부지."

한참 만에 억호 입이 열리려는 때였다. 간발의 차이로 확 가로채는 만호 목소리가 튀어나왔다.

"그런께네 행수한테 우리 비단옷을 입히서 점포 앞에 세워놓는다꼬예?"

그것은 확인해보기 위해 물어보는 말이 아니라 한 번 더 그렇게 이야기함으로써 그것을 기정사실로 해버리려는 의도였다.

"하모."

배봉은 스스로 짚어 봐도 참으로 기발한 착상이란 표정이었다.

"함 상상해 봐라, 응? 상상해 봐라꼬!"

그러는 품이, 억호더러 더 이상 군소리 늘어놓지 말라는 경고였다. 억호가 또 입을 떼려고 하는데 배봉이 더 빨랐다.

"얼골 이뿌제, 몸매도 좋제, 그런 여자가 아름다운 비단옷을 척 걸치고 섰는 모습을 말인 기라."

해가 좀 더 방향을 틀었는지 창틀에서 서성대던 햇살은 이제 보이지 않았다.

"누가 그거를 보고도 비단을 안 사고 배기것노?"

이어지는 배봉의 말을 들은 만호가 두 팔을 높이 쳐들며 환호성을 질렀다.

"하! 그렇네예, 아부지."

만호는 아예 억호 쪽은 바라보지도 않고 제멋대로 지껄였다.

"행수 겉은 여자는 우떤 옷을 입어도 싹 다 잘 어울릴 낀데, 각밸히 선전용으로 맹글은 비단옷을 입으모 에나 눈이 부시서 몬 볼 낍니더."

배봉은 그제야 억호에게 고개를 돌리며 강요하는 어조로 물었다.

"우떻노? 그 정도사 괘안컷제?"

억호는 전신을 부들부들 떨고 있는데, 배봉은 일상적인 이야기를 나누는 투였다.

"니 각시도 머 크기 반대는 안 할 끼라 본다."

억호는 '끙' 하고 앓는 소리만 냈다.

'내 멤 겉애서는 아부지고 나발이고!'

그러나 그 정도로 '이용'하겠다는데, 그것도 못 하겠다고 반대할 명분이 없었다. 특별히 선전용으로 만든 비단옷을 입은 해랑의 모습은 과연 어떨까 하는 궁금증과 기대감이 솟기도 했다. 엄청난 선전 효과를 얻을 것이다.

그 이야기를 끝으로 한참이나 말들이 없었다

얼마나 시간이 지났는지 모르겠다. 배봉이 그렇게 하려는 이면에 감춰진 진짜 이유라면서 끄집어내는 말이었다.

"물론 비단을 파는 것에도 목적이 있지만도, 그보담도 더 큰 목적은 다린 데 있다."

정작 당사자는 알지도 못하는 일을 놓고 제삼자들끼리 멋대로 합의를 본 꼴이었다. 점박이 형제 눈빛이 번득였다. 더 큰 목적이 있다니.

"들어보모 너거들도 애비 산술이 상구 괘안타꼬 여기질 끼거마는."

그러더니 배봉은 단숨에 말했다.

"비화를 겨냥한 데 있는 기라."

"비화를예?"

이번에도 두 사람이 한꺼번에 반문했다. 비화를 겨냥하다니.

"한분 상상해 봐라꼬."

배봉은 반은 뜨고 반은 감은 눈으로 꿈꾸는 듯 말을 이어갔다.

"지하고 친자매매이로 지내쌌던 해랑이가, 지하고 웬수인 우리 동업 직물 비단 갖고 맨든 옷을 채리입고, 지 눈깔에 빤히 비이는 점포 앞에 떠억 나와 서갖고 있는 거를 보모, 흐흐."

"으흐."

억호 입에서 알 수 없는 무슨 소리가 새 나왔다. 신음소리 같기도 하고 이빨 갈리는 소리 같기도 했다.

"지년이 꼴까닥 심이 안 넘어가고 우짤 낀데?"

"하하핫! 맞십니더, 아부지."

만호가 참으로 통쾌하다는 웃음을 터뜨렸다.

"맞제? 으하하핫!"

배봉도 웃었다. 그들 부자가 내는 웃음소리에 벽면에 걸린 액자가 방바닥으로 굴러 떨어질 것 같았다.

"갤국 비화는 점포를 내놓고, 딴 데로 갈 수밖에 없을 낍니더."

어느 틈에 웃음을 멈춘 만호가 아주 자신감 넘치는 소리로 말했다. 배봉도 언제 웃었냐는 얼굴로 말은 만호에게 하면서 억호 너도 공감하라는 식으로 나왔다.

"니 생각도 그렇제?"

"아부지 말씀은, 그때 저 점포를 우리 수중에 딱 넣자, 그런 뜻 아입니꺼?"

"와 아이라? 기지."

그때 억호가 왼 손등으로 오른쪽 눈 밑에 박힌 점을 문지르며 말했다.

"비화 조년이 하도 독종이라 놔서, 그리할란지 아이모 한거석 더 독이 올라삐갖고 상구 설치댈란지, 그거는 지내봐야 아는 기다."

사랑방 안의 사물들이 홀연 긴장하는 것 같아 보였다.

"천분 만분 일리 있는 이약이다. 그냥 쉽거로 물러설 비화가 아이다."

"그래서 말인데예."

억호가 또 무슨 말을 하려는데 배봉이 이번에도 선수를 쳤다.

"여하튼 우리 비단을 팔기 위해서라도, 니 각시를 함 내세워는 보자."

그런데 만호는 그가 구상한 새로운 사업 전략을 하나 더 내세웠다.

"행수가 그래갖고 크거로 성공하모, 그담에는 일본 여자를 이용하모 우떨꼬예?"

"일본 여자?"

"아부지도 그거꺼지는 생각 몬 하싯지예?"

아버지와 형을 쓱 훑어보는 만호 얼굴은 득의에 차 있었다.

"우리 동업직물 비단옷을 입은 일본 여자도 아조 선전 효과를 낼 꺼 겉거든예."

"하모, 맞다, 맞다! 기똥찬 생각이다! 쇠똥하고 말똥은 저리 가라다!"

한마디라도 더 해서 아버지에게 점수를 따내려고 안달이던 만호가 그때쯤에는 아무 말 없이 뽐내는 웃음만 지었다.

"그기 에나로 니 머리에서 나온 발상이 맞는 것가?"

배봉은 새겨볼수록 그야말로 신통하고 기대감이 솟는 모양이었다. 그는 아편에 중독된 사람처럼 두 눈을 게슴츠레 뜨고서 중얼거렸다.

"일본 여자가 우리 비단옷을 입고 선전을 해준다……."

"바로 그겁니더, 아부지."

만호는 상체를 한껏 뒤로 젖혔다. 그런 만호 몸 위로 그가 만나 뇌물을 주었던 목사들 몸이 겹쳐 보이는 배봉이었다.

"그것도 니 행수가 하는 거만치 폭발적인 인기를 안 끌것나. 우짜모 그보담도 더 인기가 있을 끼다."

한 번 비상을 시작한 만호의 날개는 저 먼 곳까지 퍼드덕거리며 날아갔다.

"부산포에 있는 사토하고 무라마치한테 퍼뜩 연락해 보시지예?"

만호는 자기 제안이 어서 실천되기를 학수고대하는 얼굴이었다.

"좋은 일본 여자 좀 알아봐 달라꼬예."

동업직물 후계자 자리는 다 따 놓은 당상인 양 굴었다. 그런데 배봉은 선뜻 만호 말에 동의하지는 않았다. 오히려 옆에서 지켜보기 징그러울 정도로 느긋한 태도를 보였다.

"우선에 니 행수부텀 실험삼아 한분 해보고 나서 그라자."

그러자 침묵을 지키고 있던 억호가 어쨌든 당장 발등에 떨어진 불똥부터 피하고 싶은 요량인지 이렇게 말했다.

"일본 여자부텀 하모 안 되까예, 아부지?"

"이거는 비단 파는 목적도 있지만도, 비화 고년을 겨냥한 기라꼬 내가 씹어묵도록 이약 안 했디가?"

"아부지 뜻은 알것는데예."

"지 에핀네라꼬 에나 애낄라쿠네?"

만호가 킥킥거렸다. 배봉은 억호더러 성가시게 굴지 말라고 일축해버렸다.

“그 일을 해도 니 각시 살 한 점 안 떨어지고 뼈 한 개 안 닳을 낀께네 인자 입 더 놀리지 마라.”

“히히히. 참말로 기대됩니더.”

만호가 요상한 웃음과 함께 호박에 낸 손톱자국처럼 작은 눈을 희번덕거렸다.

“비화하고 나루터집 것들이 우찌할랑고 쌔이 보고 싶거마예.”

배봉은 너무 말을 많이 한 탓에 피곤을 느끼면서 말했다.

“꽁(꿩) 묵고 알 묵는 재미 아이것나.”

그런데 만호가 또 한다는 소리가 야릇하기 그지없었다.

“아부지, 지는 억호 성이 걱정됩니더.”

“머라?”

배봉이 멍청한 얼굴을 했고, 억호도 웬 뚱딴지같은 소린가 하고 눈을 크게 떴다.

“한분 생각을 해보이소.”

만호는 보기 우스울 만큼 대단히 심각한 얼굴이었다.

“안 그래도 이쁜 꽃 겉은 우리 행수가 말입니더.”

“꽃도 그런 꽃은 없다 고마.”

배봉이 숫제 손사래까지 쳐가며 맞장구 쳤다. 해랑은 해어화, 그러니까 ‘말하는 꽃, 말을 알아듣는 꽃’이었다는 사실이 새삼 억호 머리를 쳤다.

“비까번쩍한 비단옷 채리입고 싸악 멋진 모냥새 잡으모, 고마 안 달라붙을라쿠는 사내가 오데 있것어예?”

“무신 사내?”

만호 그 말에 배봉과 억호 눈이 마주쳤다. 만호는 누구 귀에도 빈정거리는 투였다.

“그 이쁜 부인 단속 까딱 잘몬하모 우떤 한량이 소리개 삐가리 채가 듯기 싸악 채가삘랑가 모리는데 말입니더.”

바로 그 찰나, 솥뚜껑만 한 억호 손바닥이 철판 깐 만호 뺨에 불꽃을 튀게 했다.

‘철썩!’

그런 후 억호는 만호가 무얼 어떻게 할 틈도 주지 않고 곧장 방에서 나와 버렸다.

“니기미, 씨발.”

“저, 저런 때호로자슥이 있나?”

억호 등 뒤에서 두 사람이 큰소리로 내뱉는 욕지거리가 들렸다.

“애비 보는 앞에서 지 동상을?”

“아부지, 내가 에나 더 몬 참것십니더.”

“참아라, 참아. 그래도 참아야제.”

“만약 다린 사람이 내 보고 참아라꼬 하모, 그 사람부텀 우찌해뻴 낍니더.”

“안다, 안다. 내가 와 니 멤을 모릴 끼고?”

곧이어 그들은 무어라고 속닥속닥 귀엣말을 주고받았다. 차라리 큰소리로 퍼붓는 욕설을 듣는 편이 더 나았고, 둘이서만 비밀 이야기를 나누고 있는 듯한 조용함이 더욱 싫고 한층 마음에 걸리는 억호였다.

억호가 가쁜 숨을 몰아쉬며 정신없이 달려간 곳은 해랑이 있는 안채였다.

이제는 관기 티를 벗고 여염집 아낙이 다 된 듯, 제법 익숙한 솜씨로 식구들 옷가지를 챙기고 있던 해랑이 무슨 일인가 하고 놀란 눈빛을 했다.

"부인한테 물어보고 싶은 기 있어 왔소."

억호는 다짜고짜 그 말부터 꺼냈다.

"내 막 바로 이약하요."

뜬금없는 그 소리에 커질 대로 커진 해랑 눈을 들여다보며 억호가 물었다.

"만약시 누가 부인한테 우리 동업직물 비단 갖고 맨든 옷 입고 점포 앞에 나서서 비단 선전하라모 우짤라요?"

그러자 잠시 그 말이 갖는 의미를 짚어보던 해랑이 퍽 조심스럽게 되물었다.

"아버님 뜻인가예?"

"아, 누 뜻인고 그기 중요한 기 아이요."

아버지고 나발이고 그런 건 따지지 말라는 투로 말했다.

"그리할 낀지 안 할 낀지 그거나 함 이약해보소."

억호는 당장 무슨 일이라도 벌일 사람처럼 위태로워 보였다. 해랑은 한참 고개를 숙이고 깊이 생각하더니 이렇게 대답했다.

"지도 인자는 임 씨 가문 사람입니더."

억호가 놀란 듯 다시 물었다.

"그리할 수도 있다, 그 소리요?"

"……."

해랑은 가만히 있었다. 억호가 확인하려 들었다.

"온 사람들 앞에서, 원숭이 재조 부리듯 해야 하는데도?"

해랑은 잠자코 고개를 끄덕였다. 코스모스가 바람에 흔들리는 모습이었다.

"광대패맹캐 놀아야 할 낀데도?"

억호 음성은 차라리 울음에 가까웠다. 조금만 더하면 통곡이라도 나올 성싶었다.

"우리 비단을 잘 팔 수만 있다모 말입니더."

해랑은 고개를 떨구며 겨우 들릴 만한 조그만 소리로 말을 이었다.

"그보담 더한 짓이라도 해야지예."

"허!"

억호는 그만 입을 쩍 벌렸다.

"지는예, 들어보이소."

해랑 얼굴에 그녀 특유의 쓸쓸한 미소가 감돌았다. 평소 억호가 너무나도 보기 힘들어하는 미소였다. 해랑의 그 미소 뒤쪽에 꼭꼭 감춰져 있는 대사지 비밀은, 억호를 구제받을 수 없는 죄인으로 내모는 낙인烙印이었다.

"운맹에 순종함서 살아가기로 작정했어예."

해랑은 끝내 '흑' 하고 울음을 터뜨렸다. 가냘프고 작은 어깨가 물결같이 흔들렸다. 억호는 출렁거리는 대사지 못물을 보는 기분이었다.

"내는 반대요!"

억호가 성난 야수처럼 소리쳤다.

"내가 들어서라도 부인이 그런 짓 몬 하거로 막을 낀께 그리 아소."

해랑이 눈물 그렁그렁한 얼굴로 말했다.

"아버님이 지한테 그리 시키기로 하싯다모, 지는 아버님 뜻을 알것심니더."

억호는 세상에서 가장 무서운 말을 들은 사람이 비명이나 절규를 지르듯 했다.

"머, 머를 안다 말이오?"

해랑이 잔잔한 호수 위에 떨어지는 작은 낙엽이 내는 소리같이 조용히 대답했다. 어쩌면 저 대사교를 덮으며 내리는 눈송이처럼 고요한 음성이었다.

"비화라쿠는 여자 땜에 그리하실 깁니더."

"비화."

억호는 도저히 믿을 수 없다는 표정이었다. 심지어 내가 사람이 아닌 다른 무엇과 살고 있는 게 아닌가 하고 의심하는 기색이었다.

"그거를 암시롱 그 짓을 하것다는 기요?"

갈수록 격해지는 억호 음성과 정반대로 가듯 해랑은 더욱 차분한 목소리로 변했다.

"예, 그래서 더 할라는 기라예."

억호 얼굴 점이 더 커지는 것 같았다.

"그래서 더?"

해랑이 붉은 꽃잎을 갖다 붙인 듯한 입술을 꼭 깨물었다.

"비화라는 여자하고 완전히 관계를 끊을 수 있는 좋은 기회라고 생각해예."

"그, 그런?"

억호는 아주 오싹한 모양이었다. 그는 몸에 경련을 일으킬 것같이 하며 확인했다.

"그라모 부인 멤 속에서는 아즉꺼지 두 사람 관계를 청산 몬 하고 있었다쿠는 그런 이약 아이요?"

해랑은 부인하지 않았다.

"맞아예."

"맞아?"

"그래서 도로 잘된 일이라꼬 봐예."

"도로 잘된 일?"

"예."

억호 얼굴 점이 또다시 파르르 떨리는 것 같았다. 하지만 해랑은 조금도 흔들리지 않는 모습이었다.

"이짝에서 먼첨 그런 식으로 나가모, 비화 그 여자도 지 멤에서 이 해랑이를 완전히 몰아내것지예."

억호는 해랑을 귀신 보듯 했다.

"그, 그거도 암시롱 그란다꼬?"

해랑 얼굴은 어떻게 보면 무표정에 가까웠다. 그래서 바보를 방불케 했다.

"그리하는 기, 두 사람 모도를 위하는 길이것지예."

"내 귀에는 다리거로 들리요."

억호는 커다란 머리통을 세차게 흔들었다.

"에나 믿기 에렵소."

조금 전에 아버지 방에서 대판 싸우고 나온 동생 만호를 떠올리며 말했다.

"이 시상에서 넘들끼리 그리 서로를 위하는 사람들이 있다쿠는 기 말이오."

"아이라예, 그거는."

해랑이 대수롭잖은 이야기하듯 했다. 남의 사연을 화제 삼는 사람 같았다.

"모도 지내간 일이지예. 강물이나 바람매이로예."

그 대목에서는 한숨이라도 나올 법하건만 더없이 무덤덤한 어조로 말을 이었다.

"흘러가삔 과거지예."

"과, 과거."

"예."

"그, 그래도!"

"과거가 머 중요합니꺼? 아모짝에도 몬 쓸 걸레쪼가리 겉은 긴데."

그것은 해랑 스스로에게 다짐해 보이는 소리처럼 들렸다. 그런데 그녀의 입에서는 갈수록 더한 이야기도 나왔다.

"그렇다꼬 핸재하고 미래는 중요하다쿠는 거도 아입니더."

억호는 하도 헷갈리는 통에 어지럽기까지 했다.

"그, 그거는 또 무신 소리요?"

해랑이 무심한 듯 대답했다.

"핸재는 아즉 여 있고, 미래는 앞으로 올 낀께네, 그냥 놔놓는 기고예."

더 듣고 있다가는 정말 어떻게 되고 말겠다는 위험한 생각이 들어, 억호는 해랑 눈을 똑바로 들여다보며 단언했다.

"내가 판단하기에는 당신은 영원히 비화라쿠는 여자를 멤에서 몰아내지 몬할 사람이오."

일순, 해랑 얼굴에 은장도 날같이 싸늘한 빛이 피어올랐다.

"반다시 그리 되거로 할 낍니더!"

"해, 해랑!"

"함 두고 보모 알 끼라예."

"두고 보모?"

"예."

해랑 입귀가 기묘하게 말려 올라갔다.

"그, 그런 표정 짓지 마소."

그 순간만은 억호 눈에도 늘 꽃잎을 갖다 붙인 듯하던 해랑 입술이 말라비틀어진 수세미 같아 보였다.

"시상 누도 이런 지 심정 모릅니더."

해랑 얼굴도 말투도 비장했다. 그녀는 세상 한 귀퉁이에 홀로 내던져진 미아迷兒를 떠올리게 했다.

"지를 맨드신 부모님도 마찬가집니더."

"여보."

"하느님도 부처님도 모리실 기라예."

"두 사람이 에나 부럽소. 내하고 만호는 친행재라도 그리 몬 한다 아이요."

"몬 하는 기 아이라 안 하는 기지예."

그러나 해랑의 어설픈 객기客氣는 오래가지 못했다. 끝내 그녀는 배꽃같이 곱고 하얀 손으로 눈물을 훔쳐냈다. 그러고는 임종을 앞둔 자가 하는 유언처럼 말했다.

"시방 당장 비단옷 입고 점포 앞에 서고 싶어예."

"해랑."

뒤뜰에 있는 채마밭에서 얼핏 병아리가 내는 소리 비슷한 게 들렸다.

"온 시상 사람들이 지를 보로 오모 좋것어예."

억호는 귀에서 윙윙 소리가 났다. 지독한 귀울음이었다.

"한 마리 나비맹캐 우아하고 이쁜 동작으로 말입니더."

해랑은 실제로 두 팔을 들어 훨훨 나비의 날갯짓을 해 보이며 말했다.

"그들 눈을 모돌띠리 사로잡을 깁니더."

계속 입을 열지 못하던 억호가 버럭 외쳤다.

"내는 싫소!"

그 소리에 방안의 온갖 수집품들이 소스라치는 것같이 보였다. 억호는 쾅쾅 대못 박듯 했다.

"그리 몬 하요, 절대로!"

해랑 눈이 허공을 향했다. 그렇지만 방이라는 좁은 공간에 갇혀 있는 시선이었다.

"진무 스님이 말씀하시데예."

그 말에 억호는 무신론자들이 곧잘 입에 올리는 소리를 했다.

"중이 머를 알아서?"

그러거나 말거나 해랑에게서 나온 말이다.

"비화는 숨은 꽃이라고."

억호는 코웃음 쳤다.

"내 보기는 독초요, 독이 있는 풀."

해랑은 허공에서 무엇인가를 찾으려는 사람처럼 눈동자를 굴리면서 말했다.

"하지만도 운젠가는 시상 사람들이 그 꽃을 발견할 기라고 했고예."

억호가 바람이 일어날 만큼 손을 휘휘 내저었다.

"비화 이약은 지발 고마하소."

해랑 눈빛이 매서웠다.

"지라고 그리 몬 되란 벱 없어예."

억호는 발악하듯 소리 질렀다.

"듣기 싫다 안 쿠요?"

해랑이 경대 거울 속에 비친 억호를 보면서 말했다.

"사람은 장 듣기 좋은 소리만 들음시로 살 수가 없지예."

거울에 갇혀 답답한 듯 억호는 숨을 헐떡거렸다.

"내는 해랑을 그리 살거로 해줄 멤이, 아니 자신도 있는 사람이오."

해랑이 천천히, 아주 천천히 얘기했다.

"비화가 숨은 꽃이라모, 이 해랑이는 숨은 나비라예."

"……."

억호는 무연히 듣기만 했다. 그가 지금까지 알고 있었던 해랑이 아니라 또 다른 해랑이 거기 있었다.

“아이지예. 비화는 영원히 숨어 있어야만 할 꽃이지만, 해랑은 아입니더.”

그것은 사실을 이야기한다기보다 악담에 좀 더 가까운 말로 들리는 억호였다. 그는 더할 수 없이 전율했다. 해랑이 본래 저런 여자였던가?

“해랑은 온 시상 사람들 앞에 그 모습을 드러낼 나비랍니더.”

억호는 홀연 엉뚱한 생각을 하기 시작했다. 정신분열증을 보이는 듯했다.

‘나비가 우찌 생깃더라? 날개 치는 소리는 우땠제? 그기 다린 것들하고 싸우는 거를 본 적이 있나, 없나?’

한참 뒤에 억호 귀에 또 환청인 양 들리는 해랑의 소리가 있었다.

“꽃들이 찾아서 올 나비, 그런 나비를 상상해봤어예?”

억호는 마음으로만 소리를 질렀다.

‘시상 우떤 눔이라도 해랑을 넘볼라쿠는 눔이 있으모 내 당장 살인을 칠 끼다! 내사 그 멤뿌인 기라.’

해랑이 다시 무어라 얘기하고 있었지만 억호는 듣지 못하고 있었다. 지금 그의 눈앞에는 날개 달린 꽃이 땅에 뿌리를 내리고 있는 나비를 향해 돌진하고 있는 광경만 나타나 보일 따름이었다.

새로 환생하고 싶어라

얼이 마음이 효원에게만 온통 쏠려 있는 동안 준서와 혁노 사이는 무척이나 가까워져 있었다.

곰보와 광인.

세상 사람들 눈에는 그 둘이 썩 잘 어울릴 것 같기도 하고, 전혀 아닐 것같이 비칠 수도 있을 것이다. 물과 불? 종이와 기름? 하지만 정작 당사자들에게는 그런 게 별 의미가 없었다. 그들은 틈만 나면, 아니 틈이 없어도 그림자처럼 붙어 다녔다. 왜 이제야 서로를 만났느냐고 탄식이라도 할 것 같았다.

그 배경에는 무슨 비결이라도 감춰져 있는 것일까. 그렇게 될 수 있었던 것은, 어쩌면 준서의 특이한 취미 때문이라고 보아도 좋았다. 얽은 얼굴 때문에 사람들 앞에 나서기가 꺼려질 수밖에 없는 준서가 눈을 돌린 것이 바로 그 고을 동물 세계였다. 그것도 물고기며 새며 산짐승이며 매우 다양했다.

"아, 준서야."

혁노는 도무지 믿기 어려웠다. 준서가 언제 어떻게 해서 그렇게 많이 알게 되었는지 종잡을 수 없었다. 전생이 있다면, 그 계통에 종사했는지도 모르겠다.

"저 남강에 물괴기들이 그리키나 마이 살고 있다 그 말이가?"

놀란 혁노 물음에 준서는 애영감처럼 씩 웃으며 대답했다.

"더 있을랑가도 모린다, 성아."

준서가 세상에 태어나 맨 처음 '성(형)'이라고 불렀던 사람이 얼이였고, 이제 혁노가 그 두 번째 사람이 된 것이다. 그것도 운명인지, 그들 모두가 외동이어서 외로움을 느끼고 있던 차에, 그렇게 서로 울이 될 수 있다는 것이 얼마나 좋은지 남들은 모를 것이다.

"에나?"

더욱 놀라고 신기한지 혁노는 한쪽 눈을 덮고 있는 긴 머리카락을 손으로 쓸어 올리며 확인하듯 했다.

"더 있을랑가도?"

"하모."

준서는 사람들이 연방 돛 없는 작은 거룻배를 타고 내리는 나루턱 방향으로 눈길을 주며 말했다.

"어부하고 뱃사공들한테 물어갖고 알기 된 긴께네."

남을 기피할 수밖에 없는 준서가 그래도 그 사람들과는 만나서 이야기도 나누고 한다는 사실을 알고 혁노는 큰 위안이 되었다.

"참말로 용타."

준서가 대견스러워진 혁노는 자못 감탄했지만 준서는 아쉽다는 기색을 감추지 못했다.

"전문가들한테 물어보모 더 한거석 알 수 있을 끼지만도, 그런 사람은 만낼 수도 없는데 우짜겄노."

혁노는 쓸어 올린 머리칼이 또 내려와 이번에는 좀 전과는 반대쪽 눈을 덮고 있는 얼굴에 꼭 농담만은 아니라는 빛을 띠었다.

"니가 전문가 아이가, 전문가."

준서는 혁노에게 고개를 돌리며 생뚱맞은 소릴랑 하지 말라고 했다.

"내가 전문가라꼬?"

혁노는 손가락으로 제 눈을 가리켰다.

"하모, 내 눈에는 똑 그렇다 아이가."

그건 결코 입에 발린 소리가 아니었다. 그래도 준서는 힘없이 말했다. 꼭 노쇠한 늙은이 입에서 나오는 소리 같았다.

"그리 될라모 아즉도 짜다라 멀었다."

혁노는 거기 강의 물고기들이 놀라 거꾸로 뒤집힐 만큼 큰 소리로 말했다.

"에나 그렇다 캐도 자꾸 글 쌌네?"

준서는 고집스럽게, 어쩌면 멍청한 물고기처럼 나왔다.

"아이다."

"기다."

혁노도 질세라 대꾸다.

"아이다."

"기다."

둘 다 건질 것도 하나 없는 언쟁들이었다. 그것은 지금 그들의 처지나 환경이 자꾸만 엇나가고 싶은 탓인지도 모른다.

"준서 니 진짜 이 새이 말 안 들을 끼가?"

으름장 섞인 혁노 타이름에도 준서는 혼잣말로 중얼거렸다.

"그리만 되모 에나 좋것지만도, 아인 거는 아이다."

꼿꼿하기는 개구리 삼킨 뱀이라던가. 겉보기와는 다르게 너무나 고집이 센 준서 앞에 혁노도 더 어쩌지 못했다.

"니 그라다가 동물학자 돼삘라 겁난다."

그 말만 던지고는 소원 빌듯 덧붙였다.

"그 좋은 머리 갖고 과거시험 봐서 높은 사람 될 니가 안 있나."

그러나 준서는 그 말에는 아무 응대도 하지 않고 끝도 없이 감돌아 흘러가는 남강 물속만 들여다보았다.

수초는 쉼 없이 일렁거리고, 가끔 어른 팔뚝만 한 잉어라든지 가물치란 놈이 푸른 수면 위로 확 솟구쳤다가 '풍덩' 소리를 내면서, 순식간에 나이테를 방불케 하는 물무늬를 남기고 잠수하곤 했다.

'저 아영감이 또 저라네.'

준서가 또다시 그 특유의 우울한 기분에 빠져드는 것 같아 혁노는 일부러 한층 목청을 돋우어 물었다.

"함 더 말해 봐라. 내 머리가 돌인가, 들었는데도 도통 기억이 잘 안 난다."

준서는 낚싯대 드리우듯 여전히 물속에 시선을 던져둔 채 물었다.

"머 말고?"

혁노는 침을 꿀꺽 삼키고 나서 되물었다.

"저 남강 안에 우떤 물괴기들이 산다꼬?"

강가에 서면 늘 그런 느낌을 받곤 하지만, 지금도 바람은 강 속에서 생겨 나와 허공으로 비상했다가 나뭇가지나 바위 위로 살랑 내려앉는 것 같아 보였다.

"방금 막 듣고도 그란다."

그러면서도 준서 낯빛은 금세 달라지더니 조금은 밝은 음성으로 바뀌었다. 그럴 때 보면, 여럿이 모여서 웃고 이야기하는 가운데 혼자 꿔다 놓은 보릿자루 모양으로 멀거니 앉아 있곤 하는 아이가 아니었다. 조그만 입을 정말 예쁘게도 조잘거린다. 얼핏 거기 남강에 날아드는 황조롱

이를 연상케 하는 모습이다.

"각시붕어, 꺽지, 동사리, 칼납자루, 줄납자루, 참중괴기……."

혁노는 준서 입에서 그런 물고기 이름들이 줄줄이 나온다는 게 정말로 신기하다는 듯 준서처럼 눈길을 강으로 보내며 말했다.

"각시붕어?"

"응."

"이름도 에나 이뿌다, 각시붕어."

그 말끝에 혁노는 또 물었다.

"준서 니는 이 담에 마이 마이 커서 장개들기 되모 안 있나, 우떤 각시 얻어갖고 살고 싶노?"

한데, 무슨 말이 없다. 이상하다 싶어 준서에게 고개를 돌리던 혁노 가슴이 '쿵' 했다. 저 촉석루 기둥이 무너진다고 한들 그 소리가 그렇게 클까?

"우떤 여자가 이런 내 얼골 보고 시집올라쿠것노? 안 그렇나, 새이야."

혁노 말끝이 물고기 지느러미에 닿은 물풀같이 떨렸다.

"주, 준서야."

"괘안타, 괘안타. 내 인자 아무치도 안 하다."

"내, 내는."

물새 소리는 사라지고 강물 소리만 유난히 커진 것 같다.

어디선가 금방이라도 뱃사공이 구성지게 불러대는 노랫소리가 들려올 법도 한데, 준서는 강 건너편 능선 위로 흘러가는 흰 구름을 올려다보며 오랫동안 말이 없다. 혁노는 속으로 자신을 향해 저주와 욕설을 퍼부었다.

'썩은 밥값도 몬 할 눔! 이 빙신 육갑 떨고 있는 자슥아! 장개 좋아하

고, 각시 좋아하네? 고마 강에 탁 빠지갖고 죽어삐라!'

그때 다행히 준서가 마음을 추스른 듯 아까보다 밝은 목소리로 입을 열었다. 혁노는 그나마 가슴이 좀 트였다.

"내 성한테 싹 다 말 몬 해줬다."

"그라모?"

"딴 물괴기들도 있다."

"짜아식. 애끼 갖고 머할 끼고?"

"내 안 애낀다."

"안 잡아무울 낀께 퍼뜩 함 말해 봐라."

"쉬리, 자가사리, 참몰개, 긴몰개, 돌마자, 여울마자, 얼룩새코미꾸리, 수수미꾸리……."

"우와!"

"또 머더라? 더 있었는데 안 떠오린다."

혁노는 한창 미치광이 행세할 때 그랬던 것처럼, 장난스럽게 보이도록 준서 얼굴을 바짝 들여다보았다.

"하이고! 인자 됐다, 우리 물괴기 박사!"

"내 박사 아이다."

"새이가 그렇다쿠모 그런 기다 고마."

"차암, 내."

혁노는 그렇게 윽박지르듯이 하다가 준서 낯빛이 다시 어두워지는 걸 보았다.

"내사 니가 방금 이약한 그런 물괴기는 잘 모리것고, 머시고, 잉어, 은어, 메기, 가물치 그런 거만 쪼꼼 안다 아이가."

준서가 난데없이 이렇게 물었다. 참 뜬금없는 소리가 아닐 수 없었다.

"혁노 성 니도 얼이 새이가 좋아하는 효원이라쿠는 그런 여자가 좋더

나?"

혁노는 준서가 그렇게 물어오는 까닭을 알 수 없었지만 어쩐지 불안해졌다. 혁노는 나귀 샌님 쳐다보듯 눈을 치떠서 준서를 말똥말똥 보면서 되물었다.

"와? 그거는 와 묻는데?"

준서는 그새 구름이 사라진 저쪽 능선으로 눈길을 보내며 짧게 말했다.

"그냥 알고 싶어서."

혁노는 또다시 얼이 형 말마따나 준서가 영락없는 '애영감'이구나 싶었다.

"답하기 곤란하모 안 해도 된다, 성아."

그 소리가 꼭 답해 보라는 강요로 들렸다. 그래 솔직히 털어놓았다.

"남자라모 다 좋아할 끼다."

"다?"

"와 안 그렇것노."

"안 그……."

혁노는 얼이를 이해하겠다는 빛을 내비쳤다.

"그리 이쁘고 멤씨도 착한 거 겉고……."

그런데 혁노가 말을 끝내기도 전에 준서가 퉁명스럽게 내뱉었다.

"내사 그런 여자 싫다 고마!"

"머?"

"진짜다."

"우째서 싫은데?"

그러나 준서는 혁노 물음에는 답도 없이 생떼 부리듯 했다.

"혁노 성 니는 그런 여자 좋아하지 마라."

"준서야."

강바람에 섞여 들려오는 준서 목소리가 아이 그것 같지 않았다. 혁노는 순간적으로 병인년 천주학 박해 당시 끝까지 배교背敎를 거부하다가 망나니 칼에 목이 잘려 죽은 아버지 창무 음성은 어떠했는지 생각해보았다. 하지만 그가 아직 핏덩이였을 때 순교하신 선친인지라 전혀 떠오르지 않았다.

"말 안 하는 거 보이, 그런 여자 좋아하고 싶은갑네?"

그때 준서 말이 또 날아와 혁노 정신을 돌려놓았다. 준서는 바보 같은 표정을 짓고 있는 혁노에게 이렇게 말했다.

"그런 여자는 남자를 불행하거로 맨들 여자다."

"머라꼬? 남자를 불행하거로 맨들 여자?"

그 말을 따라하는데 어쩐지 으스스한 기분이 드는 혁노였다.

"하모."

"헤……."

혁노는 오싹한 중에도 픽 실소를 터뜨리지 않을 수 없었다. 나중 난 뿔이 우뚝하다고 할지라도 이건 아니다 싶었다.

"아즉 대갈빼이 피도 안 마린 눔이 몬 하는 소리가 없다 아이가."

"대갈빼이 피하고, 말하는 거하고는 아모 상관없다."

"이 자슥아! 여자는 니보담도 나이 더 묵은 얼이 새이나 내가 더 잘 알지, 니가 더 잘 알것나?"

"잘 알모 그리 안 한다."

그만 수그러질 줄 알았던 준서는 한층 단호한 목소리로 나왔다.

"울 어머이가 주무시다가 잠꼬대하는 소리 자조 들었다. 내 그래 하는 소리다."

혁노는 나루터집이 있는 방향으로 고개를 돌리는데 왠지 모르게 간담이 서늘했다.

"어머이가 잠꼬대하시는 소리? 머시라꼬 잠꼬대하시던데?"

준서는 남강 가장자리를 따라가며 자라고 있는 물풀만 한참 물끄러미 바라보았다. 물고기들도 공기를 마셔야 숨을 쉴 수 있는 걸까? 수면 밖으로 튀어 올라 은빛을 발했다가 도로 내려가는 물고기를 보며 혁노가 말했다.

"답하기 곤란하모 안 해도 된다, 준서야."

혁노는 준서가 했던 소리를 그대로 했다. 그러자 준서 역시 더듬거리며 대답했다.

"머라 하시는고 하모 말이다."

거기서 준서는 별안간 제 어머니 목청을 흉내 냈다.

"옥진아이, 니가 해랑이가 되다이. 옥진아이, 니가 해랑이가 되다이."

영락없는 비화 음성이었다. 혁노는 몹시 놀란 얼굴로 물었다.

"해랑이라모 동업직물 큰며누리로 들간 여자 아이가? 그전에 관기로 있었던 여자."

"성 니도 그거는 아는갑네?"

"천지에 그거 모리는 사람이 오데 있노. 그란데 옥지이는 누고?"

준서가 어쩐지 내키지 않아 하는 표정으로 대답했다.

"그 여자가 기생 되기 전의 이름이 옥진인 기라. 성은 강, 강옥진."

혁노는 미처 알아차리지 못했지만, 그 말을 하면서 준서는 얼이 형과 사귀고 있다는 효원을 또 떠올렸던 것이다.

"그런 것가."

혁노는 고개를 갸웃하더니 궁금하기도 하고 안되었기도 하다는 듯 또 물었다.

"우짜다가 기생이 돼삐릿이꼬?"

"내도 모리제."

했다가 준서는 이내 다시 비밀스러운 이야기를 들려주듯 했다.

"해랑이라쿠는 그 여자가 예전에 울 어머이하고 그리키 잘 지냈다쿠데."

혁노는 마음 귀퉁이가 저려왔다. 예전에 누가 어떻게 했다는 소리를 들으면 곧잘 그런 감정에 젖는 그였다. 거기에는 사유가 있었다.

병인박해. 혁노는 지금도 사람들이 여러 해 전 그 이야기를 하는 것을 종종 보곤 한다. 혁노가 전창무 아들이라는 사실은 꿈에도 알 리 없는 그들은, 얼른 그 자리를 벗어나려는 혁노에게 너도 가지 말고 들으라고 붙들곤 했다. 이 이야기는 너 같은 젊은이들이 더 들어야 한다는 말도 잊지 않았다. 고문도 그런 고문은 없었다.

그리고 이야기 마지막에는 꼭 목 없는 시신이 묻혀 있는 무덤, 이른바 무두묘를 입에 올리면서 치를 떨고 격분을 금치 못하기 일쑤였다. 두 번 다시는 그런 끔찍하고 참혹한 비극이 일어나서는 안 된다고 결론을 짓고서도 그대로 헤어지지 않고 또 '예전에 누가 어떻게 했다는 소리'를 새롭게 끄집어내곤 하는 거였다.

그런 기억을 떨쳐버리기 위해 고개를 흔들며 혁노가 물었다.

"그란데? 잘 지냈는데?"

준서는 한 백 년 세상을 살아온 늙은이처럼 복잡한 낯빛을 지었다. 그런데 곧이어 한다는 소리는 아무리 들어도 그 또래 아이들이 할 수 있는 것과는 차이가 나도 너무 차이가 났다.

"그런 여자가 억호 새색시가 안 돼뻿나."

물론 어른들이 나누는 대화를 듣고 전해주는 수준이라고 치부할 수도 있겠으나 그것은 그 내용이나 말투에서 더없이 생경하게만 다가오는 것이었다.

그 말끝에 준서가 물었다. 역시 앞에서의 느낌이 또 한 번 되살아나게 하는 이야기였다.

"그 집안하고 우리 집안하고는 웬수란 거는 새이 니도 알제?"

'아아는 아대로 할 말과 행동이 있고, 어른은 어른대로 할 말과 행동이 있다, 글 캤는데, 우리 준서는 우짜다가?'

비단 준서만 그런 게 아니고 혁노 자신 또한 나이를 훨씬 뛰어넘은 말과 행동을 하면서 살아가고 있다는 것을 자각하지 못하고 있는 건 아니었다. 한데, 그러함에도 그의 가슴은 커다란 바윗덩이가 얹혀 있는 것같이 답답해졌다. 그는 짐짓 두 집안이 원수라는 사실이 대수롭잖은 것인 양 최대한 심상한 어투로 말했다.

"머 그런 소문이 나 있데?"

상류에서 떠내려오다 거기 걸린 걸까? 강 한가운데 형성돼 있는 작은 모래섬에 거꾸로 박혀 있는 고목 뿌리가 있었다. 그것은 얼핏 물닭이나 민물가마우지 같은 검은빛을 가진 새의 사체처럼 보였다.

"그 봐라."

준서가 말했다.

"기생이란 거는 몬 믿을 여잔 기라."

"에이, 기생이라꼬 오데 다 그러까이?"

혁노가 소망하듯 말했다.

"안 그런 기생도 쌔삣을 낀데."

"우쨌든 해랑이라쿠는 그 기생은 그랬다."

준서가 낯을 팍 찡그리자 혁노 눈에도 솔직히 곰보딱지가 그다지 보기 좋은 건 아니었다. 혁노는 말을 돌렸다.

"그라고 내가 잘은 알 수 없지만서도, 효원이라쿠는 그 기생은 얼이 새이 어머이도 상구 좋아하시는갑데."

한 번 더 상기시켜주듯 했다.

"우정댁 아주머이 말이다."

"그거는……."

입을 열려는 준서더러 혁노가 이제 그 이야기는 그만하자는 투로 말했다.

"그라모 됐지 머시 문제고?"

그런데 준서는 더욱 정색을 했다.

"성 니는 우리하고 함께 안 산께네 모리것지만도, 얼이 새이가 효원이 그 기생한테 폭 빠지갖고 통 증신을 몬 채리는 거겉이 비일 때가 내 눈에도 안 적다 아이가."

저만큼 강 위를 스치듯이 지나가는 나룻배에서 뱃사공과 손님이 나누는 말소리가 아슴푸레 들려오고 있었다.

"그, 그런 기가? 그 정도라꼬?"

혁노 얼굴도 약간 심각해지기 시작했다. 준서 이야기가 이어졌다.

"우떨 때는 한밤중에 잠도 안 자고, 에나 청승맞거로 마당에 혼자 서갖고 안 있나, 달만 우두커니 올리다보고 있더라."

혁노는 들어서는 안 될 소리를 들은 사람 같았다.

"한밤중에 달만?"

지금 하늘에 낮달은 보이지 않았다. 사람들 사이에서 '당도리'라고 불리는 그 낮달을, 혁노는 좋아하고 준서는 싫어했다.

"해하고 둘이 같이 있는 기 올매나 보기 좋노?"

"만지모 철철 찢어질 거매이로 약해 비이는 기 내사 멤에 안 든다."

그것은 두 사람 어머니들인 우 씨와 비화가 하는 소리였다. 그리고 준서와 혁노는 그런 어머니 영향을 받아 그런 감정을 품고 있는 것이다.

"내 볼 적에는 안 있나, 성아."

준서가 한숨을 길게 내쉬었다. 도대체 '빡보'라는 게 뭐기에 아직도 나이 얼마 먹지도 않은 저 아이를 저런 식으로 만든 것인지, 혁노는 빡보의 멱살이라도 틀어잡고 물어보고 싶은 심정이었다.

"암만캐도 그 여자 땜새 얼이 새이가 지 일을 잘 몬 할 거 겉은 기라."

혁노는 준서 그 말을 바람결에 실어 얼이에게 보내려는 사람처럼 되뇌었다.

"얼이 새이가 지 일을 잘 몬 할 거 겉다……."

상류 쪽에서 물새 소리가 희미하게 들려오고 있었다. 짧게 내는 게 아니라 제법 긴소리로 우는 것으로 보아 산새가 아닌가 싶기도 했다. 물론 다 그런 것은 아니지만 적어도 준서와 혁노가 이제까지 보고 들어온 경험에 의하면, 물새는 짧게 울고 산새는 길게 울었다.

"그리 되모 에나 큰일 아이가?"

"와 아이라. 큰일이제."

그 대화를 마지막으로 물살처럼 침묵이 밀려들었다. 혁노 심경이 몹시 불안해졌다. 사람에게는 영감이란 것이 있다. 지금까지 준서와 함께 지내며 준서에게는 그런 면에서 남다른 점이 있음을 소름 끼치도록 느껴오던 터였다.

혁노 머릿속에 문득 소촌역에 있는 성당이 자리 잡았다. 아직 이 고을 안에는 없지만, 저 새벼리 바깥쪽 마을 소촌역에는 성당이 세워져 있다. 그 성당을 세운 외국인 선교사가 신자들에게 늘 하는 말이, 우리 사람에게는 하느님과 같은 능력이 하나 있는데, 그게 바로 '영감'이라는 것이다.

혁노가 인근 최초의 성당인 그 성당을 건립한 선교사 사택에서 먹고 자고 한 날이 꽤 되었다. 그때쯤 천주학은 어느 정도 자유로워진 실정으로서 나라 감시도 다소간 뜸해져, 혁노도 미치광이 행세까지 할 필요가 없어졌다.

"에미 이약 잘 듣고……."

혁노는 어머니 우 씨가 자식 안전을 위해서 하나뿐인 아들을 충청도에서 경상도로 혼자 보내면서 하신 말씀을 한시도 잊은 적이 없다.

"등잔 밑이 어듭다꼬, 니 아부지가 순교하신 그 고을이 여보담도 몇 배 더 안전할 끼다. 에미 생각에는 그렇거마는."

우 씨는 좀처럼 이해가 되지 않는 혁노에게 일러주었다.

"설마 그리 죽은 사람 아들이 또 거서 천주학 하것나, 그리 안 보까이."

혁노도 어머니를 안심시켜 드리기 위해 고개를 크게 끄덕여 보였다. 하지만 그는 어머니가 자신을 거기로 보낸 까닭은 다른 데 있다는 걸 벌써 알았다. 어머니는 당신의 목숨을 걸고 몰래 위험한 천주학 전도 활동을 펼쳐 나가면서, 자칫 그 불똥이 자식에게도 튈까 봐 그런 아픈 결단을 내렸다는 것이다.

"이거는 갱상도 말로 하모 있제?"

어머니는 아들에게 그곳 충청도 말이 아닌 경상도 말을 가르쳤다. 그것은 아들이 남편 무덤이 가까이 있는 곳에 살면서 순교하신 아버지 뜻을 잘 이어받아 천주학을 하라는 의미였다.

"그래도 조심 우에 또 조심해야 하는 기라."

하나 있는 자식을 혼자 보내는 애달픈 부모 심정이 어떠했을지는 혁노는 안다. 바로 그것이 혁노 자신을 지나치게 어른스럽게 만드는 원천이라는 것도 모르지 않는다. 하여튼 그런저런 면에서 그는 준서와 누구보다 더 잘 통하는 닮은꼴인 것이다.

"시상 사람들한테서 젤 으심 안 받을 길은, 미치개이 행세하는 거 아이것나."

혁노 가슴이 찢어지는 듯했다. 미치광이 행세.

"미친 눔이 머를 하것노, 그리 봐갖고 널로 우찌 안 할 끼다, 그 말이제. 에미 이약 알아묵것나?"

울먹이는 어머니 말에 혁노는 복받치는 설움을 억지로 삼키며 말했다.

"알아묵것심니더."

그런데 막상 그 고을에 와 보니 상황은 어머니가 우려했던 것보다 훨씬 심각했다. 혁노는 어디선가 하루 종일 몰래 자기를 감시하는 것 같은 어떤 눈을 감지했다. 그래서 웬만하면 하지 않으려던 미치광이 행세를 더 심하게 하지 않을 수 없었다. 더불어 그게 스스로 그의 존재감을 갖게 하는 바탕이기도 했다.

'아부지, 자조 몬 가 봬서 죄송합니더.'

마음 같아서는 아버지가 외롭게 누워 계시는 무덤에 하루 열두 번도 더 가고 싶었지만, 꾹꾹 눌러 참았다. 어쨌든 살아남아 있어야만 어머니가 항상 소원하는 바대로 아버지 무덤 앞에 작은 비석 하나라도 세워드릴 수 있을 것이다.

'그거도 내가 이 시상에서 해야 할 사역使役 중의 하나일 끼다.'

그렇다. 나아가 언젠가는 온 세상에 널리 알릴 것이다. 작고 초라한 그 무덤 속에는 오직 천주학을 위해 목숨을 바친 훌륭한 교인 전창무가 영원토록 잠들어 있다는 것을. 세상에서 가장 아름답고 거룩한 꽃인 '혈화血花'로 피어나던 그 모습 그대로.

혁노가 한층 더 기대감을 갖는 것은, 이제 나라 감시도 좀 덜해 가고 있을 뿐만 아니라 세상 사람들도 갈수록 천주학을 새로운 눈으로 바라보기 시작한다는 사실이었다. 그뿐만 아니라 어쩌면 머지않은 날에 그 고을에도 성당이 하나 세워질 수 있으리라는 외국인 선교사 말은, 혁노로 하여금 마음속에 찬연히 떠오르는 태양과도 같은 크나큰 희망을 품게 했다.

'얼릉 그날이 오모 좋것다.'

그때가 되면 준서도 반드시 천주학 신자가 되게 인도할 작정이었다. 혁노가 보니, 준서처럼 몸에 결점이 있거나 가난하고 병약한 사람들이 더 천주학을 신봉했다. 그런 사람이 더 하느님 구원을 받았으면 하고 소원했다.

'아아, 시험에 들지 않을…….'

혁노의 꿈은 끝 간 데가 없었다. 그중 가장 큰 꿈이, 어머니 우 씨를 이 고을에 모시고 와서 같이 살면서, 오로지 하느님만을 믿고 의지하고 왕성한 포교 활동을 펼쳐 나가는 것이었다. 그러다가 죽으면 천국에 가 계신 아버지를 만나서 세 식구가 영생을 누리며 아주 행복하게 사는 거였다.

혁노의 가슴 설레는 그 흐뭇한 상상은 문득 들려온 준서의 말에 의해 잠시 뒤로 물러났다.

"성아, 니 수달이 봤나, 수달이."

기습 같은 그 물음에 혁노는 정신이 얼떨떨했다. 기분마저 께름칙했다.

'내가 재수없거로 자꾸 이리 방정맞은 생각하모 안 되는데.'

저러다가 준서가 머리 빡빡 깎고 비어사 진무 스님 같은 중이 돼버리는 게 아닐까 싶은 것이다. 빡보 얼굴에 견주어 보면, 그것도 굉장히 깊은 산속 작은 암자 같은 곳을 택할 것 같았다.

'아, 에나 그런 기까?'

그게 아니라면, 왜 무엇 때문에 자꾸만 사람이 아니라 자연 속에 사는 것들에게만 깡그리 마음을 빼앗기는가 말이다.

"수달?"

혁노 음성이 스스로 헤아려 봐도 필요 이상으로 심히 흔들렸다.

"요분에는 물괴기가 아이고 수달이가?"

그가 얼이 형에게 전해 들은 얘기로는, 준서가 서당에 다니기 시작한 후부터는 사람들을 피하려는 증세가 많이 줄어들었다고 하던데, 반드시 그런 것만도 아닌 모양이다. 더욱이 준서는 갈수록 태산이었다.

"내는 모돌띠리 봤거마."

주섬주섬 잘도 주워섬긴다. 저런 애가 보통 때는 어찌 그렇게 입을 딱 봉하고 있을 수가 있는지 어디 가서 돈 놓고 물어볼 일이다.

"노루하고 고라니하고 오소리하고 너구리하고, 또오, 삵도 보고 족제비도 안 봤나."

"그리 짜다라 말가?"

"멧돼지 가족도 만냈는데, 야아, 몸집도 장난이 아이고 이빨도 에나 무섭거로 나 있더라. 까딱했으모 그눔들한테 물리 죽을 뿐했다, 성아."

"그, 그랬던 기가?"

혁노 눈에 준서가 눈먼 말 타고 벼랑을 가는 사람처럼 위태로워 보였다.

"앞으로 야산 겉은 데는 혼자 댕기지 마라. 상구 이험타."

준서가 개구쟁이 같은 표정을 지었다. 그것도 평소에는 잘 보기 어려운 표정인 것이, 늘 준서 얼굴은 근엄하게 느껴진다고 할 정도로 딱딱하여, 차라리 무표정 그 자체였다.

"새이 니는 모리는가베?"

위험하니 혼자 다니지 말라고 하는데 준서는 말 그대로 '엇발 난 돼지 발톱'처럼 그렇게 나왔다.

"머를 몰라, 또?"

혁노가 짐짓 화난 체해도 준서는 아랑곳하지 않았다.

"그것들 기경하모 에나 신난다 아이가."

그러면서 또 하는 소리가 듣는 사람 가슴을 찔렀다.

"사람매이로 신갱 쓸 필요도 없고."

문득, 강물이 모반을 꾀하고 역류하는 것 같았다. 바람이 하류에서 상류로 부니 그렇겠지만, 혁노 마음에는 신적인 무슨 힘이 숨어 있는 것으로 다가왔다.

"준서야."

혁노 머릿속에 준서 어머니가 준서를 대하는 모습이 되살아났다. 하나밖에 없는 귀한 자식의 곰보딱지 얼굴을 바라보는 애틋한 심정이 고스란히 묻어나는 눈빛은 결코 잊지 못할 것이다.

'내 땅 까마구는 시커매도 귀엽다 안 쿠나.'

어머니가 하던 말이 생각났다. 준서 어머니 그 눈빛은 혁노 자신을 바라보는 그의 어머니의 그것과는 같은 듯하면서도 또 달랐다. 하지만 그 크기와 무게는 저울에 달아도 절대 어느 한쪽으로 기울어지지는 않을 것이다.

어느새 준서는 말을 그치고 묵묵히 강만을 바라보고 있다. 그 옆모습이 너무나도 애잔하다. 혁노는 순간적이지만 착각이 들었다. 강물은 그 자리에 가만히 있는데 준서가 흘러가는 것 같았다. 흐르고 또 흘러서 마지막으로 당도하는 곳이 어떤 곳일지는 알 수 없었다.

"성아, 니는 다시 태어나모 머가 되고 싶노?"

이번에는 느닷없이 환생 얘기다. 실로 기가 꽉 막혀서 혀라도 찰 형편이다. 그의 일생을 두고 볼 때 이승의 삶도 이제 기껏 문門을 나서고 있는 단계라고 할 수 있을 것인데 벌써 다음 세상 이야기였다.

"참 벨거도 다 묻는다."

처음에는 말 상대도 해주지 않을 것처럼 하던 혁노는 아무도 없는 강가를 둘러보며 낮은 소리로 대답했다.

"다시 태어나도 내가 되고 싶은 거는 딱 한 가지다."

언제 나타난 걸까, 물총새 몇 마리가 소리를 내지르며 물 위를 빠르게 날고 있다. 정말 총알같이 빠른 놈들이다.

"딱 한 가지?"

준서가 호기심 어린 얼굴을 했다. 혁노는 짧게 말했다.

"신부가 되는 거."

"시, 신부!"

준서가 놀란 눈빛을 했다. 혁노는 무척 진지한 목소리였다.

"김대건 신부 이약 들어봤제?"

"으~응."

준서 답변이 시답잖았다. 혁노는 자신의 의지와 신념을 드러내 보였다.

"그라모 내가 더 이약 안 해도 알 끼다."

갑자기 물총새가 소리를 멈추었다.

"니는 우떻는데?"

준서가 묻기에 혁노는 그저 따라서 물어본 소린데, 준서 입에서는 아주 생뚱맞은 말이 나와 또 혁노를 황당케 했다.

"내는, 새."

"머라꼬?"

"새라 캤다."

"……."

"희한한 새 이름 한분 들어볼 끼가. 큰밀화부리, 붉은머리오목눈이……."

혁노는 그런 새 이름은 금시초문이었다.

"큰, 머라꼬? 붉은머리, 머라꼬?"

준서는 웃는 듯 우는 듯 묘한 표정으로 대답했다.

"그냥 새다, 새."

"시상에, 그런 새도 있었나."

혁노는 외워두려고 하는 사람처럼 되뇌었다.

"그냥 새."

"와 없어?"

"오데 사는데?"

"우리 고을에 살지, 오데 살아."

"머? 그런 새들이 요 산다꼬?"

혁노는 본 기억이 전혀 없는 것 같았다. 그런 점에서는 '그냥 새'도 마찬가지라는 생각이 들었다. 준서는 마치 다른 세상을 찾으려는 것처럼 허공 어딘가를 뚫어지게 올려다보며 말했다.

"똑 요만 살까이? 다린 데도 있을 끼라."

어쩐지 어색하고 슬프게만 들리는 목소리였다.

"우쨌든 내 그 새들 이름 알아낸다꼬 애 마이 뭇다."

혁노는 가슴 서늘하게 생각했다. 준서의 하느님은 물고기나 새 같다고. 그렇다면 얼이 형의 하느님은 농민군인가?

'아.'

혁노는 콧잔등이 찌르르 했다. 생각 하나만 바꾸면 편안하게 살 수도 있다. 한데도 왜 우리는 하나같이 위험하고 남들이 안 하는 어려운 일만 하려는 것일까.

천주학, 농민군 그리고 사람 피하기.

순교자의 아들, 농민군의 아들 그리고 마마신의 아들.

"성아, 저 함 봐라!"

그때 별안간 준서가 손을 높이 들어 강 건너 능선 위를 가리키며 소리쳤다.

"직박구리, 직박구리다!"

"무신 새라꼬?"

혁노가 쳐다보니 이 고을 텃새인 듯 낯익은 새 한 마리가 푸른 하늘을 배경으로 유유히 날고 있다. 어쩐지 새로워 보였다. 그동안 예사로 보아 오던 새였다.

"새야이~."

준서는 그 새처럼 두 팔을 비스듬히 높이 치켜들고 훨훨 날갯짓하는 흉내를 내기 바빴다. 하지만 그 모습이 어색하고 불안해 보였다. 자칫 엎어질 것 같았다.

새로 환생하고 싶다는 아이.

준서는 왜 빡보가 아닌 사람으로 태어나고 싶다는 말을 하지 않는 것일까. 어쩌면 그렇게 생각한다는 자체부터 그에게는 고통이요, 치욕인지도 모르겠다.

'하지만도 사람은 꿈이 없으모 안 된다꼬, 장 어머이가 말씀 안 하싯나.'

그 생각 끝에 혁노는 또 부르르 온몸을 떨었다. 목 없는 시신으로 무덤 속에 누워 계실 아버지였다. 목 있는 사람으로 환생하는 게 아버지 꿈이 아닐까?

얼이 형은 말했었다. 성문 밖 공터에서 망나니 칼에 의해 자기 아버지 목이 뎅겅 달아나는 것을 제 눈으로 똑똑히 봤다고 했다. 그렇다면 얼이 형 아버지도 머리 없는 귀신이다.

비록 빡보이긴 하지만 그래도 목이, 머리가 달려 있는 게 얼마나 다행이냐고 하면 준서는 뭐라고 할는지. 그런데 혁노의 그런 마음이 준서 마음에 가 닿았을까? 그는 문득 이런 소리를 한 것이다.

"내사 겨울 철새가 참 좋다. 되새하고 쑥새도 좋지만도, 검은머리방울새라꼬……."

그러나 머리, 검은머리방울새 이야기는 이내 끊어지고 말았다.

"어?"

"아!"

남강 하류 쪽에 나타난 한 무리의 사람들 때문이다. 그들을 발견한 순간, 준서보다 혁노 가슴이 더 세게 내려앉았다.

포졸들이다!

혁노는 홀연 턱, 숨이 멎는 듯했다. 또 천주학 신자들에 대한 일제 검거령이 내린 걸까? 그동안 미치광이 행세를 해왔고, 또 천주학 탄압이 많이 누그러진 줄로 믿고 어느 정도 안심하고 있었다.

"에이, 머스마들이거마는!"

"무담시 쎄빠지거로 달리 안 왔나."

육모방망이며 삼지창이며 칼 같은 무기들을 손에 든 포졸들은 두 사람을 확인하고 매우 실망하는 빛이었다. 그중에 가장 우두머리로 보이는 자가 물었다.

"해나 여서 작고 이쁘장하거로 생긴 처녀 하나 몬 봤나?"

"처녀예?"

준서와 혁노는 서로의 얼굴을 바라보았다. 보기만 해도 겁나는 무기를 가진 신체 건장한 그들이 작고 예쁘장하게 생긴 처녀를 잡으러 다닌다는 게 어쩐지 믿어지지 않았다.

그때 얼굴에 비해 큰 입이 약간 비뚤어져 보이는 다른 포졸이 어리둥절한 표정을 짓고 있는 두 사람에게 또 말했다.

"얼골이 아조 오목조목하거로 생긴 처녠데, 살결이 눈매이로 새하얗고 몸매는 버들 겉고, 하여튼 미인인 기라. 나이는 아즉 올매 안 됐고."

혁노는 가슴을 쓸어내렸다. 후우, 나를 잡으러 온 건 아니구나.

"그런 처녀는 몬 봤심니더."

혹노는 으스스한 분위기를 풍기면서도 지쳐 보이는 그들에게 물었다.

"오데 사는 머하는 처년데예?"

하지만 그 순간까지도 그들은 까마득히 몰랐다. 포졸들 입에서 그런 소리가 나올 줄은 몰랐다.

"효원이라쿠는 기생년이다. 고년이 교방에서 달아나삔 기라."

"……."

두 사람 얼굴에서 대번에 핏기가 싹 가셨다. 귀신이 내는 소리를 들어도 그렇게 큰 충격은 받지 않을 것이다.

"너거들 만약 고년을 봐놓고 거짓말하모 당장 잡아간다, 알것나?"

포졸들이 손에 든 무기를 흔들어 보이며 으름장을 놓았다. 아직도 어린 사람들을 상대로 그런 짓을 하는 그들은 서투른 어릿광대를 방불케 했다.

두 사람은 새파랗게 질린 얼굴로 아무 말도 하지 못했다. 자기들이 바로 조금 전에 이야기했던 효원이었다. 그런데 그 여자가 교방에서 도망쳤다는 것이다. 도무지 무슨 소린지 요만 한 감도 잡히지 않았다.

그렇지만 그보다도 지금 당장 더 그들 가슴을 바짝 졸이게 하는 건 서슬 퍼런 포졸들의 무서운 위세였다. 남강 물고기들도 두려워 물속 깊이 숨어버릴 것 같았다. 바람도 숨을 죽이는지 고요했다.

강득룡 목사는 지금 눈에 보이는 게 없었다. 어서 빨리 그년을 잡아들이지 않으면 너희들 목을 모조리 치겠다고 길길이 날뛰며 관아가 떠나가라 호통을 쳤다.

'그가 이 일을 알기라도 하는 날이면 끝장이다.'

선비 고인보를 떠올리면 금방이라도 돌아버릴 것 같은 강 목사였다. 자칫 조정에 든든한 배경을 가지고 있는 그의 눈에서 벗어나기라도 하면, 자신의 한양으로의 입성은 고사하고 삭탈관직을 당할지도 모른다.

“상감께옵서 다리와 팔만큼 중요한 신하라고 여기시는 그런 신하지요.”

“하, 그 정도로 말이오니까?”

“아마 제 집안에서 벼슬길에 나아가 그 사람만큼 임금 신임을 높게 얻은 이도 없겠지만요. 아, 제 집안뿐만 아니라 이 땅의 어떤 집안이라도 마찬가지겠지요.”

“지금 그 말씀 듣고 보니 고 선비께서 갑자기 다른 사람으로 보이는구려.”

“방금 말씀드린 그 사람은 황실의 다른 왕족들과도 교유가 깊답니다.”

그렇게 은근슬쩍 자기 가문 출신 고위직을 들먹여가며 힘을 과시하던 고 선비였다. 더군다나 그가 하던 이런 엉뚱한 소리를 다시 떠올려보면 효원에게 미쳐도 철저히 미친 사내였다.

“효원은 말이죠, 저 월나라 왕이 그렇게 총애하던 미인 모장이나, 진나라 헌공이 죽고는 못 살던 여희보다 뒤질 게 없는 여자예요.”

“효원이를 그, 그 미인들과?”

모장과 여희라는 미인에 관한 이야기는 강 목사도 들어 알고 있었다. 어쨌든 간에 그는 썩 내키지는 않아도 고 선비 말에 맞장구를 쳐주지 않을 수 없었다.

“참 대단했던 것 같소이다.”

“대단하지 않고요.”

“물고기가 그들을 보면 물속으로 숨고, 사슴들이 보면 겁에 질려 뺑소니치고, 또 새들이 보면 하늘 높이 날아오를 정도였다고요.”

참 중국인들 허풍도 알아줘야 한다니까? 그렇게 눙치는 강 목사더러 고 선비는 이런 소리까지 했다.

"그들을 본 기러기는 그만 땅바닥에 떨어질 만큼 아름다운 여인들이라지 않습니까? 기녀 효원도 뒤처질 게 없어요."

강 목사는 이번에는 진심으로 열린 입을 다물지 못했다.

"본관이 데리고 있는 관기를 그렇게까지 높이 평가해주시다니요?"

고 선비는 강 목사에게 책임을 지워두려는 듯했다.

"이런 저의 마음, 더 이상 말씀드리지 않아도 목사 영감은 잘 아실 것으로 믿고 있습니다."

"아, 알고말고요."

그리하여 무슨 수를 써서라도 꼭 고 선비에게 상납하기 위하여 강 목사가 그렇게도 야단 난리인 효원이고 보니, 포졸들도 자기들 목을 걸고서 두 눈에 벌겋게 불을 켜고 효원을 잡으러 총출동했던 것이다.

고을 외곽지대를 물 샐 틈 없이 빙 포위하고 쥐새끼 한 마리도 빠져나갈 수 없을 정도로 철두철미한 검문검색을 하고 있다. 설혹 날개가 달려 있다고 할지라도 아직 고을을 벗어나지는 못했을 것이다. 한데도 효원의 행방은 오리무중이었다.

"차후라도 그런 년을 보모 즉시 관아에 신고해야 할 것이야. 알것는가?"

체구가 여느 장정 두 배는 됨 직한 우두머리가 절간 사천왕상처럼 크고 부리부리한 눈알을 굴리며 위협조로 말했다.

"알것십니더. 꼭 그리하것십니더."

준서가 침착한 목소리로 대답했다. 혁노는 그 경황 중에도 준서의 대범함에 혀를 휘휘 내둘렀다. 아직 나보다도 어린 사람이 어찌 저렇게 할 수 있을까.

"만약 그리 안 하모, 모가지가 백 개라도 모지랄 끼다."

포졸들은 두 사람에게 몇 번이나 다짐받고 나서 저쪽으로 우르르 달려갔다. 그들 모습이 보이지 않게 되었을 때, 혁노가 아직도 떨리는 목소리로 입을 열었다.

"준서 니 예감이 딱 맞는갑다."

"맞으모 안 되는데……."

그러면서 준서는 멍하니 강을 바라보았다. 강도 그 소란에 놀란 나머지 걸음을 멈추었다가 다시 옮겨 놓는 듯했다.

"얼이 새이가 에나 걱정인 기라."

혁노는 포졸들이 사라져 간 쪽에서 눈을 떼지 못했다.

"지발 얼이 새이하고 아모 상관이 없어야 할 낀데."

준서가 애영감처럼 한숨을 폭 내쉬고 나서 절망감이 묻어나는 목소리로 말했다.

"얼이 새이하고 관계가 없을 리가 없제."

그러자 혁노는 근처 강가 물풀이 흔들릴 만큼 소리 질렀다.

"그, 그라모?"

강이 뒤집히는 것을 보는 사람 같았다.

"두 사람이 애정 도피 행각이라도 벌잇다, 그 말이가?"

혁노는 충청도에 있을 때 온 고을을 떠들썩하게 했던 사건 하나를 기억하고 있다. 아내 있는 남자와 남편 있는 여자가 함께 야반도주했다가 동반 자살한 시체로 발견된 비극이었다.

"그거꺼지는 모리것다, 내도."

준서가 고개를 숙였다가 들며 말했고, 혁노는 턱을 덜덜 떨었다.

"진짜로 그랬다모, 그랬다모?"

준서가 천천히 말했다.

"얼이 새이를 만내보모 알것제."

강 위에서는 잠시 보이지 않던 나룻배들이 하나, 둘, 셋, 넷, 그렇게

네 척으로 불어나고 있었다.

"우짤꼬오!"

"……."

혁노는 그냥 막 우왕좌왕하는데 준서는 말뚝같이 꼼짝도 하지 않고 뭔가 골똘한 상념에 잠기는 빛이었다.

"얼릉 얼이 새이한테 가 보자, 우리."

"그라자."

두 사람은 덤벼드는 바람을 안고서 나루터집을 향해 곧장 엎어질 듯 꼬꾸라질 듯 마구 내닫기 시작했다.

남장男裝 여인

오광대 본거지에 야단 난리가 났다.

머리 뿔 달린 도깨비들이 '은銀 나라 뚝딱, 금金 나라 뚝딱' 하면서 방망이를 쳐가며 법석을 떠는 듯했다. 호떡집에 불이 났거나 오랑캐가 쳐들어온 것도 같았다.

효길이란 총각 때문이었다. 꼽추 달보 영감 큰아들인 원채가 데리고 온 그 총각은 우선 두 가지 면에서 모두의 눈길을 크게 끌었다. 남자가 여자처럼 작고 예쁘게 생겼다는 게 그 첫째 이유였고, 전혀 말을 하지 못하는 벙어리라는 게 그 둘째 이유였다.

한때 조선팔도 방방곡곡 전국적으로 활동하던 유랑예인집단 솟대쟁이패를 따라 다니기도 했다는 꼭두쇠(두목) 이희문이 호기심 가득 찬 목소리로 원채에게 물었다.

"집도 절도 없는 총각이라 캤소?"

오광대 사람들이 거의 다 모여 있는 자리였다.

"그거도 그렇지만도……."

그 물음에는 대충 그런 식으로 어물쩍 넘어가면서 원채는 무척 안됐다는 얼굴로 이렇게 입을 열었다.

“다들 보시는 거맹캐 버부리가 돼 놔서 더 심들지예.”

그러고 나서 그는 손가락으로 제 입을 가리킨 후에 말을 계속했다.

“에나 불쌍한 총각 아입니꺼.”

모두가 동감한다는 표정을 지었다.

“여러분들 허락이 필요한 일이지만도, 당분간 우리 처소에 있음시로 탈놀음도 좀 배우거로 해줬으모 합니더.”

그때 반신불수인 어딩이 역을 도맡아 하는 박상수가, 방 한쪽 구석 자리에 꼭 끼이듯 잔뜩 웅크리고 앉아 있는 효길을 돌아보며 말했다.

“우리 처소야 놀음판 연습 안 하는 팽상시에는 장마당 비어 있은께네, 있고 싶으모 운제꺼지 있어도 상관없지만도 말이오.”

그는 말머리는 그렇게 풀었지만 아무래도 좀 곤란하겠다는 어투였다.

“저런 몸 갖고 광대패 할라쿠는 거는 쪼매 그렇다 아인가베.”

원채가 무어라 하려는데 이런 말로 막았다.

“우습거로 본 나모에 눈 걸린다꼬, 광대 짓을 벌로 보다가는 큰일 나제.”

박상수의 그 말이 끝나기 무섭게 이번에는 마마신 환자인 무시르미 역의 강용건이 다음 차례로 나섰다.

“내 생각은 우리 어딩이하고는 쪼매 다리거마는.”

그는 좌중을 쭉 둘러보며 동의를 구하듯 했다.

“팔선녀나 할미 역할 맽기모 딱일 끼라.”

원채가 그 기회를 놓칠세라 얼른 말했다.

“찾아보모 할 역이야 없것십니꺼? 상좌를 시키도 될 거 겉고예.”

이희문이 그저 지나가는 혼잣말로 이랬다.

“우리사 우쨌든 패거리가 하나라도 더 생기모 생길수록 좋제.”

"그렇것지예?"

달라붙는 원채 말에 이희문은 고개를 끄덕끄덕하면서도 반신반의하는 기색이었다. 그러고는 고추를 불 듯 했다.

"한 가지 걱정은, 내 보기에……."

원채 몸이 돌처럼 굳어졌다. 이희문은 효길을 유심히 보며 말을 계속했다.

"총각이 몸도 너모 약하고, 또 오덴가 귀티도 나는 거 겉은데, 이리키 험한 데서 생활할 수 있을랑가 하는 것이제."

그러자 효길이라는 그 총각이 서둘러 고개를 여러 번이나 저어 보였다. 그것을 본 원채가 통역관 역할을 했다.

"자기는 자신이 있다쿠네예."

원채는 그곳 한 사람 한 사람에게 눈을 주며 부탁했다.

"지 얼골을 봐서라도 모도 허락해주싯으모 합니더."

"음."

저마다 선뜻 반응이 없더니 누군가의 입에서 이런 말이 나왔다.

"이웃집 새 처녀도 내 정지에 들여세워 봐야 안다 글 캤으이, 우리가 실제로 안 겪어보모 우찌 알 수 있것소?"

원채는 있는 말이고 없는 말이고 다 지어냈다.

"저 총각을 지한테 데꼬 온 사람은, 예전에 지 아부지가 에려블 때 도움을 한거석 받은 분이기도 하고, 또 그 밖에도 말입니더."

그러자 언제나 오방신장무의 다섯 방위 천신 가운데 중앙황제장군을 고집하는 최종완이 끼어들었다.

"그런 사연들이 있다이, 우리 말뚝이 씨가 책임지고 저 총각이 하로라도 더 빨리 놀음판에서 놀 수 있거로 갈카주모 좋것네요."

원채는 안색이 밝아지더니 효길을 한번 보고 나서 말했다.

"시방부텀 당장 시작하지예, 머."

그 방 여닫이 방문이 덜컹거렸다. 바깥에서는 바람이 조금씩 일기 시작하고 있는 모양이었다. 벽에 걸려 있던 무슨 물건이 아래로 떨어져 내리는 것 같은 소리도 들렸다.

"전해지는 말에 이런 말이 있지예."

최종완은 그중 효길에게 가장 호감을 나타내는 눈치였다.

"제비는 작아도 강남 가고, 거미는 작아도 줄만 친다 캤소."

그는 의원이 환자 진찰하듯 효길의 몸을 자세히 관찰하며 장담했다.

"그거매이로 내 보기로는 총각이 체구는 상구 작지만서도 지 할 일은 모돌띠리 다 할 꺼 겉거마는."

별다른 가구가 없는 그 방은 전체적으로 보아 네모 상자 비슷한 느낌을 주었는데, 도배지와 장판지도 거의 무색에다 민무늬에 가까운 것이어서, 일반 살림집과는 다소 거리가 멀고 사무실로 사용하면 적격일 듯 싶었다.

"우리 중앙황제장군이 그리 보신다쿠모 허락하는 쪽으로 갤정을 내립시더."

그러면서 한 번 더 고개를 끄덕거리던 이희문이, 너무 지체했다는 듯 자리에서 벌떡 몸을 일으켜 세우며 원채를 내려다보고 말했다.

"우리는 안마당에 나가갖고 연습 쪼매 할 낀께네, 우리 말뚝이 씨는 이 방에 남아서 저 총각 교육 시키소."

그런 다음 다른 일행들에게 말했다.

"자아, 모도 나가서 연습이나 해봅시더."

"예, 꼭두쇠."

그런 말을 남기고 모두 방문을 열고 우르르 한꺼번에 그곳을 나갔다. 이제 방에는 원채와 효길이라는 총각 둘만 남았다.

영원히 열리지 않을 것 같은 침묵 가운데 두 사람 눈빛이 야릇하게 번득였다. 산적들이 득시글거리는 위험하고 험준한 고갯마루를 가까스로 넘어온 사람들처럼 가쁜 숨을 몰아쉬기도 했다.

잠시 후에 효길이 작고 하얀 손으로 이마의 땀을 훔치며 원채에게 무어라 말하려고 하자, 원채가 방문 쪽을 보며 황급히 손가락을 제 입술에 갖다 댔다.

"쉿!"

효길이 아차! 하는 표정을 지었다. 원채는 안마당에까지 들릴 만큼 매우 큰 소리로 입을 열었다.

"효길이 총각! 내 이약 잘 들으소!"

"……."

한쪽은 말하고 한쪽은 듣는 일방적인 대화가 방문을 빠져나가 오광대 사람들이 탈놀음 연습을 하는 안마당 쪽으로 날아갔다.

"오늘부텀 같은 건구가 됐은께네, 젤 먼첨 우리 광대패가 우찌 생깄는고 그 역사부텀 이약해주것소."

"……."

"음력 정월 보름날, 저 수정산 언덕에 달님이 뜨고 달집에 불길이 오르모……."

"……."

북쪽 벽에 손바닥만 한 봉창 하나가 나 있을 뿐 방문을 빼고는 거의 밀폐된 공간인지라 약간 갑갑한 느낌을 자아내고 있었지만, 좋은 쪽으로 생각해보면 외부와는 단절이 잘 되어 있어 받아들이기에 따라서는 안온한 기분이 될 수도 있는 곳이었다.

"잽이들의 풍물놀이와 함께 시작됐던 오랜 전통의 이 세시풍속은……."

꽤 넓은 안마당에서 오광대 패들이 연습하는 소리가 방문 틈으로 간간이 스며들고 있었다. 그 소리에 잠깐 귀를 기울이고 있던 원채가 여전히 높은 목소리로 말했다.

"총각, 잘 듣고 있는 기요? 우리 오광대에 대해서 이런 설화가 전해지고 안 있는가베."

원채는 손바닥으로 자기 목 중간쯤에 볼록 튀어나온 목울대 부위를 한 번 쓰다듬듯 하고 나서 들려주었다.

"우떤 핸가 큰 홍수가 나갖고 저 남강 물이 엄청시리 불었는데, 큰 궤짝 한 개가 물살에 떠내리왔다쿠는 기요."

그래서 사람들이 그것을 건져 열어보았더니, 그 속에는 뜻밖에도 탈과 제복 그리고 놀이에 관해 상세히 적은 책도 한 권 들어 있었다는 것이다. 물론 많은 세월이 흐르면서 좀 각색된 부분도 있겠지만 듣기에 따라서는 말도 안 되는 이야기였다.

그러나 효길은 점점 원채 이야기에 깊이 빠져드는 모습이었다. 무엇이든 억지는 안 되는 법인데 그나마 다행이었다. 원채 목소리 또한 처음 시작했을 때보다는 훨씬 안정된 느낌을 주었다.

"사람들은 그 옷을 입고 그 탈을 쓰고 그 책에 쓰인 대로 놀기 시작했는데……."

그 집은 방문 턱을 넘으면 마루는 없고 바로 신발을 벗어 놓는 댓돌이 있는 구조인데, 보통 다른 집을 보면 그 댓돌 위에 올라앉아 하품이라도 하는 고양이 한 마리 정도는 있기 마련이지만, 지금 그 집은 그런 집짐승도 없는지라 더없이 고요하기만 했다. 오광대 사람들이 소리를 내고 있어도 이런 정도인데, 그들이 오지 않는 날에는 그야말로 적막강산으로 변해버릴 것 같은 집이었다.

"아, 그랬더이, 놀래지 마소. 참말로 놀랍거로 집안과 멤이 그리키나 팬안해질 수가 없고 상구 즐거버졌다쿠는 기요.”

이제 이야기는 거의 막바지에 도달하였다.

“이래서 생긴 기 바로 우리 오광대라.”

그러던 원채는 그때 방바닥을 기어가고 있는 개미조차도 들을 수 없을 만큼 아주 낮은 목소리로 살짝 말했다.

“옷이 불팬한갑소. 생전 안 입어 본 남자 옷을 입은께, 첨 한참은 쪼매, 아니 한거석 안 좋을 끼요. 그래도 우짜것소, 참아야제.”

그 말을 들은 효길이 옥수수 알같이 희고 가지런한 이를 드러내 보이며 소리 없이 씩 웃어 보였다. 그것을 본 원채가 나무라듯, 그러나 더욱 작은 소리로 타일렀다.

“앞으로는 절대 시방매이로 그리 웃지 마소. 남자는 그리 이쁜 웃음 몬 웃소. 사람들이 그 웃음 보기 되모, 당장 무신 눈치챌 끼요.”

효길이 움츠린 작은 어깨 사이에 처박은 고개를 연이어 끄덕였다. 그 모습이 어찌 보면 원채 자신의 아버지인 꼽추 달보 영감을 닮았다. 등짝에 형벌의 징표인 듯 큰 혹을 짊어지고 평생을 허위허위 살아온 한 많은 인생이었다.

‘저리 순수하고 고븐 처녀가 우짜다가?’

원채는 잠시도 방심해서는 큰일이 벌어질 거라는 사실을 익히 알고 있으면서도 순간적인 감상에 젖어 들었다. 웃음조차도 마음 놓고 웃을 수가 없는 처지였다. 길고 가느다란 그 목이 원채 눈에 너무나도 애처로웠다. 그래 자신도 모르게 막 위로의 말을 건네려고 할 때였다.

‘덜컹!’

갑자기 방문이 벌컥 소리 나게 열리더니 무시르미 강용건이 불쑥 모습을 드러냈다. 연습 도중에 들어온 탓에 그는 무시르미탈을 그대로 둘러쓰고 있었다.

바로 그 순간, 원채 머릿속에 퍼뜩 그려지는 게 나루터집에서 본 적이 있는 비화 외아들 준서였다. 그것은 참으로 이상한 노릇이 아닐 수 없었다. 지금까지 무시르미탈을 숱하게 보아왔지만 이런 일은 없었다. 이날이 처음이었다. 아무래도 효원 때문이다.

원채는 바짝 긴장의 끈을 늦추지 않고 난생 본 적이 없었던 것처럼 무시르미탈을 무연히 바라보았다.

전체적으로 갈색 바탕에 붉은 반점이 무수히 찍혀 있다. 마마신의 환자 빡보, 바로 준서 얼굴이다. 준서가 지금 거기 나타난 것 같다. 그렇지만 또 다른 한편으론 준서 얼굴과는 전혀 딴판인 탈이다.

눈과 함께 위로 올라간 눈썹도, 세모로 오뚝하게 솟은 코도, 또한 세모로 텅 비어 있는 콧구멍도 그렇다. 더욱이 두 볼에 팔자로 그려진 주름이며, 작게 마름모꼴로 뚫린 입은, 준서 그것에는 아예 근처에도 못 갔다. 하지만 둥글고 얼굴 부분을 차지하는 턱에도 마마 흔적은 무척 촘촘하게 찍혀 있어, 끝내 그의 마음에서 준서 얼굴을 말끔히 내몰아버릴 수가 없었다.

"와 그리 넋을 빼놓고 치다보요?"

"예?"

강용건은 손으로 얼굴에 둘러쓴 탈 부위를 만지며 물었다.

"내 얼골에, 아니 내 탈에 머가 묻었소?"

"아, 아, 아이요."

원채가 아니라고 하는데도 강용건은 탐색하는 빛을 풀지 않았다.

"그란데 우째 그라요?"

"아이라캐도요?"

자못 의아해하는 강용건의 물음에 필요 이상의 고함을 지르며 원채는 번쩍 정신이 났다. 아주 조심하지 않으면 안 된다. 혹시라도 들통이 나면 그 길로 모든 게 끝장이다. 죄인을 잡아 묶는 포승줄에 꽁꽁 묶여 관아에 붙잡혀 가는 것 못지않게 낭패가 아닐 수 없다.

"허, 놀래쌌기는?"

"누가요?"

거의 소모전에 가까운 실랑이가 두 사람 사이에 벌어졌다.

"누는 누라? 그짝이제."

"내가요?"

자칫 말싸움이 몸싸움으로 번질 기미마저 보였다.

"아, 또야?"

"시방 무신?"

한동안 그런 끝에 먼저 기가 꺾인 모양이었다.

"오늘은 아까부텀 원채 씨가 아인 거 겉거마는."

그러던 강용건은 효길을 힐끔 보고 나서 다시 입을 열었다.

"아모리 같은 사내라 쿠더라도 저런 총각하고 한 방에 단 둘이만 있으모 이상한 기분이 들 거 겉소. 안 그런가베?"

효길 얼굴이 붉어지는 것을 행여 강용건이 알아볼까 불안하여 원채는 집어삼킬 듯 물었다.

"머 가질로 들온 기요?"

그러자 강용건이 이번에는 효길의 얼굴이며 몸매를 뚫어지도록 응시하며 대답했다.

"꼭두쇠가 저 총각한테서 한 가지만 알아갖고 오라 캐서 왔소."

"꼭두쇠가?"

초계 밤마리 대광대 패가 그 고을에 와서 공연하는 것을 보고 처음 탈놀음에 빠져들기 시작했다는 무시르미 강용건이나, 그저 노래와 춤을 좋아하는 한량 기질이 남달리 많아 오광대 패가 됐다는 어딩이 박상수,

그리고 그 밖의 놀이꾼들은 하나같이 이희문을 솟대쟁이패 두목인 '꼭두쇠'라고 불렀다.

그러나 실제로 이희문은 꼭두쇠가 아니었고, 오광대 패들도 모두 그런 사실을 익히 알고 있었다. 이희문은 가끔 술이 억수로 취할라치면, 자신은 고아 출신으로서 솟대쟁이 패거리에 들어가 진짜 꼭두쇠에게 '살판'을 배운 땅재주꾼 '꼰두쇠'였다는 사실을 죄다 실토하였다.

하지만 누구도 그를 꼰두쇠로 대하지 않고 꼭두쇠로 깍듯이 모셨다. 기실 패거리들 가운데서 최고 연장자인 이희문은, 통솔력도 좀 있고 인화력 또한 강한 편이어서 두목이 되기에 모자람이 없는 사람이었다.

"넘들이 들으모, 호래이 없는 곳에 토까이가 왕노릇 한다 쿨 끼거마."

그러나 그 말은 다른 사람도 아닌 이희문 자신이 한 말이었다. 그러자 나머지 사람들이 한입으로 마치 새로 세운 나라의 신하들이 왕을 옹립하듯 했다.

"우리가 깜도 되지 않는 사람을 추대 안 하지예."

"자꾸 수락 안 하실라쿠모 내는 고마 오광대에서 탈퇴할랍니더."

그런 이희문이기에 강용건을 시켜 효길에 대해 알아 오라고 했다는 말을 듣자 그만 잔뜩 간담을 졸이지 않을 수 없는 원채였다. 게다가 원채를 한층 불안케 하는 것은, 강용건이 줄곧 효길에게서 시선을 떼지 않고 있다는 사실이었다. 그렇게 한참을 눈여겨보고 있다 보면 들통이 날 위험성이 생길 수밖에 없을 것이다.

"그렇다모 안 있소."

원채는 그의 눈길을 자기 쪽으로 돌리기 위해 필요 이상으로 큰소리를 냈다.

"내한테 먼첨 물어보소."

특히 '총각'이라는 말에 강한 어조를 주었다.

"저 총각이 내하고는 모돌띠리 통하요."

강용건이 비로소 원채에게 얼굴을 돌렸다. 장독간에 작은 감잎 하나 떨어지는 소리를 들어도 가슴이 철렁 내려앉는다는 그런 처지의 아녀자는 아니지만, 그때 원채의 간담은 무슨 소리를 들어도 바짝 오그라드는 것이었다.

"꼭두쇠 말씀이, 암만캐도 저 총각은 귀한 집 출신 겉다는 기요."

강용건의 입에서 아슬아슬한 소리가 나오고 있었다.

"귀한 집 출신요?"

부정하는 투로 반문하는 원채 음성이 다른 사람 그것 같았다.

"야."

강용건은 자기도 그렇게 본다는 말을 덧붙이고 싶은 기색이었다.

"에이, 텍도 아인 말씀을?"

원채는 어림 반 푼어치도 없는 소리라는 얼굴을 지어 보였다. 그렇지만 강용건은 갈수록 미심쩍다는 태도였다. 그는 꼭두쇠의 말을 계속 전했다.

"특히나 하얀 얼골하고 여자맹캐 부드러븐 손하고는, 험한 일을 하는 사람한테서는 볼 수 없다쿠는 기요."

대범하기로는 적수가 별로 없는 원채 안색이 폐병 환자만큼이나 창백해졌다. 그 정도까지 벌써 간파했다는 말인가? 이날 처음 보고 그런 말을 꺼냈다면 참으로 예사로운 일이 아니다. 앞으로 계속해서 함께 지낼 시간이 산 같은데, 그렇게 되면 언제까지 안전할 수 있을지 결코 장담할 수 없는 노릇이 아닌가 말이다.

"그래서 꼭두쇠께서는 말이오."

원채가 내심 한없이 허둥거리고 있는데 강용건이 옥죄듯 말해왔다.

"해나 몰락해삔 양반 가문 자제분이 아인가, 그렇다모 부친 함자는 우떻게 되는고, 그런 거를 좀 물어 봐라는 기요."

원채는 속이 더없이 뜨끔했으나 일부러 거기 낮은 천장이 내려앉을 만큼 큰 너털웃음을 함부로 터뜨린 후 말했다.

"우리 꼭두쇠께서 역시나 사람 보시는 눈 하나는 구신 겉다 아이요. 충분히 꼭두쇠가 되실 만한 재목 아이것소."

온몸을 미세하게 떨고 있는 효길을 억지로 외면하며 말했다.

"그 말씀마따나 험한 일을 한 총각은 확실하거로 아인 기 맞소."

"그라모요?"

강용건은 또 탐색하는 눈빛이 되었다.

"하지만도 양반집 자제는 아이요. 그라고 자기는 무신 일을 하고 싶어도 누가 일을 안 시키줬다는 기라요."

원채는 일부러 업신여기는 눈빛으로 가장하여 효길을 힐끔 보고 나서 말했다.

"하기사 버부리에다가 저리키나 약해빠진 신체를 갖고 우떤 일을 하것소. 아모 일도 몬 하제."

그렇게 말하고 나서 이제 그만 멈춰주었으면 하는 원채 바람과는 달리 더 버겁게 나오는 강용건이었다.

"그라모 시방꺼지 우찌 살았다쿠요?"

강용건 눈이 다시 효길을 쏘아보았다. 원채가 평소에 느끼던 바와는 다르게 그는 대단히 집요한 구석이 있었다. 그만큼 효길이 그들 마음에 커다란 의문투성이 존재로 자리를 잡고 있다는 것이라 할 수도 있었다.

"그래서 양반들 재떨이나 가지다주고, 덩더리나 긁어주고, 머 그리그리 함시로 우찌우찌 이날 이때꺼정 살아왔다 안 쿠요."

우선 급한 대로 남산 검불 북산 검불 긁어모으다가 원채는 정말 자신도 믿어지지 않는다는 표정을 지었다.

"참, 사람이 시상 사는 모가 팔 모라더이, 저 총각이 살아온 과거를 보모……."

안마당에서 오광대 패가 놀음판 연습하면서 내는 소리가 뚝 끊겼다. 아마도 잠시 휴식을 취한 것일 수도 있겠지만, 원채 마음에는 그게 이쪽에서 하는 말을 듣기 위해 귀를 기울이느라 그러는 것 같았다.

"인자 됐소? 더 물어볼 꺼는 없지요?"

원채가 그만 나가라는 투로 말했지만 강용건은 여전히 의심하는 눈빛을 풀지 않고 또 주문했다.

"그라모 행재는 몇이고, 오데 살았는고, 그거나 함 알아봐 주소."

형제와 살아온 곳.

효길 안색은 백지장처럼 새하얗게 질려버렸다. 원채는 더 이상 강용건의 요구를 그대로 넘겨버릴 수 없는 막다른 곳까지 이르렀음을 깨달았다. 이제 믿을 수 있는 것은 오로지 궁지에 몰린 사람의 마지막 기지와 재치밖에 없었다. 더 망설였다간 되레 의심에 불만 붙일 것이다. 이제는 더 어쩔 수가 없다, 내가 할 수 있는 역할은 여기서 다 끝났다, 그러니 지금부터는 너에게 넘긴다, 하는 말을 속으로 외치는 원채였다.

"행재는 몇이고, 오데 살았소?"

마침내 원채는 될 대로 되라는 심정으로 효길을 보고 말했다.

"손가락을 쓰든 발가락을 쓰든 알리주소."

순간, 궁지에 몰린 자의 행동이었다. 보기에는 너무나 희고 조그만 주먹 어디에 그런 힘이 들었는지, 제 가슴 한복판을 멍이 들 정도로 꽝꽝 쥐어박는가 싶더니, 그만 거기 바람벽에 대고 집이 쿵쿵 울리도록 머리통을 마구 찧어 대는 것이다.

"어이쿠!"

그러자 강용건은 그만 질겁하고 자리에서 일어섰다. 궁둥이에 강력한 접착제라도 들러붙었는지 그렇게 어서 나가기를 바라도 그대로 눌러앉아 있던 그가, 드디어 제 스스로 몸을 일으킨 것이다.

"고, 고마하소, 고마! 아따, 그 총각, 생긴 거는 여자맹캐 곱상하거마는 성깔 하나는 에나 더럽거마는. 행재가 없으모 없다쿠모 되제, 우째 그라는고?"

그러고는 동병상련이란 듯 친절이 지나치다 여겨질 만큼 제 처지도 알려 주었다.

"시상 사람들이 행재 없다꼬 그리키나 서러버하모, 행재간 없이 살 사람 하나도 없것소. 내도 4대 독자요, 4대 독자!"

그런데도 효길은 하던 행동을 멈추지 않았다. 아니었다. 도리어 내 몸이 절단나나 집이 절단나나 한번 해 보자는 기세였다.

"애고! 천장 무너지것다."

'쿵! 쿵!'

"내사 무서버서 방에 더 몬 있것소."

그러면서 강용건은 뒷걸음질 쳐서 방문을 열고 엉덩이부터 밖으로 내밀었다. 그가 방에서 나가자마자 효길은 간신히 벽에 등을 갖다 붙인 채 가쁜 숨을 헐떡거리기 시작했다. 원채도 혼겁을 하기는 마찬가지였지만 그래도 이런 말을 잊지 않았다.

"앞문의 호래이를 해갤하고 난께, 뒷문에서 이리가 들온다 캤소."

"……."

"우선 당장에 코앞의 에려븜은 풀었지만도, 앞으로도 또 다린 에려븜이 연이어서 발생할 끼라는 거를 장 멤에 두고 있어야 할 끼요."

"……."

"물론 그런 각오가 없었다모 이리는 안 했을 끼라 보요. 우쨌든 무사히 넘어갈라모 머보담도, 아, 더 이약 안 해도 알 거요."

그새 휴식이 끝나고 점점 열기를 더해가는 오광대들 연습하는 소리에 허술한 방 문짝이 금세 빠져 달아날 듯이 불안하게 흔들거렸다.

효길이라는 가명으로 남장을 하고 오광대 패거리 합숙소에 몸을 숨긴 효원. 그곳은 무너진 하늘을 뚫고 솟아나게 한 구멍과도 같은 곳이었다.

그녀는 탈광대들 신분이 그렇게 다양한 줄 미처 몰랐다. 그중 가장 나이 든 가짜 꼭두쇠 이희문을 빼고는 거의 제각각 하는 다른 일들이 있었다. 물론 오직 연희만 하는 전문 광대패들이 많겠지만, 효원이 보기에는 그녀가 은신처로 정한 그 단체 구성원들은 그냥 광대만 해서는 먹고 살지 못하고 나름대로 생업에 종사해야 할 처지들 같았다.

원채처럼 작으나마 농사를 일구는 사람이 있는가 하면, 오방신장무의 중앙황제장군 최종완은 한약방을 운영했고, 어딩이 박상수는 상인, 무시르미 강용건은 소지주, 소무와 옹생원, 문둥이 역을 골고루 맡아 하는 동길선은 야학 글방 선생, 상좌 함또순은 정미업, 신장과 양반 역의 문광시는 장구와 꽹과리에도 능한 악사, 그 밖에 탈을 잘 만드는 김융, 재담에 뛰어난 서물상, 소리와 장단을 가르치는 김또석하 등 저마다 나름대로는 직업을 가졌다.

그런 패거리들 속에서 효원으로서 그나마 다행스러운 건, 처음에는 큰 호기심과 의심스러운 눈초리로 그녀를 대하던 그들이 시간이 지남에 따라 점차 심상해지기 시작했다는 것이다. 물론 완전히 안심해도 될 정도까지는 아니었지만. 무엇보다 그건 무관심과는 별개의 성질로 보아야 할 것이었다.

그렇게 된 이면에는, 그날 자신이 무시르미 강용건 앞에서 해 보였던 그 행동이 큰 몫을 했다는 것을 효원은 나중에 가서야 알았다. 강용건은 패거리들에게 효원의 그 짓거리를 매우 소상하게 알렸고, 그러자 모두는 은연중 효원이 여자 같다는 선입견에서 약간 멀어졌다. 그러니까 겉은 매우 가냘픈 여자 같지만 속은 그렇게 독종 사내일 수가 없다는 얘기가 그들 사이에 퍼진 것이다.

그 후에도 효원, 아니 효길은 그들 앞에서는 선머슴도 그런 선머슴이 다시없을 정도로 몹시 거칠게 굴었다. 본디 천성이 사내같이 아주 걸걸한 데다가 악에 받칠 대로 받치고 더욱이 생명의 위협에까지 시달리게 되자, 그런 면이 저절로 드러나 보이기도 했다.

그러나 효원을 그렇게 몰아간 것은 누가 뭐니 뭐니 해도 얼이를 향한 안타깝고 애절한 사랑이었다. 어떻든 강득룡 목사가 다른 곳으로 이임할 그때까지는 이렇게 꼭꼭 숨어 지내야 했다. 포졸들에게 발각되면 그 즉시 강 목사 앞에 끌려가 치도곤을 당한 후 한양 고인보의 첩으로 들어갈 수밖에 없는 팔자인 것이다. 그때까지는 아무리 보고 싶어도 얼이 앞에 나설 수가 없다. 괴롭기는 얼이 도령도 마찬가지일 것이다.

한편, 얼이는 준서와 혁노에게서 온 고을에 쫙 깔려 있는 관졸들이 효원을 잡으러 다닌다는 이야기를 듣고도 전혀 아무렇지 않은 척하느라고 진땀을 빼야만 했다. 심지어 어머니 우정 댁과 비화 누이를 비롯한 나루터집 식구들도 모조리 속였다. 그들에게까지 그렇게 한다는 게 얼이를 정말 견딜 수 없게 만들었지만 이건 단순한 양심상 문제가 아니었다.

그리하여 지금 효원이 남장을 하고 오광대 패 숙소에 깊숙이 은신해 있다는 사실을 아는 사람은 얼이 자신과 원채 그 둘뿐이었다. 얼이와 효원이 그나마 조금 숨통을 틔울 수 있는 건 원채가 간간이 전해주는 서로의 안부였다.

"잘 있거마는. 쪼꼼만 더 참고 기다리모 반다시 좋은 날이 올 끼라."

원채는 슬픈 두 연인에게 똑같은 말을 하였다.

"난주 살아감시로 두고두고 이약 나눌 추억거리 한 개 맨든다 생각하고 견디야제.”

얼이는 효원 생각에서 벗어나 보기 위해 서당 공부에 달라붙었고, 효원은 어떻게든 얼이 생각을 지우기 위해 탈놀음에 몸을 던졌다. 힘든 시간을 줄이기 위한 두 사람만의 고된 행진이 시작되었다. 원채 말처럼 그들에게는 ‘청춘’이라는 무기가 있었기에 그랬다.

하지만 일은 뜻대로 순탄치 못했다. 추억거리로 삼을 건 더더욱 못되었다. 효원이 잔뜩 경계해야 할 대상은 강득룡 목사나 고인보 선비, 포졸들만이 아니었다. 지금 그녀가 몸을 숨기고 있는 광대패들 속에도 있었다. 그들로선 장난삼아 하는 짓일 수도 있겠지만 효원으로선 간담이 떨어질 때가 한두 번이 아니었다.

조금만 방심해도 뒤에서 와락 끌어안으려는 이가 있고, 심지어 입을 맞추어 보려는 이도 있었다. 만일 남장 여인이라는 사실을 안다면 그런 막돼먹은 짓거리를 하지 않을 순박한 사람들이지만, 그냥 ‘예쁜 총각’이라고 믿기 때문에 더 그따위 농을 걸어오는 것이다.

그런데 그들 가운데 단 한 사람, 중앙황제장군 역을 하는 한약방 주인 최종완이 효원을 보는 눈빛은 달랐다.

최종완은 처음부터 이상하다는 느낌을 떨치지 못했다. 매일같이 남녀노소 가릴 것 없이 수많은 환자를 진맥하는 그는, 남자는 도저히 효길과 같은 몸매라든지 피부를 가질 수 없다는 것을 알았다. 생체학적으로 불가능했다.

그러나 효원이 하도 선머슴처럼 거칠게 굴어 대는 통에 고개만 기우뚱해오고 있는 터였다. 게다가 그는 한때 미국 군인들과 싸운 경력이 있는 원채를 무척이나 두려워하고 있었기 때문에, 원채가 데리고 온 사람을 감히 어떻게 할 수가 없었다.

그렇지만 여기에는 필시 무슨 큰 비밀이 감춰져 있다는 예감만은 여전했다. 농민군이거나 천주학쟁이거나 귀양 간 자의 가족이거나 그게 아니라 하더라도 세상의 눈을 피해가며 살아야 하는 어떤 기구하고 특이한 운명…….

그 생각 끝을 물고 최종완은 갑자기 불안감에 휩싸이기 시작했다. 효길과 함께 있다가 혹여 무슨 해를 입지는 않을까 하는 거였다. 가령, 죄인 은닉죄 같은 것이다. 오광대 패들은 원채 신분을 확실히 알고 있으므로 효길에 대해서도 별다른 신경을 쓰지 않는 눈치들이지만, 그래도 세상은 달팽이 집이나 요지경과도 같아서 일단 그 속을 확 뒤집어 놓기 전까지는 아무것도 믿을 수가 없는 것이다.

한의로서 어느 정도 기반을 잡았고 경제적 여유가 생겨 탈놀음 판에서 놀기도 할 수 있는 안정된 그 생활이 무너질까 두렵기도 하였다. 효길이 수상한 놈이라면 반드시 그 꼬리를 잡아 정체를 캐낸 다음 관아에 신고해야 한다. 그래야 내가 산다.

그런데 그의 생각은 추잡하고 극히 비정상적인 쪽으로도 흐르고 있었으니 그게 또한 문제였다. 만약 그런 자가 아니고 혹시라도 여자라면 그것도 아주 재미있을 노릇이라고 본 것이다. 언제나 몸에 좋다는 보약을 입에 매달고 살아가는 그는 그런 상상만 해도 입이 헤벌어졌다. 사내든 계집이든 괜찮다.

최종완은 오광대들과 어울려 놀면서도, 위로 치켜 올라간 중앙황제장군 황면탈의 눈초리처럼, 눈썹과 눈 사이에 구멍이 나 있는 가면 뒤에서 두 눈을 치뜨고 효원을 훔쳐보곤 했다. 그런 비밀스러운 행위 또한 야릇한 쾌감을 선사하기에 충분했으며, 시간이 흘러갈수록 그를 보다 동물적인 인간으로 몰아갔다.

한편, 사람에게는 직감이란 게 있어서일까. 효원은 크게 눈에 띄게 뻗어 나와 있는 황면탈 송곳니가 왠지 모르게 너무 섬찟지근했다. 다른 탈들도 액막이 귀신 형용을 하고 있어 무섭기는 마찬가지였지만 유독 최종완의 탈이 더 그러했다.

"저, 아자씨."

효원은 주위에 아무도 없는 틈을 타서 원채에게 물어보았다. 그랬더니 송곳니를 그렇게 튀어나오도록 한 것은, 그 탈을 쓴 등장인물이 서낭(성황城隍)이란 걸 상징하기 위해서라고 했다. 효원은 그 말을 완전히 이해할 수는 없었지만 나쁜 기분에서 벗어나기 위해 필요 이상으로 고개를 끄덕였다.

그런데 어떻게 보면 공교롭게도 그 탈은 최종완의 실제 얼굴과 흡사한 부분이 많았다. 길게 늘어진 턱수염 끝이 좀 왼쪽으로 꼬부라진 것과 두 볼 주름이 코허리 양쪽에 팔자로 나 있는 것이며, 길쭉스름하니 양쪽에 붙어 있는 귀하며, 하여튼 그 탈은 애초부터 최종완의 얼굴을 본떠 만든 게 아닐까 여겨질 정도였다. 그게 아니면, 그 탈을 오랫동안 쓰다 보니 얼굴이 그 탈을 닮아간 건지 모르겠다.

오광대 패를 이끄는 꼭두쇠 이희문은 효원더러 우선 팔선녀 역을 맡도록 하면서, 나중에 좀 더 익숙해지면 소무나 할미 역도 해보라고 했다. 그러면서 하는 소리가 부담을 주었다.

"기경꾼들은 효길 총각이 소무나 할미 역을 하모 에나 열광할 끼거마는. 그리 되모 우리 오광대는 시방보담도 몇 배 더 이름이 알리지겠제."

그러한 가운데 원채는 효원에게 유난히도 어딩이와 무시르미에 대한 말을 많이도 했다. 탈놀음이긴 하지만 효원도 어쩐지 그들 부자가 가엾다는 생각이 들곤 했다. 남루한 거지 차림새의 절름발이 아버지 어딩이, 마마를 앓아 얼굴이 얽어 있는 어린 아들 무시르미였다.

그런데 사실 무시르미는 그냥 마마를 앓아 빡보가 된 아이가 아니라 마마서낭을 모시는 애기서낭이란다. 그러니 어딩이는 바로 그 무서운 마마서낭이 되고…….

그러나 그 마마서낭 보다도 훨씬 더 무서운 게 중앙황제장군이라는 사실을 효원이 깨닫게 될 시간이 점점 다가오고 있었다.

백성이 있어야 나라도 있다

전에 없던 이상한 일이었다. 그날 글공부를 마쳤을 때 권학이 명했다.

"얼이와 준서는 가지 말고 좀 남아 있도록 해라."

준서도 의아한 표정이었지만 얼이 가슴은 한층 더 물결쳤다. 학동들이 서당 저 밖에까지 들리도록 큰소리를 내어 함께 책을 읽을 때 얼이 목소리가 가장 높다는 사실을 알아차린 사람이 있었을까? 특히 효원 생각에서 조금이라도 더 빠져나올 요량으로 그렇게 목청에 힘을 준 것을 안 사람은 아무도 없었다.

'와 그라시꼬?'

얼이는 뭔가 심상치 않다는 느낌을 떨칠 수 없었다. 스승 얼굴이 무척 핼쑥하고 심각했다. 그뿐 아니라 중요하거나 진지한 이야기를 꺼내실 때면 늘 그러하듯, 지금도 그의 말 속에 그 고장 말씨는 전혀 섞여 있지 않았다. 그런가 하면, 그에게 있어 한양 말과 지역 말의 비율은 곧 그의 마음 상태를 가늠할 수 있는 하나의 잣대라고도 할 수 있는데, 그곳 방언이 적을수록 그의 기분이 저기압이라는 것을 알려주는 거였다.

"우리는 먼첨 간다."

"내중에 오이라."

문대 등 나머지 학동들은 집으로 돌아가거나 다른 데로 놀러 갈 수가 있어 좋은 것 같으면서도 약간은 서운한 기색을 보이며 글방에서 나갔다. 어쩌면 스승이 제자들을 편애한다고 느꼈는지도 모르겠다.

두 사람을 앞에 앉혀 놓고 권학은 두 눈을 꼭 감은 채 한참이나 아무 말이 없었다. 얼핏 영원히 그렇게 할 사람 같았다.

"스승님."

참다못한 얼이가 대단히 조심스럽게 권학을 불렀다. 그러고 보면 인내심은 나이가 밑인 준서가 오히려 더 강하다고 봐야 할 것이다. 얼이 인내심도 또래들에 비하면 결코 약한 것은 아니었다.

"어, 어, 그래."

얼이 목소리에 눈을 뜬 권학은 문득 정신이 돌아오는 사람 같아 보였다. 하지만 그는 자기를 부른 얼이가 아니라 준서에게 말했다.

"지난번 내가 황 쭌셴의 조선책략에 관해 물었을 때, 가장 흡족한 답을 한 사람이 준서 너였느니라."

그다음 목소리는 한 단계 낮아졌다.

"바로 그 책자와도 연관된 얘기가 되겠다만……."

"예."

준서는 잠자코 고개를 끄덕였지만 얼이는 숨이 턱턱 막혔다. 준서가 마구간 속의 얌전한 암말이라면, 얼이는 황야를 달리는 거친 수컷 야생마였다.

스승의 저런 한양 말씨 속에는 어쩐지 사람을 옴쭉 못 하게 옥죄는 오랏줄 같은 것이 감춰져 있는 기분이었다. 솔직히 그가 귀에 익은 지역 말을 쓸 때 훨씬 더 정겹고 좋았다. 그렇지만 갈수록 그의 말투뿐만 아니라, 이야기 내용 또한 더없이 답답하기만 했다. 당장이라도 서당 문짝을 활짝 열어젖히고 바깥공기를 받아들이고 싶었다.

"무릇, 한 나라의 개항에는 외세를 불러들이는 위험이 뒤따르는 법이니라."

언성이 거기 방 한쪽에 놓인 화분 속의 쭉 뻗어 올라간 난초처럼 꼿꼿했다.

"우리는 그 예로 청국을 들 수 있을 것이다."

좀처럼 같은 말을 되풀이하지 않는 그답지 않게 한 번 더 말했다.

"알겠느냐, 청나라 말이니라."

"예, 스승님."

두 제자는 고개를 수그린 채 스승 말에 귀를 기울였다.

"열강들은 청국을 수박이나 참외 가르듯 그렇게 나눠 먹었지."

그곳 서당 뒷마당에 둘러쳐진 개나리 울타리 쪽에서 들려오는 것은 '꽥꽥' 하는 거위 울음소리였다. 또 수놈이 암놈을 성가시도록 쫓아다니거나 수놈들끼리 보기 처절할 정도로 싸우고 있는 모양이었다. 저놈들은 낯선 사람을 보기만 하면 함부로 덤벼들어 무섭게 쪼아대려고 해서 서당에 처음 오는 학동도 기겁을 하게 만들었다. 하여튼 저러니 개보다도 도둑을 더 잘 지킨다는 말을 들을 만했다.

"영국은 양쯔 강 유역, 불란스는 푸젠 성 연해 지역, 프러시아(독일)는 산둥 반도, 또 아라사는 동북 지역, 그렇게 말이니라."

권학의 말은 귀에 설기만 하여 꼭 외국인이 하는 말을 듣고 있는 것 같았다.

"예."

얼이와 준서는 얼굴을 마주 보았다가 다시 이마를 숙였다. 얼른 이해가 되지 않을수록 더 깊이 헤아려보려고 노력하는 게 제자들의 바른 자세인 것이다.

"후~우."

권학의 한숨소리는 글방 안을 우울한 분위기로 몰아갔다. 그곳이 온통 잿빛으로 가득 차버리는 분위기였다.

"미국 역시 자기들에게도 동등한 문호를 개방할 것을 요구했지."

스승 목소리에도 잿빛이 묻어나는 성싶었다. 동족들끼리 벌인 싸움에서 승리를 한 모양인지 거위 한 마리가 위세를 부리듯이 크고 우렁차게 내지르는 소리가 들려왔다.

"예에."

그쯤에서 준서와 얼이는 똑같이 어렵잖게 깨달을 수 있었다. 스승은 분명히 조선 개항에 부정적인 입장이라는 것이다. 문을 열고 싶지 않은 주인의 심정…….

그런데 그가 말하고자 하는 것은 개항 문제가 아니란 게 잠시 후에 밝혀졌다. 그런 사실을 알자 얼이는 한층 긴장했다. 청의 농민 이야기가 흘러나온 것이다. 비로소 스승이 다른 학동들을 집으로 먼저 보낸 이유를 알았다. 준서는 함께 있어도 상관없다고 판단하신 것일 게다.

"서양 물품이 한꺼번에 우 밀려들면서 중국 농촌의 자급자족 경제는 너무나도 허무하게 무너지고 말았다."

"아, 그리!"

예로부터 귀한 검은 대나무들이 많이 자라는 지역이라고 하여 '오죽거리烏竹街'라고 불리는 곳에서 약간 떨어져 있는 산 아래 자리 잡은 서당. 지금 그곳 공기는 조선 땅을 벗어나 저 중국 대륙으로 흐르고 있었다.

"결국 청나라 조정에서는 열강에게 지불해야 할 배상금을 마련하기 위해 농민들 부담을 가중시켰지."

두 사람 마음에는 이번에도 똑같이 그게 먼 청국 이야기가 아니라 조선 이야기처럼 새겨졌다. 얼이 아버지가 희생당한 임술년 못지않게 지금도 농민들을 향한 수탈은 끝을 모르고 있다. 어쩌면 이 땅에서 농민들이 모두 없어져야 그 짓을 하지 않을지.

"청국은 엄청난 혼란에 휩싸여 갔느니."

언제부터인가 권학 눈은 얼이에게 옮겨져 있다. 얼이는 그것을 강하게 의식했다.

"그중 가장 무서웠던 게 1851년에 일어난 태평천국의 농민 봉기였느니라."

준서가 기억해 두려는 듯 입속으로 되뇌었다.

"1851년 태평천국 농민 봉기."

얼이는 온몸에 경련이 일어남을 느꼈다. 인구도 많고 땅도 그렇게 넓은 저 중국 같은 대국에서 가장 무서운 농민 봉기라니 그것은 과연 어떤 것이었을까? 보통 사람들은 상상도 할 수 없을 만치 대단한 것일 게다.

준서 시선이 떨리는 얼이 무릎과 팔다리에 와 꽂혔다. 얼이는 너무나 창피하고 한심하다는 생각이 들어 쥐구멍이라도 찾아 들어가고 싶었다. 다른 사람들에게도 그렇지만 특히 준서에게 자신의 못난 모습을 보이는 게 더 견딜 수 없는 얼이였다. 준서는 보지 못한 척 얼이 몸에서 얼른 눈을 거두고는 권학에게 물었다. 학구열에 불타는 목소리였다.

"태평천국이라모 국호國號가 아입니꺼?"

권학이 눈썹을 그러모으며 대답했다.

"그렇지, 국호니라."

준서가 알 수 없다는 듯 또 물었다.

"그라모 청나라 백성임시롱, 지네들 나라를 놔놓고 우째서 또 그리 부릴 수가 있다쿠는 깁니꺼?"

얼이도 궁금하다는 생각을 하고 있는데, 권학 입에서 머리털이 쭈뼛이 곤두설 만큼 무서운 소리가 나왔다.

"백성이 있어야 나라도 있다."

권학은 또 말했다.

"백성이 없으면 나라도 없다."

두 사람은 그만 심장까지 꽁꽁 얼어붙는 느낌이었다. 그렇다면 백성이 나라보다도 위에 있다는 것인가? 나라보다도 위에 있는 백성.

'우찌 그랄 수가?'

얼이는 아연실색하지 않을 수 없었다. 그것은 마치 땅이 하늘보다 위에 있다는 그러한 억설이 아니고 무엇이랴 싶었다. 하지만 스승의 말씀이니 그대로 따라야지.

'우짜모 그랄 수도 있것다.'

준서는 가슴이 뻐근했다. 하늘이 무너진다는 말도 있고, 땅이 솟구친다는 말도 있지 않으냐? 물이 거꾸로 흐른다는 소리도 있고, 산이 뒤로 돌아앉는다는 소리도 없지는 않다. 만약 그렇게 된다면 또 하나의 새로운 진리일 수도 있겠다 싶었다. 더욱이 스승의 말씀이니 더 그러했다.

그러고 보니 그 두 사람은 서로 반대로 흐르고 서로 반대로 돌아앉는 인생철학을 지니고 살아가고 있는 건지도 모르겠다. 하지만 궁극적인 도착지는 동일할 것이다.

"백성 중에서도 가장 중요한 위치에 있는 사람이 누구인지 아느냐?"

그때 다시 던져지는 스승의 물음에 제자들은 눈만 마주치는데 스승이 즉답했다.

"농민들이다."

참으로 귀신도 경악할 소리였다. 농민이 백성 중에서도 가장 중요하다.

"그런 농민들의 봉기라면……."

권학은 숨을 몰아쉬었다가 말을 이어갔다.

"국호 아니라 그보다 더한 것을 내세워도 무어 문제될 것이 있겠느냐?"

얼이는 비로소 몸의 떨림이 멎었다. 그렇다. 아무것도 두려워할 것이 없다. 두려울 게 없는데도 두려워한다는 게 두려울 뿐이다.

임술년에 '언가'가 생겼다면, 다시 봉기하는 그해에는 새로운 '국호'가 만들어지지 말란 법이 있느냐? 이 얼이가 그 일을 할 수도 있다. 아니다. 해야 한다, 나의 모든 것을 걸고서.

"스승님! 궁금한 기 있십니더."

얼이는 기운찬 목소리로 물었다. 평상시 그의 모습을 되찾고 있었다.

"태평천국의 농민 봉기를 앞에서 이끈 사람들이 누굽니꺼?"

권학도 이제는 스스럼없이 나왔다.

"네 아버지 같은 사람들 말이더냐?"

얼이는 스승의 말이 끝나기 무섭게 바로 고했다.

"예, 그렇십니더."

준서는 겁도 없이 그런 무서운 말들을 주고받는 두 사람을 눈 하나 깜짝하지 않고 계속해서 지켜보았다. 가다 한 번씩 파르르 떨리는 것 같던 난초 이파리도 한참 가만히 듣고 있는 듯했다. 권학의 가르침이 명쾌하고 강력했다.

"홍수전과 양수청이 지도부 사람들이었느니라."

그러자 얼이 입에서 이런 소리가 흘러나왔다.

"홍수전, 양수청, 유춘계, 천필구, 한화주, 얼이……."

그 순간, 권학 얼굴에 짙은 당혹감이 묻어났다. 분명히 그도 제자에게서 두려움을 느끼고 있다는 증거였다. 준서는 떨리는 가슴을 가까스로 진정시키며 말했다.

"더 자세히 말씀해주이소."

"알고 싶십니더."

얼이도 준서를 보며 같은 생각이라는 표정을 지었다. 거위가 내는 소리는 들리지 않았다. 헤엄은 잘 치는데 날지 못하는 새, 거위. 밤눈이 밝아 개 대신 기르는 새, 거위. 얼이는 문득 효원이 은신해 있는 오광대 근거지에 거위를 키우고 싶다는 마음이 생겼다.

“알았다, 조금만 있어라.”

권학이 곰방대를 입에 물었다. 푸른 담배 연기에 가려진 그의 얼굴이 약간 신비스럽기도 하고, 약간은 괴기스러워 보이기도 했다. 그만큼 긴장된 자리인 탓일 것이다.

“홍수전, 양수청 같은 주모자들은, 저 광시성 구이핑현 일대에서 종교 조직을 만들고 민중을 동원했다.”

곧바로 다음 말이 이어졌다.

“청의 통치에 반대하는 운동이었다.”

종교 조직까지 만들어 동원한 민중. 그래, 사람들을 모으기 위해서는 가능한 모든 방법은 총동원해야 할 것이다. 얼이 깨달음이었다.

“농사꾼들이 오랫동안 그리는 몬 했것지예?”

이번에도 준서였다. 얼이는 가슴부터 막혀 말은 고사하고 숨쉬기도 쉽지 않았다. 바로 나라에 대항하는 농민 이야기가 아닌가 말이다. 얼이는 누군가에게 항변을 하거나 하소연이라도 하듯이 속으로 안타깝게 중얼거렸다.

‘준서 말맹캐 곧 무너지삐고 말았을 끼라.’

그런데 권학이 고개를 흔들며 말했다.

“아니다.”

그 자신도 믿을 수 없다는 음색이었다.

“14년이란 긴 세월이었다.”

“예에?”

"14년!"

두 사람은 깜짝 놀라는 얼굴이 되었다. 크나큰 감동을 받은 표정들로 연방 눈을 끔벅거렸다. 14일이나 14개월도 아니고 14년이었다.

"후~."

여간해선 줄담배를 피우지 않는 권학이 곰방대에 새로 불을 붙여 물고는 길게 연기를 내뿜었다. 어떻게 보면 스승은 긴 담뱃대보다 그렇게 짧은 담뱃대가 더 잘 어울리는 것 같았다. 고리타분하지 않고 젊은이들보다 오히려 시대를 더 앞서가는 그의 진면목을 그런 것에서도 엿볼 수 있어서일까.

'아는 게 병이라고 했던가?'

권학은 내심 실소하고 있었다. 얼이 아버지와 관련된 임술년 농민 봉기지만, 얼이보다도 그것을 더 많이 알고 있는 권학, 그의 심경이 더없이 무겁고 어두울 수밖에 없었다.

'내 눈에 흙이 들어가기 전에는 결코 잊어버릴 수가 없어.'

농민군부대 맨 앞장을 서서 핏줄이 불거진 이마에 흰 수건을 질끈 동여매고 기운차게 농민군을 이끌던 천필구 모습이 아직도 권학 눈에 선하다. 그가 들고 있던 죽창과 몽둥이도 기억에 또렷하게 남아 있다. 그래 권학은 때때로 이런 착각에 빠지기도 한다. 천필구가 자기 앞에 앉아 공부하고 있는 것 같다. 얼굴뿐만 아니라 덩치까지 판박이인 그들 부자였다. 전형적인 농민군 모습이다.

그러고는 또다시 상상해 보는 것이다. 만약 그 당시 농민군 최고 지도자였던 유춘계에게 준서같이 똑똑한 책사策士가 있었다면 역사는 달라지지 않았을까. 그러다 권학은 혼자 화들짝 놀랐다. 내가 또 무서운 망상에 젖고 있구나.

"모름지기 영웅은 그가 품은 뜻을 이루기 위해서는, 14년 아니라 140

년도 투쟁할 굳은 자세가 필요한 것이다."

스스로의 감정에 겨운 듯 그의 목소리가 커졌다. 수제자들 앞에서 그러는 걸 보면 그도 어쩔 수 없는 한 인간인 것이다. 하지만 그러함에도 불구하고 그의 입에서 나오는 말은 그 시대를 살아가는 여느 인간들과는 사뭇 다른 것이었다.

"태평천국은 토지의 균등한 분배를 주장했다."

얼이 몸이 또 움찔했다. 균등한 토지 분배.

아아, 얼마나 꿈만 같은 이야기인가? 잘은 모르겠지만 그것은 비화누이가 돈을 모아 땅을 사는 것과는 그 성질이 다를 것이다.

"왜 그런 주장을 했느냐?"

오죽처럼 그때 권학은 확실히 변신한 모습을 보였다. 그런데 그가 원하는 것은 그 자신의 변화보다도 제자들의 변모된 양상을 보고자 함에 있었다.

"그건 바로……."

스승 음성이 제자들 귀에 방죽을 때리고 물러나는 파도 소리처럼 가까워졌다가 멀어졌다가 몇 번을 되풀이했다.

"그들은 자급 자족적인 이상사회를 세우려 했던 게지."

얼이가 감격에 겨운 목소리로 복창했다.

"자급 자족적인 이상사회!"

그때 준서가 한층 어른다운 질문을 던졌다.

"그리 대단한 태평천국이 고마 무너지삔 거는, 그 안에 원인이 있었십니꺼, 밖에 원인이 있었십니꺼?"

권학이 더할 수 없이 침통한 얼굴로 대답했다.

"안에 그 원인이 있었느니라. 내부 분란, 그것이 세력을 약화시키고 말았다."

'우찌 그런 일이?'

얼이 심장이 금방 터져 날 듯했다. 어머니 우정 댁은 아직도 참으로 원통하고 억울하다는 얼굴로 이렇게 말하곤 한다.

"그때 당시 유춘계 그 양반이나 니 아부지, 원아 이모 연인은 모도 세게 나가는 강갱파였제. 그란데 봉기를 같이 이끌었던 김민준, 이기개, 박임석 겉은 사람들은 안 그랬다 쿠더마. 그래 요런 눈치 조런 눈치 보는 새 고마 관아에 당했던 기라."

권학은 언제나 그랬듯 대쪽 같은 목소리로 말을 이었다.

"만약 새로운 농민 봉기가 일어나게 된다면, 농민군 지도자들은 바깥의 적보다도 내부 분열에 더 신경을 써야 할 것이야."

권학의 눈은 허공을 향하고 있지만, 그의 말 한마디 한마디는 얼이 가슴 한복판을 향해 그 수효만큼의 화살이 되어 날아오고 있었다.

"무기도 중요 안 하것십니꺼?"

준서 말에 얼이 귀가 번쩍 뜨였다.

'그렇제, 무기.'

임술년 농민군 무기는 관아 무기에 비하자면 그야말로 어린아이 장난감 같은 것이었다던 나광의 이야기가 떠올랐다. 한밤중에 어머니와 함께 밤골집으로 가서 그에게서 홍경래의 격문에 대해 듣던 일이 바로 어제처럼 또렷이 되살아났다. 권학 스승도 그렇지만 나광 같은 인물도 만나기가 쉽지 않을 것이다.

"맞는 말이다. 대 청국이 서양 열강에 꼼짝하지 못한 것도 그 때문인 게야."

권학 음성은 지금까지와는 다르게 무척이나 무기력하게 들렸다. 방바닥을 향하고 있는 두 눈의 초점도 약간 흐려져 있는 것 같았다.

"서양 군함과 대포의 위력 앞에서 청국은 속수무책이었다."

준서는 스승의 말끝에서 '쾅쾅' 터지는 대포 소리를 듣는 느낌이었다.

"아, 청국 겉은 나라가 그리돼뻿다이!"

얼이는 그만 기가 팍 꺾이는 기분이었다. 어머니가 농민군 활동비로 대줄 거라고 차곡차곡 돈을 모아가고 있지만, 그 정도 돈으로는 군함은 커녕 대포 한 문門도 마련치 못할지도 모른다. 비화 누이와 임배봉이 가지고 있는 돈이나 전답을 모조리 내놓는다면 군함 한 척은 가능할지 모르겠지만. 그러나 그건 스스로 헤아려 봐도 너무나도 어이없는 망상인지라 얼이는 씁쓰레한 웃음을 짓고 말았다.

그런데 준서는 역시 대단한 아이였다. 얼이가 그런 수준의 생각에 머물러 있을 때 한층 높은 생각까지 해낸 것이다.

"그렇다모 청나라에서도 그런 무기를 맨들 계산을 했을 거 겉은데예."

"잘 봤다."

권학 얼굴이 조금 펴졌다. 그는 똑똑한 제자가 퍽 마음 든든한 모양이었다.

"준서 너도 장차 네 어머님같이 큰일을 해낼 사람이다. 물론 저절로 이뤄지는 건 아니지. 세상 이치가 그렇지 아니하냐?"

그의 동공에 다시 생기가 돌기 시작했다. 준서 마음에도 미래에 대한 온갖 빛깔 그림들이 그려지고 있었다.

"그러기 위해서는, 바람 속에서 식사를 하고 이슬을 맞으며 잠을 이루듯, 갖가지 모진 고생을 겪어야 하겠지만 말이다."

권학은 이런 당부를 잊지 않았다.

"하지만 어렵다고 쉽게 포기하거나 좌절하면 절대로 아니 될 것이야. 우리 속담에, 돌도 십 년을 보고 있으면 구멍이 뚫린다고 하고, 또 달걀도 굴러가다 서는 모가 있다고 했느니."

스승의 귀한 말씀을 한마디라도 놓칠세라 열심히 귀를 기울이고 있는 준서 낯빛이 사뭇 경건하고 비장해 보이기까지 했다.

"예, 스승님 말씀을 머리에 꼭꼭 담아두것십니더."

서당 지붕 위에서 까치가 '깍깍' 소리를 내고 있었다. 그것은 방금 준서 입에서 나온 소리같이 들렸다.

"그 머리를 지금 네 옆에 앉은 얼이를 위해서도 써야 할 것이야. 흐음."

권학은 다소 평온해진 어투로 변했다.

"앞으로 준서 넌 조선의 이홍장이 될지도 모르겠구나."

준서보다 얼이가 먼저 물었다.

"이홍장이라쿠는 사람이 훌륭한갑네예?"

"아무렴."

권학은 근심을 털어내기라도 하듯 재떨이에 곰방대를 탁탁 털었다.

"내가 아는 바로는, 이홍장 그자만큼 청나라의 내정, 외교, 경제, 군사 등의 중요 정책 결정에 참여한 사람도 없어."

"아, 한 사람이 그리키나 다방면으로 말입니꺼?"

그러는 얼이 못지않게 권학도 자못 감탄하는 빛이었다.

"서양의 군사와 과학기술을 배우는 것이 긴요함을 깨달았지."

"서양 것."

준서가 가슴에 새기듯 했다.

"그는 바다를 방어해야 한다는 소위 해방론海防論을 앞장세워, 근대적인 해군 건설을 주장하고 북양 함대를 창설하였다."

얼이와 준서는 태산을 우러러보듯 스승을 올려다보았다. 스승님은 큰 산이요, 큰 바다다. 큰 세상이요, 큰 우주다.

한양에서 천 리나 떨어진 남방 작은 고을에 살면서 저런 스승님을 만났다는 것은 참으로 행운이요, 축복이 아닐 수 없었다. 스승님이 아니면 누가 우리에게 이런 큰 가르침을 주실 것인가?

그로부터 얼마 후 김옥균이 바로 그 이홍장을 만나려고 중국 상하이로 건너갔으며, 그가 이홍장을 만나보기도 전에 상하이에서 함께 갔던 조선인에게 암살당하게 되리라는 것은 스승인 권학도 몰랐다.

그리고 바로 그해, 그 자신이 훈장 노릇을 하면서 살아가고 있는 이 땅에서, 조선 역사를 통틀어 최고의 '농민전쟁'으로 일컬어지는 새로운 농민 봉기가 일어나리라는 사실을.

'그 나라 농민들 수준이 그 정도라이.'

얼이는 청국 농민 봉기를 되새겨보다가 홀연 궁금해지는 게 있어 또 물었다.

"일본에서 농민들이 들고일어난 적은 없었심니꺼?"

"일본 농민들이 말이더냐?"

권학이 입가에 잔잔한 웃음을 머금고 제자들을 번갈아 바라보았다. 그러고는 새삼 깨쳤다는 빛으로 하는 말이었다.

"농민 봉기 이야기 쪽에서는 얼이가 준서보다 나은 것 같구나. 하하."

준서가 정색한 얼굴로 말했다. 조금도 서운함이 묻어 있지 않은 목소리였다.

"다린 거도 얼이 새이가 지보담 몇 배 낫심니더."

"스승님께서 잘 아신다."

얼이가 준서더러 가볍게 꾸짖었다.

"그라고 그런 소리 들어도 내는 하나도 안 섭섭타."

두 사람이 하는 소리를 들은 권학이 곰방대를 내려놓으면서 말했다.

"친 형제간보다도 더 깊은 우애다. 정녕 하늘처럼 거룩하고 꽃같이 아름답도다. 영원히 변해서는 아니 될 것이야. 해나 별처럼 말이니라."

얼이는 빙그레 웃었지만, 준서 안색은 약간 어두워졌다. 그 이야기를 듣는 순간 어머니와 해랑이라는 여자가 동시에 떠올랐던 것이다. 친자매처럼 지내던 사이여서 주변 모두가 부러워했다고 한다. 그렇지만 지금은 철천지원수 집안이 돼 있다.

"형제는 잘 들어라."

농담같이 그랬지만 권학 음성은 또다시 물을 가득 담은 두레박처럼 무거웠다.

"일본 농민 봉기도 서양 열강과의 개국開國으로 인한 영향이 크다."

두 사람은 다 같이 절실하게 깨쳤다. 이제 한 나라는 좋고 싫음을 떠나서 다른 나라의 영향을 받으며 살아가야 할 세상이 되었다는 것을. 그러니 개인이야 오죽하겠는가? 더 이상 '독불장군'은 없는 것이다.

"무역으로 일본 국내 물자가 외국으로 흘러나가면서 물건이 많이 부족하게 되었지. 그 결과는 어떻게 되었을까?"

스승이 그들 눈에 상인처럼 비쳤다. 만약 그가 장사치로 나섰으면 배봉 따윈 저리 가라 할 만큼 굉장한 거상巨商이 되었을지도 모른다. 하지만 사람은 세상에 태어나면서부터 이미 정해져 있는 길과 각자 그의 생애를 담을 크기의 그릇이 있다는 게 평소 스승의 지론이었다.

"그리하여 물가가 걷잡을 수 없게 급증하는 등 커다란 경제적 혼란이 일어나고, 민중 생활은 한없이 어려워지기만 했느니라."

시간이 꽤 많이 흘러갔지만 권학은 제자들을 그만 집으로 돌려보낼 의향이 도무지 없어 보였다.

"지나치게 억눌리게 되면 언젠가는 폭발하게 되어 있는 법인 것을."

그새 자리를 옮긴 걸까? 서당 마당에 자라는 회화나무에서 까치 소리가 들려오고 있었다. 꽃과 과실을 약용으로 쓰는 그 나무는, 8월경에 피는 황백색 꽃이 눈길을 끌곤 했다. 또, 그 이름이 회화여서 그런지 몰라도, 어쩐지 그림을 떠올리게도 하는 나무였다.

"일본 농민들은 각지에서 '새 세상'을 만들자는 난을 일으켰지."

권학의 그 말이 끝나자마자 얼이가 흥분한 얼굴로 물었다.

"농민들이 새 시상을 맨들라꼬 했다는 깁니꺼?"

권학이 손바닥으로 앞에 놓인 서안을 가만가만 두드리며 대답했다.

"농촌만 문제가 있었던 게 아니다."

이번에는 준서가 물었다.

"그라모 나라 전체에 문제가 있었다쿠는 말씀입니꺼?"

권학이 손동작을 멈추고 복잡한 낯빛으로 말했다.

"도시 민중도 쌀가게 등을 부수며 쌀을 싸게 팔 것을 요구했지."

두 사람은 귀를 쫑긋 세웠다. 그렇지만 솔직히 그다음부터는 쉽사리 알아들을 수 없는 내용이 나왔다. 그들로서는 지금까지 들었던 이야기도 평범한 게 아니었지만, 더욱 난해하고 생경한 것이었다.

"그렇게 크나큰 혼란이 지속되는 가운데, 막부에 반대하는 무사들의 세력이 점차 강해져서, 쇼군의 권력을 무너뜨리고 신정부를 만들었다."

담배 연기가 여전히 푸른 기운이 서려 있는 것처럼 모든 게 흐릿하게만 여겨지는 두 사람이었다. 권학은 어렵다는 표정을 짓는 제자들에게 설명해 주었다.

"바로 메이지 유신이란 게 그것이야."

막부니 쇼군이니 메이지 유신이니 하는 말들은 그들이 머리에 털 나고 나서 처음 접하는 것이었다. 세상은 참으로 넓고, 그래서 아는 것보다 모르는 것이 많은 게 사람인 모양이었다. 하지만 그 사실을 인정하려는 사람은 과연 얼마나 될까?

남의 이목을 피해가며 깊은 밤중에 밤골집에 모여든 농민군 아저씨들이 흡사 유령들처럼 주고받는 밀담은 그런대로 어느 정도까지는 좀 짚어낼 수가 있었는데 이건 영 아니었다.

"신정부를 만든 저들은 거기서 그치지 않았다."

그러나 제자들이야 알아듣든 말든 권학은 끝없이 이야기 끈을 놓지 않았다. 평생을 두고 해야 할 말을 이날 그 자리에서 모조리 쏟아내 버리기로 작심한 사람 같았다. 심지어 우리 스승님이 돌아가실 때가 되어 저러시는 건 아니겠지 하는, 불경스럽고 어처구니없는 망상까지 들었다. 사람은 죽을 날이 가까워지면 주변 사람들 가슴에 못을 박아 놓고 떠난다는 이야기도 있지 않은가 말이다.

"신정부의 중심인물들을 포함한 사절단과 유학생 등……."

준서와 얼이가 하나같이 그런 생각을 하게 된 것은 전혀 근거가 없다거나 무리한 억측이 아니었다. 사실 권학은 수제자들에게 무엇을 가르친다는 생각보다도 자기 스스로의 감정을 다스리지 못하고 있었다. 그만큼 작금의 나라 정세가 예사롭지 않다는 증거일 것이다.

"무려 백 명이 넘는 자들을 요코하마 항에서 출발시켰다."

권학의 음성은 출렁이는 파도가 내는 소리처럼 흔들려 나왔다. 그 사람들이 2년 가까이 미국, 영국, 불란스, 아라사, 프러시아 등 12개국을 돌며 정치, 경제, 법률, 사회 상황을 시찰케 했다는 것이다.

"이른바 이와쿠라 사절단이 중심이 된 서양 배우기였지."

사람이면 모름지기 배움에 목말라 해야 한다는 게 평소 권학의 지론이었다.

"서양 배우기."

시종 스승의 말을 되뇌는 두 사람 가슴이 풀쩍 뛰었다. 우리도 언제쯤 서양에 대해 배울 수 있는 날이 올지. 지금까지 스승에게서 배운 것과는 또 다른 신비의 세계가 펼쳐져 있을 것이다. 요코하마라는 곳도 가 보고 싶었다. 말도 안 되는 억지소리지만 이와쿠라 사절단도 만나 보고 싶었다.

"특명 전권대사 이와쿠라 도모미와 이토 히로부미는, 일본에서 매우 크나큰 영향력을 지닌 인물로 떠올랐던 게야."

얼이는 말할 것도 없고 준서 또한 일본인 이름이 외워지지 않고 방금 들었는데도 또 금세 잊히려 했다. 하지만 얼이는 그깟 일본놈들 이름이야 몰라도 무슨 대수냐 싶었고, 준서는 상반된 마음이 되었다.

'스승님께서 일러주시는 일본인들인께 잘 기억해놔야 안 하나.'

준서는 진지하고 흥미로운 표정으로 물었다.

"그들이 출발한 요코하마라쿠는 데하고, 운젠가 스승님께서 저희들에게 말씀해 주싯던 우리나라 제물포하고는, 서로 견주어 보모 우떻심니꺼?"

"요코하마와 제물포라."

권학은 준서가 그렇게 묻는 의중을 헤아려보는 눈치더니 준서 얼굴을 뚫어지도록 바라보며 되물었다.

"혹시 임배봉이 동업직물 비단을 부산포를 통해서 일본에 수출한다는 사실 때문에 그렇게 묻는 것이냐?"

"동업직물 비단!"

자신도 모르게 고함을 지르면서 얼이도 준서 얼굴을 보았다. 준서는 잠자코 웃기만 했다.

"나루터집 콩나물국밥도 일본에 수출하고 싶은 게야?"

농담 섞인 스승 말에 준서는 담담하게 대답했다.

"포浦라쿠는 데가 중요한 곳이란 생각이 들어서예."

권학은 재떨이에 비스듬히 걸쳐 놓은 곰방대를 손으로 만지작거리며 되뇌었다.

"중요한 곳이라."

뒤곁 개나리 울타리에 또 무수히 날아든 참새들이 내는 소리가 요란했다. 준서는 뭔가를 단단히 결심한 얼굴이었다.

"예, 일본하고 우리하고 올매나 차이가 나는가 싶어서예."

"역시 준서다!"

권학에게서 손바닥으로 무릎을 치는 소리가 났다. 그는 무엇을 한 번 더 확인한 음성이었다.

"나루터집 아들인 게야!"

'스승님께서 와?'

얼이는 스승이 왜 저렇게 탄복하시는지 알 수 없었다. 하지만 그런 멍한 와중에도 역시 나는 준서 머리를 따라붙지 못하겠구나 싶었다.

'왜눔들한테는 국물도 안 주고 싶지만도…….'

준서 머리라면 콩나물국밥도 비단처럼 일본에 팔지 못할 이유가 없을 것 같았다. 아니다. 동업직물 비단은 일본에만 수출했지만, 나루터집 콩나물국밥은 전 세계 온 만방에 진출할 수 있을 것이다.

그때 새롭게 깨달았다는 듯 권학이 말했다.

"그러고 보니 요코하마와 제물포는 비슷한 면이 많구나."

앞마당에서 들려오던 까치 소리가 뒷마당에서 났다. 그러자 그 소리와 참새 소리가 묘한 합주곡을 이루는 것 같기도 했지만 서로 경쟁하는 소리처럼 전해지기도 했다.

'떼거리가 무섭다더이.'

그랬다. 본디 까치 소리와 참새 소리는 높고 낮음에서 견줄 바가 아니었다. 한데, 그럼에도 묘하게 까치 소리보다 참새 소리가 좀 더 얼이 귀를 사로잡았다. 까치는 불과 두세 마리지만 참새는 족히 스무 마리는 될 성싶었고, 더 크고 높은 까치 소리가 더 작고 낮은 참새 소리에 밀려 사족을 못 쓰는 것 같았다.

"아암, 견줘볼 만한 가치가 충분히 있어."

권학이 그것에 더 관심과 흥미를 드러냈다.

"요코하마는 원래 가옥이 백 채 정도밖에 없는 아주 작은 어촌이었고, 제물포도 3천 명가량 살던 한적한 바다마을 포구였지."

두 사람 가슴 가득히 파도 같은 질투른 물결이 끝없이 출렁거렸다. 아니, 거대한 배에 올라타고 그 망망대해를 거침없이 항해하고 있었다. 꼽추 달보 영감이 젓는 상촌나루터 나룻배보다 백배 천배는 더 큰 배였다.

스승 입을 통해 듣는 그 두 곳은 참으로 대단했다. 1859년 개항한 요코하마 항구에는 부두, 창고, 세관 등이 만들어졌다고 한다. 일본 장사치들은 항구 거류지에 있는 외국 상인들을 찾아와 견사 등의 일본 상품을 팔거나, 아니면 항구로 들어온 외국 상품들을 사들이고 있다는 것이다.

"외국 상인들에게 견사를 파는 저들에게 조선 비단을 파는 임배봉이 보통 아닌 인물이기는 하지."

다른 사람도 아닌, 그들이 가장 존경하고 편파적이지 않다고 믿는 스승의 입을 통해서 임배봉이 높이 평가되는 말을 듣는다는 것은, 두 사람에게 정말 견디기 힘든 형벌과도 같았다.

"보통 아니라는 것과 훌륭하다는 것은 다르지만 말이다."

권학은 인성人性을 중시하는 유학자적인 측면에서 그런 말을 덧붙였지만, 그게 듣고 있는 두 사람을 극심한 열패감에서 벗어나게 할 수 있는 어떠한 빌미도 위안도 될 수가 없었다.

"내가 지금까지 나름대로 관심을 갖고 지켜본 바에 의하면……."

권학은 임배봉의 이름을 듣는 순간부터 계속 말이 없는 제자들의 표정에서 잘 읽었을 것임에도 불구하고, 아니 그래서 더 그 두 사람의 마음 밑바닥까지 훑는 소리를 멈추지 않는 듯했다.

"임배봉 그자는 비록 세상 사람들에게서 손가락질을 받는 악인이긴 하지만 예사로 보아 넘길 위인이 아냐."

그는 결국 소리 싸움에서 밀려난 듯 까치 소리는 사라지고 참새 소리만 요란한 뒷마당 쪽에 잠시 귀를 기울였다가 말을 이었다.

"아주 불가능해 보이는 일에 부닥쳐도 꾸준히 노력하여 결국 뜻을 이루어 내는 무서운 인간이야."

얼이가 서너 차례나 자리를 고쳐 앉을 동안에도 준서는 요동조차 하지 않은 채 한 가지 자세만 고수하고 있었다.

"도끼를 갈아서 바늘을 만들 수 있을 만큼 끈기와 기백을 갖추었지."

권학은 자기 그 말에 이런 꼬리를 달았다.

"물론 우리 고장에서 생산되는 비단이 워낙 뛰어났으니, 그자가 비단 사업을 하여 그렇게 성공할 수도 있겠지만 말이다."

"……."

얼이와 준서 눈이 마주쳤다. 둘은 동시에 서로의 눈에서 읽었다. 그렇다고 우리가 임배봉 집안에 결코 질 수는 없다는 아주 단호한 빛이었다. 그 집안 자식들인 동업과 재업에게 반드시 이겨야 한다는 결연한 기운이었다.

"와 요코하마라쿠는 데가 그리 크기 발전할 수 있었으까예?"

"일본에 다른 포들도 쌔뻿을 끼다 아입니꺼?"

새로운 각오를 다진 그들 의문을 권학이 풀어주었다.

"요코하마가 에도(도쿄)에서 제일 가까운 항구여서 그랬을 게야."

"아, 에도!"

참새 무리에게 쫓긴 까치들은 어디로 갔을까? 아니야. 쫓겨 간 건 절대 아닐 거야. 그냥 시끄럽게 울어 대는 참새들이 성가시고 싫어 그들 스스로 다른 곳으로 날아간 것일 거야. 아무리 그래도 참새는 참새이고 까치는 까치인데 말이다. 그렇지. 까치가 참새 따위에게 진다는 게 어디 말이나 되냐고.

"그라모 제물포는 우떻는데예?"

그때 나온 준서 말에 권학은 지난 일을 떠올리는 낯빛이 되었다.

"내가 한양에 올라갔을 때 거기도 두어 번 가 본 적이 있는데, 역시 예사 포구가 아니었다. 산언덕까지 별장, 교회당, 서양식 집들이 들어차 있더구나."

두 사람은 그 풍경을 머릿속에 그려보았지만 좀처럼 그림이 되지 않았다. 어쨌든 완전히 외국처럼 느껴졌다. 한 번도 가 본 적은 없지만 그랬다. 스승의 설명이 이어졌다.

"외국인들이 거주하는 조계지租界地라는 곳이지."

그런데 제물포는 좋은 곳만은 아니었다. 일본 미곡 상인들이 자기 나라로 쌀을 반출하기 시작하면서 제물포는 전국 쌀이 모여드는 등 주변이 험하고 사나운 지역이기도 하다는 것이다. 더욱이 청국, 일본, 아라사가 조선을 두고 다툴 때마다 각 나라의 전함이 모이고 군대가 상륙하는 곳이 되기도 했다.

"참으로 통탄할 일이로다."

그러면서 권학은 천천히 눈을 감았다. 이제 그가 할 이야기는 끝났다는 표시였다. 얼이가 준서에게 눈짓을 했다. 그만 일어나자는 신호였다.

"그, 저……."

준서가 앉은 채 낮은 소리로 얼버무리듯 했다. 그와 한집에서 사는 얼이는 그것이 이런 뜻이란 걸 어렵지 않게 알아챘다.

'스승님께서 가라쿠는 말씀도 안 하싯는데 우찌 우리 멋대로 일어날끼고?'

그런데 스승은 눈을 뜨지 않고서도 모든 것을 다 보고 있는지 이렇게 말했다.

“마지막으로 너희에게 할 말이 있느니. 청국과 일본의 농민 봉기를 항상 기억해 두어라.”

그런 후에 그는 제자들보다 먼저 자리에서 몸을 일으켰는데, 그 순간 그의 입에서 들릴락 말락 조그맣게 새어 나온 소리였다.

“전라도 쪽에서 곧 대규모 농민 봉기가 다시 일어날 조짐이 보이고 있다는구나.”

“전라도!”

그들은 스승이 둘만 앉혀 놓고 오랜 시간에 걸쳐서 긴 말씀을 하신 진짜 이유를 그제야 알았다.

뒤곁에서 들려오던 참새 소리마저 끊긴 서당은 고즈넉하기만 했다.

외줄 위의 대결

주내장, 혹은 읍장이라고도 불리는 그곳 읍내 장의 오일장.

유서 깊고 풍광 뛰어난 그 고을에서 이날만큼 사람 냄새가 물씬물씬 풍기는 때도 드물었다. 어디에 처박혀 있다가 그렇게 한꺼번에 쏟아져 나왔는지 입을 다물지 못할 형국이다. 또 그야말로 송곳 하나 꽂을 틈도 없는 장터에는 별의별 장사꾼들이 모인다. 엽전 꾸러미를 허리춤에 찬 객주, 거간꾼, 되거리장사꾼, 보부상…….

거기에다가 아낙들, 아이들, 한량 따라 나온 기생들, 투전꾼들, 물물 교환하려는 사람들 등등, 밤하늘의 별처럼 사람들로 내내 북새통을 이룬다. 살아남기 위한 아귀다툼도 오늘은 마냥 정겹고 여유로운 놀이로 비쳤다.

그렇게 느껴지는 까닭은 아마 시장바닥에 흘러넘치는 갖가지 물품 때문일 것이다. 사람은 본디 재물이 넉넉해지면 마음도 너그러워지는 법이다. 구경만 해도 배가 불러오고 몸이 따뜻해지는 읍내장터 풍경이다.

쌀, 보리, 콩, 밤, 배, 감, 해산물, 기름 먹인 삼베, 모시, 명주, 면화, 면포, 종이, 유기, 담뱃대, 자리방석, 벼루, 석유황, 토기, 자기, 철물,

목물…….

그런데 이날은 유달랐다. 우선 몰려드는 인파부터 보통 때 장날보다도 갑절은 넘었고, 특히 그들이 온 목적도 무척이나 각별하였다. 단지 읍내 사람들뿐만 아니라 근동 모든 고을 사람들도 며칠 전부터 이날을 손꼽고 발꼽아 기다려왔다. 그네들이 잠시도 입을 쉬지 않고 열심히 주고받는 이야기는 도무지 그 끝을 몰랐다. 굴비 두름이 그 정도까지 길다고 하면 온 조선 백성들을 다 먹이고도 남을 것이다.

"동업직물 비단이 저 바다 건너서 일본꺼정 팔리나간다쿠디이, 에나 일을 크거로 내기는 내거마는."

"채소공판장 있던 자리에 새로 선 상가 건물 가온데서 최고로 목 좋은 점포람서? 하이고오, 내사 증말 부러버서 몬 살것다."

"목이 좋은 점포든 고개가 좋은 점포든 내는 그런 거는 한 개도 흥미없다. 그 관기 얼골 함 보는 거 말고는."

"해랑이라 캤제? 대체 올매나 이뻐서 모도 이 야단 난리들이꼬? 오랑캐가 쳐들어와도 요리는 안 할 끼라."

"앗따, 쪼꼼 있다가 직접 보모 알 낀데, 사람이 우째서 그리키나 졸갑시럽노? 혼래 치룬 첫날밤에 아 퍼뜩 안 놓는다꼬 신부 때리는 불한당 겉은 신랑도 있다더이만."

"우쨌거나 동업직물 비단 하나는 불이 나거로 생깃다, 불이 나거로 생기. 아이제, 오데 불만 나것나, 물도 난다, 물도 나."

"하여튼 선학산 공동묘지에 가 보모, 말 몬 하고 죽은 구신은 없다더이."

말도 많았지만 모든 게 사람들이 하는 말 그대로였다. 배봉이 점박이 자식들에게 제안했던 일이 마침내 실행된 것이다. 해랑은 동업직물 비단으로 만든 최고 의상을 입고 점포 앞에 나와 서게 되었다. 그러고는 이 고을 교방 관기 출신들 가운데서 출중했다는 춤 솜씨를 대중들에게 선보이게 된다.

'올매나 쎄빠지거로 기다릿던 날이고!'

해랑은 단단히 벼르고 있다. 비화가 숨은 꽃이라면, 나는 숨은 나비라고. 바로 오늘 그 숨은 나비가 드디어 세상에 자태를 드러내게 된다고. 온 세상 사람은 그 나비의 황홀한 춤사위에 싸여 넋을 잃게 되리라.

원래 해랑의 판촉 활동은 점심 시간대를 조금 넘기고 나서부터 이뤄질 예정이었다. 그렇지만 햇살이 아직은 한참 여린 아침 이른 시각부터 동업직물 점포 앞은 숱한 사람들로 장사진을 쳤다. 말 그대로 사람 산이고 사람 바다였다. 그들은 잔뜩 기대를 걸고 기다리는 내내 배봉가 이야기로 꽃을 피웠다. 그 고을에는 과거에도 임배봉 집안밖에 없었고, 현재도 임배봉 집안밖에 없고, 미래에도 임배봉 집안밖에 없을 것 같았다.

동업직물 점포 바로 맞은편에 자리 잡은 나루터집 제1호 분점에 대해 말을 꺼내는 이는 하나도 없었다. 적어도 그 순간만은 나루터집은 철저히 세상 사람들의 관심 저 바깥으로 밀려나 버렸다. 콩나물국밥은 남강물에 떠내려가 버린 듯싶었다.

그런데 시간이 좀 흐르면서 사람들 사이에 이상한 소리가 흘러나오기 시작했다. 그것은 약간 짜부라져 보이는 작은 눈이 야릇하게 번득이는 어떤 중늙은이의 이런 말에서 비롯되었다.

"중국의 양귀비가 나온다 캐도, 사람들이 이리키나 짜다라 기정을 나오지는 안 할 끼다."

그 말까지는 그런가 보다 하고 그대로 넘어갈 수 있는데 이런 소리가 뒤를 이었던 것이다.

"시아배 임배봉이가 며누리 해랑을 멤에 두고 있다쿠는 말, 해나 몬 들어봤나?"

그러자 일찍부터 와서 기다린 탓에 조금씩 지루함을 느껴가던 사람들은 이색적인 소리에 하나같이 번쩍 눈을 떴다. 시아버지와 며느리의 불륜, 그보다 더러우면서도 솔깃한 얘깃거리가 또 있을까 보냐는 눈치들이었다. 그렇지만 거기 모인 누구 하나 그에 관하여 선뜻 입을 열지는 못했다.

"내만 들어본 것가? 그거는 그렇고……."

사람들이 많이 모이는 곳에 가면 으레 그런 인물 하나는 나오기 마련인데, 양귀비 이름을 맨 처음 입에 올렸던 그 중늙은이가 전체 분위기를 이끌었다. 대충 봐도 그는 뭔가 일을 벌이기를 좋아하는 사람이 틀림없었다.

"그 양귀비가 저 당나라 현종 열네 번째 아들의 부인이었다쿠는 거, 모도 알고들 있는 기요?"

실눈에 노리끼리한 빛이 감도는 중늙은이 말에 엉덩이 펑퍼짐한 사십대 여인네가 놀란 얼굴로 물었다.

"그랬어예? 그라모 시아배가 며누리를?"

당나귀처럼 유난히 커 보이는 귀를 쫑긋 세운 채 듣고 있던, 농투성이 사내가 끼어들었다.

"그런께, 배봉이도 해랑을 탐했다, 그런 소린 기라요?"

그 말을 들은 주위 사람들이 무슨 횡재라도 만난 것같이 만면에 환한 빛을 띠고 일제히 농투성이 사내를 바라보았다.

"그, 그거는 공개적으로 할 이약이 아이라서."

중늙은이가 급히 만류하듯 손을 내젓고 나서 주위를 돌아보며 지금까지와는 다르게 약간 자신 없다는 투로 얼버무렸다.

"하매 탐해삐릿는지 앞으로 탐할라쿠는 긴지, 그거꺼지는 확실하거로 모리것지만도, 여하튼 그런 풍문이 있더마."

여인네가 잔뜩 겁을 집어먹은 눈으로 말했다.

"그라모 진짠가 가짠가 잘 모리는 일이거마는."

운집한 사람들 머리 위로 잿빛 비둘기들이 어지럽게 날아다니고 있었다. 그 미물들도 대체 무슨 일인가 하고 궁금해하는 듯했다.

"그기사 당연 안 하요. 내나 아줌씨가 직접 핸 일도 아인께네."

중늙은이가 슬그머니 뒤로 발을 빼는 모습을 보였다. 잔뜩 기대를 걸고 있던 군중들 얼굴에 실망하는 기색이 떠올랐다.

"그란데 생사람 잡을라꼬 그리쌌소?"

여인네가 크고 넓은 엉덩이를 흔들며 중늙은이더러 타박 주듯 했다. 그러자 체구가 왜소한 초로의 남자가 작은 벌레처럼 몸을 움츠리며 말했다.

"만약 배봉이나 억호가 알모 때리쥑일라 쿨 끼요."

그 말을 들은 사람들은 하나같이 고개를 끄덕거리며 그때까지 말을 하지 못해 입이 간지러웠다는 듯 저마다 한마디씩 늘어놓기 시작했다.

"하모, 하모요."

"기경 한분 잘몬 왔다가 고마 저승사자 따라갈 수도 있는 기라요."

"눈 하나 깜짝 안 하고 살인 칠 인간들이제."

"인자부텀 우리 모도 입 딱 봉하고 있읍시더."

배봉 가문은 단순히 재물만 넘치는 게 아니라 세도 또한 그렇게 무섭다는 것을 이제 모르는 이는 없다. 고을 최고 권력자인 목사와도 대놓고 '너, 나' 하는 막역한 사이라고 했다.

어쨌든 장사치든 손님이든 물건 사고파는 데는 관심이 없이 오로지 비단옷 차려 입은 해랑을 볼 생각에만 빠져 있었다.

그 시각, 비화를 비롯한 모두는 동업직물 점포가 마주 보이는 나루터집 제1호 분점 안에 전부 모여 있었다. 이번에도 비화는 나루터집 식구들 예상을 철저히 뒤엎는 일을 했다.

"준서 옴마, 우리 오늘은 읍내 장에 물건도 사로 가지 마자. 내가 음식 맹글 재료들은 진즉 짜다라 사다 놨다. 콩나물국밥이 없어서 몬 팔지는 안 할 끼다."

우정댁 말에 원아도 덧붙였다.

"요분에는 성님 말씀대로 하자, 조카. 무담시 신발만 닳거로 가갖고 열 받을 필요가 머 있겄노. 지들이 비단 한거석 팔모, 우리는 국밥 한거석 팔모 되제. 오늘 하로만 분점은 문 닫아삐고 말인 기라."

그런데 비화는 일언지하에 손윗사람들 말을 꺾어버렸다.

"아이라예, 지는 가 볼랍니더."

우정 댁이 터무니없는 소리라는 듯 눈까지 흘겨 보이며 큰 잘못을 따지는 사람처럼 말끝을 높였다.

"오데로 가 본다 말고?"

원아도 적극 제지했다.

"안 된다. 사람이 갈 데가 있고, 또 안 갈 데가 있는 벱 아이가? 누울 자리를 보고 발을 뻗치라 캤다."

그러나 비화는 눈에 쌍심지 불을 켜고 말했다.

"가서 이 두 눈 갖고 똑똑히 지키볼 끼라예. 만약시 내가 그거를 몬 보모 밤에 잠도 몬 잡니더."

그 고집불통에 한동안 멍해 있다가 우정 댁과 원아가 재차 말렸다.

"준서 옴마!"

"아이라 캐도? 조카, 그거는 아이다."

비화는 전쟁터에 출전하려는 병사처럼 비장한 얼굴로 말했다.

"동업직물 비단 갖고 맨든 옷 입고 춤추는 해랑이 지가 올매나 잘났는고, 내사 맨 앞에 딱 서갖고 쳐다볼 낍니더."

"허!"

우정 댁과 원아는 더는 입을 떼지 못했다. 비화 눈에서 뿜어져 나오는 무서운 기운. 그것은 증오나 가증스러움을 넘어선 것이었다. 살기, 그랬다. 그것은 분명히 살기를 띠고 있었다.

"……."

옆에 앉아 잠자코 어른들 이야기를 처음부터 듣고 있던 얼이는, 더없이 예리하고 시퍼런 칼날이 등줄기를 쫙 훑고 지나는 느낌에 부르르 몸을 떨었다. 그의 귀와 눈으로 비화가 하는 말과 행동을 직접 접하고 있으면서도 믿기 어려웠다.

'비화 누야가 친자매겉이 지내던 해랑을 향해 저리 무서븐 살기를 비이다이?'

문득, 효원 눈에서도 그와 비슷한 빛을 보고 그만 전율하던 기억이 되살아났다. 강득룡 목사와 고인보라는 선비를 말할 때, 효원은 검무를 추는 칼로 그들 심장 한복판을 콱 찔러 죽이고 싶다는 저주와 분노에 불타고 있었다. 얼이는 효원과 똑같은 심정이면서도 그런 순간의 효원 또한 너무나 생소하기만 했다. 내가 아직 여자를 잘 몰라서 그런 걸까 하는 생각도 들었지만 확신할 수 있는 면도 있었다.

'그라고 보이, 비화 누야하고 효원이하고 가리방상한 데가 마이 있는 기라. 그라고 그런 거 땜새 내가 그 두 사람을 똑겉이 좋아 안 하것나.'

어쨌거나 효원이 문제를 놓고 지금 믿을 사람은 원채 아저씨밖에는 없다. 오광대 패 사람들은 언제 효길이란 벙어리 총각이 남장 여인이라는 사실을 눈치챌지 모른다. 얼이는 머리를 세차게 뒤흔들어가며 모깃불 연기처럼 몽개몽개 피어오르는 그 모든 불안감과 초조감을 떨쳐버리려고 무진 애썼다. 그런데 비화의 경우는 또 다른 측면에서 봐야 했다.

"시방 우리 조카가 지 증신이까?"

"준서 옴마가 아인 기라예. 준서 옴마라모 저리 안 해예."

"거 가갖고 머 좋은 기 있고 머 얻을 기 있다꼬 저리쌌는 긴고 에나 모리것다."

나루터집 식구들이 더 놀라고 당황한 것은, 비화가 그녀 자신뿐만 아니고 나루터집 다른 식구들 한 사람도 빠지지 말고 읍내 장에 가서 동업직물 판촉 활동을 꼭 봐야 한다고 고집 피운 사실이었다. 심지어 남들 앞에 얼굴 내밀길 그토록 꺼리는 빡보 자식 준서마저 억지로 끌고 왔다.

한편, 배봉이 자기 식솔들에게 한 짓도 비화의 그것과 똑같았다. 인간이 모를 무슨 신의 섭리 같은 게 작용하고 있는 것일까? 나루터집과 동업직물 사이의 대代를 이어온, 또 앞으로도 대를 이어갈 싸움은 하늘에까지 알려져 있다는 말인가?

배봉은 억호와 만호 형제, 상녀는 말할 것도 없고, 동업과 재업과 은실 그리고 집안에서 부리는 남녀 종들까지 모조리 동원시켰다. 그에 대해 종들 사이에 언쟁 비슷한 게 벌어지기도 했다. 백날 천날 그래봤자 아무런 소득도 얻지 못할 일이었다.

"와 우리꺼정 가야 하는고 모리것다. 사람들 앞에 내가 종놈이라는 거 안 나타내고 싶은 기라."

"무신 말고? 그리 신나는 기정을 할 기회가 왔는데, 그거를 니 발로 그냥 꽝 차삐것다, 그 소리가?"

"오데 기정이라꼬 다 좋은감? 내사 쥔들 아모도 집에 없을 때 개팔자맹커로 쭉 늘어지서 코가 삐뚤어지거로 잠이나 원도 한도 없이 자고 싶다야."

"너거들 시방 지 분수를 알고 있는 기가, 모리고 있는 기가? 종들 신세에 쥔이 그래라꼬 시키모 그대로 해야제, 뭔 재조로 안 할 낀데?"

"니 고런 소리 꼭 끄집어내야 속이 팬하것나. 실상은 그렇다 치더라도 우리끼리만 있는 자리에서는 그리 안 하기를 바랜다."

"와? 도로 쥔들 있는 데서 해야 충직한 종이라꼬 하사품도 안 받으까?"

행랑채 같은 곳에서 주인들 모르게 일어나고 있는 그런 것에 대해서 알 리 없는 배봉은 제 독단적인 결정에만 함몰되어 있었다.

"내는 우리 집에서 키우는 오리하고 닭은 이약할 필요도 없고……."

짐승까지, 하고 생각하는 식솔들에게 늘어놓았다.

"장 우리 광을 막 들락거리쌌는 쥐새끼꺼지 우 몰아가고 싶은 기라."

마지막에는 당부인 듯 통첩인 듯 이런 말도 했다.

"요분만치 우리 가문이 대단하다쿠는 거를 만천하에 알릴 수 있는 기회가 자조 안 올 끼다. 무신 뜻인고 모도 알것능가?"

결국 비화네 사람들과 배봉네 사람들이 단 하나도 빠지지 않고 얼굴을 마주 대하게 될 순간이 서서히 닥쳐오는 것이다. 그건 불과 불의 힙싸임이요, 물과 물의 부닥침이 될 것이다. 그리고 어떤 결과를 낳을지는 누구도 모른다.

나루터집 사람들은 점심 챙겨 먹을 생각을 몽땅 잊어버렸다. 동업직물 사람들도 깡그리 끼니를 놓쳤다. 아니다. 그곳 읍내장터에 나온 모든 사람이 다 그러했다.

오늘의 최대 관심 인물인 그녀는 어제저녁부터 밥은커녕 물 한 모금도 목을 넘어가지 못했다. 그녀 머릿속은 오로지 이날의 춤사위로만 가득 차 있어 누가 옆에서 쿡 쥐어박아도 모를 정도였다. 큰 굿을 눈앞에 두고 있는 무당의 기분이 그러할까. 나의 존재감 부각. 그게 지상 최대의 목표였다.

해랑은 그야말로 만감이 엇갈리고 또 엇갈렸다. 그녀는 확신했다. 비화는 틀림없이 현장에 나타날 것이다. 비화는 그럴 여자다.

그녀가 오늘 새벽 하얗게 지샌 잠자리에서 약간 어지럼증을 느끼며 일어났을 때, 지금은 그날 행사를 찬동하는 쪽으로 마음이 기울어져 있는 억호가 말했었다.

"비화는 코빼기도 몬 비칠 끼요. 당신이 이깃소."

엄지를 치켜들어 보이며 최고라고 했다.

"괭이 소리만 듣고도 상구 놀래 도망치는 쥐매이로, 비화는 구석지에 꼭 숨어갖고 숨만 할딱거리고 있을 끼거마는."

지붕과 마당에서 일찍 깬 새들이 새벽 공기를 흩뜨리며 울어 대고 있었다.

"동업직물 비단옷 입은 해랑, 나루터집 콩나물국밥 말고 있는 비화, 그 두 사람 모습을 견주어본께 내 가슴이 찌릿찌릿하요."

새날의 햇살이 아직은 창가에 비치지 않고 있었다.

"황후와 시녀 아이것소? 축하, 축하하요. 당신하고 같이 살기 에나 잘했제. 하하."

해랑은 끝끝내 아무 말도 하지 않았다. 하지 않은 건지 하지 못한 건지 모르겠다. 그저 이날 입고 나갈 비단옷만 연방 만지작거리고 있었을 뿐이다. 그것은 지난날 교방 행사 때 입고 나갔던 어떤 의상보다도 훌륭했다. 역시 동업직물 비단은 일본인들도 사족을 못 쓸 만했다.

그런데 이건 또 무슨 모를 심경 변화일까, 그냥 숨은 나비로 있어야 할 걸 공연히 세상에 내 모습을 드러내는 게 아닐까 싶어지는 해랑이었다. 원래부터 남의 흉은 사흘이라고, 싸라기눈 떨어지는 그만큼이라 할지라도 이 세상이 해랑을 잊어가고 있을 텐데, 굳이 또 들추어낼 필요가 있을까.

그러나 이제 어쩔 수가 없다. 이미 때가 늦다. 지금에 와서 하지 못하겠다고 할 순 없다. 어디선가 목을 죄듯 쉴 새 없이 들려오고 있는 소리가 있었다.

'운명, 운명인 것을.'

그렇다면 이왕 하기로 한 일, 완벽하게 성공적으로 치러내야만 한다. 비화에게 질 수는 없다. 비화가 복장이 터져 어쩔 줄 몰라 하도록, 오늘 이후로 비화 머릿속에서 남루한 옥진은 사라지고 대신 화려한 해랑이 들어앉도록 해야 하리라.

비화가 저 대사지 핏빛 비밀을 싹 잊어버리도록, 잊어버릴 수밖에 없도록, 춤을 추자. 숨은 나비의 춤이다.

관문 밖 객사 주변, 중대청 서쪽 낭청방 앞쪽에 있던 교방이 눈앞에 어른거린다. 그동안 모셨던 목사 셋은 물론이고, 한양에서 내려온 고위직들조차도 온통 넋이 빠지도록 했던 신기神技에 가까운 이 해랑의 교방춤이다.

"마님."

"또, 와?"

"시방……."

"알것다."

언네는 해랑에게 다가와서 벌써 몇 번이나 알려주었다. 지금 점포 밖에는 사람들이 구름같이 몰려와 마님이 나타나기만 목을 뺀 채 기다리고 있다. 해랑은 어서 시간이 되길 기다렸다.

김호한과 윤 씨, 강용삼과 동실 댁이 그곳에 모습을 드러낸 것은 거의 동시였다. 그들을 아는 사람들은 이 또한 하늘의 계시거나 귀신의 장난이라고 보았다.

그러나 그건 아니다. 그들을 오게 한 건 하늘도 귀신도 아니다. 바로 그들의 딸들이다.

"아부지, 어머이, 꼭 오시이소. 해랑이로 변한 옥지이를 보시야 됩니더."

"아부지, 어머이, 꼭 오시이소. 비화를 부러버하시는 거도 인자는 끝이 될 깁니더."

그런 전갈을 받고 온 네 사람이다. 딸의 간곡한 청이었다. 딸이 오길 바라는 곳이라면 설혹 지옥 아니라 그보다 더한 곳도 기꺼이 달려갈 부모들이었다. 세상 어느 부모가 제 자식을 위하지 않겠느냐마는, 비화와 해랑의 부모만큼 애정을 보이는 경우는 흔치 않을 것이다.

그런데 그들만 아니라 또 다른 사람들도 와 있다. 바로 꺽돌과 설단 부부였다. 그 두 사람까지 모습을 나타내 보일 줄은 비화도 해랑도 몰랐다. 지금 그곳에는 재업도 있다.

드디어 시간이 되었는지 배봉이 해랑과 억호가 있는 방으로 성큼 들어섰다. 그는 아들은 거들떠보지도 않고 며느리에게 물었다.

"며늘악아, 준비 다 됐제?"

억호가 다소 걱정스러운 눈빛으로 해랑을 불렀다.

"여보."

해랑은 남편에게는 응하지 않고 시아버지를 향해 빙긋이 웃어 보였다.

"예, 아버님."

배봉은 곰같이 짧고 굵은 목을 길게 빼어 그곳 창 너머로 바깥을 내다보며 몹시 흥분된 목소리로 말했다.

"온 시상 사람들이 모돌띠리 온 거 겉은 기라. 일단은 성공 아인가 베."

억호가 어깨를 으쓱하며 '흠' 하고 헛기침을 했다. 배봉은 너에게 하는 이야기가 아니고 며느리한테 하는 말이란 듯 아들을 힐끗 보고 나서 입을 열었다.

"무신 행사든지 간에 행사는 사람을 올매나 모으는가 하는 기 젤 중요하제."

눈과 코, 입 등이 함께 모여 있는 얼굴을 활짝 폈다.

"며늘악아, 내는 니가 에나 자랑시럽다."

보통 때보다도 더욱 눈부신 자태의 해랑이 낭랑한 음성으로 말했다.

"아버님께서 지를 더 자랑시럽기 여기시거로 하것십니더."

어디선가 비릿한 생선에서 풍기는 냄새가 스쳐왔다. 어쩌면 시장 시궁창에서 죽은 쥐가 내뿜는 악취인지도 모른다.

"그래, 그래. 진짜 기대가 크다. 자, 퍼뜩 나가자."

"예, 아버님."

배봉이 맨 앞장을 서고 해랑이 그 뒤를 바짝 따르고 억호는 맨 끄트머리에 섰다. 억호는 고개를 숙이고 있었고, 배봉은 고개를 들고 있었고, 해랑은 배봉보다 더욱 높게 고개를 한껏 치켜들고 있었다. 그래서 얼핏 보기에 실제와는 반대로 해랑의 키가 제일 크고, 그다음이 배봉, 그리고 마지막이 억호인 것처럼 비칠 판이었다.

이윽고 해랑은 점포 앞쪽에 놀이패 가설무대같이 설치해 놓은 높직한 대 위로 가볍게 올라섰다. 모든 시장바닥 사람들 눈길이 강한 자석에 이끌리는 쇠붙이처럼 일제히 해랑의 몸에 가 닿았다. 그리고 다음 순간, 인파 속에서는 매우 놀란 소리들이 터져 나왔다.

"아! 저, 저랄 수가?"

"사, 사람이 아이다. 사람이 우찌 저리 생길 수가 있노?"

"미인도美人圖 속에서 방금 빠지나온 미인이 우리 눈앞에 있다!"

"내는 시방 나모꾼이 된 거 매이다. 선녀 비단옷을 쌔빈 나모꾼 말이다."

그러잖아도 어릴 적부터 기생 어미가 가던 가마를 세우고 볼 만큼 아름다운 용모와 빼어난 몸매인 데다가, 그렇게 화려하고 멋진 비단옷까지 걸치고 나온 해랑 모습은 누구 눈에도 경이 그 자체였다.

그러나 그야말로 사람들이 사이비 종교 집단의 신봉자처럼 미친 듯이 마구 열광한 건 해랑의 춤사위가 시작되면서부터였다. 지금껏 교방 관기 춤을 한 번도 구경 못 했던 사람들은, 고을 최고 명기名妓였던 해랑의 온몸에서 빛살처럼 뿜어져 나오는 기운에 완전히 중독되고 말았다. 우아함을 넘어서 뇌쇄적인 춤사위다. 저렇게도 요염한 몸놀림이라니.

해랑이 차려입은 동업직물 비단옷은 선녀 옷 그것이었다. 세상 사람들은 해랑을 통해 세상에서 가장 곱고 아름다운 비단을 만나 보았다. 전답을 팔고, 집을 팔고, 그게 없으면 남편과 아들을 팔아서라도, 아내와 딸을 팔아서라도, 부모와 조상을 팔아서라도, 저 좋은 비단을 사고 싶다는 강렬한 구매 충동, 아니 저 좋은 비단을 꼭 사라고 유혹하는 악마의 뜨거운 입김에 쏘여 저마다 정신들을 잃어갔다.

해랑은 점점 무아지경으로 늪처럼 빠져들어 갔다. 그것은 이번이 처음은 아니었다. 관기 시절에도 해랑은 춤을 추면 곧잘 자신을 잊었다. 정신없이 춤사위에 빨려드는 해랑이 사람들 눈에는 신들린 무녀였다. 숨은 나비의 춤. 해랑이 비단이고, 비단이 해랑이다.

배봉은 너무나 기쁜 나머지 금방 숨이 넘어갈 사람 같았다. 기대했던 것보다도 열 곱절, 아니 백 곱절 천 곱절 성공적인 행사다. 바보 같은 표정을 짓고 있는 사람들 얼굴이 전부 돈으로 보였다. 돈, 돈, 돈이다. 이제 동업직물 비단은 입소문을 타고서 산을 넘고 강을 건너 세상천지로 퍼져 나갈 것이다. 삼천리 금수강산이라는 말은, 동업직물 비단으로 수놓은 조선팔도를 가리키는 말이 될 것이다.

배봉은 금방 미쳐 날 듯 흥분한 바람에 미처 발견해 내지 못했다. 그때 자기네 사람들과 비화네 사람들이 서로 어떤 모습들을 하고 있는가에 대해서는. 그의 눈에 비치는 것은 오로지 '비단 돈'이었다. 비단으로 만든 돈, 돈으로 만든 비단. 하지만 세상 모든 눈이 오로지 해랑만 향하고 있을 때 두 가문 사람들 눈만은 그렇지 않았다.

호한과 윤 씨 눈은 오직 배봉과 운산녀, 점박이 형제에게만 대못같이 박혔다. 재영 눈은 동업만 보았고, 설단 눈은 재업만 보았다. 얼이와 민치목의 눈이 부딪쳤으며, 언네 눈은 군중 속에 숨어서 보고 있는 허나연을 찾아냈다.

그런데 준서 눈길은 줄곧 어머니 비화 뒤를 쫓았다. 수수께끼를 풀어나가는 어떤 과정 같았다. 비화는 인파를 헤치고 아주 조금씩 무대 앞쪽을 향해 나아가고 있다. 준서는 지켜보았다. 어머니가 해랑의 정면에 떡 버티고 서서 큰 바위처럼 꼼짝도 하지 않고 올려다보고 있었다.

바로 그때다. 눈을 꼭 감고 춤사위에 빠졌던 해랑이 무슨 예감이 들었는지 번쩍 눈을 떴다. 그러고는 지극히 짧은 순간이지만 해랑의 춤동작은 딱 멎었다. 세상 마지막이 될 그날까지 영원히 지속될 것 같았던 춤이었다.

비화와 해랑의 눈빛이 허공에서 충돌했다. 대나무 쪼개듯이 공기를 쫙 갈라버릴 것 같은 무서운 기운이었다. 하지만 그것도 찰나였다. 해랑이 홀연 이제까지와는 전혀 비교가 아니게 큰 동작으로 춤을 추기 시작했다. 세상도 덩달아 움직이듯 했다. 그것은 자기 춤사위를 상대에게 똑똑히 보여주려는 행위로 비쳤다.

'휙, 휘~익.'

그랬다. 그때부터 해랑의 춤은 오직 비화 한 사람만을 겨냥한 것이었다. 그렇지만 해랑 눈은 다시는 비화를 보고 있지 않았다. 그것은 상대를 철저히 무시해버린다는 의도가 매우 짙게 깔린 행동이었다. 그야말로 오달지고 건방지기 짝이 없는 모습이라고 할 만했다.

그러나 비화는 달랐다. 그녀의 두 눈은 오로지 해랑 하나만을 따랐다. 한순간도 자기 눈동자 속에서 상대를 놓치지 않겠다는 강경한 의지와 집념이 엿보였다. 조각배를 타고 엄청난 파도를 헤쳐 나아가려는 모험의 항해사 같았다. 눈빛은 쇠가 닿아도 녹아버리거나 갈라져 버릴 만큼 엄청난 힘을 담아내고 있었다.

"와! 와와!"

시간이 지나면 지날수록 군중들은 더더욱 열광하고 환호하고 심취했다. 미치광이들 모임처럼 변해갔다. 세상은 온통 해랑의 비단옷에 휘감긴 채 그녀의 춤사위를 따라가며 흔들렸다. 해랑이 한 발짝 움직이면 세상도 한 발짝 움직이고, 해랑이 가쁜 숨을 몰아쉬면 세상도 가쁜 숨을 몰아쉬었다. 모두가 해랑의 노예들이었다.

"동 업 직 물!"

나중에는 그런 함성까지 터져 나왔다. 모든 것들이 해랑과 동업직물에게 굴복될 조짐이 선연했다. 그 세력에서 벗어난다는 건 이미 불가능해 보였다. 아니, 아니다. 오직 한 사람만은 아니었다. 해랑의 춤사위가 그 영향력을 조금도 미치지 못하고 있는, 완벽하게 자유로운 사람, 비화가 있다. 길고 넓은 남강 물을 다 물들여도 결코 물들이지 못할, 그녀의 마음속을 흐르는 원색의 강물이다.

그때쯤 배봉도 혼자 맨 앞에 나와 우뚝 서 있는 비화를 발견했다. 나루터집과 동업직물 사람들, 그 밖의 사람들 모두가 비화를 보았다. 그러고는 이내 깨달았다, 비화와 해랑의 힘겨룸은 결코, 피해갈 수 없는 외줄 위에서의 대결이었다. 그 외줄이 툭 끊어져도 절대로 멈추지 않을 피의 투쟁이었다.

'무시라, 무시라.'

하지만 이날의 명승부는 이미 결정 났다. 해랑의 일방적인 우세였다. 나루터집 패배였고, 동업직물 승리였다. 그것은 예견된 일이기도 하였다. 비화가 해랑의 판촉 활동을 보려고 왔다는 것부터 큰 실수였고 방심이었다.

그렇다면 비화 판단이 잘못된 것이었을까? 진무 스님 예언이 빗나가고 있다는 것인가? 그것은 누구도 알지 못한다. 어쨌든 비화는 영원히 해랑의 춤사위를 지켜보기로 작심한 여자 같았다. 그날의 최고 구경꾼이 되어 그 자리를 빛나게 이끌 막중한 소임을 떠맡은 성싶었다.

오냐, 두고 보자. 춤을 추고 있는 네가 먼저 지쳐 쓰러지나, 이렇게 서서 바라보고 있는 내가 먼저 지쳐 쓰러지나.

나루터집 식구들이 지켜보는 비화 뒷모습은 또 이렇게 말하고 있었다.

옥진아. 아니, 해랑아. 이 비화는 오늘의 네 모습을 영원히, 영원히 기억하마. 그 사실을 너도 기억하라. 그리고 언젠가는 이 빚을 몇 곱절로 되갚아 주겠다, 꼭꼭.

하늘가에 두둥실 떠 있는 조각구름은 동업직물 비단으로 만들어져 있는 것 같았다. 그렇지만 하늘 전체는 나루터집 콩나물국밥이 담긴 커다랗고 둥근 그릇이었다. 맞았다. 비화의 눈동자 속에서 하늘과 구름은 그런 조화를 이루어 내는 것이다. 언젠가는 그런 사실을 사람들은 모두가 깨닫게 될 것이다. 비화 마음의 예언이었다.

그러나 사람들을 등지고 서 있는 비화나, 나루터집 식구들, 동업직물 사람들, 구경꾼들, 그들 가운데 누구도 알아차리지 못했다.

도대체 지칠 줄 모르는 한 마리 나비처럼, 무섭게 신들린 무녀같이, 그렇게 한도 끝도 없이 춤사위를 펼치고 있는 해랑. 바로 그녀의 부모 강용삼과 동실 댁이, 하도 많이 울어 퉁퉁 부은 눈두덩을 감추며 그곳을 빠져나가고 있었다.

– 백성 3부 12권으로 계속

백성 11

초판 1쇄 인쇄일 • 2023년 10월 25일
초판 1쇄 발행일 • 2023년 10월 30일

지은이 • 김동민
펴낸이 • 임성규
펴낸곳 • 문이당

등록 • 1988. 11. 5. 제 1-832호
주소 • 서울시 성북구 동소문로 65-2 삼송빌딩 5층
전화 • 928-8741~3(영) 927-4990~2(편)
팩스 • 925-5406

전자우편 munidang88@naver.com

ISBN 978-89-7456-563-3 03810

값은 뒤표지에 표시되어 있습니다.